유괴의
날

유괴의
날

정해연 장편소설

시공사

차례

프롤로그

1989년 4월 24일.

그때 남자는 고작해야 스물네 살이었다. 일찌감치 군대를 다녀온 친구들이 신입생들에게 껄떡대는, 이제는 너도 성인이라고 취업은 어떻게 할 거냐고 부모님의 잔소리를 듣는, 어른이면서도 어른이 아닌 고작 스물네 살.

군사독재 타도를 외치며 거리에서 화염병을 던진 적도 있지만, 남자는 전경들에게 끌려가는 친구들을 외면한 뒤로 두 번 다시 동아리 방에 가지 않았다. 남자는 뭐든지 할 수 있다고 생각했다. 아내와 아이를 위해서라면.

예정된 것은 아니었지만 남자는 여자 친구의 임신 소식을 들었을 때 뛸 듯이 기뻤다. 중기에 간암이 발견되어 온몸에 암세포가 퍼진 말기에 이르기까지 집안의 기둥을 모조리 뽑아버리고 누운 아버지와, 고속도로 건설 현장 함바집 찬모로 일하며 빚쟁이들과 마주칠까 한밤중이 되어야 돌아오는 어머니는 아이를 눕힐 지하 월세방 하나 마련해주기 힘든 상황이었지만 그래도 기뻤다. 가세가 기울어도 놓지 못하던 학업 따위는 아이를 키우기 위해서라면 얼마든지 포기할 수 있을 것만 같았다. 눈물을 글썽이며 마치 잘못을 고백하는 듯하던 여자 친구 수영도 기뻐하는 그를 보며 안도의 한숨과 함께 폭풍 같은 눈물을 흘렸다. 남자는 반드시 아이에게 자신과는 다른 삶을 안겨주겠다고 결심했다. 아니, 했었다.

느닷없이 귀를 가르고 들어온 비명에 퍼뜩 정신을 차리고 주변을 둘러보았다. 그는 희망의료원 진료실 앞 대기실에 앉아 있었다. 비명은 진료실 반대편 복도 끝에 있는 분만실에서 들려왔다. 만삭이거나, 이제 막 배가 부르기 시작한 여자들이 비명에 두려운 얼굴로 자신의 배를 만졌다.

'아무도 그 일은 모를 테지.'

남자는 외치고 싶었다. 모두 다 이 병원에서 나가라고. 이 병원은 병원도 아니라고. 이 세상을 향해 누구보다 꽃같이 웃었을 아이의 평생과, 그 아이를 키우며 때로는 웃고 때로는 울면서도 행복하다고 느꼈을 여자의 인생과, 그녀들을 지키기 위해 태어난 것인지도 모른다고 생각했던 자신의 삶의 이유를 한순간에 뭉개버린 병원이라고.

하지만 그는 뜨거운 불덩이처럼 올라오는 것을 꾹꾹 눌러 삼켰다. 지금 참지 못하면 모든 것이 엉망이 되고 말 것이다. 대신 남자는 두툼한 점퍼 위로 가슴께를 만졌다. 단단한 것이 만져졌다. 그제야 불덩이가 조금 가라앉는 것 같았다.

"아빠가 일하는 곳도 볼래?"

"응!"

귀에 익은, 절대 잊을 수 없는 목소리에 남자는 고개를 들었다. 이 병원의 원장. 스물넷인 자신보다 마흔 초반의 그가 훨씬 젊어 보였다. 얼굴에는 윤기와 자신감이 흘렀다. 곧게 편 자세에는 의사 가운이 무척 잘 어울렸다. '아빠'라고 부르는 아이의 손을 잡고 있지 않으면, 젊은 여자들에게도 관심깨나 받을 것 같은 외모였다. 원장이 입은 유난스럽게 흰 와이셔츠가 그의 눈을 찌르는 것처럼 느껴졌다.

"간단한 다과 준비해놓으라고 했습니다."

한 발짝 뒤에서 원장을 따라가는 남자는 원무과 과장 양태훈이었다. 남자도 그를 본 적이 있다. 그러나 저런 태도도, 저런 표정도 아니었다.

'입만 가지고 나불대지 마시고 법대로 하시라고요. 여기서 이런다고 죽은 애새끼가 돌아옵니까?'

양태훈은 남자에게 자신을 곤란하게 하지 말라고 했다. 양태훈의 손에 밀쳐지며 차디찬 보도블록에 나가떨어질 때 남자는 결심했다. 그래, 법대로 해주겠다. 그러나 너희처럼 펜대 굴리는 놈들이 아닌 나의 법대로.

원장이 그를 지나쳐 2층 계단에 발을 디딜 때까지 남자는 상체를 웅크린 채 앉아 있었다. 그가 자신을 보아서는 안 된다. 원장은 더없이 사랑스럽다는 듯 아이를 내려다보았다. 일고여덟 살쯤으로 보이는 여자아이는 숱이 많지도 않은 머리를 양 갈래로 쫑쫑 땋아 빨간색 리본으로 묶었다. 빨간색 더플코트에 하얀색 타이즈, 그리고 동화에나 나올 것 같은 빨간 구두를 신었다. 피부가 하얇고 귀여운 인상의 아이에게는 포근하고 따뜻한 아기 냄새가 날 것 같았다. 우리 나연이도 저 나이가 되면 저렇게 예뻤을 텐데. 나연이는 아내와 열심히 지은 이름이었다. 하지만 아이는 자기 이름을 제 귀로 들어보기도 전에 숨을 거뒀다. 아내의 배 속에서 아내와 함께.

자신은 아이의 얼굴조차 모르는데, 딸아이의 얼굴을 보며 웃는 원장을 보자니 온몸의 장기가 뒤틀리는 것 같았다. 남자는 일어나 가슴 안쪽에 손을 넣었다. 차갑고 단단한 촉감을 느끼며 계단으로 올라가는 원장의 뒤를 단숨에 따라잡았다.

"어!"

발소리를 들은 것인지, 아니면 별생각 없이 고개를 돌린 것인지 양태훈이 뒤를 돌아보다 남자를 발견하고 눈을 크게 떴다. 양태훈의 짧은 외침에 원장이 뒤를 돌아보았다. 그사이 남자는 주머니에서 칼을 꺼내 들었다. 이 순간을 몇 번이고 상상하며 기다려왔다. 남자는 왼손에 칼을 쥔 채 다른 손으로 양태훈을 거세게 밀쳤다. 양태훈이 언젠가의 남자처럼 계단 아래 바닥에 나뒹굴었다. 남자는 주저 없이 원장에게 달려들었다. 반사적으로 원장이 딸을 자신의 뒤로 숨겼다. 남자는 그의 멱살을 쥐고는 칼을 높이 치켜들었다. 원장의 뒤편에 있던 창에서 쏟아진 빛이 날카로운 칼끝에서 섬광처럼 반짝였다. 진료실 앞에서 대기 중인 환자들과 보호자들이 너나 할 것 없이 비명을 질렀다.

이제 모든 것이 끝날 거라고 생각했다. 하지만 남자보다 양태훈이 빨랐다. 양태훈은 어느새 자신의 발목을 잡고 있었다. 남자가 양태훈을 노려보자, 그 순간을 놓치지 않고 원장이 온 힘을 다해 그를 밀었다. 계단 아래로 굴러 나동그라진 남자를 양태훈이 덮쳤다. 칼은 이미 반대편으로 떨어져 있었다. 남자는 양태훈에게 깔려 악성을 내질렀다. 이렇게 어이없이 끝나면 자신의 가슴속에 들끓고 있는 불덩이에 타 죽을 것만 같았다.

어느새 달려온 경비원들 중 한 명이 그의 멱살을 잡아 일으켜 세웠다.

"괜찮으십니까?"

양태훈이 아직 계단 중간에서 거친 숨을 몰아쉬고 있는 원장을 향해 고개를 숙였다. 원장은 한 손으로 딸의 앞을 가로막고는 놀란 가슴을 진정시키느라 하얗게 질려 있었다.

남자는 양손이 등 뒤로 돌려진 채 경비원들에게 잡혔다. 그는 온몸을 비틀며 짐승 같은 괴성을 질러댔다. 남자의 눈이 점점 뒤로 넘어갔다. 지금 이 순간 아무도 그를 제정신으로 보지 않았다. 양태훈이 누군가에게 경찰에 신고하라고 말하는 것이 들렸다.

그때 남자의 눈에 묘한 빛이 어렸다. 초점을 잃어가던 눈이 어딘가로 향했다. 원장이 선 계단의 뒤쪽에서 간호사가 내려오고 있었다. 2층에 있어서 소란을 듣지 못했는지 내려오다 말고 놀라 걸음을 멈춘 채 우왕좌왕하고 있었다. 한 손에 스테인리스로 된 사각형 주사 함을 들고 있었다.

아내를 잃은 후 먹지도 자지도 못하고 술만 들이켰다. 몸에 힘이 남아 있을 리가 없었다. 하지만 그 순간에는 스스로도 기이하게 느껴질 힘이 온몸에서 터져 나왔다.

남자는 기합 같은 소리를 내지르며 몸을 비틀었다. 놀란 경비원들을 떨치고 자유로워진 남자는 단숨에 계단을 뛰어올랐다. 원장이 벽 쪽으로 붙으며 몸을 피했지만 무기를 잃은 남자의 목적은 간호사였다. 그녀가 손에 들고 있는 주사 함을 빼앗아 안에 든 것을 마구잡이로 잡아 들었다. 햇살이 눈을 찔렀다. 남자는 땅을 박차고 올라 원장을 향해 손에 쥔 것을 휘둘렀다. 뜨거운 것이 얼굴 위로 튀었다.

"안 돼!"

원장의 악성이 공간을 흔들었다. 남자는 고개를 돌렸다. 사람들이 비명을 지르며 바깥으로 뛰어나가고 있었다. 그러나 그의 귀에는 이상하게도 아무것도 들리지 않았다. 쇠의 마찰음 같은 날카로운 이명만이 들려올 뿐이었다.

원장은 딸아이를 끌어안았다. 여자아이의 목덜미가 찢어져 있었다. 상처에서 흘러나온 피가 아이의 하얀 피부로, 빨간 구두 위로 떨어졌다. 남자의 손에 피 묻은 주사기가 들려 있었다.

남자는 아내와 아이를 위해서라면 뭐든지 할 수 있었다. 그러나 이걸 원한 건 아니었다.

1장

유괴

2019년 8월 21일 수요일.

어둠이 세상을 집어삼킬 때, 명준은 결심했다. 며칠이나 미뤄왔던 그 결심은, 사방이 이미 절벽이고 되돌아가고 싶어도 왔던 길이 사라져버려, 반드시 선택해야만 했던 것이었다.

굳은 결심을 가슴에 채우며 일어서는 명준의 다리가 후들거렸다. 이틀째 물 한 모금 먹지 않은 쪼글쪼글한 배 위로 버클을 채웠다. 티셔츠는 어디에 있더라. 방구석에 걸레처럼 구겨져 있는 흰색 후드티는 원래 '희다'가 무슨 뜻인지 모른다는 듯 누리끼리해져 있었다. 탈탈 털 생각도 않고 그대로 몸통을 쑤셔 넣다가, 잠시 생각에 빠졌다. 그러나 곧 고개를 젓고는 집을 나서 마당에 세워 놓은 차에 올라탔다.

명준은 어둠을 달려 빛에 도달했다. 산 중턱에 있는 명준의 집과 영인 시내의 시차는 다른 것 같았다. 백야까지는 아니더라도 대로에서 보는 도시는 어둠이 존재하지 않는 것처럼 밝았다. 그는 빛을 통과해 자신의 할 일이 있는 그곳으로 향했다.

명준은 종이에 적힌 주소를 새삼 확인했다. 며칠 동안 몇 번이고 읽어 이제는 뇌에 각인됐을 지경인 글자들이었지만, 난생 처음 보는 듯 생경하기만 했다. 아랫입술을 질끈 깨물었다. 할까 말까 하는 주저는 이미 차를 몰고 나오면서 끝냈다. 활시위를 벗어난 활은 꽂히든 꽂히지 않든 갈 데까지 가야 한다.

'미리 CCTV 위치를 확인해놨어야 하는 게 아닐까?'

혜은은 CCTV가 많이 설치된 지역이 아니니 가 보면 사각지대를 확인할 수 있을 거라고, 오히려 그 구역에 자주 나타나는 것이 꼬리를 잡힐 빌미를 준다고 말했지만 명준은 도무지 마음이 놓이지 않았다. 입학도, 전국체전 매스게임도, 대학수학능력시험도 그랬던 것처럼 그의 인생에는 늘 D-1의 날이 있었다. 예행연습은 늘 시행착오를 줄여준다는 대의명분이 있었다. 그렇다면 그의 인생은 대체 어떤 예행연습을 하지 않아서 이렇게 된 것일까.

아무것도 준비하지 못했다는 찜찜함을 잊으려 애쓰며 골목으로 차를 진입시켰다. 운전을 하면서도 시선을 들어 골목을 비추고 있는 CCTV의 위치와 방향을 확인했다.

그때 전화가 울렸다. 혜은이었다. 받지 말까 하다가 계속되는 벨 소리에 결국 스피커폰으로 전화를 받았다.

-들어갔어?

"아니, 아직. 거의 다 왔어."

시선은 하늘로, 생각은 그보다 멀리 더 어두운 어딘가로. 그래서였을까. 그의 자동차 앞을 휙 지나가는 검은 그림자를 발견한 명준은 평소보다 더 늦게 반응하여 핸들을 꺾었다. 곁눈으로 고양이가 뛰어 지나가는 것을 보았다. 아주 짧은 순간 휴, 하고 한숨을 내쉬었다. 그리고 정면을 본 순간, 쾅! 뭔가가 범퍼에 치이더니 뚝 떨어졌다.

－무슨 일이야?

혜은의 목소리가 들려왔지만 브레이크를 밟고, 먼 어딘가로 날아가려는 정신을 겨우 붙잡은 채 명준은 온몸을 벌벌 떨었다. 사이드브레이크를 채우려는데 손에 힘이 들어가지 않았다. 정신을 차려야 한다. 정신을……. 그는 간신히 브레이크를 채우고 떨리는 손으로 티셔츠의 후드를 뒤집어쓰고는 차에서 내렸다. 작은 몸이 조금 떨어진 곳에 엎어져 있었다.

자동차의 번호판을 두꺼운 박스 조각으로 가린 것이 다행이었다. 다시 한번 주변을 둘러보았다. 야심한 시각의 골목길. 다행히 행인도 내다보는 사람도 없다.

잰걸음으로 여전히 움직임 없이 바닥에 누워 있는 아이에게로 갔다. 마치 뱀이 구불거리는 것처럼 이마 밑에서 피가 흘러나왔다.

손가락 두 개를 아이의 목덜미에 가져다 대었다. 박동이 느껴졌다. 살아 있다. 그렇게 생각하며 아이의 몸을 돌려 눕혔다. 아이의 얼굴이 명준 쪽으로 향했다.

명준은 눈을 커다랗게 떴다. 눈 끝이 파르르 떨렸다. 이건 운명일지도 모른다. 명준은 그대로 등 아래에 손을 집어넣어 아이를 들어 차에 태웠다. 아직도 스피커폰에서는 명준을 부르는 혜은의 비명 같은 외침이 들려오고 있었다. 사고 소리, 문이 열리고 닫히는 소리가 고스란히 혜은에게 전해졌을 것이다.

　-여보세요? 대체 어떻게 된 거야? 사고 났어? 지금 뭐 하는 거
야?

　"거, 걱정 마. 어차피 우리가 유괴할 애였어."

　명준은 힘껏 액셀러레이터를 밟았다.

-2-

　2019년 8월 22일 목요일 새벽. 유괴 이틀째.

　피가 나지 않는 것이 더 위험하다는 소리를 들은 적이 있다. 차
라리 피가 몸 밖으로 흘러야지, 안에서 고이면 뇌압을 올려 뇌진
탕으로 사망할 가능성이 크다고 어느 방송에선가 들은 것 같았
다. 아이는 피를 흘렸다. 그러니 죽지 않을 것이다. 하지만 얼굴은
백짓장 같았다. 명준은 머리를 움켜쥔 채로 손을 부들부들 떨었
다. 이따금 혹시 아이가 죽은 건 아닌지 손가락을 코 밑에 대어보
았다. 쌔근쌔근, 콧김이 미세하게 손가락에 와 부딪혔지만, 그것
은 자신의 희망인지도 몰랐다. 그는 아이의 가슴 언저리에 귀를
대고 한참 동안 박동 소리를 확인한 후에야 낮은 한숨을 쉬는 일
을 반복했다.

　쾅!

　아이를 차로 들이받던 순간의 굉음이 머릿속에서 울렸다. 명준
은 양손으로 귀를 막은 채 어깨를 움츠렸다. 감은 두 눈 안에서 사
고의 순간이 펼쳐졌다. 그는 손가락을 덜덜 떨며 눈을 떴다.

　아이의 얼굴을 찬찬히 뜯어보았다. 최로희, 열한 살이라고 했

다. 갸름한 얼굴에 입술은 작았지만 야무진 느낌이 있었다. 큰 눈과 흰 피부가 흑발과 잘 어울렸다. 단발보다 훨씬 짧게 자른 커트머리 때문인지 얼핏 보면 예쁘장하게 생긴 남자아이인 줄 알 것 같았다. 학교를 다녔겠지. 명준은 학교 그림자도 밟아보지 못한 희애를 생각하면 마음이 아팠다. 어쨌거나 희애가 그랬듯, 이 아이의 작은 몸에 수십 개의 선과 호흡기를 매달 일을 만들었다면 명준은 자신을 평생 용서하지 못할 것 같았다.

바닥에 놓아두었던 휴대폰이 진동했다. 발신자 번호를 굳이 확인하지 않아도 전화를 걸어온 상대방이 누군지는 뻔했다. 휴대폰은 일을 공모하면서 혜은이 준 것이었다. 추적당하지 않는 전화라고 했다. 대포폰일 테지만 굳이 묻지 않았다. 이런 휴대폰을 어떻게 구해왔느냐고도 묻지 않았다. 지금은 아무것도 알고 싶지 않았다. 그는 희애만 생각했다. 물러서고 싶을 때마다 이 일을 해야만 한다고 자신을 타일렀다.

명준은 휴대폰을 들고 마당으로 나갔다. 아무리 정신을 잃었다고 해도 아이를 누여놓고 옆에서 할 대화는 아닌 것 같았다. 하늘은 아직 어둠에 집어삼켜져 있었고, 더운 바람이 명준의 몸에 찐득하게 들러붙었다.

―어떻게 됐어?

그녀의 목소리는 예상외로 침착했다.

"아직 안 깨어났어."

―이제 어쩔 거야. 그러게 내가 조심하라고 몇 번을 말해.

누군 사고를 내고 싶어 냈나. 화가 울컥 솟았지만 명준은 아랫입술을 꾹 깨물었다. 희애 생각만 하자, 희애 생각만.

"할 수 없지. 이대로 하는 수밖에. 일단 끊어봐. 애 깨어나는 대로 그 집에 전화할 테니까."

혜은이 뭐라고 하기도 전에 명준은 전화를 끊었다. 피곤했다. 그는 한 손으로 머리를 쓸어 넘겼다. 깊은 한숨이 그의 팍팍한 인생에서 비어져 나왔다. 어쩌다 이렇게 됐을까……. 아니, 생각하지 말자. 아무것도. 명준은 방으로 돌아가려고 몸을 돌렸다.

순간 말간 눈과 마주했다.

"흐억!"

자기도 모르게 비명 같은 소리를 내지르며 뒷걸음질 쳤다. 언제 깼는지, 아니, 언제 문을 열었는지 알 수 없지만 로희가 문틈으로 머리를 내밀고 있었다. 흰자가 훤히 드러나도록 치켜뜬 눈이 무서웠다.

무슨 말부터 해야 할까. 이 어린아이에게 지금 상황을 뭐라고 말하면 좋을까. 아니, 괜찮냐고 먼저 확인해야 하는 게 아닐까. 머릿속이 복잡해진 순간 명준은 아차 싶었다. 아이에게 얼굴을 보여주고 말았다.

"누구야?"

아이의 물음에 일순간 피가 몸 아래쪽으로 밀려 내려가는 것 같았다. 지금 해야 하는 일은 대체 뭔가. 자신의 얼굴을 가리는 것인가, 아니면 저 애의 눈을 가리는 것인가. 별안간 남자가 뛰어든 목욕탕에서 아래를 가리는 것이 우선인지 위를 가리는 것이 우선인지를 고민하는 여자처럼 현재 가장 중요한 것이 무엇인지 명준은 혼란스러웠다.

빤히 바라보는 아이의 말간 눈 앞에서 명준은 자기도 모르게 살짝 뒷걸음질을 쳤다. 하지만 깨달음은 초보 유괴범에게도 찾아왔다. 그의 눈에 불룩한 자신의 바지 주머니가 보였다. 역시 모든 성공은 문제를 대비하는 것에서 비롯되는 법이다.

혹시 일이 잘못될 경우, 그러니까 아이가 도망가거나 하는 등의 문제가 발생할 경우 쓰려고 했던 최후의 보루, 노끈을 곱게 말아 자신의 바지 주머니 안에 넣어놓았다. 그는 주머니에 손을 넣어 노끈을 움켜쥐었다. 바지에서 노끈을 빼내는 즉시 손을 재빠르게 등 뒤로 돌렸다. 이제 그의 손에 나일론 끈 뭉치가 들려 있다. 재빠른 움직임에 아이는 그가 뭘 하는지 보지 못했을 것이다.

"그 줄은 뭐야?"

봤다.

"어? 빠, 빨래 널려고."

말과는 다르게 명준은 노끈을 휙 던져버렸다. 아이가 그를 빤히 보았다. 자신의 질문에 아직 답을 안 했다는 재촉처럼 보였다. 그는 흘깃, 바닥에 떨어진 노끈 뭉치로 시선을 던졌다. 상대가 어린아이라서 일말의 죄책감이 드는 것은 사실이다. 최대한 인도적 차원에서 해야 한다는 것은 알고 있지만 감금이나 포박은 유괴에 있어서 불가피한 일이 아닌가.

"그러니까 내가 누구냐면……."

명준은 슬금슬금 노끈 쪽으로 다가갔다. 그때 아이의 입이 열렸다.

"나 누구냐고."

*　*　*

"기억이 하나도 안 난다고?"

놀란 명준의 목소리가 안방 안을 왕왕 울렸다. 그는 초조하게 턱을 만지다가 머리를 헝클어트리기를 반복했다. 그러고 보니 사고 당시 아이가 땅바닥에 떨어질 때 심하게 부딪히는 소리를 들은 것도 같다. 그때 뇌를 다친 것이 분명했다.

기억을 잃은 당사자는 정작 무덤덤한 얼굴로 안방 바닥에 널브러져 앉아 있었다. 구석에 있던 효자손이 신기한지 그걸 쥔 채로 이리저리 살펴보고 있었다. 정작 불안한 것은 명준이었다. 그는 예상치 못한 이 상황이 자신의 일생을 건 이번 유괴에 어떤 큰 변수를 불러일으킬지를 머릿속으로 따져보았다. 하지만 예상치 못한 일이란, 상상조차 불가능한 것. 그의 머릿속은 정리가 되지 않았다.

도무지 안정이 되지 않아 좁디좁은 방 안을 정신없이 서성이던 명준은 로희 앞에 털썩 주저앉았다.

"정말로 기억이 안 난다고? 단 하나도?"

"어. 이게 무슨 일이야."

말투가 이상하다. 마치 사람의 목소리로 녹음된 밥솥의 알림 소리 같다. 아니, 밥솥 쪽이 훨씬 더 자연스러운 것 같았다. 명준은 주머니에 든 작은 종이를 만지작거렸다. 엄지손톱 크기로 착

착 접혀 있는 그 종이에는 혜은의 글씨로 아이의 이름과 나이, 그리고 주소가 적혀 있었다. 열한 살이라고 했는데……. 어른보다도 더 건방진 말투다. 보통 열한 살이면 이런 말투를 쓸까? 희애도 2년 후면 이런 말투를 쓰게 되는 걸까? 잘 상상이 가지 않았다.

"누구야."

억양이 뚜렷하지 않긴 하지만 누구냐고 묻는 것일 테다. 자신을 빤히 보는 로희를 보며, 그 물음의 주체가 누구인지 궁금해졌다.

"너?"

"너."

"나? 나는……."

자신을 뭐라고 설명해야 좋을까? 유괴범이라고 설명할 수는 없는 노릇이다. 뭐라고 설명해야 감금이나 포박 같은 일을 벌이지 않고, 그 집에서 돈을 받아낼 때까지 최대한 인도적으로 행동하는 유괴범이 될 수 있을까. 그런 고민을 하던 명준은 '잠깐' 싶었다. 아무리 자신이 유괴범이라고 해도 이건 아니지 않나 하는 생각에 그는 정신이 들었다.

"야, 얻다 대고 너래?"

"지금 그게 중요해?"

그렇다. 지금 중요한 것은 반말 따위가 아니다.

"아, 그렇지. 난……."

"아빠?"

"어?"

명준은 흠칫 어깨를 떨었다. 반면 로희는 스읍, 하는 소리를 내며 고개를 갸웃거렸다. 기억을 잃었지만 '아닌 것 같다'는 느낌 정도는 강하게 드는 건지도 모른다. 희애와 나란히 앉아 보던 저녁 막장 일일극에서 기억 잃은 주인공이 제 부모를 찾는 과정을 보면 대개 그렇지 않던가. 로희는 어쩐지 의문스러운 눈길을 그에게 던졌다.

"아닌데……. 느낌이 확 안 오는데."

"아빠 맞아, 아빠!"

거의 반사적으로 튀어나온 소리였지만, 어쩌면 이것이 기회일지도 모른다는 생각을 한 것이 사실이었다. 아빠라고 하면 시키는 대로 얌전히 잘 있어줄 것이다. 도움을 청하러 나갈까 봐 아이를 묶어두는 일도 하지 않아도 된다. 가장 고심되는 것이 협박을 위해 아이의 집에 전화를 거는 일이었는데, 아이를 적당히 속이면 목소리를 녹음해서 들려줄 수도 있다.

"내 이름은 뭔데?"

명준은 당황했다.

"최……. 아니, 김희애!"

명준은 희애의 이름을 내뱉고 말았다. 뭔가 미덥지 않은지 로희가 큰 눈으로 명준을 이리저리 살폈다. 명준은 아이의 그 눈이 왠지 자신을 꿰뚫을 것만 같아 자꾸만 시선을 피하게 되었다. 하지만 그럴 리가 없다. 아이는 기억을 잃었고, 무엇보다 아이는 아이일 뿐이다. 자꾸 위축되는 것은 다 지은 죄가 있어서다. 죄지은 놈이 제 발 저린다는 말은 괜히 있는 것이 아니었다.

믿음을 주어야 한다. 명준은 온 힘을 다해 아이의 눈을 똑바로 보았다. 본다. 보다가…… 피해버렸다. 그는 가슴이 두근두근거려 깊게 숨을 들이쉬었다가 내쉬었다. 이러다 잡혀서 교도소에 들어가기도 전에 심장마비로 죽을지도 모른다.

그때였다. 그의 목에 효자손이 불쑥 들어왔다. 명준은 눈을 껌벅거렸다. 로희가 들고 있는 효자손으로 명준의 목을 겨누었다. 너무 놀라서 머리를 뒤로 젖힌 덕분에 피했지, 아니었으면 목이 찔렸을지도 모른다. 효자손이라 죽지는 않겠지만.

효자손이 겨누어진 채로 정적이 흘렀다. 아이의 눈이 빛나고 있다. 저 아이는 정말로 기억을 잃은 걸까. 뭘 알고 있는 것이 아닐까. 침묵의 방 안에 명준의 침 삼키는 소리만이 크게 들려왔다. 이윽고 로희가 입을 열었다.

"밥."

유괴범인 명준에게 내려진, 유괴 아동의 첫 지시였다.

-3-

명준은 헐레벌떡 산에서 내려왔다. 산 밑에 슈퍼가 있지만 이 시간에 열 리가 없었다. 번호판을 가린 차를 또 탈 수도 없었다. 자주 CCTV에 찍히면 경찰이 위치 파악하기에 용이해질 뿐이었다. 어디에 있는지도 모를 편의점을 향해 후드티를 뒤집어쓰고 달렸다. 누가 보면 조깅이라도 하나 싶겠지만, 이렇게 깜깜한 시각에 조깅을 할 사람이 몇이나 되겠는가.

인가가 밀집된 쪽으로 내려오다 보니 다행히 편의점이 나왔다.

안으로 들어가자 휴대폰 게임에 열중하던 젊은 남자가 그를 쳐다보지도 않고 "어서 오세요" 하고 인사를 했다. 명준은 제일 안쪽으로 들어가 도시락을 찾아보았지만 새벽이라 그런지 남아 있는 것은 삼각 김밥뿐이었다.

할 수 없이 삼각 김밥 두 개와 물 한 병을 들고 계산대로 갔다. 아르바이트생인 듯한 남자가 익숙한 태도로 바코드를 찍었다.

"3,200원입니다."

명준은 주머니를 뒤져 현금으로 결제했다. 봉투가 필요하냐는 질문에 고개를 젓고, 계산대 위의 물건을 집어 들고 나와 빠른 걸음으로 되돌아갔다.

"뭐야?"

삼각 김밥을 본 로희가 냉랭해진 눈으로 물었다.

"지, 지금은 밥이 없어서 일단 이걸로……."

"이게 밥이라는 뜻?"

"어?"

명준이 로희를 보았다. 아차, 싶은 생각이 들어 삼각 김밥을 까주었다. 가운데 선을 쭉 벗겨내고 양쪽으로 비닐을 벗긴 뒤 로희의 손에 쥐어주었다. 무덤덤했던 로희의 한쪽 입술이 쓰윽 위로 올라갔다.

"재밌네."

다행이다 싶어 명준도 어깨를 늘어뜨리면서 후, 웃었다. 순간 그런 명준의 턱 밑에 효자손이 들이밀어졌다.

"맛없는 건 아니지만 내일 아침엔 제대로 된 밥을 먹고 싶어."

"으, 응."

삼각 김밥 두 개를 먹어치운 로희는 생수를 따 벌컥벌컥 들이켜더니 그대로 드러누웠다.

"이불."

명준이 이불을 덮어주자 로희는 금세 잠이 들었다. 그 얼굴을 보던 명준은 무너지듯 벽에 기대었다. 명준에게는 길고 긴 밤이었다.

***

아침이 되자 명준은 로희가 깨지 않도록 조심히 방에서 나왔다. 봉당으로 내려선 뒤 몇 걸음 걸어가면 부엌이 나온다. 열 때마다 부서져 버릴 듯 비명을 지르는 낡은 나무 문을 열고 푹 꺼지는 바닥에 내려서면 바로 부엌이었다. 근래 유행하는 퓨전 사극에 나오는 민속촌 주막 안에 현대식 냉장고를 넣어둔 이질적인 장면이 딱 명준이 사용하는 이 집의 부엌이었다. 정확히 말하면 현대식 냉장고도 아니었다. 양문형 냉장고가 아닌 위아래 두 칸짜리 냉장고는 너무 오래 써서 손이 닿는 자리마다 샛노랗게 변색되어 버렸고, 문짝의 손잡이도 떨어져 나가고 없었다.

명준은 냉장고의 문짝과 본체 사이에 손가락을 넣고 잡아당겨 문을 열었다. 오래 사용한 냉장고에서는 묵은 생선 비린내가 났다. 생선 같은 것, 안 먹은 지도 오래됐는데. 희애와 함께 살 때 말고는 생선은 구경해본 적도 없다.

냉장고 안을 본 명준은 긴 한숨을 내쉬었다. 차라리 텅 빈 냉장고가 낫겠다. 2홉들이 4홉들이 종류별 소주와 케이크 위의 크림처럼 곰팡이가 슨 김치밖에 없었다. 자신의 입에 들어갈 것이면 먹다 남은 소주여도, 곰팡이를 씻어낸 김치여도 상관없지만 어린아이지 않은가. 그는 힘없이 냉장고 문을 툭 닫았다. 그를 약 올리듯 냉동실 문이 덜컹이며 움직였다 도로 닫혔다.

'슈퍼라도 다녀와야 하나.'

명준은 선 채로 부엌 안을 훑어봤다. 그때 찬장에 놓인 밀가루 봉지가 눈에 들어왔다. 언제 사둔 것인지도, 뭐 하느라 샀는지도 기억엔 없으나 밀가루가 거기에 있었다. 제대로 다물려 있지도 않은 밀가루 봉지는 제멋대로 구겨져 있었지만, 반갑게도 반쯤 남아 있었다.

싱크대 아래 찬장을 열어 파란색 플라스틱 바가지를 꺼내 밀가루를 탈탈 털었다. 많은 양이 남아 있는 것은 아니었지만 열한 살짜리 꼬맹이의 작은 배쯤은 채워줄 수 있을 듯했다. 밀가루가 든 바가지를 수도에 대고 물을 담았다. 밀가루가 부, 하고 올라올 때쯤 수도를 잠그고 숟가락으로 휘휘 저었다. 여기저기 밀가루 덩어리가 뭉쳤지만 대충 휘휘 저었다. 그는 프라이팬을 가스레인지에 올리다 말고 잠시 손을 멈추었다.

젖은 손을 바지에 아무렇게나 쓱쓱 닦고는 휴대폰을 꺼내 들었다. 심장이 쿵쿵 뛰기 시작했다. 어차피 벌인 일, 이제는 돌이킬 수도 없다. 그는 희애의 얼굴을 머릿속에 떠올리면서 숨을 크게 들이쉬었다. 그러고는 힘주어 눈을 치켜떴다. 휴대폰을 쥔 채로 부엌 입구로 가서 바깥의 동태를 살폈다. 혹시 로희가 듣지는 않는지 확인하려는 것이다. 봉당도, 안방 쪽에서도 아무런 소리가 들려오지 않았다. 로희는 여전히 안방에 있을 것이다. 그는 도로 싱크대 앞으로 갔다.

다시 한번 숨을 들이쉬면서, 번호 하나하나를 힘주어 눌렀다.

통화 버튼을 누르자 신호음이 들리기 시작했다. 한 번, 두 번, 신호음이 이어질수록 명준의 심장이 오그라들었다. 지금 자신이 무슨 짓을 하고 있는지, 이 전화를 걸어서 어떤 말을 해야 하는지 명확히 알고 있기에 긴장감은 점점 더 팽배해졌다.

신호가 계속 울렸다. 계속, 계속…… 계속 울리는데 왜 받질 않는 거냐!

그때 전화기 너머에서 달칵, 하는 소리가 들려 명준은 몸을 곧추세웠다. 침착하고 냉정하게 준비한 말을 해야 한다.

"여……."

-지금은 전화를 받을 수 없어 소리샘으로…….

"에이씨!"

명준은 인상을 구기며 전화를 끊었다. 화장실이라도 간 건가? 아니면 휴대폰 소리를 못 들었나? 이런저런 생각이 들었지만 의아함을 떨칠 수 없었다. 아이를 유괴당한 부모가 휴대폰을 몇 시간이 아니라 몇 년이라도 눈앞에 두고 있어야 당연한 일이 아닌가.

'혹시 전화번호를 잘못 눌렀나?'

명준은 발신 통화 내역과 자신의 기억에 남아 있는 번호를 다시 한번 대조해보았다. 정확했다. 잘못 건 것이 아니었다. 다른 것도 아니고 희애와, 안방에 있는 저 아이가 걸린 일이었다. 돌에 새기듯 몇 번이나 외우고 몇 번이나 확인해왔다.

어쨌거나 지금 할 수 있는 일은 다시 한번 전화를 걸어보는 것뿐이었다. 명준이 휴대폰의 통화 버튼에 다시 손을 올릴 때였다.

벌컥, 하고 부엌문이 열렸다. 명준은 화들짝 놀라며 뒤를 돌아다보았다. 쏟아져 들어오는 빛줄기와 함께 로희가 서 있었다. 로희는 인상을 쓰고 그를 노려보았다. 심장이 쿵쾅쿵쾅 뛰었다. 기억을 잃은 채 자신을 아빠로 알고, 심지어 열한 살밖에 되지 않은 어린아이인데도 사람을 긴장하게 하는 뭔가가 있다.

"이, 일어났어? 뭐 필요해?"

자기도 모르게 말을 더듬으며 명준이 물었다. 로희는 날카로운 시선으로 주방을 쓱 훑었다. 그러고는 무심하게 내뱉듯 말했다.

"밥."

"하, 하고 있어."

뭐, 그럼 됐고, 라고 중얼거리며 로희는 문을 닫았다. 혼자 남은 명준은 얼떨떨한 표정으로 서 있다가 퍼뜩 정신을 차렸다. 아무리 그래도 자신이 지금은 아빠이고 어른인데 저 기분 나쁜 어조는 뭔가.

"저게, 야!"

명준의 외침과 함께 문이 벌컥 열렸다. 로희가 빤히 그를 응시했다.

"왜?"

어른의 위엄을 보여주리라. 명준은 들고 있던 부침개 뒤집개를 꽉 움켜쥐고 힘주어 말했다.

"배, 배부른 게 좋겠지?"

"당연한 거 아냐?"

고개를 절레절레 저으며 로희가 다시 문을 닫았다.

***

가끔 알 것 같으면서도 정체 모를 뭔가가 눈앞에 나타나기도 한다. 이를테면 평생 2G폰만 써온 노인 앞에 나타난 스마트폰이라든가, 강아지로 알고 데려왔는데 점점 귀가 자라나고 이가 뾰족해지더니 여우가 돼버린다든가 하는 이상한 상황. 로희가 딱 지금 그런 걸 보는 듯한 눈으로 밥상을 내려다보았다.

애초에 저렇게 더러운 누런색이었는지 아니면 누렇게 찌들었는지 알 수 없는 색깔의 머그잔에 담긴 수돗물은 그렇다 치더라도, 이가 다 빠진 접시는 그렇다 치더라도, 저 하얀색 걸레 같은 덩어리는 뭐란 말인가. 로희는 자신의 앞에 '식사'라는 명목으로 놓인 정체불명의 걸레를 믿을 수 없다는 듯 한참이나 보다가 명준에게로 시선을 들었다.

민망한 듯 명준이 목 뒤를 벅벅 긁었다.

"하얀 부침개 몰라?"

로희가 눈도 깜박하지 않고 대답했다.

"모르지만 모르고 싶어."

"밀가루에 설탕을 넣고 부친 건데⋯⋯. 모양은 좀 그렇지만⋯⋯."

더듬더듬 명준이 변명을 하는지 말는지, 로희가 자리에서 벌떡 일어섰다. 로희의 눈은 싱크대에 고정되어 있었다. 정확히는 싱크대에 던져두었던 밀가루 봉지였다. 마치 더러운 것이라도 만지듯 엄지와 검지 끝으로 봉지를 집어 든 로희가 여기저기를 살폈다. 그러고는 기가 막힌다는 듯 봉지를 명준에게 내밀었다.

"유통기한 2017년 6월 9일까지. 2년도 더 지났어. 안 보여?"

명준은 흠칫했다.

"기억이 나? 지금이 몇 년도인지 몇 월인지 아는 거야?"

"문맹이야? 달력 있잖아."

로희가 턱으로 가리킨 벽에 아랫동네 농약사에서 얻어 온 달력이 걸려 있다. 머쓱해진 명준이 얼른 봉지를 받아 들고 등 뒤로 감췄다.

"가, 가루는 괜찮아."

로희는 미간을 잔뜩 찌푸린 채 명준의 옆을 획 하니 스쳐 지나갔다. 로희가 부엌문을 벌컥 열었다. 한 손에는 효자손을 움켜쥐고 한 손에는 접시를 집어 든 채였다. 명준에게는 시선도 돌리지 않고 로희는 곧장 부엌에서 마당으로 내려섰다. 명준은 허둥지둥 그 뒤를 따랐다.

마당으로 나간 로희는 뭔가를 찾는 듯 주변을 두리번거렸다. 덜컥 겁이 났다. 혹시 기억이 돌아오는 건 아닐까, 명준이 아빠가 아니고, 이 집 역시 처음 와본 생소한 집이라는 것을 깨닫기 시작한 것은 아닐까 하는 생각들이 두서없이 명준의 머릿속을 어지럽혔다.

"뭐, 뭐 찾아?"

"개 어딨어?"

"개? 갑자기 무슨 개?"

되묻는 명준의 말끝이 파르르 떨렸다. 로희의 집에 개가 있었던가? 개가 있다는 말을 들은 적은 없다. 집 앞까지 갔었지만 사고가 나는 바람에 안을 들여다보지도 못했다. 로희의 집에 개가 있었던 거라면 서서히 기억이 돌아와 뭔가 이상하다고 느낀 건지도 모른다. 로희가 날카로운 시선을 휙 명준에게로 돌렸다.

"개 주라고 갖고 들어온 거 아냐?"

명준은 눈을 깜박거렸다. 귀에 로희의 말은 들리지만 그 말이 뜻하는 바를 얼른 알아듣지 못하는 사람처럼, 오래된 컴퓨터가 로딩되는 것처럼.

순간 그런 명준의 배를 푹 찌르고 들어오는 것이 있었다. 명준은 헙, 하고 숨을 들이쉬며 자신의 배를 내려다보았다. 로희가 정체불명의 흰 걸레 같은 것이 담긴 접시를 명준의 배에 깊숙이 찔러 넣고 있었다. 일띨결에 명준은 접시를 받았다. 군대에서 고문관이라 불리던 시절 자주 느꼈던 감각이 웬일인지 오늘 재현되고 있었다.

로희가 단호하게 말했다.

"다시."

돌아서는 로희를 향해 명준이 황급히 입을 열었다.

"모양은 이렇지만 그래도 이거……."

명준의 사소한 말대답이 로희의 신경을 거스른 것일까. 척, 하고 로희가 든 효자손 끝이 그의 목을 겨누었다.

"그 혐오스러운 거 다시 한번 들이대 봐."

명준은 침을 꿀꺽 삼키며 간신히 고개를 끄덕였다. 표정이 누그러진다 싶더니 로희는 효자손을 거두고 몸을 돌려 안방으로 향했다. 그 뒤에 대고 명준의 소심한 반항이 이어졌다. 그는 주먹으로 로희의 머리를 향해 꿀밤을 먹이는 시늉을 해댔다.

"그나저나……."

순간 휙, 로희가 뒤돌아섰다.

명준이 그대로 굳었다. 로희가 눈을 가늘게 뜨고 명준과 집을 둘러보았다. 뭔가 의심스럽다는 기색이 역력히 드러났다.

"이게 정말 내 집이라고?"

명준은 커다란 바늘 수십 개가 명치를 쑤시는 듯 뜨끔거렸다.

"왜…… 왜?"

로희는 시선으로 집을 한번 쓱 훑었다.

"뭔가 혐오스러워."

이해가 가지 않는다는 듯 연신 고개를 갸웃거리며 로희가 안방 문을 열고 들어갔다. 닫히는 문을 보며 명준은 다리가 후들거려 그 자리에 주저앉고 말았다.

***

명준이 열심히 발을 놀려 산 아래로 내려가고 있었다. 그의 헐떡거리는 숨소리가 산속 여기저기에 부딪혀 울렸다. 결국 명준이 만들었던 정체불명의 흰 걸레는 명준의 입안으로 들어갈 예정이었다. "개밥 아냐?"라던 로희의 말이 찜찜하지만, 그래도 버릴 수야 없잖은가.

어쨌거나 배고프다는 로희를 굶길 수는 없다. 혜은이 떠난 뒤 희애를 혼자 키우면서 간단한 음식은 만들 수 있었다.

그나저나 대체 어떻게 된 아이일까. 기억을 잃은 건 그렇다 치더라도 하는 행동이나 말투가 예사롭지 않다. 말하는 것만 들으면 열한 살이라고는 도저히 믿을 수 없다. 부잣집 아이라 천상천하 유아독존의 자세가 뼈 마디마디에 스며든 것일까. 그럴지도 모른다. 부잣집 아이들은 태어나면서부터 오냐오냐 떠받들려 가며 자라니까.

'하지만……'

그렇게 큰 것치고는 이상하다. 아이가 사라졌는데 전화를 받지 않는다니……. 명준은 산을 내려오면서 몇 번이나 전화를 걸었다. 아이의 아버지 휴대폰 번호라고 알고 있었다. 하지만 여전히 전화를 받지 않았다. 문자를 찍어볼까 했지만 그만두었다. '댁의 따님을 데리고 있습니다.' '납치했는데 돈을 주세요.' 그런 문자를 보내는 일은 이상하기 그지없다.

바쁜 사람들이라 해외 출장이라도 간 걸까. 열한 살짜리 여자애 하나만 남겨두고? 게다가 그 정도의 집에 일하는 사람이 한 명도 없을 리가 없다. 부모는 없다 하더라도 자신이 일하는 집 아가

씨가 사라지면 집주인에게 연락하거나 경찰에 신고하는 것이 당연하다.

'혹시 벌써 경찰에 신고가 들어간 건 아닐까?'

몸값 협상을 하려고 해도 연락이 닿지 않자 이상하게 느낀 유괴범이 현장에 나타나는 것이다. 경찰들은 잠복했다가 그를 잡는다. 이런 시나리오가 형사들 손에 있는지도 모르는 일이다.

그는 고개를 저었다. 계속 심각한 상황으로 몰고 가는 것은 그의 나쁜 버릇이었다. 어릴 때부터 지켜온 하나의 신념대로 해야 한다.

현재만 보자. 지금 당장 할 수 있는 것을 하자. 최선을 다해서.

지금 당장 할 수 있는 것은 로희의 배를 부르게 해주는 일.

명준은 이제 몇 미터 남은 상길 슈퍼의 간판을 쳐다보았다.

"어서 오세요."

상길 슈퍼의 문을 밀어 열고 들어가자 순식간에 땀이 비 오듯 쏟아졌다. 슈퍼 직원으로 보이는 남자의 인사에 간신히 고개만 까딱한 채 명준은 다리를 질질 끌며 안으로 들어갔다. 뭘 사야 하나. 그는 힘이 빠져 늘어지는 몸을 간신히 끌고 매대 여기저기를 훑어보았다.

동물의 습관이란 참 무섭다. 잠든 김유신을 태운 말이 기생 천관녀의 집으로 갔던 것처럼 정신을 차리고 보니 명준은 라면 매대 앞에 서 있었다. 희애와 떨어져 혼자 살게 되면서 거의 라면으로 연명했던 탓이다. 그는 어느새 쥐고 있는 라면을 번개라도 맞은 듯 화들짝 놀라며 내려놓았다.

로희에게 라면을 내놓는 광경이 그의 머리를 번개처럼 스쳐 지나갔기 때문이었다. '이따위 걸 음식이라고 사 왔냐'며 로희는 봉투째로 라면을 가루로 만들어버릴 것 같았다. 그는 몇 걸음 더 옆으로 갔다. 3분만 전자레인지에 돌리거나 물에 넣고 끓이면 된다는 카레와 짜장이 있었다. 카레는 매운맛만 남아 있고, 짜장은 짜다. 아이에게 맞는 음식이 아니다.

그는 채소 코너로 향했다. 계란과 당근을 들어 장바구니에 넣었다. 계란을 풀고 당근을 다져 넣어서 계란찜을 만들 생각이었다. 그때 그의 주머니 안에서 휴대폰이 진동했다. 혜은이 준 대포폰에 걸려 온 전화였다. 명준은 혹시나 슈퍼 직원이 듣고 있지나 않은지 주변을 둘러본 후 조심스럽게 전화를 받았다.

－어떻게 됐어?

자기 하고 싶은 말만 하는 건 여전하다. 전화를 받기가 무섭게 혜은은 본론을 던져놓았다. 그녀가 묻는 '어떻게 된' 것의 주체는 당연히 명준이 아니었다. 느닷없는 교통사고로 기억을 잃은 로희의 건강이나 안위 따위도 아니었다. 돈을 달라는 협박 전화, 그 전화가 성공적이었는지 아닌지만이 궁금한 것이다. 희애를 두고 어느 날 느닷없이 떠났다가 몇 년 만에 나타나 아무 일 없었던 얼굴로 "언제까지 그러고 살래?" 하고 물었던 것처럼 그녀는 자신의 할 말만 중요한 사람이었다.

"안 받아."

명준의 짧은 대답이 혜은의 심기를 건드린 것일까. 혜은이 목소리를 높였다.

-말이 돼? 애가 유괴당했는데 전화 안 받는 부모가 어딨어?

너 같은가 보지. 그렇게 비꼬려다가 말았다. 지금은 괜한 말씨름으로 에너지를 소모하고 싶지 않다. 무엇보다 혜은을 이길 자신도 없다. 대신 혜은의 말에 발끈한 자신의 기분은 드러내야겠다 싶었다.

"그럼 내가 전화를 안 해보고 했다고 하겠어? 유……!"

그는 말하다 말고 급히 입을 다물었다. '유괴'라는 단어가 하마터면 큰 소리로 터져 나올 뻔했다. 그는 입가를 가리고 아주 작은 목소리로 말했다.

"유괴해놓고 협박 전화 안 거는 유괴범은 있니?"

그러나 혜은은 명준의 기분에는 그다지 관심이 없는 듯했다.

-뭔가 이상한데…….

명준은 신선 코너에 있는 청국장을 집어 들었다. 일반적으로 어린애들은 청국장을 좋아하지 않을 것 같지만 의외로 좋아하는 아이들이 많다. 희애도 그랬다. 두툼하게 썬 두부를 집어넣고 청국장을 끓여주면 다른 반찬이 없더라도 밥에 쓱쓱 비벼 잘 먹었다. 명준은 청국장을 장바구니에 넣으며 대답했다.

"이상하기로는 여기서 너랑 내가 제일 이상하지."

-4-

-그럼 일단 저녁에 다시 전화해봐. 목소리는 땄어?

묵직하게 늘어진 봉지를 한 손에 든 명준은 슈퍼에서 나오면서도 휴대폰을 귀에서 떼지 못하고 있었다. 이제 그만 좀 끊어, 라고 말하려 할 때쯤 혜은이 그렇게 물었다.

협박 전화를 위해 로희의 목소리를 녹음을 하기로 했었다. 멘트는 이미 혜은이 정해놓았다.

'아빠, 살려줘! 엄마, 보고 싶어.'

명준은 걸음을 멈칫했다. 아차 싶었지만 잊고 있었다고 말할 수는 없다.

"어."

애매한 어조라는 것을 혜은은 단박에 알아차렸다. 보육원에서 함께 자라, 어린 시절부터 명준의 기분 변화에 대해서만큼은 눈치가 빠른 여자였다. 그래서 더 그녀에게 서운함이 컸다. 그녀가 떠나면 자신이 무너진다는 것을 알았으면서.

혜은이 의심스러운 목소리로 말했다.

―정말 한 거 맞아? 위험하다 느낄 만큼 한 거야?

위험하다 느껴서 바로 아이 부모가 돈을 보낼 만큼, 다급한 목소리를 제대로 녹음했냐는 뜻이다. 명준의 대답이 늦어지자 혜은이 쐐기를 박았다.

―나한테 먼저 보내봐.

명준은 발끈했다.

"나 지금 와이파이 안 되거든? 너한테 데이터 1메가도 쓰기 싫은 사람이야!"

―지금 내가 나 좋자고 이래?

어쨌거나 지금은 녹음한 파일 같은 건 없다. 없다고 사실대로 말할 생각도 없다. 그저 집에 돌아가서 녹음만 하면 될 일, 괜한 무시를 받고 싶지 않았다. 명준은 뭔가 항변을 하려고 입을 떼었다. 그때였다. 큰 트럭이 그의 앞에 와서 섰다. 슈퍼 직원이 달려 나왔다.

"이렇게 늦게 갖다주면 어떡해요. 이 동네 아줌마들은 새벽같이 두부 사러 온다구."

두부를 납품하는 차량이었다. 아직도 안 갔냐는 듯 슬쩍 보는 슈퍼 직원의 시선에 명준은 슬쩍 몸의 방향을 틀며 산속 집을 향해 걸음을 떼기 시작했다.

하지만 뭔가 이상한 것을 혜은이 느낀 모양이었다.

-이게 무슨 소리야? 당신 지금 어디야?

"슈퍼"라고 대답하자 곧장 "애는?" 하는 질문이 되돌아왔다. 간단히 "집에"라는 명준의 대답에 혜은이 발작하듯 찢어지는 고함을 내질렀다.

-미쳤어! 지금 장난하는 건 줄 알아?

차라리 장난이면 얼마나 좋을까. 짜잔, 지금까지 몰래카메라였습니다, 하고 로희를 집에 돌려보낼 수 있다면. 짜잔, 하고 나타난 의사가 희애의 병이 모두 장난이었다고 말해준다면. 화는 나서 주먹은 움켜쥐겠지만 세상을 다 얻은 듯 행복할 텐데. 만약 신이 있어 이 모든 일을 장난으로 만들어준다면 명준은 맹세할 수 있었다. 대가가 필요하다면 자신의 목숨이라도 내놓겠다고.

하지만 현실에 신은 없다. 그게 현실이다.

"지금 이 상황을 모르면 내가 미친 새끼지. 그럼 어떻게 해? 먹을 건 하나도 없는데 애를 굶겨 죽여?"

혜은이 전화기 너머에서 긴 한숨을 내쉬었다.

-설마 차 갖고 내려온 건 아니지? 아무리 대포차라도 CCTV에 흔적 너무 많이 남으면 추적될 수 있어.

"발바닥 닳게 걸어 내려왔다! 그럼 차 한 대 더 주든가. 똥차 한 대 줘놓고 더럽게 생색이야."

-일만 잘 처리되면 그깟 차가 문제야?

혜은의 그 말에 명준의 걸음이 우뚝 멈추었다. 그의 미간이 사납게 구겨졌다. 바보 같아서 호구되기 십상이라는 말 대신 사람 좋아 보인다는 말로 포장되어온 그에게서 나온 것이라고는 상상도 할 수 없을 만큼 서늘한 목소리로 말했다.

"나 지금 너 쓰라고 이러는 거 아냐. 정신 차려. 나 한 푼도 너한테 안 줘. 우리 희애 살리는 거 아님 애초에 이런 짓도 안 해."

-알아. 뭘 또 그렇게 예민하게 받아? 알았으니까 얼른 올라가.

한숨과 함께 혜은이 언쟁을 중단했다. 하지만 그걸로 끝이 아니었다. 혜은이 전화기 너머로 명준의 위치를 알고 잔소리를 퍼부은 것처럼, 명준도 들려오는 소리로 혜은이 있는 장소가 뭔가 심상치 않음을 깨달았다. 한껏 날카로워지는 혜은의 말 뒤로 뭔가 이질적인 소리가 들렸던 것이다. 명준은 휴대폰을 귀에 더 바짝 갖다 대었다. 많은 사람들이 웅성거리는 소리. 그리고 그 소리들이 넓은 공간 여기저기에 부딪혀 다시금 파생되는 소리. 뭐라고 하는지 정확히 들리지는 않지만 기계를 통해 나오는 여성의 안내 멘트 같은 소리와 바퀴가 굴러가는 소리들이 두서없이 들려왔다. 그 공간이 명준의 머릿속에 그려지기까지는 오랜 시간이 걸리지 않았다.

공항.

"당신 지금 어디야?"

혜은은 대답하지 않았다. 그는 아찔해지는 정신을 가다듬으며 간신히 "희애는?" 하고 물었지만 이번에도 혜은은 아무런 대답이 없었다. 명준이 다시 물었다.

"희애는?"

─중요하게 볼일이 있어서 어디 좀 왔어.

그녀의 대답에는 '희애'가 없었다. 또다시 "희애는?" 하고 물었다. 이번에는 자기도 모르게 고함이 터져 나왔다. 특별한 소리를 내지 않아도 혜은이 움찔하는 것이 느껴졌다.

혜은은 머뭇거리며 대답했다.

─어차피 갠 지금 의식도 없잖아.

부모로서 해서는 안 될 소리였다.

***

소아백혈병으로 항암 치료를 받던 희애가 혼수상태에 빠진 것은 두 달 전의 일이었다. 생명 유지 장치로 간신히 목숨은 붙어 있지만 언제까지 버틸 수 있을지는 미지수라고 했다. 남은 것은 골수 이식뿐이라고 했지만, 불행히도 명준의 골수는 맞지 않았다.

희애는 그날도 잠들어 있었다. 이제는 인공호흡기에서 나는 산소 주입 소리가 희애의 숨소리처럼 들렸다. 진짜 희애의 숨소리를 잊게 될까 봐 명준은 더럭 겁이 났다.

"희애야, 아빠 왔어."

당연한 일이지만, 희애는 전혀 반응이 없었다. 그래도 들릴 거야. 아빠가 와서 기뻐할 거야. 명준은 애써 그런 상상들을 했다.

그때 멀리서 또각거리는 소리가 들려왔다. 명준은 잠시 숨을 멈추었다. 청각을 포함한 모든 신경이 등 뒤의 병실 문 밖으로 향했다. 밀린 병원비 때문에 그와 만나는 간호사들은 빨리 수납을 해야 한다며 싫은 소리를 했다. 치료가 중단될 수 있다거나 은근히 퇴원을 종용하기도 했다.

'지나가라, 지나가라.'

주문처럼 그렇게 외웠지만 안타깝게도 구두 소리는 희애의 병실 문 앞에서 멈추었다. 명준은 빛과 같은 속도로 희애의 침대 아래로 몸을 날렸다. 간발의 차로 병실 문이 열렸다. 또각거리는 소리가 명준 쪽으로 점점 가까이 다가왔다. 명준은 질끈 눈을 감았다가 떴다. 그런데 뭔가 이상했다. 간호사들이 신는 흰색 신발이 아니었다. 적어도 7센티미터는 되어 보이는 빨간색 구두 굽과 검은색 스커트가 보였다.

'누구지?'

명준은 고개를 빼 위를 보았다. 그리고 그녀와 눈이 마주쳤다. 그녀는 잠깐 놀라는가 싶더니 이내 인상을 구겼다. 그러고는 츠츠, 혀를 차듯 말했다.

"언제까지 그러고 살래?"

그것이 그의 전 아내 혜은과의 재회였다. 희애와 명준을 버리고 사라진 지 3년 만이었다.

그녀가 사라진 후 명준의 인생은 많은 것이 바뀌었다.

명준이 매일같이 일해 벌어 온 월급을 쌓아두었다던 통장도, 자신의 것이라 여겼던 집도 모든 것이 허상이었다. 통장은 비다 못해 마이너스였고, 집은 이미 담보로 잡혀 있었다. 내 집 마련을 했다며 활짝 웃던 날도, 차곡차곡 모아 훗날 아이의 학비를 하자던 약속도 모두 그녀와 함께 사라져버렸다. 혜은이 사라지자 매일같이 사채업자들이 들이닥쳐 집을 부쉈다. 아마 그대로 뒀더라면, 그 집은 가루가 됐을지도 모른다. 오기를 부리지 말았어야 했다. 그자들이 회사까지 들이닥쳐 부술지는 알지 못했다. 사채업자들의 불법추심이었지만, 회사는 그의 사정을 이해해주지 않았다.

퇴직금은 곧장 은행에서 사채업자에게로 넘어갔다.

집도 절도 없는 인생, 이제 빛이 오려나 할 때 또다시 절벽으로 떨어지자 그는 살고 싶은 생각조차 없었다. 딸 희애가 없었다면 그는 극단적인 선택을 했을 것이다.

그날부터 살기 위해 발버둥 쳤다. 산속에 버려진 외딴집을 찾아 이곳에 들어왔다. 세상에는 희애와 명준, 둘밖에 없는 듯했다.

희애가 아홉 살인 지금, 떠날 때처럼 홀연히 혜은이 찾아오기 전까지는.

"그 앨 데려오자. 그 애 부모가 그 정도 돈은 내놓을 거야."

유괴를 제안하기 전까지는.

***

택시가 영인대학병원 앞에 서자마자 명준은 미친 듯이 안으로 달려 들어갔다. 엘리베이터 승강장에서 한 층 한 층 내려오는 층 표시를 보면서도 가만히 있지 못했다. 이리로 한 걸음, 저리로 두 걸음, 조바심이 나 발을 이리저리로 옮기면서 목이 메마르는 것을 느꼈다. 누군가 아는 척이라도 하면 왈칵 눈물이 날 것 같았다. 제 팔뚝보다 두꺼운 호스를 기도에 연결한 채 혼자 누워 있을 희애를 생각하면 가슴이 찢어질 것 같았다. 나쁘게 살아온 인생에 대한 죗값을 왠지 희애가 다 받는 것만 같았다.

연좌제가 사라진 게 언젠데. 나쁜 하느님.

엘리베이터에 올라타고 명준은 8층 버튼을 눌렀다. 그가 숨을 깊게 들이쉰 순간, 그의 가슴이 크게 한 번 부풀었다가 내려간 순간, 딸아이의 일이라면 벌벌 떠는 딸 바보 아빠의 얼굴이 순식간에 사라졌다. 그는 무표정한 얼굴로 뒤춤에 손을 가져다 대었다. 거기에 꽂아두었던 모자를 머리에 깊게 눌러썼다. 몇 초 후 엘리베이터에서 내리는 그의 발놀림은 이 병원에 뛰어 들어오던 사람과는 동일 인물이라는 생각이 들지 않을 만큼 침착했다. 엘리베이터에서 내린 그는 승강장 벽에 몸을 숨기고 목을 길게 뺐다. 정면보다 약간 왼쪽에 간호사 데스크가 있다. 각진 턱을 30도쯤 들고 말하는 습관이 있는 간호부장이 데스크에 서서 전화를 걸고 있었다. 오늘 하필 저 여자가 근무일 건 뭐람.

양쪽 눈을 사납게 찢으며 잔소리를 쏟아내는 간호부장의 모습을 상상하니 소름이 돋을 것 같았다.

"잠시만요."

뒤에서 들려온 목소리에 명준은 몸을 살짝 틀어 뒤를 돌아보았다. 환자복을 높이 쌓아 올린 밀차를 50대로 보이는 여자가 밀고 있었다. 여자는 흰색 마스크를 쓰고 있었다. 명준의 눈이 빛났다.

"연락이 안 돼요. 네……. 후우, 한번 가볼게요."

전화를 끊으며 간호부장은 아랫입술을 질끈 깨물었다. 803호 김희애 어린이의 보호자와 연락이 전혀 닿지 않았다. 몇 개월씩이나 밀린 병원비도 벌써 2천만 원인데, 입원비를 밀렸다고 쫓아내면 인권이 어쩌고, 생명 존중이 어쩌고 하며 비난을 받을 테니 그러지 못하는 것이 차라리 다행이라면 다행이었다. 그런데 문제는 더 있었다. 보호자인 아버지와 전혀 연락이 닿지 않았다. 통보해야 할 중요한 일이 있었다. 어떻게든 변제를 하겠다며 당장 달려와 사정을 해도 모자랄 판에 아버지란 자가 연락이 되지 않다니. 간호부장은 쯧쯧, 혀를 차면서 아무 생각 없이 고개를 들었다.

환자복을 실은 밀차를 용역업체 아주머니가 밀고 있었다.

"안녕하세요."

"예."

인사를 나눈 간호부장은 아주머니에게서 시선을 돌려 데스크 위의 차트 하나를 집어 들고는 길게 한숨을 내쉬었다. 어쨌거나 병실에 보호자가 와 있을지도 모르니 가보라는 지시를 받은 것이다.

***

밀차의 바로 옆에 붙어 걸으면서 간호부장의 시선을 간신히 피한 명준은 드디어 803호 앞에 섰다. 아주머니가 의아한 듯 보았지만 명준이 병실 쪽으로 몸을 돌리자 고개를 갸웃하며 그대로 지나갔다.

803호. 인공호흡기를 써야 하는 환자가 사용하는 병실. 2인실이었다.

물론 하룻밤 병원비는 6인실에 비교할 수 없을 정도였다. 하지만 자발 호흡이 되지 않는 희애에게는 반드시 인공호흡기가 필요했다. 명준이 새벽같이 인력시장에 나가 일주일을 빡세게 일해야 벌 수 있는 돈이 희애의 하루치 병원비에 나갔다. 그의 마이너스 재정은 점점 나빠질 뿐이었다.

문을 조심스레 열었다. 희애와 같은 방을 쓰고 있다는 70대 할머니는 보이지 않았다. 침대가 있던 자리가 비어 있는 것을 보니 검사라도 하러 내려간 모양이었다. 할머니 역시 거의 정신을 차리지 못했다. 모르는 사람이 봐도 죽음이 목전에서 찰랑거리고 있음을 알 수 있었나. 희애의 옆자리는 주로 그런 사람들로 채워졌다. 길어야 한 달, 짧게는 사흘 만에 희애의 옆자리는 계속 바뀌었다. 희애만이 지루한 시간을 홀로 버티고 있었다. 희애는 살아서 나갈 수 있다고, 명준은 늘 주문처럼 외웠다.

'남자가 우는 거 아냐. 꾹 참아야지.'

혼자 누워 있는 희애를 보자 눈물이 왈칵 나오려고 했지만 희애의 말을 떠올리며 그는 꾹꾹 참아내었다. 유난히 마음이 약한 그에게 희애가 늘 해주던 말이었는데…….

"희애야."

침대 아래쪽에 대롱대롱 매달려 있는 소변 주머니가 가득 차서 빵빵하게 부풀어 있었다. 간병인을 쓸 상황이 아니기 때문에 일이 끝날 때까지만 혜은에게 맡겨놓은 것이었는데……. 하루 종일 밥을 먹지도, 지루하다고 보채지도 않고, 일일이 소독을 해줘야 하는 것도 아닌 희애의 옆에서 일이 끝날 때까지만 봐달라고 부탁한 것뿐이었다. 아이의 엄마는 그런 여자였다. 다른 사람의 일에는 아주 작은 것조차 신경 쓰지 않는 여자. 하다못해 자식에게까지도.

명준은 주변을 둘러보았다. 침대 밑에 길쭉한 남성용 소변 통이 놓여 있었다. 여기다 소변을 담아 화장실로 가서 버려야 한다. 명준은 소변 주머니 아래에 있는 소변 관의 뚜껑을 열고 소변 통을 가져다 대었다. 기다렸다는 듯 소변이 거세게 쏟아져 나왔다.

"미안. 많이 마려웠지."

그 소변들은 이미 희애의 몸에서 빠져 나온 것임에도 명준은 매번 그렇게 말했다. 이것이 희애가 소변을 보는 행위라고. 그렇게라도 해서 희애가 살아 있다고 느끼고 싶었다.

"억."

명준의 입에서 짧은 탄식이 쏟아져 나왔다. 너무 가득 차 있어서 결국 소변 통이 넘치고 말았던 것이었다. 양을 보고 얼른 뚜껑을 닫았어야 했는데 한 손으로 소변 관을 잡고 다른 손으로는 소변 통을 든 채라 누런 소변이 바닥에 쏟아지는 것을 뜬 눈으로 지켜보아야만 했다. 소변 통을 든 채로 명준은 바닥에 쏟아져 버린 소변을 닦을 뭔가가 없는지 주변을 둘러보았다.

그때였다. 멀리서 들려온다고 생각했던 구두 소리가 점점 커지더니 803호 문 앞에서 뚝 멎었다. 동시에 명준의 심장과 호흡이 멎었다. 그는 튀어나올 만큼 커다래진 눈으로 병실 문 쪽을 보았다. 병실 문 위쪽의 불투명한 작은 창에 각진 얼굴이 어른거렸다.

"아, 짐 챙기러 오셨나 봐요."

"예. 이제 장례식장으로 옮겨요."

"힘내세요. 삼가 고인의 명목을 빕니다."

희애와 같은 방을 쓰는 할머니께서 운명하신 모양이었다. 그러나 명준에게는 마음속으로나마 애도를 표할 시간조차 없었다. 어딘가에 숨어야 했다. 그는 주변을 두리번거렸다. 화장실은 들킬 위험이 너무 컸다. 소변이 쏟아졌으니 그걸 치우겠다고 화장실을 열 공산이 컸다. 누군가 병실 문의 손잡이를 잡는 미세한 소리에 명준은 신경을 곤두세웠다. 그는 마른침을 꿀꺽 삼켰다.

들키면 희애의 퇴원 서류에 사인을 강요당할 것이다!

명준이 몸을 날린 순간, 병실의 문이 열리고 간호부장과 할머니의 딸로 보이는 여자가 들어왔다. 병실 안을 본 간호부장의 눈이 커다래졌다. 그녀의 얼굴이 순식간에 일그러졌다.

"아니, 이걸 누가!"

병실 바닥에 소변이 쏟아져 있었다. 게다가 소변 주머니 뚜껑도 열려 있었다. 누군가 소변 주머니를 빼고는 부주의하게 뚜껑을 닫지 않은 것 같았다. 소변이 바닥으로 떨어진 건 그렇다 하더라도 뚜껑을 열어둔 것은 문제였다. 소변 카테테르를 통한 바이러스 감염이 있을 수 있었다. 간호부장이 고개를 갸웃했다.

"우리 간호사들이 이러진 않았을 텐데, 누가 이랬지. 바로 치울게요."

그녀는 소변 주머니의 뚜껑을 잠그려 허리를 숙였다. 그리고 그 눈과 마주쳤다.

침대 아래쪽에 잔뜩 옹송그린 채 몸을 숨기고 있는 명준의 눈과!

"꺄아아아악!"

찢어지는 간호부장의 비명을 뒤로하고 명준은 침대 밑에서 나와 냅다 달려 병실을 벗어났다. 뒤를 돌아보니 간호부장이 엄청난 속도로 쫓아오고 있었다. 잡힐 새라 명준은 더 힘껏 달렸다. 그때였다.

"아버님, 골수 찾았어요!"

그는 우뚝 멈춰 섰다. 천천히 뒤를 돌았다. 크게 뜬 눈이 희미하게 떨렸다. 한숨을 푹 내쉰 간호부장이 그의 앞까지 다가왔다.

"희애랑 맞는 골수 기증자가 나타났어요."

정말이냐고, 언제 수술할 수 있는 거냐고, 이제 우리 희애 살 수 있는 거냐고 물어야 했다. 그러나 명준의 입에서 나온 것은 다른 말이었다.

"……수술비는."

"3천만 원쯤 된대요."

간호부장이 안타까운 듯 얼굴을 구긴 채로 말을 이었다.

"밀린 병원비를 내셔야…… 수술 일정을 잡을 수 있어요."

그는 정신이 빠진 듯 터덜터덜 병원 홀을 벗어났다. 희애의 골수 기증자가 생긴 것은 너무 기뻤지만 밀린 병원비에 3천만 원까지 있어야 했다. 그는 괴로운 듯 아랫입술을 깨물었다. 이젠 정말로 로희의 몸값을 받는 데 성공해야 했다. 그런 생각을 하던 그는 우뚝 멈춰 섰다. 어떤 생각이 머릿속을 비호 같이 스쳐 갔다.

명준은 이곳에 들어올 때만큼이나 죽을힘을 다해 달려 병원을 빠져나갔다.

생각해보니 로희가 산속 집에 혼자 있다!

-5-

명준은 병원에서 나가자마자 곧장 택시를 잡아타고 달렸다. 택시 안에서 몇 번이나 '아저씨 빨리요!'를 외칠 뻔했지만 가까스로 참았다. 아주 사소한 꼬투리로 체포될 수도 있다. 기억에 남는 행동은 최대한 자제해야 했다.

마음은 급하디급했지만 마을의 초입새에서 내렸다. 혹시 모를 일에 대비해서였다. '빈차'라고 불을 밝힌 택시가 유턴을 하여 사라진 후, 명준은 달리기 시작했다. 숨이 목을 넘나들고, 심장은 이래도 되나 싶을 정도로 빠르게 뛰었지만 그는 멈출 수 없었다. 로희가 사라졌을지도 모르고, 그사이 기억을 찾아 신고를 했을 수도 있다는 생각은 그의 머리에 없었다. 기억을 잃었든 어쨌든 생소한 집에, 심지어 깜깜한 산속 집에 아이가 혼자 남아 있다는 생각을 하니 마음이 조급해져 견딜 수가 없었던 것이다.

어린 시절 녹슨 철봉을 핥았을 때 났던 맛이 목구멍에서 느껴진다 싶을 때쯤 명준은 집 앞에 다다를 수 있었다. 까마득한 오르막을 쉬지 않고 부지런히 달린 덕이었다.

로희는 마루 끝에 앉아 하늘을 올려다보고 있었다.

방에서 나오는 불빛에 의지해 마루 끝에 앉아 있던 아이의 무덤덤하면서도 말간 눈을 보자니, 순간 맥이 탁 풀리면서 주저앉을 뻔했다. 그는 로희의 옆에 엉덩이를 걸치며 거친 숨을 토해냈다. 숨에서 쇳소리가 났다.

"허억, 커억. 혼자 한참…… 미안……. 밥…… 허억…… 금방…… 만들…… 커억……. 배고프지…… 꾸엑."

인상을 쓸 줄 알았으나 로희는 이번엔 그러지 않았다. 다만 세상에서 가장 한심한 것을 보는 듯한 눈으로 그를 보았다. 명준은 가쁜 숨을 가라앉히려 애쓰면서 로희를 향해 히죽 웃어 보였다. 어찌됐든 간에 아이가 무서워하지도 않았고 별일이 생기지도 않았다니 다행이었다. 입에서 단내를 풀풀 풍기면서도 벌쭉 웃는 명준의 목에 순간 로희의 효자손이 들어왔다. 이전처럼 정면에서 찌르듯 들어온 것이 아니라, 마치 뒤에서 나타난 무사가 협박이라도 하듯 옆면에서 겨냥한 모양새였다.

"내장탕 끓일 생각 아니면 숨 좀 쉬고 말해."

"응?"

명준이 눈을 껌벅이며 로희를 보았다.

"내장 나오겠다고."

홍, 소리를 내며 로희는 명준의 목에서 효자손을 거둬들였다. 입을 벌리고 멍하니 있는 명준을 흘깃 보고는 고개를 절레절레 저으며 봉투를 집어 들고 주방 안으로 들어갔다.

온몸이 땀범벅이었다. 기운이 쑥 빠졌다. 명준은 에라, 모르겠다는 마음으로 마루에 벌러덩 드러누워 버렸다. 잠깐 그러고 누워 있자 더 이상 목에서 철봉 핥는 맛은 올라오지 않았다. 숨을 쉴 때마다 나던 쇳소리도 없어졌다. 운동을 너무 게을리한 탓이다. 희애를 평생 지켜주려면 건강해야 하는데.

빨리 들어가 로희의 밥을 차려야겠다는 생각과 동시에 명준은 조금 전 로희의 말투를 떠올렸다.

'그거 한숨 좀 돌리라고 걱정하는 거 맞지?'

주방의 문이 벌컥 열렸다.

"빨리 들어와! 새벽밥을 먹일 생각이야?"

명준은 산 채로 뜨겁게 달군 프라이팬에 던져진 것처럼 펄떡거리며 일어났다.

"네네, 갑니다, 가요."

* * *

"다시."

로희가 툭 밀친 스테인리스 대접 안에는 계란찜이 들어 있었다. 하도 배고프다고 채근한 탓에 파도 당근도 없는 딱 계란뿐인 계란찜이지만 나름 포실포실 맛있게 했다고 생각하던 참이었다. 정작 로희는 입맛만 망가뜨렸다는 듯 인상을 쓰고 있었다. 당황한 명준이 숟가락을 들고 계란찜을 푹 퍼내어 입에 넣고 우물거렸다.

"맛있는 거 같은데?"

"싱거워."

"적당한 거 아니야?"

"아빠 맞아?"

미간을 구긴 로희의 한 마디에 움찔한 명준은 숨이 턱 막혔다. 뭐라도 빨리 말해야 한다는 생각만 머릿속에 떠오를 뿐, 눈만 또르르 굴려댔다. 혜은이 알았다면 그 정도 순발력도 없냐고 나무랐을 일이었다. 로희가 숟가락으로 스테인리스 대접의 테두리를 깡깡 내리쳤다.

"내 입맛에 안 맞는다고!"

후, 하고 한숨이 나올 뻔한 것을 간신히 참았다. 다행히 아빠가 아닌 것을 알아챈 것은 아니었다.

"내가 평소에 이렇게 먹었어? 아닌 거 같은데?"

"아, 아니. 너 짜게 먹지 않기로 아빠랑 약속했었거든. 그것도 기억 안 나는구나?"

명준은 헤헤, 사람 좋은 웃음을 흘렸다. 로희는 웃지도 않고 그런 명준을 빤히 보았다. 명준의 이마가 땀에 젖어 있었다. 로희의 시선이 그쪽으로 갔다가 내려왔다. 말은 안 하지만 미안해하는 것일 거다. 명준은 그런 생각이 들었다. 그냥 먹을게, 하고 얘기할지도 모른다. 로희가 말했다.

"다시."

그래서 명준은 두 번째 계란찜을 해 바쳤다. 이번에도 다시 해 오라고 하면 세 번째는 정말로 입에서 닭똥 냄새가 날 것이다. 혹시 몰라 몇 번이고 맛을 보았기 때문이었다. 아까보다는 조금 더 크게 한 숟가락을 떠 입에 넣는 로희를 명준은 긴장한 채로 바라보았다. 드디어 우물거리는 로희의 작은 입이 꿀꺽하고 음식을 목구멍으로 넘겼다. 동시에 명준의 목구멍도 꿀꺽하고 침을 삼켰다.

로희의 작은 미간이 좁혀졌다. 명준은 계란을 몇 개나 사 왔더라, 하고 계산해보았다.

"달아. 애들은 단 거 좋아할 거라는 얄팍한 생각은 대체 어디서 난 거야."

짠 것보다는 나을 것 같아서 설탕만 살짝 쳤더니……. 눈치 빠른 것.

"다시 해다 줄게."

명준이 힘없이 비실비실 일어났다.

"됐어."

달다고 해놓고도 로희는 숟가락을 움직이기 시작했다. 밥 한 숟가락을 입에 넣을 때마다 꼬박꼬박 계란찜을 떠서 먹었다. 그러고는 꼬박꼬박 미간을 찌푸리기를 반복했다. 억지로 먹는 것이 확연히 드러났다. 어쨌든 통과한 셈이다. 명준은 벽에 기대며 맥없이 주저앉았다. 다리에 힘이 푸르르 풀렸다.

"너무 고마워서 눈물이 다 난다."

"쓸데없는 소리."

로희가 몇 번 더 숟가락을 움직이다가 잠시 멈췄다. 무슨 생각을 하는지 숟가락을 든 채로 밥상의 어느 한구석을 응시하고 있었다. 밥상에 무슨 문제가 있어 보는 거라기보다는, 생각이 깊어져 시선이 움직임을 멈춘 느낌이었다.

"엄마는?"

한참 만에 로희가 꺼낸 말에 명준의 얼굴이 다시 새하얗게 질렸다. 오래 사용해 누렇게 변색되어버린 형광등 아래가 아니었다면 아마 명준의 얼굴색에 문제가 있음을, 뭔가 이상함을 알아차렸을지도 모른다. 명준이 당황해 말을 하지 못하자, 그동안 계속 치켜올라가 있기만 했던 로희의 눈이 가라앉았다.

"혹시…… 죽었어?"

왜 그런 말을 물어보는 걸까. 명준은 눈을 크게 껌벅거리다가 고개를 가로저었다. 엄마와 만나게 해달라고 하면 곤란한 일이 벌어지겠지만, 어린아이에게 상처를 줄 수는 없었다. 명준의 고갯짓에 다행이라고 생각했는지 로희의 굳어 있던 눈가가 풀어졌다. 아이는 의미심장하게 웃으며 말했다.

"바람?"

"성격 차이거든!"

누군가 주먹으로 명치를 내지른 것처럼 명준이 울컥하며 외쳤다. 로희는 눈 하나 깜짝 않고 흐응, 믿을 수 없다는 반응을 보이며 다시 밥을 입에 떠 넣었다.

명치가 아프다. 찔려서.

혜은이 갑자기 떠난 것은 아마도 바람이 맞을 것이다.

뭘 알고 그러는 것은 아니지만 명준은 막연히 혜은이 갑자기 사라진 이유는 바람 때문이 아니었을까 생각했다. 원래부터 명준에게 충실한 아내도 아니었고, 아이면 껌뻑 죽는 딸 바보 엄마도 아니었지만, 옷이나 화장에 그렇게 신경을 쓰지도, 함부로 외박을 하지도, 은근슬쩍 그녀의 가슴에 얹는 손을 밀어내지도 않았었다. 그런데 사라지기 얼마 전부터 혜은은 명준과 몸이 닿는 것 자체를 싫어하는 것 같았다.

그녀가 사라진 뒤 생각했었다. 어느 날 갑자기 떠났던 것처럼 혜은이 돌아오면 받아줘야지. 그러나 그 생각은 틀렸다. 사라진 지 한 달 후, 이혼 서류가 등기우편으로 왔다. 명준이 서류를 접수했고, 출두일에 맞춰 법원 앞에서 만난 게 전부였다. 돈은 어떻게 된 거냐고, 애는 어쩔 거냐고 따지지 않았다. 명준은 항상 현재만 보았다. 희애를 버릴 거냐고 물었고, 혜은은 그렇다고 했다. 그렇게 이혼 절차를 끝냈다. 그게 그녀와의 끝이라고 생각했다.

명준의 입이 댓 발 나온 것을 아는지 모르는지 밥을 마지막 한 톨까지 싹싹 긁어 먹은 로회가 순가락을 놓으며 말했다.

"자자."

***

꾸벅꾸벅.

눈이 감긴다 싶으면, 머리가 툭 떨어지고 동시에 손에 들고 있던 그릇이 설거지통으로 떨어져 요란스러운 소리를 냈다. 그러면 퍼뜩 정신을 차리고 스읍, 흘러내리는 침을 삼키며 주변을 둘러보았다.

어떻게 된 게 희애의 병원비를 마련하기 위해 새벽부터 인력시장에 나가 일할 때보다 더 피곤했다.

"정신 차리고 빨리 해야지. 또 효자손 날아올라."

말이 씨가 됐는지 말이 떨어지기 무섭게 문이 벌컥 열렸다. 너무 화들짝 놀란 탓인지 어깨가 뭉치는 듯한 통증이 느껴졌다. 명준은 미간을 찌푸리면서도 무슨 일이냐고 더듬거리며 물었다.

"대체 설거지를 몇 시간을 해?"

"왜······. 무슨 일인데?"

묻는 순간 또 뭘 시키려고 그러나, 하고 반사적으로 반항을 해볼 태세를 갖추었다.

"빨리 들어와 봐, 아빠."

"알았어."

아무 생각 없이 답을 한 순간 그는 잠깐 굳었다. 아빠, 라고 했다. 죄책감 같은 것이 가슴 언저리에서 꾸물거렸다. 유괴범 주제에 죄책감이라니. 한심하다.

서둘러 설거지를 마치고 안방으로 들어가자 온 방 안이 핑크색 천지였다. 로희가 옷장의 옷을 다 꺼내 바닥에 늘어놓았다. 희애는 핑크색을 좋아했다. 특히 아랫단이 펼쳐지는 원피스를 좋아했다. 가슴 언저리나 팔 부근, 아니면 치마 밑단에 프릴이 붙어 있으면, 아무리 먹고 싶은 것이 있어도 조르지 않던 아이의 눈이 반짝거리곤 했다. 희애의 옷을, 희애를 살리기 위해 데리고 온 아이가 자신의 것인 줄 알고 있는 상황에 명준은 고개를 들기가 힘들었다. 로희는 희애의 핑크색 옷 중, 잠옷 하나를 입고 있었다.

"설마 이게 내 옷이야?"

시선을 피하면서 명준은 힘겹게 고개를 끄덕였다.

로희는 마뜩잖은 표정으로 고개를 갸웃하며 엄지와 검지 끝으로 다른 원피스 하나를 집어 들었다.

"이게?"

명준은 시선을 피하면서 바닥에 널브러진 옷들을 주섬주섬 주워 올렸다. 마지막으로는 로희의 손가락 끝에 걸린 요란스러운 원피스도 잡았다. 로희와 이런 이야기를 하는 것이 상당히 불편했다.

"갑자기 옷은 왜?"

"그럼 이걸 입고 자?"

로희가 눈이 있으면 보라는 듯 바닥에 있던 청바지와 셔츠를 집어 들었다. 원래 로희가 입고 있던 것이었다. 아, 하는 소리가 명준의 입에서 자연스레 흘러나왔다. 바지는 몸에 딱 달라붙는 청바지였고, 상의 역시 타이트한 셔츠였다. 당연히 그걸 입고 잘 수는 없었다. 로희가 제가 입은 핑크색 잠옷을 손끝으로 들어 보이며 물었다.

"내가 이걸 입고 잤어?"

차마 입이 떨어지지 않아 고개만 끄덕거렸다.

로희는 잠옷을 입은 자신의 몸을 이리저리 보며 도무지 이해가 가지 않는다는 얼굴로 머리를 흔들었다. 희애의 잠옷 중에 가장 얌전한 옷이기는 했지만, 핫핑크에 흰색 하트가 시골집 밤하늘 별처럼 흩뿌려진 옷이었다.

짧은 머리에 키가 크고 호리호리한 로희에게는 전혀 어울리지 않았다. 마치 피에로 코스프레를 한 핼러윈의 소년 같았다. 로희는 그를 노려보고 있었다. 옷이 마음에 들지 않아서 그러는 줄 알았는데, 아이의 입에서 나온 소리는 전혀 예상외의 것이었다.

"근데……. 아빠, 너 나 때렸니?"

"뭐?"

크게 놀라 둥그렇게 뜬 눈앞으로 로희가 제 팔을 내밀었다. 아이의 온 팔이 멍으로 가득했다. 어떤 것은 사라지느라 희미한 푸른색이었지만 어떤 것은 생긴 지 얼마 안 되어 보이는 피멍이었다. 팔 안쪽에 바늘 자국으로 보이는 상처도 셀 수 없이 많았다. 아이가 학대를 당하고 있다던 혜은의 말이 뒤늦게 떠오르면서, 이제야 실감이 되었다. 왜 로희가 이 한여름에도 긴팔을 입고 있었는지 알 것 같았다.

하지만 그는 사실을 말할 수가 없다.

"그게 아니라……. 너 얼마 전에 벌에 쏘였어!"

"뭐?"

로희가 믿을 수 없다는 듯 인상을 구겼다.

"버, 벌통을 건드려서 벌 수백 마리가……."

"수백 마리가 팔만 쐈다고?"

"그, 그럼?"

"벌에 쏘였는데 이렇게 돼?"

"그렇지!"

"흐음……."

로희는 고개를 갸웃하며 제 팔을 계속 들여다보았다.

"붓지도 않고?"

"부었다가 가라앉은 거야!"

"그래?"

"그럼."

명준은 괜히 로희의 핑크 잠옷으로 화제를 돌렸다.

"아유, 예쁘네."

그러자 로희의 얼굴이 누가 빨간 물감이라도 풀어놓은 것처럼 달아올랐다.

"이게 뭐야. 정말 이상해."

쑥스러워하고 있다. 아까까지만 해도 건방져 보이던 얼굴이 사라지고 없었다. 얼굴은 새빨개지고서는 자존심은 세우려는지 로희가 눈을 희번덕거렸다.

"웃을 거면 웃어. 아니지. 아빠는 맨날 봤을 거 아냐. 왜 이런 걸 입게 놔둔 거야?"

명준은 이제야 로희가 어린아이다워 보였다. 외모에 한창 신경 쓸 나이다. 자기에게 어울리지 않는 옷을 입었을 때는 신경 쓰이는 것이 당연하다. 명준은 서랍장 하나를 열어 구석에 놓인 작은 상자를 꺼냈다. 안에 희애가 쓰던 핀들이 얌전히 들어 있었다. 당연히 핑크 리본이나, 꽃 모양뿐이다. 하지만 어울릴 것이다.

하얀색과 핑크색 끈을 겹쳐 만든 리본 핀을 골랐다. 명준은 로희에게 가까이 오라고 손짓했다. 상당히 의심스러운 눈빛을 보내면서도 주춤주춤 로희가 다가왔다. 경계는 하지만 궁금은 한 것 같았다. 명준은 손으로 로희의 한쪽 앞머리를 쓱 걷어 올렸다. 그러고는 핀을 쿡 꽂았다. 귀여웠다.

"이거 봐."

명준은 로희의 앞에 손거울을 내밀어 보였다. 로희가 말간 눈으로 거울 안의 제 모습을 들여다보았다.

"복숭아 같네."

명준이 자기도 모르게 웃었다. 로희는 한 손을 들어 드러난 이마를 쓱쓱 문질렀다.

"나쁘지 않은 것 같기도."

쑥스러운 듯 웃는 로희를 보는 명준의 가슴에는 다시 먹구름이 끼었다. 내일은 로희의 집에 몰래 가볼 생각이었다.

-6-

2019년 8월 23일 금요일.

"자, 아빠! 해봐."

로희가 큰 눈을 말뚱거렸다.

"아빠."

"아니, 아니지. 그렇게 말고. 아빠! '빠'를 더 크게 부르면서 아빠! 해봐."

"그걸 왜 하는데?"

명준의 입이 꾹 다물렸다. 시키면 시킨다고 할 로희가 아니었다. 하지만 꼭 녹음을 해야 한다. 제 아이의 목소리를 들려줘야 마음이 더 절박해지면서 순순히 돈을 준비할 거고, 아이가 살아 있다는 것만 확인하면 위험한 상황을 만들지 않기 위해서라도 경찰에 신고하지는 않을 것이다.

로희에게는 뭐라고 설명해야 할까. 아니, 애초에 유괴범이 이렇게 사정사정하는 것이 현실인 거야.

"음……. 그게, 아빠가 힘없을 때 들으면서 힘내려고."

"어차피 일도 안 하면서 힘은 내서 뭐에 쓰게?"

일 안 하는 줄은 어떻게 알았을까. 똑똑하다. 그래서 너무나 불편하다. 명준은 또 머리를 열심히 굴려야 했다.

"아빠도 일해."

"언제? 일하는 꼬라지를 못 봤는데?"

어른한테 꼬라지라는 말을 하면 안 된다고 가르쳐야 하나, 아니면 언제 일하는지 변명부터 해야 하나 혼란스러웠다. 명준은 결국 후자를 선택했다. 유괴범이 뭘 가르칠 자격 따위가 있겠냐는 생각이었다.

"바, 밤에."

"밤에? 아 그래서 어제도 그렇게 늦게 온 거구나."

"으, 응."

조금 찔렸지만 명준은 고개를 끄덕이며 말했다.

"무슨 일을 하는데? 나 기억이 안 나서 그래."

"그건 나중에 말해줄게. 자, 우선 아빠, 해봐."

명준은 얼른 휴대폰을 로희의 입에 가져다 대었다. 무슨 일을 하는지는 아무것이나 갖다 대면 된다. 어차피 로희가 일일이 확인할 수 있는 것도 아니고, 무엇보다 며칠 안에 돌려보낼 아이다. 하지만 저 순진한 눈에 할 수 있는 거짓말은 이미 한계치를 넘은 기분이었다.

흐응, 하던 로희가 휴대폰 가까이에 입술을 가져다 대었다. 명준의 눈이 매섭게 빛났다. 로희의 작은 입술이 열렸다.

"아…….."

순간 명준이 손가락으로 로희의 옆구리를 깊이 찔렀다. 일격에 로희는 비명 같은 소리를 내질렀다.

"빠!"

동시에 명준은 녹음 종료 버튼을 눌렀다. 작살 맞은 물고기처럼 허리를 구부렸던 로희가 쌜쭉 명준을 노려보았다.

"지금 뭐 하는 거야!"

그러거나 말거나 명준은 도망치듯 자리에서 일어나며 파일을 저장했다. 로희가 작은 주먹을 쥐고 벌떡 일어나는 것이 보였다. 명준은 빠른 걸음으로 방을 벗어났다. 이제 통화만 하면 된다. 이 음성 파일을 들려주고 돈을 받는 대로 저 아이를 돌려보내자. 그렇게 희애를 살리고 두 번 다시 이런 일은 벌이지 말자. 명준은 굳게 다짐했다. 그러면서 생각했다. 오늘은 꼭 로희의 부모와 통화하고 싶다고.

"이리 안 와!"

로희의 목소리가 쩌렁쩌렁 울렸다. 자신의 옆구리를 공격한 아빠에게 복수를 하겠다고 짧은 다리로 종종종 따라왔다. 잡힐 것 같으면 명준이 긴 다리로 성큼 걸어가고, 다시 잡힐 것 같으면 빠르게 걸어 멀리 도망가 버렸다. 몇 번이나 '잡을라치면'이 반복된 뒤에야 로희는 놀림당하고 있다는 사실을 깨달았다. 로희는 입술을 지그시 깨물며 걸음을 멈추었다.

히죽히죽 웃으며 로희를 놀리던 명준은 뒤에서 소리가 들리지 않는다는 것을 깨닫고 걸음을 멈추었다. 명준은 뒤를 돌아보았다. 로희가 주섬주섬 신고 있던 신발을 벗어 들었다. 신발을 벗고 뛰려는 건가 생각하는 순간……. 로희가 손에 들고 있던 신발을 던지려고 했다.

"우워어어억!"

명준은 신발을 피하려 몸을 왼쪽으로, 아니 이쪽으로 움직이면 안 될 것 같아 다시 오른쪽으로, 아니 다시 왼쪽으로 움직이다…… 돌부리에 걸려 넘어졌다. 정확히 이마를 땅에 박고서.

"뭐 하는 거야……."

한심하다는 듯 로희가 혀를 차는 소리가 들렸다. 신발은 여전히 로희의 손에 들려 있었다. 몸값이고 뭐고, 유괴고 뭐고 지금 딱 이대로 땅으로 꺼져 들어가고 싶은 생각뿐이었다.

***

로희가 잠든 것을 확인한 뒤 명준은 산을 내려왔다. 분명 잠든 것이 확실하지만 조심해서 나쁠 일은 없다. 넘어져서 벌겋게 부어오른 이마를 만지며 명준은 휴대폰을 꺼냈다. 조금 전 로희의 목소리를 녹음한 파일을 재생시켜보았다.

"아……빠!"

명준은 고개를 갸웃했다. 뭔가 애매하다. 혜은에게 보내 어떤지 의견을 물어볼까 했지만 욕만 먹을 것 같아 그만두었다. 자신은 장난을 치다 녹음한 걸 알고 있어서 그렇지, 듣기에 따라서는 위험한 상황에서 목이 멘 격정적인 외침으로 들릴 수도 있을 것 같다. 일단 그냥 쓰자.

번호를 꾹꾹 누르며 명준은 이번엔 반드시 전화를 받기를 기원했다. 통화 버튼을 누르며 '제발' 하고 중얼거린 것도 같다.

하지만 이번에도 전화를 받지 않는다. 이게 대체 몇 번째인지도 모르겠다.

한숨을 내쉬며 휴대폰을 집어넣고 명준은 다시 산을 올라 집으로 들어갔다. 집은 적막했다. 안방 문을 빠끔히 열어보니 로희가 여전히 잠들어 있었다. 쌔근쌔근하는 소리가 살짝 벌어진 핑크빛 입술 사이에서 새어 나왔다. 매번 무뚝뚝한 얼굴로 차갑게 말해도 아직 어린아이다. 저렇게 잠들어 있으니 완전히 아기 얼굴이 나왔다.

명준은 신발을 벗고 올라와 로희의 옆에 벌러덩 드러누웠다. 로희의 "아……빠!" 하는 어색한 목소리를 떠올려보았다. 혹시 '아빠'라는 말이 입에 붙지 않을 정도로 부모의 사랑을 받지 못했던 건 아닐까 하는 생각이 들었다. 그렇다면 아이가 너무 불쌍했다.

앞으로 어떻게 해야 할까……. 그런 생각을 하며 명준은 자기도 모르게 까무룩 잠이 들었다.

꿈을 꾸었다.

희애가 울고 있었다. 달래려고 손을 뻗는데 앞으로 나아가질 못했다. 차가운 유리 막이 희애와 명준의 사이를 갈라놓고 있었다. 명준은 유리 막을 두드렸다. 무슨 일이냐고, 왜 우냐고 소리쳐도 희애는 고개를 숙인 채 엉엉, 서럽게도 울었다. 울음소리는 유리 막을 뚫고 명준의 뇌를 둔탁하게 자극했다. 명준은 희애에게 가야만 한다고 생각했다. 그러나 이상했다. 문이 없었다. 이 공간 안에 들어왔다면 문이 있어야 하는데, 유리 막 너머 희애가 나갈 수 있는 문도, 자신이 있는 곳의 문도 보이지 않았다. 상어를 합사하기 전 커다란 수조 안을 두 개로 분리한 것 같은 모양이었다.

그때였다. 희애가 고개를 들었다. 그 얼굴을 보고 명준은 소스라치게 놀랐다. 희애의 얼굴이 눈물 속에서 천천히 일그러지더니 이내 흐릿해졌다. 물감이 묻은 붓을 물에 빨 때처럼 희애의 얼굴이 뒤섞였다. 명준은 눈을 비볐다. 그리고 정면을 보았을 때 거기에는 로희의 얼굴이 있었다.

로희는 울고 있지 않았다. 그 작은 몸으로 온 힘을 다해 명준을 노려보고 있었다. 평소에 보던 무덤덤한 눈이 아니었다. 그의 몸을 꿰뚫어버릴 듯 날카롭고도 강한 눈이었다. 명준은 이제 유리 막을 두드리지도 못한 채 아랫입술을 질끈 깨물었다. 뭔가 두려웠다. 그때 로희가 말했다.

"뭐 하는 짓이야."

순간적으로 깨달았다. 꿈속에서도 왜 이런 일이 일어났는지 알아차렸다. 자신이 유괴범이기 때문이다. 제 자식 살리자고 남의 자식을 위험에 빠뜨렸기 때문이다. 그래서 희애가 그렇게 울고 있었던 것이다. 출구도 없는 방에 갇혀 그 누구의 도움도 받지 못한 채 울다가 눈물 속에 뒤섞여 희석되어갔던 것이다.

"미……아……해……."

어쩐 일인지 말이 나오지 않았다. 방 안을 가로막은 유리 막처럼 보이지 않는 무언가가 목구멍을 틀어막고 있었다. 아니, 누군가 목을 죄고 있는 것일까. 명준은 숨을 쉬기 어려웠다. 하지만 사과를 해야, 용서를 받아야 희애를 구할 수 있을 것 같았다. 벌벌 떨리는 두 손은 자기 맘대로 움직여지지 않았다. 이윽고 그의 눈에서 눈물이 줄줄 흘러내리기 시작했다. 가쁜 숨을 몰아쉬면서 그는 더 이상 할 수 있는 것이 없다는 듯 울기만 했다. 그를 보는 로희의 표정이 점점 일그러졌다. 희애처럼 섞여버리는 게 아닐까 생각했지만 그건 아니었다. 한심한 것을 보는 표정이었다. 찡그러진 얼굴 사이사이에 섞여 있는 애정이 그의 죄책감을 더 불러일으켰다.

그래서 그는 더욱 울었다. 숨이 쉬어지지 않아서 입을 크게 벌리고. 눈물이 줄줄 흘러내렸다. 그 눈물이 차가웠다.

'차갑다.'

그런 생각이 든 순간 명준은 눈을 번쩍 떴다. 얼굴이 흠뻑 젖어 있었다. 꿈을 꾸면서 울고 있었나 싶은 순간 눈앞으로 로희가 얼굴을 들이밀었다.

"그렇게 아파?"

"어?"

멍하니 되물으면서 명준은 얼굴을 훔쳤다. 물이 차갑다. 뭔가 이상한 느낌에 손을 뻗어 올려 이마를 더듬었다. 차가운 조각이 만져져서 집어 보니 얼음이었다.

"이마가 부어서 우는 거야, 뭐야. 다 큰 남자가."

꿈속에서처럼 로희가 인상을 구기고 그를 보았다. 얼굴 곳곳에 걱정이 묻어 있다. 부어오른 이마가 걱정된 모양이었다. 그래서 어린 마음에 얼음을 얹어준 것이다. 찬 물수건을 얹어야 한다는 생각은 못 하고, 무조건 차가운 것, 그래서 얼음을 가져다 바로 얹어버린 것이다. 서툰 배려가 더 가슴을 울렸다.

어서 이 아이를 돌려보내야 한다고, 더 이상 죄를 지으면 안 된다고 명준은 생각했다.

***

밤이 되자 명준은 산을 내려왔다. 마당 끝까지 따라 나온 로희가 물끄러미 내려다보고 있었다. 잘 다녀오라고 인사를 하고 싶은 모양인데 어설프게 손을 들다 내리는 것이 보였다. 그래서 명준이 대신 손을 휘휘 저어주었다. 어두워서 보이지는 않지만 분명 웃었으리라.

내려가면서 명준은 혜은에게 전화를 걸었다. 로희의 부모가 도저히 전화를 받지 않아 가보기로 했다는 것을 아무래도 알려야 할 것 같았다. 마음 한편에서는 오늘의 결정이 잘못된 것일 수도 있다는 두려움이 들었다. 신호가 몇 번이나 이어졌지만 혜은은 전화를 받지 않았다. 깊은 한숨을 내쉬면서 전화를 끊어버렸다. 이제 전화를 안 받는 사람은 지긋지긋하다.

'관둬. 이젠 내가 알아서 할 거야.'

그렇게 생각한 것도 잠시, 명준은 혜은에게 문자를 남겨놓기로 했다.

〈도저히 상대가 연락을 받지 않아 동태를 살피러 가볼 예정〉

산을 내려갈 때까지 답 문자는 없었다. 이런 엄청난 일을 시켜놓고 대체 뭘 하고 있단 말인가. 혹시 희애에게 무슨 일이라도 있는 건 아닐까. 걱정거리가 꼬리를 물었다. 바로 병원으로 가볼까 하다가 일단 지금 닥친 일을 해결하기로 했다. 어차피 혜은이 연락 두절되는 일은 처음 있는 일도 아니다.

명준은 차에 올라타 시동을 걸었다. 길은 잘 알고 있다. 로희를 데려올 때 두 번 다시 잊지 못할 동네가 되었다.

큰 도로를 달리다 대단지 아파트가 나오면 우회전, 그리고 직진하다가 갈림길에서 다시 우회전. 깊숙이 들어갈수록 양옆의 주택가 담벼락이 높아졌다. 고급 주택가다.

동네에 접어든 명준은 천천히 속도를 줄였다. 뭔가 생경한 느낌이 들었다. 뭘까. 뭐가 지난번과는 다른 걸까. 오래 지나지 않아 그 느낌의 정체를 깨달았다.

시간을 확인했다. 밤 11시. 지난번에 올 때와 비슷한 시간대다. 그럼에도 동네가 환했다. 차의 라이트를 켜지 않아도 시야가 확보될 정도였다. 지난번에 올 때는 가로등을 제외하고는 불 켜진 집이 거의 없었다.

그러나 오늘은 다르다. 명준은 속도를 줄인 채 동네에 진입하면서 거북이처럼 목을 앞으로 빼고 이면도로 양쪽에 위치한 집들을 시선으로 훑었다. 거의 모든 집에 불이 켜져 있다. 명준은 왠지 이 변화가 반갑지 않았다. 불길한 느낌이 가슴 근처에서 아지랑이처럼 피어올랐다.

명준은 머리를 흔들었다. 이상한 생각에 빠지지 말자. 지금은 로희의 부모가 뭘 하느라 아이가 사라진지도 모르는지를 확인하는 것이 중요하다.

명준은 한 번 더 좌회전했다. 바로 저 앞이었다. 로희를 차로 치고, 그대로 싣고 달아난 장소, 로희의 집 앞.

순간 명준은 차를 멈췄다. 로희의 집 앞이 어수선했다. 아니, 어수선한 정도가 아니라 사람들이 집 앞을 둥그렇게 둘러싸고 있었다. 뒷줄에 있는 사람들은 앞사람의 머리통을 피하느라 몸을 이리저리로 흔들며 집 안을 들여다보고 있었다. 여기 오느라 집들의 불을 켜놓은 게 아닌가 하는 생각이 들 정도였다.

명준은 라이트를 끄고는 차를 후진했다. 이 상태로 집 앞까지 가는 건 좋지 않다는 생각이 본능적으로 들었다. 구석진 곳에 차를 세우고 걸어서 다시 로희의 집 앞으로 돌아갔다.

가까이 다가갈수록 웅성거림의 농도가 짙어졌다. 사람들은 여전히 집 쪽을 보며 흥미로워하는 눈빛을 감추지 않고 있었다. 명준은 기웃거리는 사람들을 살폈다. 50대 중년 여자가 눈에 띄었다. 모르는 사람에게도 남의 말을 잘 전할 것 같은 사람을 찾는 것이다. 또한 명준이 이 동네 사람이 아니라는 것에 관심을 둘 만한 사람이어서는 안 된다.

명준이 다가가도 여자는 시선을 돌리지 않았다.

"무슨 일이에요?"

명준의 예상이 틀렸던 걸까. 아니면 단순히 묻는 소리를 듣지 못했을까. 여자는 명준에게 시선도 돌리지 않은 채 까치발을 하고 앞을 보고 있었다. 명준은 자연스레 그쪽을 돌아보았다. 앞사람에 가려 잘 보이지 않았다. 자신도 작은 키는 아닌데 빼빼 마르고 키가 큰 남자의 머리통이 비쭉 올라와 있었다. 자다 나왔는지 파자마 차림이었다.

명준은 남자의 머리통을 피해 몸을 옆으로 옮기다가 놀라고 말았다.

로희의 집 앞을 누군가 지키고 있다. 경찰이다. 아마 지구대에서 지원 나온 경찰일 것이다. 그렇다는 것은 저 안에서…… 뭔가 일이 벌어졌다는 것을 의미했다.

그때 누군가 소리쳤다.

"나온다!"

동시에 대문이 열렸다. 가장 먼저 모습을 드러낸 것은 흰색 감식복을 입고 마스크를 낀 수사관이었다. 남자는 뒤쪽으로 뻗은 팔로 들것을 들고 있었다. 들것은 흰 천으로 덮여 있었다.

시신이었다. 웅성임이 파도처럼 커졌다. 누군가는 혀를 차기도 했고, 누군가는 탄식을 터뜨리기도 했다.

"무…… 무슨 일이래요?"

명준이 물어본 것이 아니다. 하지만 답을 듣기 위해 그쪽으로 고개를 돌렸다. 팔짱을 끼고 있던 젊은 여자가 대답하는 것이 보였다.

"살인사건이라는데요. 아까부터 경찰들 들어가고 난리도 아니었어요."

명준의 머릿속이 백짓장처럼 하얘졌다. 그는 실려 나오는 시신을 멍하니 보았다. 여자인지 남자인지도 알 수 없었다. 로희의 부모인지 누구인지도. 아무런 생각도 들지 않았다. 엄청난 둔기로 머리를 얻어맞은 것 같았다.

그때 다시 한번 웅성임의 파도가 그곳을 덮쳤다.

또 다른 시신이 실려 나오고 있었다.

2장

살인

-1-

    구옥분이 이 집에 기거하며 일을 한 것은 4년 전부터였다. 자신의 명의로 된 집 한 칸이 재산의 전부였던 그녀는 아들이 사업을 한다며 돈을 빌려달라고 한 탓에 그 알량한 집마저 처분하고는 아들 내외 집으로 들어갔다. 내 집을 팔아 사업 자금을 대준 것인데도 왠지 기분은 얹혀사는 것 같아서 늘 가슴께에 뭔가 얹혀 있는 것 같았다.

    옥분이 며느리와 같이 산 지 1년이 지나갈 무렵부터 분위기가 심상치 않았다. 아들이 지나갈 때마다 며느리가 눈을 쌩그렇게 뜨고, 밥상은 날로 부실해져 갔다. 어느 날은 아침 9시 반이 지나도 주방이 조용하기에 나가보니 며느리가 마치 여보라는 듯 안방 문을 연 채 침대에 등을 돌리고 누워 있었다. 깨워볼까, 아니면 아침을 차려 놓고 깨워볼까, 고민하다가 옥분은 조용히 현관 밖으로 나가 노인정으로 향했다. 다음 날은 평소와 똑같이 며느리와 밥을 먹었지만, 노인정으로 향하는 날이 점점 많아졌다.

    그즈음 옥분의 노인정 친구가 가사 도우미로 아르바이트를 시작했다. 그 길로 친구에게 물어 직업소개소로 갔다. 스물여닐곱 밖에 되어 보이지 않는 직원이 "경력이 없으면 좀 그런데……" 하면서 옥분의 전화번호를 받아 적었다. 옥분은 경력이 있다고 거짓말을 했다. 높으신 분들도 모셔봤냐는 소리가 무슨 소리인지 몰랐으나 그렇다고 대답했다. 덕분에 그 집을 소개받았다. 함께 살아야 하는 입주 가사 도우미 자리라고 해서 잠깐 고민한 끝에 알겠다고 대답했다. 아들 내외가 뭐라고 할지 걱정되었으나, 입주 가사 도우미 자리에 들어간다고 하자 그날 저녁상에 며느리가 보리굴비를 내왔다.

그렇게 해서 4년. 일은 크게 힘들지 않았다. 어차피 사람 사는 것이야 다 비슷하다고, 청소하고 밥하고 빨래를 하면 그만이었다. 가끔 일을 잘못해 안 좋은 소리를 듣기야 했지만 며느리에게 구박받고 상처를 받는 대신 월급을 받는 쪽이 낫다고 생각했다.

그 집의 남자는 이름 높은 교수라고 하는데, 말이 너무 어려워 옥분은 그가 뭘 하는 사람인지는 정확히 알지 못했다. 교수의 부인은 선하고 심약한 사람이었다. 하루 종일 책을 읽거나 차를 마시거나 옥분이 청소하러 들어가면 정원에 나가는 것이 대부분의 일상이었다. 그들에게는 딸이 하나 있었는데, 제 아버지만큼 바쁜 아이였다.

처음 그 아이를 봤을 때는 남자아이인 줄 알았다. 짧게 커트를 친 머리에 눈빛이 야무졌다. 얼굴이 유난히 하얗고 입술이 빨갰다. 머리를 기르고 치마를 입히면 예쁠 것 같다는 생각이 들었지만 아이는 한여름에도 매일같이 치렁치렁한 도복을 입고 다녔다.

나중에 아이가 해동검도 신동으로 TV에 나오면서 왜 매일 도복을 입는지 알았다. 옥분이 아이에게 해줄 일은 빨래와 방 청소 이외에 많지는 않았는데, 검도를 다녀오면 영어 선생이 찾아오고, 영어 선생이 돌아가면 무슨 과학 선생이라나, 뭐라나 하는 자가 와서 쉴 시간도 없겠다 싶어 가방 정리를 해주려 한 적이 있었다. 제가 할게요, 하며 책을 꺼내 이리저리 자기 나름의 규칙에 맞게 정리하는 손끝이 아주 야무졌다.

아이의 책장은 분야별로, 크기별로 정확하게 정리되어 있었는데, 아이 아버지의 방 책장도 똑같은 방식이어서 정말 피는 어쩔 수 없구나 하고 생각한 적도 있었다.

아무튼 그 집에서 일하는 동안 편하지만은 않았어도, 그렇게 힘들지도 않아서 옥분은 이 집 내외만 허락한다면 기운이 다하는 날까지 일하고 싶다고 생각했다.

"휴가도 제대로 없었고, 어디든 바람이라도 쐬고 오세요."

어느 날 최진태 교수가 옥분을 불렀다. 그는 두툼한 봉투를 내밀며 미소 지었다. 옥분이 주름진 눈을 둥그렇게 뜨며 보자 그는 다시 한번 웃었다.

"그동안 휴가도 한번 못 드렸잖아요. 아드님 댁에 다녀오시든지 여행이라도 다녀오시든지 하세요."

옥분은 이러시지 않으셔도 된다고, 휴가는 무슨 휴가냐고, 돈은 또 왜 이렇게 많이 넣으셨냐고 몇 번이나 사양했지만, 단 한 마디도 진심이 아니었다. 아들이 굳이 보고 싶은 것은 아니지만 생때같은 손자새끼들은 보고 싶었다. 저 봉투에 든 돈으로 아이들

옷이나 사 입히고 고기나 좀 사다 주면 매일 쌍그렇던 며느리의 눈에도 힘이 빠질 것만 같았다.

예상은 적중했다. 아이들은 양손에 선물을 사들고 온 할머니 앞에서 엉덩이를 흔들며 깨춤을 추었고, 며느리는 친정에서 보냈다는 간장게장을 내왔다. 말끝마다 어머니, 어머니, 하는 콧소리가 듣기 좋았다.

그렇게 며칠을 더 있으려 했는데 옥분은 어쩐지 그 집이 편하지가 않았다. 아이들도 슬슬 할머니를 귀찮아하는 것 같았고, 며느리의 눈빛에는 '언제 가나'라는 글씨가 박혀 있는 것도 같았다.

"엄마, 설마 잘린 건 아니지?"

저녁 밥상에서 아들이 기어이 화를 돋우는 통에 옥분은 밥상을 뒤엎으려다 말고, 그렇잖아도 가려던 사람인 척 저녁 7시쯤 집을 나섰다. 아들은 굳이 잡지 않았고, 며느리는 마당 앞까지 나와 인사를 하고 대문을 잠갔다.

택시를 타려다가 버스를 타고 그 집에 도착한 것은 저녁 8시 12분이었다. 아직 박사님, 그러니까 최진태가 들어오지 않았거나 들어왔어도 지하 연구실에 있을 시간이었으며, 사모님은 침대에 누웠어도 진즉에 누웠을 시간이었다.

옥분은 가지고 있던 열쇠로 직접 대문을 열고 들어갔다.

그녀는 세 달에 한 번꼴로 용역을 불러 가꾸는 정원을 지나 현관문에 달린 잠금장치에 비밀번호를 입력하고 들어갔다.

"어이쿠, 이게 무슨 냄새야?"

그녀는 순간적으로 코를 움켜쥐고 말았다. 70 평생 처음 맡는

악취였다. 온 집 안의 문이란 문은 다 닫혀 있었다. 매일같이 체감 온도가 40도를 육박하고 있었고, 영인시의 기온이 작년에 이어 관측 사상 또다시 최고치를 찍었다는 뉴스가 보도되고 있었다.

처음엔 분명 이 사람들이 어디 여행을 간 것이라고 생각했다. 그래서 함부로 내놓은 식자재가 썩고 있는 거라고, 환기가 안 돼서 그런 거라고 생각했다. 음식 따위가 썩는 정도의 냄새가 아니라는 걸 그때는 생각하지 못했다. 냄새가 너무 심해서 어지러울 정도였다.

"사모님!"

옥분은 소진유를 부르며 거실을 가로질렀다. 코를 틀어막은 채였다. 뭔가에 쫓기듯 곧장 발코니 문을 열어젖혔다. 그사이 옥분의 몸에는 땀이 줄줄 흘러내렸다. 당연히 더운 바람이 들어올 거라고 생각했는데 문을 열자 순간적으로 든 생각은 이상하게도 '시원하다'였다. 그리고 보니 집 안이 부자연스러울 정도로 더웠다. 문만 닫혀 있다고 이렇게 더울 수가 있을까?

옥분은 집 안을 둘러보기 시작했다. 거실 가장 안쪽 방의 문이 열려 있었다. 옥분은 그 방에 단 한 번도 들어가 본 적이 없었다. 그 방은 항상 최지태가 문을 잠그고 열쇠를 관리했다. 그 방과 지하 연구실은 청소를 하지 않아도 된다고 했었다. 무슨 방인지 궁금했지만 알려고 하지 않았다. 윗사람들의 사생활을 알려고 하거나 소문을 내는 것이 해고의 지름길이라고 직업소개소 직원이 얘기해줬기 때문이다. 그런데 그 방이 빠끔히 열려 있었다.

옥분은 마치 거기에 가지 않으면 안 될 것 같은 기분을 느꼈다.

조심조심 발을 디디며 침을 꿀꺽 삼켰다.

"박사님?"

손끝으로 문을 살짝 밀었다. 문이 열렸다.

"아이구, 아부지!"

옥분은 돌아가신 아버지를 부르며 저만치 나가떨어졌다.

방의 정중앙에 최진태가 엎어져 있었다. 최진태의 배를 1미터 도 넘는 검이 관통하고 있었다. 검의 긴 손잡이 때문에 최진태의 복부가 들려 있어 마치 작살을 맞은 아귀 같은 모양이었다. 엄청 난 양의 피 때문에 이불을 깔아놓은 듯 보였고, 방 안을 잠식한 어둠은 살짝 젖힌 암막 커튼 사이로 들어오는 가로등 불빛에 길을 터주고 있었다.

발을 버둥거려 엉덩이로 물러나던 옥분은 그대로 내달려 집 밖으로 나갔다. 그리고 곧장 떨리는 손으로 휴대폰을 간신히 꺼내 들었다. 112를 눌러야 할지 119를 눌러야 할지 순간 헷갈렸다. 잠깐의 고민 끝에 119를 눌러 주소를 말하는 동안에도 그녀는 알지 못했다. 그 방에 또 하나의 시신, 그러니까 소진유의 시신이 역시 썩고 있었던 것을 말이다.

***

사건을 배정받은 영인경찰서 박상윤 형사와 채정만 형사가 현장에 도착했을 때, 인근 지구대에서 먼저 출동한 경찰들이 폴리스 라인을 치고 구경꾼들을 통제하고 있었다. 두 사람이 안으로 들어가자 과학수사팀에서 현장검증을 통해 증거를 확보하고 있었다. 안면이 있던 과학수사팀 팀장 사익중이 상윤에게 다가왔다.

"현장이 제법 잘 보존됐어. 발견자가 무서워서 도망 나간 뒤에 들어오질 않았거든."

"잘 부탁드립니다."

장난기 섞인 상윤의 인사에 대답 대신 당연한 것 아니냐는 듯 눈썹을 찡긋한 사익중이 거실 복도 제일 안쪽에 있는 방으로 들어갔다. 신고 내용대로 시체가 발견된 곳인 듯했다. 발견자가 119에 전화를 한 덕분에 영인경찰서 형사팀과 국과수에 공동 대응 요청이 들어와 동시에 출동할 수 있었다.

상윤과 정만은 라텍스 장갑을 끼고 운동화 위에 덧신을 씌운 후 거실로 올라섰다. 거실은 상대적으로 깨끗했다. 두 사람은 사건이 벌어졌다는 방으로 향했다. 시신이 부패한 엄청난 냄새가 현장을 가득 메우고 있었다.

현장은 끔찍했다. 신고대로 남자가 장검에 찔려 엎어져 있었다. 엄청난 혈흔이 문턱까지 흘러 내려와 있었다. 방 제일 안쪽 구석에 있는 금고가 훤히 열려 있었는데, 내부는 이미 텅 비어 있었다. 다행히 족적이 남았는지 번호표가 붙은 통행판이 놓여 있었다.

"족적이 나왔네."

"응. 근데 신발은 아니고 양말흔이야. 발 전체가 찍힌 것도 아니라서 발 사이즈를 예측하기 어려울 것 같아."

상윤은 버릇처럼 관자놀이를 검지로 비비며 잠시 생각에 잠겼다.

"팀장님, 저기."

후배 형사 정만의 목소리에 상윤이 고개를 돌렸다. 한 할머니가 2층으로 올라가는 계단에 주저앉아 나무 난간에 머리를 기대고 있었다. 시신의 최초 발견자이자 신고자인 구옥분임을 금방 알아보았다. 현장 상황을 빨리 파악하고 싶었지만 옥분과의 면담도 중요하다.

"구옥분 씨?"

상윤의 부름에 옥분이 고개를 들었다. 핏기가 사라진 얼굴이 안쓰러웠다. 그녀는 손을 벌벌 떨고 있었다. 뒤따라온 정만이 말했다.

"괜찮으세요? 병원으로 모실까요?"

"아뇨, 괜찮아요. 놀라서……. 다리에 힘이 없어서……."

"저희가 몇 가지 여쭤봐야 하는데 괜찮으시겠어요?"

그녀는 침을 한 번 삼킨 후 마른 입술을 혀로 핥고는 괜찮다고, 간신히 대답했다. 상윤은 정만에게 고갯짓을 했다. 그가 얼른 주변을 둘러보더니 주방으로 들어가 정수기에서 물을 한 잔 담아왔다. 컵을 받아 든 옥분은 살짝 입만 축이고는 두 손으로 컵을 감싸 쥐었다. 마치 이것이라도 잡고 있지 않으면 견디지 못할 것 같은 얼굴이었다.

"우선 집에 들어오실 때의 상황부터 말씀해주시죠."

차분한 상윤의 목소리에 옥분이 그를 올려다보고는 고개를 돌려 주변을 휘휘 돌아보았다. 그 고갯짓이 무엇을 의미하는지 상윤이 눈치챘다.

"네. 이미 저희 경찰에게 말씀하셨겠지만 정확한 확인을 위한 것이니 다시 한번 말씀해주시기를 부탁드리겠습니다."

옥분은 고개를 끄덕거리며 천천히 이야기를 시작했다. 크게 놀라고 긴장한 것을 감안하면 상당히 차분하고, 논리적이었다.

"사모님까지 그렇게 된 줄은 몰랐어서……."

형사들이 출동했을 때, 시신은 한 구가 더 있었다. 발견자인 구옥분이 너무 경황이 없어서 암막 커튼 뒤에 가려진 시신을 발견하지 못했다고 했다. 시신을 확인한 옥분은 사모님이 맞을 것 같다고 모호한 대답을 했다. 시신은 이미 부패가 시작되어 팽창했기 때문이었다. 시신이 부패하면 장기에서 세균 작용이 일어나 가스가 만들어져 팽창한다. 그때는 가족도 얼굴을 알아보지 못할 만큼, 마치 터지기 직전에 다다른 풍선처럼 부푼다. 옥분은 여자가 입고 있던 슬립과 목걸이를 보고 사모님이 맞을 것 같다고 한 것이었다. 그 부분은 국과수의 부검 결과를 통해 확인하면 되지만 현재로서는 피해자가 이 집 주인 내외일 확률이 99퍼센트였다.

"혹시 집 안에 들어오셨을 때 이상한 건 없었나요. 더웠던 거 말구요. 없어진 거라든가."

"없어진 것……."

마치 상윤의 말을 따라 하듯 중얼거린 옥분은 뭔가가 떠올랐는지 순간적으로 눈을 크게 뜨며 입을 벌렸다. 전기에라도 감전된 사람 같았다. 그녀는 마치 목숨이 달린 동아줄을 놓치듯 손에 들고 있던 유리잔을 떨어트렸다. 대리석 바닥 위에 유리잔이 떨어지면서 날카로운 파열음을 내며 깨졌다.

"로희……."

"네?"

"박사님 딸 로희가 없어요!"

그녀의 울음 같은 외침에 순간 정적이 찾아들었다.

***

머릿속이 혼란스러웠다. 실제로 눈앞이 희뿌연 것인지 머릿속이 혼탁한 것인지 구분되지 않았다. 심장이 쿵쿵 뛰었다. 불길한 예감이 가슴에서 퍼지고 있었다. 그럴수록 명준은 도망치듯 액셀러레이터를 밟았다. 낡은 차의 엔진이 감당 못 할 것처럼 벌벌거리는 소리를 냈지만 명준의 귀에는 들어오지 않았다.

대체 무슨 일이 벌어진 것이란 말인가. 자신은 아이를 유괴했을 뿐이다. 그런데 아이의 부모가 죽다니. 대체 누가 죽인 걸까. 벌써 경찰의 조사가 시작되었다. 당연히 아이가 사라진 것도 알아낼 것이다. 경찰들이 아이를 유괴한 사람과 살인범이 다른 인물이라고 생각할까? 두서없이 많은 질문이 명준을 일거에 덮쳤다.

끼익!

급브레이크를 밟음과 동시에 명준의 차가 도롯가에 멈췄다. 명준은 미친 사람처럼 주머니를 뒤져 휴대폰을 꺼냈다. 그 와중에도 놓쳐 떨어뜨리는 바람에 허리를 굽혀 주워야 했다. 조수석 글러브 박스를 열어보니 일회용 티슈가 있었다. 거칠게 몇 장을 빼내 미친 듯이 휴대폰을 닦았다. 그러고도 안심이 되지 않아 바지며 셔츠에 몇 번이고 문질러댔고, 다시 한번 휴지로 닦은 뒤 풀숲에 던져 버렸다.

어쩌면 사망자에게 온 마지막 전화는 자신인지도 모른다.

받지 않았지만 몇 번이고 전화를 건 그 번호를 경찰은 당연히 추적할 것이다. 대포폰이라 소유주는 확인하기 힘들더라도 통신 기록 조회는 가능하다.

사용한 기지국이 어디라고 뜰까. 산 중턱에 있는 명준의 집도 어쩌면 금방 들통날지 모른다. 이틀? 어쩌면 하루 만에 경찰들이 집 앞에 포진할 수도 있다.

명준은 다시 차를 출발시켰다. 그러나 집 가는 방향으로 우회전하지 않고 곧장 좌회전했다.

그는 그로부터 50분을 더 달려 어두컴컴한 동네를 끼고 산으로 향했다. 이 동네는 아주 잘 알고 있다. 그가 집을 팔고 돈 한 푼 없을 때 살 곳이 없나 열심히도 찾아본 동네였기 때문이다. CCTV 개수도 적어 아는 사람들은 우범지대라며 끼리는 곳이다. 부도가 난 업체가 짓다만 빌라촌 때문에 동네 자체가 더 흉흉해졌다. 명준은 차를 몰고 회벽이 그대로 드러난 빌라촌 건물을 지나 한참을 더 들어갔다. 등산로도 없는 산기슭에는 당연히 인가도 없다. 거기다 차를 세우고 시동을 껐다. 주유구를 열고는 크게 심호흡을 했다. 공기 중에서 옅은 휘발유 냄새가 감지되었다. 주머니를 뒤져 라이터를 꺼냈다. 희애가 담배를 피운다고 잔소리를 하는 통에 버리려 했던 것인데, 그러지 않아 다행이라는 생각이 들었다. 명준은 주변을 둘러보았다. 공사장에서 나온 것인지 벽지 쪼가리가 보여 주위 들었다. 불은 아주 잘 붙었다.

명준은 굳게 마음을 먹은 후 불이 붙은 종이를 주유구 안에 던져 넣었다. 그러고는 동시에 몸을 날려 최대한 차와 멀리 떨어졌다. 1초도 채 지나지 않아 펑! 하는 폭발음이 들렸다. 뒤를 돌아다보니 차가 화염에 휩싸여 있었다.

그는 생각했다.

'혜은을 만나야 한다.'

-2-

"뭐?"

평일 한낮의 카페가 한가로울 거라고 생각하는 사람들도 많겠지만, 여러 단지로 구성된 아파트촌의 카페는 그렇지 않다. 여자들이 득실거리고 아이들이 이리저리로 뛰어다닌다. 키즈 카페인지, 일반 카페인지 헷갈릴 정도였다.

그런 곳에서 혜은은 마치 '아끼고 아끼던 사람인데 너만 보여 주는 거야'라는 멘트를 날리는 마담뚜처럼 사진 한 장을 내밀었다. 희애의 병원비와 집을 마련할 돈을 갖게 해주는 그 엄청난 일이 무엇인지만 알면 명준은 당장 이 자리를 떠날 생각이었다.

사진 속에 있는 것은 어린 여자아이였다. 열 살? 아니면 열한 살쯤? 검도를 배우고 있는 것인지 검은색 도복을 입고 있었는데,

허리를 잘록하게 맨 것이 꽤나 단단해 보였다. 바지는 통이 넓어 펄럭거려서 움직일 수 있겠나 싶지만, 저런 것이 제대로 된 검도복이리라. 한 손에는 검을 들었는데 손잡이 부분만 보여서 진검인지 목검인지 보이지 않았다. 어린아이이니 당연히 목검이겠지만, 아이의 눈빛이 매서워서 상당히 수련을 오래한 것 같아 보였다. 머리는 짧았고, 전체적으로 보이시한 인상에 피부가 깨끗하고 눈이 커서 어린이 모델을 해도 좋을 아이 같았다.

'근데 얘가 뭐?' 하고 묻듯 명준이 쳐다보자 혜은은 테이블에 놓여 있는 커피 잔을 입으로 가져가 한 모금 마셨다. 그러고는 눈을 내리깔고 잔을 내려놓으며 말했다.

"이 아일 유괴해."

순간 이명이 엄습했다. 뭔가 경고를 알리듯 귓전에서 삐- 하는 기계음이 들렸다. 명준은 한 손으로 오른쪽 귀를 누르며 주변을 둘러보았다. 한가로운 평일의 낮, 아줌마들이 아파트 값이 떨어진 이유에 대해 논하는 이곳에서 유괴라니. 이것이야말로 차라리 길바닥에 서서 해야 할 이야기가 아니던가.

아니 아니, 모든 것을 차치하고 유괴라니. 이게 무슨 난데없는 소리인가.

너무나 혼란스러워서 빛을 잃어버린 명준의 눈을 보며 혜은이 쐐기를 박듯 말했다.

"아빠는 병원장이고 엄마는 가정주분데, 유산이 많아서 상당한 재산가야."

아주 오래전 급히 만나자고 한 선배가 거대한 옥장판을 꺼내놨을 때처럼 명준은 그 자리에서 벌떡 일어섰다. 주머니를 뒤적여 보니 5천 원짜리 한 장이 잡혔다. 커피 값은 3,800원. 잔돈이 아깝지만 5천 원을 그대로 테이블에 턱 놓고는 돌아섰다.

"얘기 듣고 가. 절대 안 잡혀."

명준은 인상을 쓰고 혜은을 돌아보더니 맥이 빠지듯 그대로 자리에 털썩 앉았다. 그럴 줄 알았다는 듯 혜은의 표정이 바뀌었다. 하지만 명준이 자리에 도로 앉은 이유는 혜은의 생각과는 달랐다. 어릴 때부터 같은 보육원에서 자라 오랫동안 봐왔던 서혜은이라는 여자의 머릿속이 궁금했다. 대체 어떻게 생겨먹었길래 저러는지 알 수가 없었다. 무슨 생각인지 들어나 봐야겠다. 그냥 두면 사고를 칠지도 모른다. 그런 생각들 때문에 자리에 앉은 것이었다. 하지만 아주 나중에 그 순간을 돌이켜보며 명준은 생각했다. 그 자리에서 그냥 일어나 나갔으면 어땠을까, 하고.

혜은이 좀 전과는 다르게 목소리를 낮추고 말했다.

"알아보니까 그 아이가 혼자 집에 있는 날이 있어. 그날 가서 아이를 데려와. 그러고는 그 애 아버지한테 전화를 거는 거야."

허, 한쪽 입술을 끌어 올리며 명준이 비웃었다.

"그러고는?"

"돈을 요구하는 거지. 희애 병원비가 어느 정도 돼?"

돈 때문에 생사를 오가는 딸의 병원비도 모르는 여자의 말을 언제까지 들어줘야 할까를 생각하며 명준은 그저 혜은을 바라보기만 했다. 혜은은 명준의 대답을 기다릴 새도 없이 말을 이었다.

"3억? 아니 5억 정도는 요구해도 해줄 거야."

"미친 소리도 정도껏 해라."

"당신 착한 사람인 거 나도 알아. 근데 우리 희애 일이잖아. 희애 안 살릴 거야? 아무 걱정 마. 애 데려다가 뭐 어쩌자는 게 아냐. 애 데려오고 당신이 전화를 하는 거야. 그다음에 돈을 받고 아이를 무사히 돌려주면 끝! 그런 거라구."

혜은은 마치 자신이 대단한 깨달음이라도 명준에게 알려주는 양 굴었다. 하지만 명준은 그녀의 미친 춤에 덩달아 장단을 맞춰줄 생각이 없었다.

"지랄하네, 진짜. 병원장씩이나 되는 놈이 바보냐, 당장 신고하지? 요즘 같은 때에 그런 게 통할 것 같아?"

명준의 말에도 혜은은 여유롭게 웃었다. 그녀는 항상 그랬다. 명준보다 한 수 위, 머리 꼭대기에 올라앉은 얼굴로 명준을 한심하다는 듯 보았다.

"걱정 마. 돈을 안 줄 수 없을 거야."

"어떻게?"

"자세히 다 말할 수는 없지만, 이거 하나는 알려줄게."

그녀는 몸을 앞으로 기울였다. 명준도 뭔가에 홀린 듯 그녀의 얼굴 쪽으로 귀를 가져다 대었다.

"그 애 아버지가 업계에서는 이름만 대도 알아주는 박사인데, 남몰래 딸을 학대하고 있어."

"뭐?"

명준의 목소리가 튀어 올랐다. 혜은이 인상을 쓰며 조용히 하라는 눈짓을 보냈다. 하지만 카페 안의 손님들은 명준에게 관심이 전혀 없었다.

"아동 학대라고. 우리가 데려다가 사진을 찍고 협박하면 돈을 안 줄 수도 없고, 경찰에 알릴 수도 없을 거야."

"그, 그래도……. 그런 짓은 할 수 없어. 나도 애가 있는 아빤데."

혜은이 답답하다는 듯 말했다.

"그 애를 위한 일이기도 해. 돈 받고, 나중에 신고해서 구해주면 되잖아. 희애 안 살릴 거야?"

혜은은 당장 이 자리에서 대답을 들어야겠다는 듯 명준을 다그쳤다. 진심을 말하자면 명준의 마음이 살짝 기운 것은 사실이었다. 그 애를 위한 일이기도 해. 그 말이 내면의 '범죄'라는 생각을 지워나가고 있었다.

눈꺼풀이 파르르 떨릴 때, 명준의 휴대폰이 울었다. 병원이었다. 명준은 물벼락이라도 맞은 듯 전화를 받았다.

―여기 병원이에요. 희애가 발작했어요! 지금 응급조치 중이긴 한데, 빨리 오세요!

명준의 팔이 툭 떨어졌다. 휴대폰이 손에서 빠져 바닥으로 떨어졌다. 무슨 일이냐는 듯 쳐다보는 혜은의 얼굴을 황황히 쳐다보았다. 희애를 살려야 했다.

-3-

2019년 8월 24일 토요일. 새벽.

확인 결과 사망한 최진태와 소진유 부부의 딸 최로희는 열한 살로, 학교에 가지 않고 집에서 교육하는 홈스쿨링을 하는 것으로 신고되어 있는 아이였다. 워낙 의젓하고 바른 아이였기에 평소 과외 선생님들의 방문을 스스로 맞이하였고, 영재 학원 등원도 알아서 했다. 집에 돌아오면 자신의 방에 가 있거나, 아버지인 최진태가 지하에 마련해둔 연구실로 데려가 놀아주었기에 별로 손이 안 가던 아이였다.

그러나 아이는 자신의 방에도, 학원에도, 지하 연구실에도 없었다.

상윤은 급히 팀장에게 전화를 걸어 사태를 보고했다. 아동실종전담반과 수사팀, 형사팀에서 차출된 인원으로 곧 수사본부가 꾸려질 것이다.

마음이 조급해지려는 것을 억누르며 상윤은 현장 쪽으로 발걸음을 돌렸다. 아이의 실종과 살인사건이 무관하지 않을 것이다. 현장에서 가능한 많은 것을 찾아야 했다.

"집 앞 도로를 비추는 CCTV 입수해서 출입자 확인하고, 무엇보다 아이가 찍혔는지 확인해봐."

"네!"

정만이 고개를 끄덕이며 수첩을 쥐고 나갔다. 영인시에서도 가장 부유층이 산다는 은파동이다. CCTV가 없을 리가 없다. 아이를 찾아야만 한다. 실종인지, 유괴인지 현재로서는 단언할 수 없었다. '살아만 있어라.' 상윤은 그렇게 되뇌었다.

여전히 증거들을 채집하고 있는 과학수사팀 사이에서 사익중이 지휘를 하고 있었다.

"사망 시각 확인할 수 있어?"

대답 대신 사익중은 방에 쳐진 암막 커튼 근처에 서 있던 순경에게 턱짓을 했다. 순경의 얼굴이 유난히 창백했다.

"거기."

그 말에 순경이 재빨리 커튼을 열었다.

강력범죄 현장에 십 수 년을 들락거렸던 상윤조차 헉 소리가 나는 광경이었다. 옆에 서 있던 수사관 하나가 코와 입을 동시에 틀어막더니 바깥으로 달음박질쳐 나갔다. 암막 커튼 옆에 서 있던 순경의 얼굴이 창백했던 이유를 알 것 같았다.

여성의 시신이 암막 커튼 뒤편에 가려져 있었다. 한여름인데도 전기장판이 깔려 있었고, 흰색 슬립을 입은 채였다. 내부 장기의 팽창 때문에 부푼 것은 그렇다 치더라도 하반신은 이미 썩어 들어가고 있었다. 그러고 보니 집 안이 상당히 더웠다.

"발견자가 들어왔을 때 보일러가 68도에 맞춰져 있었대. 그게 보일러 배관에 들어가는 물의 온도라고 쳐도 실내는 적어도 70도까지는 올라갔을 거야. 창이란 창은 전부 다 닫혀 있었고. 빨리 썩으라고 그런 거지. 이런 경우 쑤셔봐도 소용없는 거 알지?"

사망 시각을 확인하기 위해서는 일반적으로 시신의 직장 내 온도, 사후경직 등을 파악해야 하는데, 고의로 실내 온도를 높이고 전기장판까지 깔아둔 경우, 직장 내 온도는 사망 시각을 파악하는데 도움이 되지 않는다는 뜻이었다. 또한 온도가 높아 부패가 빨라져 사망 시각 추정이 힘들다. 이럴 때는 방법이 하나밖에 없다.

부검을 통해 위의 내용물을 확인하고, 피해자가 먹은 음식들을 찾는 것. 마지막으로 먹은 음식을 알아내 사망 시각을 추정해야 했다.

"열한 살짜리 아이가 없어졌어. 중요사건 긴급감정 요청 띄울 테니까 제일 빨리 처리해줘."

아이가 없어졌다는 말에 사익중의 표정이 아연해졌다. 보통 1차 부검 결과가 나오기까지는 적어도 2~3주의 시간이 걸린다. 매일같이 쏟아지는 사건에 비해 인력이 부족한 것이 가장 큰 이유였다. 그러나 중대한 사건인 경우 승인하에 중요사건 긴급감정을 요청하면 최대 당일 구두 회신까지 가능했다. 아이가 사라진 사건이니 당연히 중대한 사건에 속한다.

두 사람이 언제 사망했는지, 아이가 언제 사라졌는지가 사건을 풀어나가는 실마리가 될 터였다.

***

시신을 부검실로 보낸 뒤, 상윤은 한 번 더 주변을 둘러보았다. 형사 일을 시작한 이래 이런 집은 처음 들어와 봤다. 내부의 규모는 바깥에서부터 어느 정도 예감했었다. 대지가 200평가량 되는 이곳은 주택보다는 저택이라는 이름이 더 어울릴 법했다. 대문이 드라마에나 나오는 집처럼 건물 1.5층 이상은 되어 보이는 높이까지 올라가 있었는데 그 틈새로 내부의 화려한 정원이 눈에 들어왔다. 높이 솟아 있는 소나무들은 하나같이 관리가 잘 되어 제대로 모양을 갖추고 있었다. 당신들은 평생을 벌어도 살 수 없는 곳이야, 라고 말하는 듯 위압감이 대단했다.

위압감은 안으로 들어서면서 더해졌다. 지상 2층, 지하 1층으로 이루어진 집은 안방을 포함해 방만 8개, 화장실도 4개나 되었다. 구옥분의 말처럼 지하에는 연구실이 차려져 있었는데 손님을 초대할 때 쓰려고 꾸민 것인지 홈 바와 응접 테이블이 놓여 있었고 반으로 나누어진 공간에는 알 수 없는 실험 기구들과 각종 연구 자료들, 전문 서적들이 산을 이루고 있었다. 책장 역시 알아보기도 힘든 전문 서적들로 가득했고, 벽에 붙여 놓은 책상 위에는 모니터가 세 개 붙은 컴퓨터에, 포스트잇이 덕지덕지 붙어 있었다. 상윤으로서는 알 수 없는 단어들뿐이었다.

어쨌거나 이렇게 좋은 집의 주인은 제명을 다 살지 못했다.

"화장실 하나만 해도 제 방만 한데요."

정만이 혀를 내두르며 말했다.

저택은 다가구주택으로 신고되어 있었다. 물론 실제로는 한 가구가 사용하는 단독주택이지만 이렇게 면적이 큰 경우 호화 주택으로 분류되기 때문에 고액의 세금을 피하기 위해 많이 사용하는 수법이었다. 바깥으로 계단실을 분리하여 1층과 2층을 다른 가구가 살 수 있게 만들어놓으면 다가구주택으로 인허가 받을 수 있는 점을 노린 것이다. 시세로는 55억, '이런 집에 산다면 세금쯤은 내도 될 것 같은데…….' 그런 생각이 들었지만 입 밖으로 내지는 않았다.

창은 남향으로 나 있었고, 1층의 거실이나 방의 창 어디에서나 정원이 훤히 보였다. 정원 안쪽으로 마련된 주차장에는 차량을 네 대나 주차할 수 있었다. 퇴근 무렵만 되면 이면도로에 불법 주차를 하느라 경쟁인 상윤의 동네와는 완전히 다른 모습이다. 일부러 퇴근을 서두르거나 남의 퇴근 시간을 피할 꼼수를 부리지 않아도 되는 동네인 것이다.

1층으로 다시 올라온 상윤은 오른쪽 벽을 보았다. 가족사진이 걸려 있었다. 금으로 도금을 한 액자 안에 한 가족이 웃으며 앉아 있었다. 언제쯤 찍은 걸까. 오래된 것으로 보이지는 않는다. 최진태는 훤히 드러난 이마가 신경 쓰이는 듯 머리를 상당히 내려 빗은 스타일이었다. 깔끔한 슈트를 입고 앉아 있는 폼이 성공한 사람의 태가 났다. 그 옆에 다소곳이 앉은 것은 역시나 아내 소진유다. 최진태에 비해 훨씬 어린 티가 난다 싶었지만 두 사람은 38세, 동갑이었다. 그녀는 허리가 잘록 들어간 흰색 원피스를 입고 있었는데 업스타일 때문인지 상당히 우아해 보였다. 그런 두 사람의 사이에 한 아이가 서 있었다.

노란색 드레스를 입고 있지 않았다면 남자아이로 착각했을지도 모른다. 커트머리 때문이기도 했지만 조금은 무표정한 얼굴 때문이었다. 어쩌면 카메라가 이색해서인지도 모르지만 아이의 표정답지는 않았다.

상윤이 어디를 보는지 눈치챈 정만이 말했다.

"아이는 아직 찾지 못했습니다."

"도로 CCTV는?"

"확인 중입니다."

"국과수에서 부검 결과 나오는 대로 사망 추정 일자와 시각 확인해서 통화 기록 조회하고, 국과수 감식 끝나도 승인 떨어질 때까지 현장 통제 확실히 해."

"여부가 있겠습니까."

정만이 장난스럽게 오른 손등을 척, 이마에 붙였다. 상윤이 몸을 돌리자 정만이 뒤를 따라오며 말했다.

"아이는 어떻게 된 걸까요? 유괴당한 걸까요?"

상윤은 걸음을 멈추고 정만을 보았다. 집 안에 있던 두 부부가 살해됐다. 아이는 사라졌다. 유괴라면 돈을 요구해야 하는데 돈을 줄 부모를 죽였으니 굳이 아이를 데려갈 이유가 없다.

쉽게 판단할 수 없는 사건이었다. 어쨌거나 아이의 안전을 최우선으로 수사해야 한다.

라텍스 장갑을 벗으며 마당을 가로질러 대문 밖으로 나온 상윤은 초인종이 붙은 벽을 두드리며 말했다.

"여기 전화해봤어?"

상윤이 가리킨 것은 사설 보안업체의 명판이었다. 개인 보안 시스템을 설치한 집은 적어도 거실이나 현관, 대문 앞 정도에는 카메라를 설치하는 것이 일반적이었다.

"지금 해보겠습니다."

정만이 전화를 거는 동안 상윤은 주변을 둘러보았다. 보안 업체의 명판만 있을 뿐, 대문 앞 상단, 담장 쪽, 그 어디에도 카메라가 보이지 않는다. 보통 보안업체에 관리를 맡기는 집들은 '이곳은 CCTV가 있으니 도둑질할 생각하지 마라'라는 것을 광고라도 하듯 CCTV 카메라를 굳이 숨기려 하지 않는다. 상윤의 의문점은 곧 풀렸다. 전화를 하던 정만이 조금은 당황한 얼굴로 귀에서 휴대폰을 떼며 말했다.

"CCTV 계약을 해지했답니다. 최진태의 요청으로요."

"언제?"

"이번 달 20일이랍니다."

지금은 24일 새벽 2시였다.

* * *

"피해자는 최진태, 소진유 부부로 확인되었습니다. 두 사람 모두 38세로 최진태 씨는 혜광병원 원장이고, 소진유 씨는 가정주부입니다."

수사본부는 영인경찰서 수사 1팀에 차려졌다. 총 인원 열두 명. 살인사건은 살인사건대로, 아동 실종사건은 실종사건대로 조사를 벌여야 했다. 사건에 대한 총괄 브리핑은 사건 초기에 투입된 상윤이 맡았다. 그의 뒤편 PPT 화면에 최진태 가족사진이 떴다.

그는 포인디의 비튼을 눌러 다음 장으로 넘겼다. 최진태, 소진유 부부의 시신 사진이었다.

"최진태 씨는 목을 한 차례 날카로운 흉기에 베였고, 복부에 관통상을 입었습니다. 배를 관통한 장검은 최진태 씨의 소유인 해동검도의 진검으로 확인되었고, 검시관이 확인한 결과 목을 벤 흉기와 동일하다고 판명되었습니다. 다음은 손바닥입니다."

다른 사진이 화면에 떴다.

"최진태 씨의 손바닥에 난 열상입니다. 방어흔으로 추정됩니다."

장검으로 배를 관통당할 때 그는 칼을 막으려 한 것 같았다. 길게 베인 흔적과 찢긴 살갗이 밀려나 있었다. 손바닥이 검의 손잡이 부분에 이르러 살이 밀려 나갔을 것이다.

"이외의 방어흔은?"

브리핑에 참석한 경찰서장이 물었다.

"없습니다."

몇몇의 한숨 소리가 사무실을 울렸다. 더 이상의 방어흔이 없다는 것은 큰 몸싸움이 없었다는 것, 즉 범인은 피해자와 안면이 있는 사람일 가능성이 컸다. 예상치 못한 순간 벌어진 공격에 제대로 된 저항 한번 못 해보고 당했다는 이야기였다. 게다가 범행 도구는 집에서 보관하고 있던 해동검도의 진검이다. 그걸로 짐작할 수 있는 것은 두 가지다.

피해자와 안면이 있는 범인이 우발적으로 살해했거나, 아니면 처음부터 그 검을 흉기로 생각하고 들어간 내부 사정을 아는 자의 짓이다. 그 점 역시 상윤이 근거를 들어 말했다.

"방어흔이 적은 것은 물론이고, 양말흔이 남아 있는 것을 볼 때 평소 피해자와 안면이 있는 사람일 가능성이 큽니다."

대원들이 고개를 끄덕였다.

다시 포인터를 누르자 카드 결제 내역서가 떴다. 카드의 소유주는 최진태였다.

"최진태 씨의 책상에서 21일 23시 30분 출발하는 비행기 티켓이 발견되었습니다. 탑승자는 최진태 씨로 25일 귀국 예정이었고, 소진유 씨 것은 발견되지 않았습니다."

"혼자서 필리핀 여행?"

수사본부에 앉아 있는 사람들이 고개를 갸웃했다. 상윤은 최진태가 왜 혼자 필리핀 여행을 떠나기로 했는지는 아직 알아내지 못했다고 설명하고, 다음으로 넘어갔다.

"소진유 씨에 대해 설명드리겠습니다."

소진유의 부패한 시신을 창에 띄웠다. 시신의 상태 때문에라도 몇 명쯤은 욕지기를 할 거다 싶었는데 사무실 안은 오히려 찬물을 끼얹은 듯 조용해졌다.

사망한 소진유는 눈도 감지 못한 채였다. 어쩌면 그 눈은 납치당하는 아이를 보고 있었는지도 몰랐다. 언젠가 어렸을 적 읽었던 괴담집에서처럼 소진유의 눈에 범인의 상이 남아 있기라도 할 것처럼 상윤은 한참이나 그 눈에서 시선을 거두지 못했었다.

"소진유 씨의 혈액에서는 졸라제팜이라고 하는 수면 성분의 약이 나왔습니다."

"치사량이었나요?"

"치사량은 아니라고 합니다. 직접적인 사망 원인은 고체온사입니다."

상윤은 설명을 이었다. 낮 동안 밀폐된 공간의 온도에 더해 보일러를 틀고 전기장판까지 깔았으니 방의 내부 온도는 70도 이상까지 올라갔을 것으로 추정되었다. 게다가 피해자는 치사량은 아니지만 상당량의 수면제를 먹고 깊이 잠든 상태였다. 이런 환경이었다면 20분 이내에 치명상을 입었을 것이라는 게 국과수 팀장 사익중의 의견이었다.

"이해할 수가 없군. 왜 한 사람은 찔러 죽이고, 다른 한 사람은 쩌 죽인거지?"

형사팀의 고용곤 형사가 고개를 저으며 중얼거렸다. 망자에게 쓸 만한 단어가 아니라서 귀에 거슬렸지만 뭐라 할 만한 분위기는 아니어서 상윤은 말을 아꼈다.

"소진유 씨를 죽이려고 그런 상태에 두었는데, 마침 남편인 최진태 씨가 들어와 죽인 게 아닐까요?"

정만이 조심스럽게 손을 들며 말했다. 하지만 곧 경찰서장에게 제지되었다.

"선입견이 생길 수 있으니 일단 추측은 삼가자고. 계속하지."

"집 앞 도로변 CCTV는 수거했습니까?"

아동전담팀 문주혁 형사가 질문했다. 상윤은 다시 포인터의 버튼을 눌렀다.

"최진태 씨 집 앞 CCTV 영상을 확보했습니다."

화면 안에서 영상이 재생되었다. 최진태의 집 앞이 비교적 정확히 찍혀 있었다.

"날짜는 8월 21일, 시신이 발견되기 이틀 전이고 23시 42분입니다."

화면은 어두운 편이었지만 식별이 전혀 불가능한 상태는 아니었다. 영상엔 한동안 아무런 변화가 없었다. 밤늦은 시간이니 통행인이나 차량이 거의 없는 것은 무리가 아니었다. 한동안 정지된 듯 흔들림 없던 영상에 변화가 감지되었다. 영상의 3분 31초 구간이었다. 화면 끝이 조금 밝아졌다. 골목 끝에서 다가오는 차의 헤드라이트 같았다. 그때였다. 최진태의 집 대문이 열리며 아이가 튀어나왔다.

그와 동시에 끔찍한 일이 벌어지고 말았다.

"엇!"

누군가 자기도 모르게 소리를 내었다. 상윤이 고개를 들어보니 주혁이 민망해 고개를 떨어트렸다. 영상에서는 느닷없이 달려 나온 아이가 차에 치여 도로에 떨어졌다. 정확히 얼굴이 찍히지는 않았지만 분명 사라진 최진태의 딸 최로희일 것이다.

운전자는 한동안 차에서 내리지 않았다. 충격을 받았는지도 모른다. 그런데 다음 순간 운전자가 차에서 내리더니 쓰러진 아이를 차에 태웠다.

"이 새끼 뭐야."

차가 떠나는 것으로 영상이 끝나자 서장의 얼굴이 무섭게 일그러졌다.

사고를 낸 후 꼼짝도 않고 운전석에 앉아 있는 행동으로 보아 전형적인 '사고'의 순간이다. 그런데 운전자는 좀 이상했다. 후드를 깊이 눌러쓰고 있었다. 다분히 CCTV를 의식하는 모양새였다. 게다가 차의 번호판도 가렸다.

"이 뒤의 행적은?"

"파악 중입니다."

서장의 이마가 구겨졌다.

"이 집으로 다시 돌아오거나 하지 않았어?"

"전혀요. 이전에도 지나가는 장면은 찍히지 않았습니다."

영상으로만 보면 이 운전자는 아이를 납치했다. 그렇다면 살인자는 이 운전자가 아니라는 것이다. 그렇다면 단순한 실수인가? 혹시 사고로 아이가 죽자 두려움에 아이를 태우고 사라진 것인가? 하지만 그렇다고 생각할 수만은 없다. 실수라면 차량의 번호판을 가릴 하등의 이유는 없다. 그렇다면 집 안의 살인자와 공범인가? 살인자를 기다리던 중에 생존자인 아이가 달려 나오자 고의로 사고를 내고 달아난 것인가?

전자가 됐든 후자가 됐든 아이를 찾아야 한다. 안전도 물론이지만, 아이는 이 사건의 유일한 목격자일 가능성이 크다.

"이 차량 말고 출입한 사람은?"

"그와 관련하여 사망 시각 추정에 관한 건부터 말씀을 드리겠습니다."

상윤은 사진 한 장을 띄웠다. S 시큐리티라는 가정 보안 전문 회사의 마크가 떴다. 가정용 CCTV를 설치하고 관리해주는 가정 보안 회사로, 국내 개인 보안 회사로는 세 손가락 안에 드는 기업이다.

"집에 설치되어 있던 CCTV 확인 요청을 했는데 8월 20일, 최진태가 직접 보안 관리 계약 해지를 요청해서 내부의 CCTV를 모두 철거했다고 합니다."

"뭐? 마침 그때?"

모두의 얼굴에 의혹의 그늘이 어렸다.

"최진태 씨 본인이 직접 콜센터를 통해 해지 신청한 녹취 기록으로 확인했고, 가사 도우미인 구옥분 씨를 통해 최진태 씨 음성임을 확인했습니다."

서장이 음, 하는 신음 같은 소리를 내며 검지 끝으로 책상을 툭툭 쳤다. 그 감정은 여기 있는 모두가 느끼고 있을 것이다.

부부가 죽었다. 현장을 목격했을 걸로 추정되는 아이는 마침 일어난 사고로 납치인지 알 수 없는 일을 당해 사라졌고, 이런 부잣집에 당연히 있을 CCTV는 마침 계약 해지를 요청해 철거됐다? 우연이 겹쳐도 너무 심하게 겹치지 않나. 상윤 역시 마치 누군가 자신을 놀리고 있는 듯한 기분이 들었었다. 오기가 나서라도 이놈은 꼭 잡아 얼굴을 봐야겠다. 그런 생각이 드는 기분.

"이어서 긴급 감정을 통해 국과수에서 구두 통보한 사망 추정 시각에 대해 말씀드리겠습니다. 말씀드렸던 바와 같이 현장 발견 당시 과도하게 올려놓은 보일러의 온도 때문에 시체의 부패가 빨리 진행되었고 직장 내 온도 상승으로 사망 추정 시각은 위에 남은 음식물로 확인해야 했습니다."

"뭐가 나왔지?"

"소진유의 위에서 당근으로 추정되는 채소 조각과 닭고기가 발견됐습니다. 조사 결과 21일 저녁 19시, 닭볶음탕을 배달시킨 것을 확인했습니다."

소진유의 카드 결제 내역과 일치했다.

"그래서 우선은 21일 저녁 19시 이후부터 발견 날짜인 23일 저녁 20시 12분 사이라고 잡았습니다만, 좀 더 좁혀보자면……."

그는 잠시 말끝을 흐렸다.

"만약 최로희 양이 두 사람의 살인사건을 목격했다는 가정하에 21일 19시부터 CCTV가 찍힌 23시 45분 사이로 좁힐 수 있습니다."

"최진태의 위에서는?"

"아무것도 나오지 않았습니다."

사람들의 얼굴에 의아함이 스쳤다.

"구옥분 씨 말로는 건강상 1일 1식만 한다는군요."

머리가 아픈 듯 서장이 인상을 찡그리고 왼쪽 눈썹을 만졌다.

"그 집에 들어간 다른 사람은?"

"CCTV에 찍힌 것은 없으나 집이 워낙 커서 집 앞쪽의 CCTV 로는 확인할 수 없는 사각지대가 많습니다."

길고 긴 담벼락 끝 쪽 CCTV가 비추지 못하는 곳을, 누구든지 넘으려고 하면 넘나들 수 있다는 이야기였다.

–4–

우선은 아이의 안전 확보가 가장 중요하니 아동전담팀 문주혁 형사를 주축으로 사라진 최로희의 행방을 찾는데 주력할 것. 또한 유괴의 목적이 확인되지 않은 상황이므로 절대 사건을 보도해 서는 안 됨. 하지만 최진태, 소진유 부부의 사망이 최로희 양의 실종과 무관하지 않을 수 있기 때문에 두 사람 주변 탐문 등은 박상 윤과 채정만 형사가 진행하고 두 팀은 새로운 상황이 생기는 즉시 상황실에 보고하여 공유할 것.

수사본부장이 된 형사과장이 주재한 첫 회의는 그렇게 종료되었다. 상윤과 정만은 빠르게 경찰서를 벗어났다.

"당분간 집에 들어가는 건 포기해야겠네요."

"애부터 집에 들어가야지, 어른이 그러면 쓰나."

쓴웃음이 정만의 입가에 얹혔다.

두 시간에 걸쳐 주변을 탐문했지만 딱히 건진 것은 없었다. 최진태에게 방어흔이 있었으므로, 범인과의 몸싸움 시 소리를 쳤을 수 있어 기대해봤지만, 재차 현장에 갔을 때 그런 기대는 하지 않는 것이 좋겠다고 생각했다. 워낙 부촌이다. 정원만 100평이 넘는 집도 있어서 세대 간의 거리가 상당했다. 갈 때마다 사람들은 고개를 저었다. 그러고는 어색하게 미소 지었다. '이런 집에서 그 따위 방음밖에 안 될 것 같냐'는 웃음처럼 보였다고, 최진태의 집 앞으로 돌아오면서 정만이 말했다.

"자격지심이야 인마."

비슷한 것을 느꼈지만 상윤은 괜스레 웃으며 정만의 어깨를 쳤다.

마지막으로 최진태의 뒷집으로 향했다. 혹시나 하는 마음이었다. 태양은 뜨거웠고, 목은 탔다. 머리가 뜨거워 뚜껑이 있으면 열고 싶은 날씨였다. 목에서 등으로 땀줄기가 연신 흘러내렸다. 옆에서 덜렁덜렁 힘없이 흔들리는 정만의 팔이 자신의 팔을 스칠 때마다 찐득거려서 의식적으로 살짝 한 발 옆으로 피했다.

초인종을 누르자 철컹하고 대문이 열렸다. 들어오라는 건가.

두 사람이 쭈뼛거리며 정원 안쪽으로 들어갈 때쯤 현관문이 열리고 가벼운 트레이닝복 차림인 여자가 나왔다. 운동 중이었다는 듯 숨은 거칠었지만 땀은 두 사람이 훨씬 더 많이 흘리고 있었다.

"경찰분들이신 줄 알았어요. 앞집 때문에 오신 거죠?"

여자의 얼굴에는 짙은 호기심이 배어 있었다. 사건 이야기를 듣고 싶은 것 같지만, 알려줄 수도 없고 알려줄 만한 것도 없다. 여자가 나온 현관문 쪽에서 서늘한 에어컨 바람이 나왔다.

"21일 19시, 그러니까 저녁 7시부터 밤 12시 사이에 뭔가 들으신 소리 없나요? 싸우는 것 같다거나."

"아뇨. 아무 소리도 못 들었어요. 게다가 그날은 남편 회사 분들이 놀러 와서."

여자는 고개를 가로저으며 말을 끊었다. 집에서 회식이 벌어졌으니 무슨 소리가 났어도 듣지 못했을 거라는 얘기였다. 이 집에서도 건질 것은 없을 것 같다. 상윤은 수첩을 접으며, 자동 재생되는 유튜브 영상처럼 다른 집에서도 물은 것을 똑같이 물었다.

"최진태 씨 댁하고 아시는 사이신가요? 아내 되시는 소진유 씨하고 왕래하신다거나?"

"아뇨, 그렇지는 않지만……. 뭐 왔다 갔다 하다가 마주치면 인사 정도는 하는 사이에요. 아마 다들 그럴걸요. 남의 집 일에 참견하고 그런 예의 없는 행동을 하는 집은 없을 거예요."

비슷한 말을 이전 집에서도 들었다. 주변 집과 왕래를 하며 어느 집 숟가락이 몇 개인지 알던 시절도 있었는데 이제는 그게 예의 없는 행동이라 받아들여지는 시대다.

"혹시 원한 관계라든가, 평소에 누가 찾아오거나 하는 걸 보신 일은 없구요?"

여자가 기가 막히다는 듯 웃었다.

"최진태 씨 모르세요? 되게 유명한 박사님이잖아요. 브레인 쪽에서는 최고라고 하는."

최진태는 뇌 수술 분야의 권위자라고 했다. 그걸 말하고 싶은지 여자가 검지로 자신의 머리를 톡톡 건드렸다.

"네, 그렇죠."

고개를 끄덕이며 상윤이 여자를 보았다. 상윤은 여자가 뭔가 말을 더 이을 거라고 생각했지만 그런 표정에 여자는 훨씬 황당해하는 얼굴을 보였다. 눈을 동그랗게 뜨고 여자가 말했다.

"그런 분이 원한 같은 게 있을 리가 있나요? 그분 UCLA 의과대학 나오신 분이에요."

여자는 유난히 'C' 발음에 힘을 주어 말했다. 상윤은 부드럽게 미소 지으며 말했다.

"말씀 감사합니다."

그는 조금도 주저 없이 몸을 돌렸다.

아무리 알아주는 부촌에 살고, 저명한 의사라도 사람은 사람이다. 어쩌면 남들이 알지 못하는 경제적 고민이 있었을지도 모른다. 상윤은 정만을 경찰서로 돌려보냈다. 오늘 내로 최진태와 소진유의 은행과 신용카드의 거래 내역 일체를 뽑으라고 지시했다.

소진유는 전형적인 가정주부였다. 가끔 문화센터에 나가 시 강습을 들었지만, 동기들 중 특별히 친하게 지내는 사람은 없었고, 강사조차도 소진유에 대한 특별한 기억을 갖고 있지 않았다. 남들보다는 훨씬 더 내성적인 여자였다고 기억할 뿐이었다. 통화 내역을 살펴보니 고정적으로 연락하거나 만나는 친구도 없는 것 같았고, 이따금 친정어머니와 통화만 할 뿐이었다. 다른 사회적 활동이 거의 없어, 원한에 의한 살해라고 하더라도 소진유 쪽은 의심할 것이 없어 보였다.

지금부터 상윤은 최진태가 운영했던 병원으로 가볼 생각이었다.

그가 원장으로 재직했던 혜광병원은 보건복지부에서 지정한 뇌혈관·뇌 질환 전문 병원으로 1991년에 개원했다. 초대 이사장이 최진태의 아버지인 최동억이었고, 최진태는 3년 전에 이 병원을 물려받은 것으로 되어 있었다. 최진태는 UCLA에서 외과의 수련을 받은 후 외과 의사가 되었고, UCLA 의대 교수직을 제안받았지만 국내로 들어와 줄곧 혜광병원에서 일해왔다. 누구라도 최진태가 원장이 될 거라고 생각할 행보였고, 정해진 길이었다. 최동억은 최진태에게 병원을 물려줄 당시 이미 70세의 고령이었고 수술을 놓은 지도 오래였다. 하지만 계속 원장 직함을 가지고 있다가 이전에 앓았던 폐암이 재발하면서 최진태에게 병원을 물려주고 1년 전 사망했다. 오랜 기간 동안 사실상의 원장은 최진태였다는 것을 알 수 있었다.

혜광병원은 상윤이 예상한 것보다 훨씬 더 큰 병원이었다. 총 8

층의 건물에 응급실, 각종 검사실, 입원실, 식당, 재활훈련실까지 갖추어져 있었다. 1층으로 들어가자 접수창구에서 쉴 새 없이 번호를 부르는 소리가 들렸고 번호표를 뽑는 사람이나, 입원 수속을 하는 사람들로 인산인해를 이루고 있었다. 형사 생활을 하느라 병원 한번 올 시간이 없었는데 영인시에 이렇게나 많은 환자들이 있다는 것이 생경하게 느껴졌다.

그는 원무과의 문을 두드렸다.

"영인경찰서 형사 1팀 박상윤 형사입니다."

일자로 붙어 있는 세 개의 책상 중 가장 안쪽에 앉아 있던 남자가 일어섰다. 원무과장이라는 팻말이 붙어 있었다. 조금은 당황한 얼굴로, 그러나 상윤이 무엇 때문에 왔는지 확실히 아는 얼굴로 엉거주춤하게 선 채 그를 보았다.

"원장님과는 개인적으로 부딪힐 일이 많지는 않아서."

그는 원무과 안쪽에 별도로 마련된 휴게실의 원형 테이블로 상윤을 안내한 뒤 맞은편에 앉으며 말했다. 아무래도 원무과 특성상 고객들이 자주 들락거리니 형사와 대화를 나누는 모습을 보이기가 껄끄러울 것이었다. 상윤도 차라리 이렇게 조용한 방이 편했다.

"아시는 만큼만 말씀해주시면 됩니다."

원무과장이 고개를 끄덕였다.

"원장님은 평소 어떤 사람이었습니까? 그냥 부담 갖지 마시고 직원들 사이의 평판이 어땠는지만 말씀해주시면 됩니다."

"글쎄요. 워낙 뇌 질환 쪽에 유명한 분이시라 수술이 많으십니다. 그런데도 학회 참석, 방송 출연 전부 다 하시니 저희 사이에선 에너자이저라고도 불리죠. 1년에 한 번 연봉 협상을 하는데 말도 안 되게 책정한다든가 하시진 않아서 직원들이 그 부분에선 불평이 없어요. 출산휴가나 육아휴직 같은 것도, 다른 병원들에 비해 나쁜 편은 아닙니다."

"과장님과 개인적인 인간관계 같은 건?"

"전혀요. 최하층과 최고층에 있는 사람이 만날 일은 적죠."

스스로가 생각해도 센스 있는 답변이라고 생각했는지 원무과장이 히죽 웃었다. 원무과는 1층, 원장실은 8층에 위치해 있었다.

"그럼 이 병원에서 원장님과 가장 가까운 분이 어느 분이실까요?"

그때 노크 소리가 들리고 직원 한 명이 들어왔다. 그녀가 들고 있는 쟁반에는 종이컵 두 개가 놓여 있었다. 상윤은 잔 속의 얼음을 보고 반가웠다. 오렌지 주스는 단번에 마셔버릴 정도로 시원했다.

"글쎄요, 보통 수술방 의료진들하고는 많이 이야기를 나누시지만 개인적인 이야기는……."

그때 주스를 들고 들어왔던 직원이 멈칫하는 것을 상윤은 놓치지 않았다. 원무과장과 눈빛이 오갔다. 쟁반을 든 직원의 눈에는 날카로운 빛이, 원무과장의 눈에는 곤혹스러운 빛이 스쳤다. 이상한 얘기는 하지 말라는 건가. 상윤은 자신이 알아야 할 것은 이곳이 아니라 다른 곳에서 찾아야 함을 깨달았다.

"그럼 병원 안 좀 한번 돌아보겠습니다."

상윤이 일어나자 원무과장이 허겁지겁 따라 일어섰다.

"다른 환자분들도 계시고 다들 업무 중이니……."

"걱정 마십시오. 업무에 피해 가지 않도록 하겠습니다."

상윤은 간단히 고개를 숙여 인사하고는 주저 없이 몸을 돌려 원무과를 나왔다. 원무과장이 뭐라 말하려다가 포기하는 소리가 뒤에서 들렸다.

그는 1층 로비에 설치되어 있는 병원 안내도를 보고는 곧장 2층으로 올라갔다. 원장 진료실이 거기에 있었다. 진료실 앞 간호사 데스크에는 핑크색 유니폼을 입은 간호사가 앉아 서류를 정리하고 있었다. 대기 장소에는 아무도 없었다. 그녀는 인기척에 고개를 들며 일어서려 했다.

"죄송합니다. 당분간 원장님 진료는……."

상윤은 그녀를 향해 경찰 신분증을 내보였다. 일어서던 간호사가 도로 앉았다.

상윤은 이야기를 가볍게 시작해보기로 했다.

"갑자기 일어난 일이라 많이 당황스러우시겠네요."

"아무래도 그렇죠. 앞으로 어떻게 될지도 모르겠고……."

그녀는 말끝을 흐렸다. 사람이 죽었는데 자신의 일자리를 걱정하는 것이 좋아 보이지 않을 것 같은 모양이다. 하지만 사람이란 다 그런 것이 아닌가. 남의 죽을병보다 내 손톱 밑에 박힌 가시가 더 아픈 법이다. 그 사람이 나빠서가 아니라 목구멍이 포도청이기 때문이다.

"최진태 선생님은 평소 어떤 분이셨나요?"

질문을 하자 간호사가 상윤을 보았다.

"아무거나 괜찮습니다. 성격이라든가, 찾아오시는 분이 있다든가. 개인적인 일을 자주 보신다든가."

"아무래도 제가 외래 담당이다 보니 원장님과 제일 많은 시간을 보내는 건 맞지만 개인적인 이야기는 전혀 안 해서요. 그래도 나름 모시기는 괜찮은 분이셨어요."

"어떤 면에서요?"

"뭐랄까. 개인적인 심부름은 전혀 안 시키셨어요. 당연한 거 아니냐고 하실 수도 있는데 안 그런 분도 많거든요. 중고등학교 다니는 딸내미 사진 출력이나 숙제 같은 거 부탁하는 분들도 있고, 별사람들 많아요. 그런데 전혀 그런 거 없으시고, 본인 물, 차 같은 것도 다 직접 챙기시고, 일일이 존대하시고……. 나이스한 분이셨죠."

"병원 직원 사이에서도 평판이 좋은가요?"

"전반적으로 그런 편이었어요."

"환자들에게서 원망을 살 일은 없습니까? 그러니까 의료사고라거나."

그녀는 잠시 생각하는 듯 동그란 눈을 아래쪽으로 내리깔며 한 손을 볼에 가져다 댔다. 그러고는 고개를 끄덕거리며 대답했다.

"병원에 있다 보면 별의별 환자들이 많아요. 병원비가 왜 이렇게 비싸냐든가. 수술했는데 왜 아직도 아프냐든가. 하지만 그런 건 일상적인 일이고……. 요즘 특별히 그런 일이 있었던 것도 아니고요. 병원 개원한 이래 의료사고는 없었던 걸로 알아요."

의료 사망 사고가 발생해 유족이 원한을 품어 살해할 만한 일도 없다는 뜻이었다. 상윤은 고개를 끄덕이며 수첩에 '의료사고 없음'이라고 적어놓았다. 병원 쪽에서는 특별히 건질 것이 없어 보였다. 마지막으로 한 가지 더 묻겠다며 상윤이 입을 열었다.

"20일부터 25일까지 휴가를 내신 걸로 알고 있는데요."

"네."

"저희가 파악하기로는 필리핀 여행을 잡으신 것 같은데, 들으신 적이 있나요?"

"네. 들은 적 있어요. 진료 일정 때문에라도 휴가를 내시면 저희에게 말씀하시니까요."

"혼자 가시는 거던데……."

"혼자요? 글쎄요. 자세한 얘기는 못 들었습니다."

"해외여행을 자주 가셨나요?"

"아뇨. 학회를 제외하면 처음 있는 일이셨어요. 여름휴가 때도 가끔씩 병원에 나오셨는걸요. 워낙 워커홀릭이시라……. 집에 가보셨으면 아실 텐데, 지하에 연구실도 가지고 있으시거든요. 논문도 쓰시고. 어디 놀러 가실 분은 아니세요."

"처음 있는 일이라."

상윤은 고개를 갸웃했다. 휴가 중에도 병원에 나온다는 워커홀릭이 평소와 달리 긴 휴가를 냈을 때는 반드시 무슨 일이 있었던 것이다. 무슨 일이었을까. 그런 생각을 할 때 간호사 데스크 반대편의 문이 벌컥 열렸다. 그곳은 수술실이었다. 안에서 나온 남자는 수술복을 입고 마스크를 착용하고 있어서 보이지 않았지만 느낌상 30대 초반의 젊은 남자였다. 남자는 상윤과 간호사가 대화하는 것을 보고는 잠시 멈칫했다.

"아……."

간호사가 어색하게 일어서며 상윤과 남자를 번갈아 보았다.

"선생님, 형사님이세요. 원장님 일 때문에."

상윤은 자리에서 일어섰다.

"영인경찰서 박상윤 형사입니다. 잠시 얘기 좀 나누실 수 있을까요?"

상윤은 간호사를 등진 채 남자의 눈을 똑바로 응시했다. 간호사의 표정에서 조금 전 원무과장과 같이 주저하는 기색을 읽었기 때문이었다. 두 사람이 주저했던 이유가 이 사람이 아니었을까, 하고 상윤은 생각했다.

***

상윤은 직원 휴게실로 안내되었다. 수술실에서 나온 남자의 이름은 윤정도. 이 병원에 정식으로 소속된 의사는 아니고 파트타임 의사 정도로 보면 된다고 했다. 그동안 환자가 많을 때 시간제로 일해오다 원장의 사망 이후 수술 스케줄의 공백을 채우고 있는 모양이었다. 10분가량 기다리고 있으니 그가 수술복을 갈아입고 나왔다. 흰 셔츠에 의사 가운이 아주 잘 어울렸다.

"바쁘신데 죄송합니다."

"아뇨. 이것도 중요한 일이니까요."

정도가 상윤의 맞은편에 앉았다. 피부가 깨끗하고 호감형의 얼굴이었다. 아무래도 세균을 조심해야 하는 직업이다 보니 전체적으로 깔끔한 인상을 준다.

"간호사 선생님께 대충 이야기는 들었지만, 그래도 혹시 달리 아시는 게 있을까 해서요. 듣기로는 이번에 내셨던 휴가가 늘 있었던 일은 아니라던데."

"네. 그러셨죠."

"혹시 들은 얘기 없으세요?"

"들은 얘기는 없지만……."

말끝을 흐리는 것을 보니 들은 얘기는 없어도 뭔가 짚이는 것은 있는 것 같았다. 재촉하듯 고개를 끄덕이며 눈에 힘을 준 채 그를 응시했다.

"사모님하고 사이가 별로 좋지 못하신 거 같았어요. 갑자기 휴가를 내셔서 같이 쉬시려고 하시나 생각했어요."

"특별히 무슨 일이 있었나요?"

정도는 당황하는 기색을 보이며 양손을 저었다.

"아니, 제가 뭘 아는 건 아니지만 그냥 분위기가……. 가끔 통화하시는 것을 들으면 언성을 높이시는 일이 자주 있었어요. 제가 자리를 비켜드렸지만 사모님과 통화하시는 것 같았거든요. 자세한 건 저도 잘 모르지만 집에서도 그렇게 연구만 하시니 불만이 없으시겠어요?"

"그렇습니까."

상윤은 소진유와 최진태의 관계에 대해 확인해야 할 것 같다고 생각하며 수첩에 메모했다.

"더 달리 해주실 말씀은?"

"글쎄요. 저도 아는 게 없어서. 저도 이해가 안 갑니다. 왜 그렇게 되셨는지."

"네에……."

"죄송합니다. 큰 도움이 되지 못하는 것 같아서."

"아닙니다. 다른 것이 생각나면 연락주세요."

상윤은 정도에게 명함을 건네주고 일어섰다. 그는 살짝 묵례를 하고는 성큼 걸어 휴게실을 빠져나갔다.

정도는 상윤이 남기고 간 명함을 잠시 들여다보고는 주머니에 집어넣으며 자리에서 일어섰다. 순간 머릿속을 스친 생각이 있었다. 그 얘기도 할 걸 그랬나? 하는 생각이 들었다.

최진태가 휴가를 냈던 20일, 정도는 뇌경색 환자의 수술 경과 보고를 위해 그에게 전화를 걸었다. 평소와 다름없이 보고를 끝내고 전화를 끊으려 할 때 최진태가 물었다. 일전에 아내와 셋이 갔었던 닭볶음탕 집에 관해서였다. 몇 시까지 영업을 하냐, 가게 이름이 뭐였냐, 같은 일상적인 것이었는데, 특이하게도 그 집에 CCTV가 있냐고 물었다. 왜 그러냐고 되물으니 방금 전 아내와 갔다가 뭔가를 잃어버렸다고 했다. 오전이라 아직 그 식당이 오픈할 때가 아니었지만 뭔가 착각했겠지, 하고 단순히 생각했었다. 아무튼 그의 대답은 '잘 모르겠다'였고, 최진태는 알겠다고 하고 끊었다.

정도는 선 채로 잠시 생각하다 어깨를 으쓱하며 휴게실을 나갔다. 그런 이야기는 이번 사건과 아무런 관계도 없을 것 같았다.

-5-

생각해보면 모든 것의 시작은 혜은이었다. 혜은이 찾아와 유괴를 제안하지 않았더라면 아무리 급했어도 그런 일에 손을 대지는 않았다. 희애의 일 때문에 잠깐 미쳤던 것이다. 유괴를 하다니.

아니, 냉정해져야 한다. 지금은 후회보다는 왜 이렇게 됐는지를 생각해야 한다.

일을 제안한 것도 혜은이지만, 자꾸 협박 전화를 걸게끔 독촉한 것도 혜은이다. 명준은 혜은이 꾸민 일이라는 의심이 강하게 들었다.

사라진 뒤 이혼하자고 왔을 때도 두말없이 들어주었다. 희애를 강제로 빼앗은 것도 아니다. 애초에 혜은은 희애를 키울 생각조차 하지 않았고, 한 달에 한 번 면접권을 준다는 말에 쓴웃음을 지었을 뿐, 만나러 온 적도 없었다. 그러니 원한이 생기려면 오히려 명준이 혜은에게 있을 일이지, 반대로 혜은이 명준에게 원한을 가질 일이 아니다. 이유는 알 수 없으나 어쨌거나 혜은은 명준의 발목에 올가미를 채웠다. 혜은이 아닌 다른 사람이 그럴 리는 없다.

그 증거로 오늘 혜은은 연락조차 되지 않는다.

혜은이다. 혜은을 만나야 한다.

명준은 곧장 혜은이 있을 희애의 병원으로 향했다. 간호사의 눈에 띄면 당장 밀린 병원비를 내든가 희애를 퇴원시키라는 이야기를 듣겠지만 지금은 들켜도 상관없었다. 엘리베이터를 타고 곧장 8층으로 올라갔다. 명준은 뚜벅뚜벅 걸어갔다. 간호사실은 비어 있었다. 간호사가 있었다고 해도 워낙 당당하게 들어가는 명준을 알아보지 못할지도 몰랐다.

803호 문 앞. 명준은 심호흡을 하며 문을 열었다. 그는 잠시 그대로 멈춘 채 서 있었다. 그의 눈이 무섭게 떨렸다.

"누구세요?"

자리에서 엉거주춤 일어난 것은 50대 여성이었다. 조금 전까지 울었는지 눈두덩이 부어 있었다. 피로의 그늘이 눈 밑을 잠식했고 초췌한 피부는 늘어져 탄력이 없었다. 누구세요? 묻고 싶은 것은 오히려 이쪽이었다.

"아니, 여기 있던 환자······."

이 자리에 누워 있어야 할 희애가 없었다. 순간 불길한 생각이 그의 머릿속을 스쳤다. 눈에 불꽃이 튀었다.

"저기요. 누구신데······."

여자가 말을 걸어왔지만 명준의 귀에 들리지 않았다. 무섭게 일그러진 명준의 얼굴을 본 여자는 더 이상 말을 잇지 못하고 누워 있는 자신의 아이 옆으로 갔다. 명준은 휙 몸을 돌렸다. 불이 붙은 것 같은 뜨거운 덩어리가 명치를 꽉 막고 있는 기분이었다.

명준은 성큼 걸어 간호사 데스크 앞으로 갔다. 설마설마했다. 병원비를 내지 못해 매번 숨어 다녔어도, 희애를 돌보다 간호사가 올 때면 침대 밑에 숨었어도, 그래도 쫓아내지는 않을 거라고. 저들은 의사고, 간호사고, 사람들의 생명을 다루는 사람들이니까, 쫓아내지는 않을 거라고 생각했다.

"나와!"

여전히 비어 있는 데스크 앞에서 명준은 소리를 질러댔다. 지나가던 환자와 보호자들이 흘깃거리거나 아예 걸음을 멈추고 구경했다. 병실 한 군데에서 간호사가 달려 나왔다. 안면이 있는 간호사다.

"무슨 일이세요?"

느닷없이 소리를 지르는 명준을 본 간호사가 다가왔다. 목소리에 날이 서 있지는 않았지만 미간이 구겨져 있었다. 다른 사람들의 시선을 의식해서인지도 모르고, 이미 잔뜩 흥분한 명준을 도발하지 않기 위해서인지도 모른다. 명준은 간호사의 얼굴을 온 힘을 다해 노려보았다.

"우리 희애! 우리 희애 어디 있어!"

명준의 목소리 끝에 눈물이 배어났다. 입술 끝이 덜덜 떨렸다. 언젠가 뉴스에서 본 것처럼 희애가 누워 있는 환자 침대를 복도에 끌어다놨다면, 마치 폐기하듯 아무 데나 처박아뒀다면 그는 참지 못할 것 같았다. 의사 가운을 입고 있는 자들에게 마구잡이로 주먹을 날릴지도 모른다. 경찰의 총구도 두렵지 않다. 목숨 띠위는 어떻게 되든 아무 상관없다. 잔뜩 일그러진 얼굴을 보며 간호사가 갸우뚱했다.

"희애? 김희애 어린이요? 병실에 있잖아요."

***

희애는 환자 침대에 누워 있었다. 산소마스크를 쓰고 있었고, 손가락에는 산소 포화도를 측정하는 기계가 끼워져 있었다. 아이를 감싸듯 선 기계들은 계속 삑삑거리는 소리를 내고 있었다. 시간이 멈춘 것처럼 희애는 지난번 보았던 그대로 누워 있었다.

바뀐 것은 병실뿐이었다.

지난번보다 훨씬 넓은 병실, 침대는 단 한 대뿐이고, 보호자의 침대도 트윈 사이즈였다. 소파가 놓인 테이블에는 전화기도 별도로 마련되어 있었고, 냉장고와 벽걸이 TV, 옷장까지 별도였다. 구석에는 보호자를 위한 식탁도 놓여 있었다.

1인실. 희애가 그곳에 누워 있었다.

1인실로 간 것도 몰랐냐고, 어이없다는 듯 웃으며 병실 앞까지 안내해준 간호사가 돌아간 후 조심스럽게 문을 열었을 때 그곳에는 60대로 보이는 간병인이 있었다. 최분옥이라는 이름이 간병인 유니폼에 새겨져 있었다.

"아, 애기 아빠시구나."

당장에라도 눈물을 터뜨릴 것 같은 명준의 얼굴을 보며 간병인이 말했다.

"이게 어떻게 된……."

"네?"

"누가, 누가 아주머니를 고용했죠?"

간병인은 눈을 둥그렇게 떴다. 고개를 갸웃하며 대답했다.

"그건 사무실에 물으셔야······."

"간병인 비용은요?"

"3개월치 선불로 주셨는데······. 모르는 얘기예요? 정말 애기 아빠 맞아요?"

최분옥은 의심스러운 눈빛으로 명준을 보았다. 명준은 다시 한 번 희애의 얼굴을 보았다. 나아진 것 같지는 않았지만 나빠지진 않았다. 아이의 안전을 확인하자 다른 생각이 떠올랐다. 명준은 병실을 박차고 달려 나갔다.

"저기요!"

간병인이 소리쳤지만 명준은 뜀박질을 멈추지 않았다. 그가 곧 장 향한 곳은 병원의 원무과였다. '김호원'이라는 명찰을 단 원무 과장이 책상에 앉아 있었다. 명준이 내민 신분증을 확인하고는 컴퓨터로 뭔가 검색하기 시작했다.

"네. 1인 특실 김희애 환자, 정산되었는데요. 납부하신 5천만 원으로 미납 병원비, 수술비까지 모두 처리했습니다. 9월 2일 오 후 수술 예정입니다."

명준은 자기도 모르게 자리에 털썩 주저앉았다.

"누, 누가 냈는지 혹시······."

"납부자가 김명준 님으로 되어 있네요. 모르셨습니까?"

'정말 아버지 맞으시냐?' 그렇게 묻고 싶은 듯 원무과 직원이 명준을 보았다. 하지만 명준이 납부한 것이 아니었다. 아마 혜은 이 낸 것이리라. 명준은 힘없이 자리에서 일어났다.

"괜찮으세요?"

원무과 직원이 물었지만 명준은 대답 없이 그대로 몸을 돌려 원무과를 나섰다. 고맙게도 원무과 직원은 더 잡지 않았다.

그는 터덜터덜 걸었다. 아무런 생각도 할 수가 없었다. 온 머리가 텅 비어버렸다. 정신을 차리고 보니 병원을 빠져나오고 있었다. 무엇부터 해야 하나. 어떻게 해야 하나. 자신이 처해 있는 상황이 대체 무엇이란 말인가. 희애는 괜찮다. 괜찮을 것이다. 수술도 잡혀 있다. 목숨을 내놓고라도 살리고 싶었던 딸이 아닌가. 어쩌면 잘된 일이다.

명준은 걸음을 멈추고 허겁지겁 병원으로 되돌아갔다. 주변을 둘러보았지만 공중전화기는 없었다. 당연한 일인지도 모른다. 요즘 휴대폰 없는 사람이 어디 있다고……. 그는 안내 데스크로 뛰어갔다.

"전화기 좀 빌릴 수 없을까요? 급한 일이라……."

흰색 유니폼을 차려입은 경비원은 친절해 보이는 미소와 함께 데스크 안쪽에서 선이 연결된 전화기를 꺼내 들었다. 생각보다 많은 사람이 부탁하러 오는지도 몰랐다. 명준은 수화기를 집어 들고는 크게 한숨을 내쉬었다. 혜은의 전화번호는 정확히 머릿속에 남아 있었다.

혹시 불편해할지도 모른다는 생각인지 경비원이 의식적으로 다른 곳을 향해 몸을 돌린 사이 명준은 혜은의 전화번호를 꾹꾹 눌렀다. 신호음이 가고 한참이나 기다렸다. 하지만 역시나 받지 않았다. 명준은 아랫입술을 꾹 깨물었다.

이로써 명확해졌다. 올가미에 걸렸다는 것이.

혜은은 돈이 어디에서 났을까? 그 돈이 이번 사건과 무관하지 않다는 것은 깊이 생각해보지 않아도 알 수 있었다.

"나야. 이제 전부 알았어. 당신이 무슨 생각으로 날 유괴에 끌어들였는지. 하지만 원망하려고 전화한 거 아니야. 꼭 할 말이 있어서……."

음성을 남기는 명준은 그 어느 때보다 침착했다. 그는 아주 천천히, 이따금 한숨을 쉬어가며 자신의 머릿속에 떠도는 말들을 전부 다 끄집어내었다.

용서하겠다.

그 긴말은 결국 그 뜻이었다. 자신에게 덫을 놓은 것은 괘씸했다. 하지만 덕분에 희애를 살릴 수 있다면 모든 것을 감사할 작정이었다.

다시 병원을 나와 도로 쪽으로 터덜터덜 걷기 시작한 명준은 버스 정류장이 보이는 곳에 돌연 털썩 주저앉았다.

'다행이다.'

희애가 살 수 있다. 눈시울이 붉어졌다. 눈물이 흐르려 했지만 명준은 이를 악물며 참아냈다. 그래도 가슴 언저리에는 뭉근한 간격이 자리하고 있었다. 혜은에 대한 원망이 없다면 거짓말이지만, 혜은이 대체 무슨 생각을 하고 있는지는 모르지만 어쨌거나 결론은 하나였다. 희애는 수술을 받고 살아날 것이다.

몇 백 번, 몇 천 번이고 생각해왔다. 희애만 살릴 수 있다면 자신은 어떻게 돼도 상관없다고. 지금 심정으로는 이런 일을 꾸민 혜은에게 감사하고 싶을 뿐이었다.

"이봐요. 괜찮아요?"

병원 안으로 진입하던 차량이 속도를 줄이며 명준에게 물었다. 명준은 눈을 훔치고는 얼른 자리에서 일어나 대답 없이 버스 정류장을 향해 걸었다. 그에게 물었던 차의 주인은 속도를 높여 병원으로 들어가 버렸다.

명준은 조금 더 걸어갔다. 길 옆 노점상에서 모자를 팔고 있었다. 모자를 하나 샀다. 그는 깊이 모자를 눌러썼다. 거기서 버스에 올라탔다. 산속 집으로 돌아갈 생각이었다. 로희는 반드시 안전하게 돌려보낼 것이다. 하지만 지금은 아니다. 9월 2일. 그날까지는 절대 잡힐 수 없다.

-6-

로희를 데리고 어디로 가면 될까. 9월 2일. 그날까지 피해 다닐수 있을까. 아무 연고도 없는 전라도 어딘가로 갈까. 그게 좋을지도 모르겠다. 일반적으로 형사들은 친구, 친척, 가족, 예전에 만났던 애인 누군가에게 연락 갈 것을 기다리거나 잠복할 테니까, 아예 예상치도 못한 어딘가로 가는 것이 좋을 것이다. 로희는 이상하게 생각하지 않을까. 갑자기 기억을 찾으면 어떻게 하지.

그런 생각들이 명준을 어지럽게 했다. 평소 같았으면 집에 돌아왔을 때 숨이 턱에 찼을 것이다. 지난번처럼 피를 토하듯 꺽꺽거리지는 않더라도 10분 이상 마루에 걸터앉아 거친 숨을 토해내야 심장박동이 잦아들곤 했다. 그러나 오늘 그는 숨이 찬 것도 알지 못했다. 그만큼 머릿속이 복잡했다.

로희는 마루 끝에 걸터앉아 있었다. 여전히 효자손을 한 손에 들고 있었는데 어딘가를 겨냥하고 있었다. 뭔가 싶어 효자손이 가리키는 곳을 따라 시선을 옮기니 검은색 고양이 한 마리가 몸을 낮추고 앉아 있었다. 이곳에 자주 밥을 얻어먹으러 오는 고양이였다. 희애는 이 고양이를 나비라고 불렀다. 온몸이 검은색이었지만 목 부근만 흰색 털인 것이 마치 턱시도에 나비넥타이를 맨 것처럼 보인다고 붙인 이름이었다. 로희는 입으로 연신 쉭쉭 소리를 내뱉으며 고양이를 향해 효자손을 휘젓고 있었다. 쫓으려는 듯 보였다. 명준은 가까이 다가가 나비를 안아 들었다.

"나비야. 할퀴거나 그러지 않아. 그냥 밥을 얻어먹으러 온 거야."

그러고는 나비에게 말했다.

"그런데 어떻게 하지? 지금은 줄 게 없는데. 친구들한테 가봐."

그의 말을 알아들은 것인지 나비가 품 안에서 몸을 뒤틀었다. 아니나 다를까 바닥에 내려놓기 무섭게 숲속으로 뛰어 들어갔다. 이리저리 수풀이 흔들리는 것이 보였지만 곧 나비의 모습을 찾을 수 없었다.

"내가 고양이를 좋아해?"

명준은 로희를 돌아보았다. 희애는 고양이를 좋아했다. 고양이만이 아니라 강아지도 좋아했다. 사람도 좋아했고, 이 못난 아빠도 좋아했다. 갑자기 눈물이 나려 해서 명준은 급히 고개를 저었다.

"아니."

"그렇지? 아무리 기억이 없다 해도 이렇게 싫은걸."

흠, 하고 고개를 끄덕이던 로희가 돌연 인상을 찌푸렸다. 로희의 날카로워진 눈이 명준의 손으로 향했다가 그의 눈을 똑바로 보았다. 명준은 움찔했다. 이 아이가 뭔가를 떠올린 것이 아닐까. 순식간에 많은 생각들이 그의 머리를 스쳤다. 기억을 찾은 아이가 곧장 소리를 지르고, 산 아래로 뛰어 내려가 도움을 청하는 상상. 사람들이 몰려와 그가 체포되고, 결국 희애는 수술도 받지 못하는 상상. 대부분 상상조차 하지 말아야 할 부정적인 생각들이었으나, 그로서도 어쩔 수 없었다. 지금까지의 그는 항상 희망이 부정되는 삶을 살았다.

"뭐야. 아무것도 안 사 왔어?"

"응?"

명준은 금방 알아듣지 못하고 눈을 둥그렇게 떴다.

"나한테 뭘 먹여야 할 거 아냐! 하루 종일 나갔다 와서 아무것도 안 사 오다니. 오늘도 그 이상한 밀가루 덩어리를 만들려던 건 아니지?"

명준이 뭔가를 사 올 거라고 생각했는데 빈손이라서 그런 눈을 한 것이다. 명준은 안도의 한숨을 내쉬었다. 그러고는 잠시 생각하더니 말했다.

"장에 갈래?"

"장? 그게 뭔데?"

그렇잖아도 동그란 눈을 더 동그랗게 뜨면서 로희가 말했다. 명준은 웃었다. 로희가 조그만 동네 시장에는 가본 적이 없을 것 같았다. 9월 2일까지 도주는 하겠지만 절대 저 눈을 불행하게 만들지 않겠다고 생각했다.

"시장. 맛있는 거 많아."

로희가 작은 손을 제 턱에 갖다 대더니 고개를 끄덕였다.

"맛있는 거……. 적절하네. 가자."

해쭉 웃으며 내미는 작은 손을 명준은 힘주어 잡았다.

＊＊

산에서 내려와 10분여를 걸었다. 택시를 타면 바로 눈에 뜨일 것 같았다. 택시 운전기사들은 하루 종일 라디오를 듣기 때문에 로희의 실종 소식을 알고 있을 것 같았다. 무엇보다 실종 전단이 가장 먼저 대중교통 기사들에게 전달될 것이라는 생각이 들었다. 게다가 로희는 말투가 독특하기 때문에 택시 기사의 관심을 불러일으킬 가능성이 높았다. 운전기사와 가까이 앉아야 하는 택시는 여러모로 위험했다.

버스도 타지 못했다. 산 밑 슈퍼 앞에 마을버스가 서긴 하지만 출발점이기 때문에 탑승자기 많지 않았다. 이 동네에서 처음 보는 아이가 있으면 사람들이 주의 깊게 볼 가능성도 있었다.

차는 왜 없냐고 로희가 물었다. 경찰에게 잡힐까 봐 무서워서 버렸다고 답할 수는 없다. 그렇다고 거짓말을 계속 지어내기도 힘들었다. 말간 로희의 눈을 보면 툭 튀어나오던 거짓말도 삼키고 만다. 그냥, 이라고 주저하며 시선을 돌리는 것이 고작이었다.

로희가 걸음을 멈추고 빤히 쳐다보았다.

"역시."

"뭐, 뭐가?"

"냄새가 났어."

"무슨……."

명준은 입술이 바짝 말랐다. 자기도 모르게 침을 삼키며 눈을 깜박였다. 가늘게 뜬 눈으로 명준을 꿰뚫는 듯 보던 로희가 이윽고 입을 열었다.

"가난의 냄새."

킁킁, 냄새를 몇 번 더 맡더니 입맛을 쩍 다셨다.

"밀가루 덩어리라도 먹을게. 돈 없으면 그냥 집에 가자."

걸음을 멈추고 도로 명준의 손을 당겼다. 그러면서도 얼굴에는 아쉬움이 남아 있었다. 시장이라는 곳에 가보고 싶고, 맛있는 것을 먹고 싶은 마음도 있을 텐데 명준의 사정을 헤아려 참으려는 것이다.

'혜은아. 우린 이런 아이에게서 부모를 빼앗은 거야. 절대 용서받을 수 없을 거야.'

명준은 로희의 손을 잡은 채로 아이의 앞에 무릎을 굽히고는 시선을 마주했다.

"그런 거 아냐. 차를 판 건 맞지만 너무 오래돼서 판 거야. 돈이 없어서 그런 게 아니라. 가자. 맛있는 저녁 먹으러."

이 말이 정말일지, 아니면 자신을 배려해서 하는 말인지 생각하는 듯 눈을 깜박이며 명준을 응시하던 로희는 이내 히쭉 미소 지었다. 여태껏 본 것 중 가장 아이다운 웃음이었다.

＊＊＊

"역시 가난해."

툭, 던지듯 말을 뱉은 로희는 다시금 제 말을 상기하고 스스로 수긍하는 듯 고개를 끄덕였다. 시장 한복판, 마약 김밥과 새우튀김을 앞에 두고 있었다.

"아니라니까."

명준은 김밥을 우물거렸다. 동시에 새우튀김을 집어 로희의 입에 넣어주었다. 로희는 당연하다는 듯, 매번 그래왔던 아이처럼 입을 벌려 새우튀김을 받아먹었다.

"근데 왜 길바닥에서 밥을 먹는 거야?"

로희가 말한 길바닥이라는 것은 시장 한복판의 포장마차였다. 로희와 명준 말고도 많은 사람들이 김밥이나 떡볶이, 잡채 가게 앞에 늘어서 있었다. 로희와 명준처럼 일자형 나무 의자에 앉아 먹는 사람들도 있었지만 접시를 들고 서서 먹는 사람들도 있었다.

새우튀김을 입안 가득 넣고 우물거리면서도 로희는 주변을 둘러보았다. 눈에는 새로운 것에 대한 호기심이 가득 차 있었다.

"길바닥에서 먹는 게 아니라, 시장 노점이라고 하는 거야. 네가 지금은 어려서 먹을 줄 몰라 그렇지, 나중에 커보면 알겠지만 식당이나 집에서 먹는 것보다 이렇게 시장 한복판에 서서 먹는 게 더 재밌고 맛있어."

알아들은 것인지 아닌지 로희는 작은 입술을 삐쭉 내밀더니 어깨를 으쓱했다. 그 모습이 귀여워 명준은 웃었다.

"애기가 엄마 닮았나 보다."

갑자기 날아온 목소리는 명준에게 친절을 넘어선 공격이나 다름없었다. 김밥을 파는 아주머니였다. 50대 후반쯤으로 보이는 여자의 이마에는 깊은 주름이 가 있었다. 새까맣게 염색한 머리가 부자연스러워 보였다. 명준이 고개를 들자 여자가 한마디를 덧붙였다.

"아빠랑 하나도 안 닮았어. 엄마 닮았나 봐."

명준은 심장이 쿵쾅거렸다. 로희가 명준을 빤히 올려다보았다.

"그래? 나 엄마 닮았어? 맞아?"

"어?"

로희가 자신을 전혀 닮지 않았다는 것을 이상하게 여길까 봐, 로희의 얼굴을 본 여자가 곧 나올지도 모르는 뉴스 속 실종된 아이의 기사를 보게 될까 봐, 명준은 또다시 긴장했다.

이곳에서 일어나는 즉시 모자를 하나 사서 씌워야겠다고 생각했다.

"어, 그게 저……."

때마침 휴대폰이 울었다. 명준이 오래전부터 쓰던 휴대폰이었다. 대화를 피해 갈 타이밍이다 싶어 명준은 로희를 향해 전화가 오는 휴대폰을 흔들어 보였다. 전화를 받으라는 듯 로희는 새우튀김 접시에 시선을 박았다. 새우튀김을 집어 들고 입을 쩍 벌리는 것을 보며 명준은 전화를 받았다. 모르는 번호였다.

"여보세요?"

전화기 너머에서는 아무런 소리도 들리지 않았다.

"여보세요?"

─나야.

혜은이었다.

-7-

1년여 전 정부 시책으로 공공기관을 이전해 오면서 혁신도시로 지정된 영인시는 제법 빠르게 개발을 이뤄내고 있지만 조금만 외곽으로 빠지면 시골 동네 모습을 그대로 간직하고 있는 묘한 도시였다. 산도 많고, 논도 많지만, CCTV는 많지 않았다. 영인시 외곽의 한 산 밑에서 불에 탄 차량이 발견되었다.

"차가 불탄 채로 발견될 때는 두 가지 경우뿐이지. 차를 개같이 만들어서 주행 중에 불이 나거나, 개같은 놈들이 자기 흔적을 지우려고 할 때."

공조 요청을 받고 현장에 도착한 프로파일러 신정림은 날카로운 눈으로 지형을 살피고는, 곧장 며칠 전 아침 영인경찰서에서 보고서로 받은 '의학박사 부부 살인사건 및 여아 실종사건'을 떠올렸다. 그는 함께 출동한 국과수 요원들에게 시커멓게 불에 타 버린 차량이지만 작은 실 한 올이라도 발견해주기를 간절히 바란다고 전했다. 그 바람이 이루어졌을까. 차의 구석에서 실 같은 머리카락 한 오라기가 발견되었다.

"여기 휴대폰이 버려져 있습니다!"

장시간에 걸친 수색이 이루어졌지만, 결국 현장에서 발견된 것은 머리카락 한 올과 휴대폰 하나였다. 휴대폰에서는 지문이 검출되지 않았다. 통화 내역에 찍힌 번호는 두 개밖에 없었는데, 하나는 대포폰이라 추적이 불가능했고, 또 하나는 죽은 최진태의 것이었다. 머리카락은 그 어떤 것보다 빠른 순서로 유전자 감식에 들어갔다. 머리카락은 정림의 예상대로 영인경찰서에서 수사 중인 사건의 실종 아동 최로희의 것과 일치했다.

정림은 즉시 해당 경찰서인 영인경찰서로 들어가 주혁을 만났다.

"범인은 이 지역을 굉장히 잘 아는 인물입니다. 차가 발견된 산에서 반경 5킬로미터, 더 크게 잡는다면 10킬로미터 안에 거주하고 있을 가능성이 높아요. 혈흔이 발견되지 않은 것으로 보아 아직 아이가 살아 있을 가능성을 배제하면 안 됩니다."

***

수사본부가 차려진 수사 1팀 사무실로 들어갔을 때 주혁은 팀원들과 함께 막 밖으로 나서려던 참이었다. 그냥 시선을 던지는 것만으로도 '뭔가 건진 것 없느냐'는 인사가 오갔다. 하지만 굳이 묻지 않아도 알 것 같았다. 그의 얼굴은 어두웠다.

차량이 발견되었다는 것과 그 안에 있던 머리카락이 실종된 최로희의 유전자와 일치한다는 보고는 유선으로 이미 받았다. 하지만 혈흔이 발견되지 않은 것이 희망적인 것만은 아니었다. 사망 현장에 혈흔은 필수 요소는 아니었다. 피를 부르지 않고도 얼마든지 사망에 이르는 사건들이 많았다. 아동전담팀의 절반은 차량이 발견된 산 인근으로 배치되었다. 사고로 인한 것이든, 다른 이유에서든 만약 아이가 사망했다면 묻었을 장소는 그 뒷산이나 인근 산이라고 판단한 것이다. 절반은 죽은 아이를, 절반은 살아 있는 아이를 찾으러 나가고 있었다. 희망과 절망이 정확히 절반으로 나뉘어져 공존했다.

"프로파일러는 아직 범인이 영인시를 빠져나가지 않았을 걸로 추측하고 있어요. 영인시 주요 도로와 영인시를 빠져나가는 국도, 고속도로에서 오늘부터 검문이 이루어질 겁니다. 사고가 나고 차에 실린 시간부터 계산하면 아무리 유괴라고 해도 크리티컬 아워가 지났습니다. 공개수사가 이루어져야 할 것 같아요."

"아직 아이가 살아 있다면 범인을 압박해서 위험할 수도 있을 텐데."

"쉽게 내릴 결정은 아니죠. 본부장님께서 곧 회의를 소집하실 겁니다. 본부장님도 아직 결정을 내리기 힘드신 것 같아요."

이해 못 할 바가 아니다. 아이가 사망한 것이 확인만 된다면 공개수사로 전환하여 대대적 수사를 통해 범인을 잡아들일 수 있다. 하지만 아직 사망하지 않았을 가능성이 있기 때문에 조심스럽다. 혹시 차후 범인을 잡아들였을 때 경찰의 공개수사 때문에 압박을 받아 아이를 살해했다는 소리가 나온다면 경찰에게 비난이 돌아간다.

아이가 차라리 죽었길 바라야 하는 상황인가, 생각하며 상윤은 쓸쓸함에 입을 다셨다.

"박철원 씨, 오늘 오기로 했지?"

"네, 16시까지 온다고 아침에 확인 전화 했었습니다. 10분 남았네요."

박철원은 최진태의 집 CCTV 관리자로 살아 있는 최진태를 마지막으로 만난 인물이다. 그날 그의 상태나 언동 등이 어땠는지를 확인해봐야 했다. 물론 최진태를 마지막에 본 인물이기 때문에 용의 선상에 올라 있다. 조사를 위해 찾아가려면 왜 직접 가야 하는지 그 부득이한 사유를 들어 경찰서장의 사전 승인을 받아야 해서 상윤은 출석 요청을 했다. 그래서 오늘 16시, 경찰서로 오겠다는 약속을 받은 것이다.

철원은 약속 시간을 1분 앞두고, 거의 정각에 수사본부 사무실로 왔다. 꽤 마른 몸에 얼굴은 꺼칠했다. 오른쪽 목 부근에 문신이 있는 줄 알았는데 자세히 보니 오래된 상처였다. 키는 어림잡아 177에서 180센티미터쯤 되어 보였다.

"어려운 걸음 하시게 해서 죄송합니다."

드링크제를 건네주며 형사 생활 동안 수백 번도 더 한 기계적인 인사를 던졌다. 철원은 고개를 꾸벅 숙이며 드링크제를 두 손으로 잡았다가 도로 내려놓았다. 상윤은 철원의 얼굴을 가만히 살폈다. 이미 간단한 이력 조사는 끝났다. 박철원 54세. 조금 이른 나이에 결혼했지만, 30년 전쯤 안타깝게도 아내가 아이를 낳다 죽었다. 재혼하지 않아서 지금은 독신. 자신의 아픔 때문인지 그 이후로 보육원을 계속 후원해왔다. 아픈 과거가 있어서 그런지 54세라는 나이보다는 훨씬 더 들어 보였다. 얼굴에 그늘이 있었다.

"S 시큐리티에 오랫동안 근무하셨네요."

"네, 10년 정도."

특유의 낮은 음성으로 박철원이 말했다. 차분한 성격으로 보였다. 한 회사에서 10년, 꽤 성실한 남자인 것 같다.

"그런데 죽은 최진태 씨의 집을 맡으신 지는 얼마 안 되셨네요?"

"네, 한 두어 달 정도……. 제가 박사님 병원을 담당한 지 한 4, 5년 정도 됐는데, 박사님께서 한 사람이 담당하는 게 좋겠다고 하셔서요. 관리자가 저로 교체됐습니다."

"그러셨군요. 최진태 씨가 좋게 보셨나 봐요."

"아뇨. 뭐 그런 것까지는."

내내 굳어 있던 그의 얼굴이 살짝 풀리며 고개를 저었다. 겸손하지만 싫지 않은 표정이다.

"최진태 씨와 자주 보셨나요?"

"아뇨. 오알람, 그러니까 오류가 나서 알람이 울리거나, 거의 그런 일은 없지만 침입자가 있어서 알람이 울릴 때 출동하는 팀은 따로 있고요, 저는 설치와 해제, 그리고 고장 점검을 하는 담당자라서 자주 뵙지는 않았습니다."

"그럼 출동팀도 일원화해달라고 하셨겠네요."

"그런 걸로 알고 있습니다."

상윤은 면담 조서에 대화 내용을 꼼꼼히 입력했다.

"그럼 20일에 방문하신 내용에 대해 여쭤볼게요. 그날은 CCTV 해제 요청을 받고 가신 거죠?"

"네. 맞습니다."

"자택의 담당자들을 바꿔달라고 하신 게 두어 달밖에 안 됐는데, 왜 갑자기 CCTV를 철거해달라고 하신 거죠?"

"글쎄요. 콜센터에 접수하셨을 때 리텐션 부서라고 해서, 해지방어팀이 있습니다. 거기에서 여러 서비스를 추가로 드리면서 설득을 했는데 완강히 거절하셔서 결국 저희 팀으로 해제 요청이 넘어온 걸로 알고 있어요."

"박철원 씨께 따로 말씀하신 것은 없구요?"

"사실 저도 좀 이상해서 갔던 날 혹시 뭔가 불편하신 게 있으시냐고 왜 해지하시는지 슬쩍 물어보기는 했는데 처음엔 그냥 그런다고 하시다가 재차 물어보니까 다른 회사 걸로 바꾸신다고 하더라고요."

"어디 회사 걸로요?"

"저도 물어봤는데 불편한 티를 내시더라고요. 그런 것까지 말해야 하느냐면서요. 저도 더 이상 물어보지 않았습니다. 제가 해지방어팀도 아니고……. 뭐 물어볼 필요도 없고 해서요."

관리자들을 바꿔달라고 한 지 얼마 지나지 않아 큰 불화도 없었는데 CCTV 관리 계약을 해지한 것은 분명 이상하긴 했다. 뭔가 남모를 특별한 사정이 있다는 생각밖에 들지 않았다. 어느 회사로 바꾸려고 했는지 알아봐야 할 것 같았다. 상윤은 그런 계획을 머릿속에 박아 넣으면서 다음 질문으로 넘어갔다.

"최진태 씨의 집에 가신 게 20일 몇 시였나요?"

"오전 10시쯤이었을 겁니다. 출근하지 않고 집에서 바로 들렀 거든요."

"최진태 씨 집 근처의 방범 카메라를 확인해보니 그날 거의 세 시간가량을 계셨던데. 원래 CCTV 해제라는 게 그렇게 오래 걸 리나요?"

"세 시간이요? 그렇게나 걸렸나……. 그랬을지도 모르겠네요. CCTV가 여러 대니까요. 특히나 지하에 박았던 게 잘 안 풀려서 애쓴 기억이 있긴 하네요. 중간에 차를 내주셔서 마시기도 했고."

"다른 사항은요?"

"CCTV 녹화된 걸 혹시 회사에서 갖고 있지는 않냐고 몇 번이 나 물으셨어요. 개인정보 보호법에 의거해서 절대 그러지 않으니 걱정 마시라고 했고, CCTV 녹화 디스크 개수도 일일이 확인하 면서 드렸습니다."

최진태의 집에서 수거된 유류품에서는 CCTV가 녹화된 디스 크는 나오지 않았다. 어디로 간 것일까.

"어디 어디에 설치하셨죠?"

"대문 앞에 두 개, 거실, 그리고 거실 가장 안쪽에 방이 있거든 요. 거기에도 설치하셨고요."

최진태, 소진유 부부가 발견된 방이다.

"그리고 지하에 실험실이라고 해야 할지 연구실이라고 해야 할 지 거기에도 달으셨어요. 총 다섯 군데네요."

"혹시 평소와 다르다고 느끼신 점은 없었나요?"

철원은 고개를 갸웃했다.

"개인적으로 친한 사이도 아니고, 특별히 더 얘기한 건 없어요. 아까도 말씀드렸듯이 왜 해제하냐고 물었다가 한 소리 들은 뒤라서, 그냥 해제하다가 차 한 잔 얻어 마시고, 작업 마무리하고 나왔습니다."

그가 나오는 모습은 도로변 방범용 카메라에 찍혀 있었다.

"21일에는 무얼 하셨는지 말씀해주시겠어요?"

그 질문에 철원이 눈을 둥그렇게 뜨며 상윤의 얼굴을 보았다. 상윤은 곤란한 듯 미소 지으며 말했다.

"의심한다고 생각하지는 말아주세요. 일반적인 확인 절차입니다. 생각나는 대로 간단히 말씀해주시면 됩니다."

그는 잠시 생각한 후 대답했다.

"그날은 한 네 건 정도인가……. 설치 건이 있었습니다. 마지막에 설치한 집에서 오래 걸려서 아마 저녁 6시 반인가, 그보다 조금 넘었나, 하여튼 늦게 끝났습니다. 그래서 회사에 전화를 걸어 그대로 퇴근하겠다고 알렸습니다. 예상 복귀 시간이 퇴근 시간이랑 비슷하거나 넘어가면 관례로 그렇게 하거든요. 저녁에 약속이 있어서 옷도 못 갈아입고 그길로 바로 약속 장소로 갔습니다."

"약속이요?"

"네. 고등학교 동창 놈이랑 밤늦게까지 술을 마시고, 대리를 부르니 어쩌느니 옥신각신하다가 같이 찜질방에 가서 새벽까지 잤습니다. 찜질방에서 목욕까지 하고 나와서 같이 해장국 먹고 헤어졌습니다. 출근 시간이랑 비슷해서 바로 출근했죠. 그러고 나서는 하루 종일 일했습니다."

"혹시 같이 만나셨다는 친구분 연락처 알려주실 수 있으시겠어요?"

조금은 굳은 얼굴로 철원이 상윤을 보았다. 상윤은 부드럽게 미소 지었다.

"부탁드립니다."

강경한 태도로 메모지와 볼펜을 내밀자 어쩔 수 없다는 듯 철원이 볼펜을 쥐었다. 친구의 이름과 전화번호를 적더니 문득 생각났다는 듯이 고개를 들었다.

"찜질방 이름이랑 식당 이름도 적어요?"

기분이 상한 듯한 어투였지만 상윤은 미소를 잃지 않았다.

"부탁드리겠습니다."

그는 막힘없이 글자를 적어 내렸다. 그러고는 상윤을 향해 볼펜과 함께 내밀었다. 메모지를 읽으며 상윤은 고개를 끄덕거리고는 밝게 웃어 보였다.

"이것저것 물어서 기분 나쁘셨을 수 있지만 이해해주십시오."

"아뇨. 사람이 죽은 일이니 당연히 물어보실 건 다 물어보셔야죠."

"그렇게 생각해주신다면 감사합니다. 혹시 나중에 다시 여쭤볼 게 있으면 연락드리겠습니다. 선생님도 별도로 생각나는 게 있으시면 꼭 연락주시구요."

"네, 알겠습니다."

철원은 꾸벅 인사를 하며 사무실 밖으로 나갔다. 상윤은 그가 나가는 모습을 물끄러미 지켜보았다. 철원이 나가는 것을 본 정만이 가까이 다가왔다.

"뭐 나왔어요?"

"21일 사건 시각에 친구와 만났대. 당당하게 친구 전화번호까지 적어놓는걸 보면 거짓말이 아닐 가능성이 높아."

"흠, 그럼 저 사람은 아니네요?"

상윤은 고개를 저으며 턱을 괴었다. 그의 눈은 여전히 철원이 나간 사무실의 문을 향해 있었다. 뭔가 깔끔한 기분이 아니라는 것을 한껏 드러내고 있는 표정으로 그는 고개를 끄덕이며 대답했다.

"응. 없어. 없어도 너무 없어."

그는 검지와 중지로 철원이 남긴 메모지를 들고는 정만에게 내밀었다.

"알리바이 확인해봐."

"의심스러운 게 있으세요?"

"없다니까. 없어도 너무 없다니까."

"그게 무슨 소리냐고요."

정만이 답답한지 인상을 구겼다. 그제야 상윤은 그를 향해 돌아앉았다.

"알리바이가 너무 완벽해. 친구랑 술 마시고 밤에는 둘이 찜질방에서 잤대. 혼자 있었던 시간이, 비는 시간이 전혀 없어."

사건 추정 시각은 19시부터 23시 45분. 철원의 알리바이가 없는 시간은 퇴근 시간인 18시 30분부터 19시 30분까지 딱 한 시간 정도밖에 없다. 그동안 철원의 회사에서 최진태의 집까지 다녀올 수 없는 것은 아니지만, 19시에 닭볶음탕을 배달시켜 먹고 있는 두 사람을 살해하고 도망갈 시간은 절대 아니다.

친구랑 술을 마시고 밤에 찜질방에서 잤다는 말에 정만이 말했다.

"그게 왜요? 저도 가끔 그러는데?"

상윤은 더 이상 대답하지 않고 철원이 남긴 메모를 노려보았다. 철원의 첫인상은 절대 그렇지 않았다. 뭔가 기운 없어 보일 정도로 상당히 침착한 남자였다. 젊었을 적 아내를 잃은 뒤 단 한 번 재혼도 하지 않은 남자, 밤새 술을 마시고 찜질방에 가서 잠을 잤다? 그의 이미지와 왠지 어울리지 않는다는 느낌이 강했다.

게다가 진술이 너무 술술 나왔다. 아무리 며칠 전의 일이라곤 하지만 마치 준비된 대사를 읊는 듯했다. 친구의 전화번호까지 그는 단번에 적어 내렸다. 요즘엔 휴대폰에 전화번호를 저장해놓고 쓰기 때문에 친구가 아니라 부모님 전화번호까지 못 외우는 사람도 많다. 그러나 식당도, 찜질방의 이름도 그는 막힘없이 적어 내렸다.

"알리바이 확인하고, 그 친구라는 사람한테 연락해서 약속 잡아봐."

그가 평소 어떤 사람인지 확인해봐야 할 것 같았다.

"알리바이도 완벽하고 걸리는 것도 없다면서요, 뭐."

"그래도 확인해보자. 너무 완벽해서 싫은 놈도 있는 거잖아. 감 같은 거야."

"감 달릴 계절이 아닌데."

마치 놀리기라도 하는 듯 정만이 고개를 가로저으며 메모를 가져갔다. 상윤은 "저놈이!" 하며 정만을 향해 볼펜 뚜껑 하나를 집어 던졌지만 맞지 않았다.

책상 위에 철원에게 건넸던 드링크제가 그대로 남아 있었다.

***

그날 저녁 상윤은 카페에 앉아 있었다. 주말이라 손님이 많았다. 철원이 21일에 만났다는 친구 이훈정은 경찰서로 오는 것을 부담스러워했다. 경찰서 형사과에 들락거리는 것을 좋아할 사람은 없었다. 게다가 사건의 직접적 관계자도 아니어서 그가 지정한 카페에서 만나기로 했다.

훈정을 만나려는 이유는 단 하나였다. 박철원은 어떤 사람인가.

최진태, 소진유 부부는 21일에 죽었다. 철원의 21일 알리바이는 볼 것도 없이 명확했다. 그는 그날 출근해 새로 생긴 고객의 집네 군데를 방문하여 CCTV를 설치했다. S 시큐리티로부터 입수한 당일 방문 고객 리스트로 집집마다 확인하였고, 철원의 사진을 본 고객들이 모두 그가 맞다고 확인해주었다. 훈정 역시 전화로 철원과 그날 만나 술을 마시고 찜질방을 간 게 맞다고 말했다.

하지만 왠지 철원이 계속 마음에 걸렸다. 그 이유를 상윤은 스스로도 알 수가 없었다.

혹시 얼굴을 몰라 놓칠까 봐 카페의 문이 열릴 때마다 상윤은 고개를 들었다. 마침 카페의 문이 열리며 여름 정장을 입은 남자가 들어왔다. 제법 살집이 있었고 한 손에 든 손수건으로 연신 목의 땀을 훔쳐내고 있었다. 주변을 두리번거리다 상윤과 눈이 마주치자 그가 가까이 다가왔다.

"저 혹시……."

상윤은 바로 일어섰다.

"제가 전화드렸던 박상윤 형삽니다. 앉으시죠."

훈정과 간단히 악수를 하고 자리에 앉았다. 그는 목소리를 낮추고 간단히 사건을 설명했다. 철원에 관해 확인할 게 있는 것뿐이지, 그가 용의자는 아니라는 점을 명확히 했다. 훈정은 상윤이 주문해준 아이스커피를 크게 한 모금 들이키며 말했다.

"그렇게 친한 사이는 아니에요. 고등학교 졸업하구 나서 따로 연락 한번 안 했었죠. 그런데 그날 갑자기 술 한잔 하자고 해서 전 혹시 보험 가입한다는 건가 싶었죠. 제가 보험 설계사를 하거든요. 고등학교 때는 친했었으니까, 그래서 나갔는데 별 용건도 없었어요. 이놈이 친구 없이 살더니 이제 외롭구나 싶어서 분위기 좀 맞춰줬는데, 계속 술을 권하는 거예요. 그러다 완전히 가버렸죠. 집에 간다고 대리를 좀 불러달라고 했는데 깨어나 보니 찜질방인 거예요. 왜 대리 불러서 안 보냈냐고 했더니 그냥 위험할 것 같아서 그랬다고……. 미안하다고 해장국까지 산대서 얻어먹고는 왔는데, 아후, 두 번 다시는 그놈이랑 안 만날 거예요. 마누라한테 얼마나 깨졌는지. 근데 왜요?"

이야기하지 않으면 답답해 미칠 것 같다는 듯 쏟아내는 그 말을 들으며 상윤은 눈을 가늘게 떴다. 결과적으로 철원의 진술은 맞다. 하지만 두 사람이 말하는 그날의 분위기는 완전히 달랐다. 뭘까? 철원은 두 사람이 합의하에, 그러니까 즐거운 술자리에 이어 찜질방으로 간 것처럼 말했고, 그의 친구 훈정은 느닷없는 연락과 느닷없는 찜질방행이었다고 말하고 있다. 상윤은 눈앞에 안개가 낀 것 같은 기분이 들었다.

-8-

-나야.

아무렇지도 않게 말하는 징그러울 정도로 침착한 목소리를 듣고 명준은 자기도 모르게 고함을 지를 뻔했다. 무슨 짓이냐고. 날 지금 어떻게 하려는 거냐고. 왜 그동안 연락이 되지 않았느냐고. 하지만 옆에 앉아 말간 눈을 동그랗게 뜨고 올려다보는 로희를 보고는 억지로 미소 지을 수밖에 없었다. 명준은 휴대폰을 들고 좌판과 조금 떨어진 시장의 구석으로 갔다. 로희에게는 '전화 좀 받고 올게' 하듯 손가락으로 휴대폰을 가리키는 것으로 사정을 대신 전했다.

혼자가 된 뒤에야, 아무도 자신에게 관심이 없다는 것을 확인한 뒤에야 명준은 '이게 무슨 일인지 설명해 보라'고 말할 작정이었다. 하지만 전화기 너머에서 혜은이 그의 말을 대신했다.

−이게 대체 무슨 일이야?

전화기를 타고 들려온 혜은의 목소리에 자신이 지금 듣고 있는 게 맞는지 순간 명준은 당황했다. 그도 그럴 것이 '이게 대체 무슨 일이냐'는 대사는 전후 사정상 자신이 해야 하는 것이었다.

침착해야 한다. 명준은 고개를 절레절레 흔들었다.

"그건 내가 할 소리야. 대체 무슨 꿍꿍이인 거야."

잠시 아무 말도 들려오지 않았다. 그 짧은 침묵에 명준은 불안해졌다. 조금 더 채근해볼까 하는 사이 혜은의 목소리가 다시 들려왔다. 목소리는 살짝 떨렸고, 평소의 혜은답지 않게 말이 자꾸만 끊기거나 늘어졌다.

−뉴스에서……. 그 애 부모가 죽었다고……. 근데 지금 그걸 내가 꾸민 일이라고 말하고 있는 거야?

명준은 눈을 껌벅거렸다. 로희의 집에서 아이의 부모가 시신으로 실려 나오는 것을 본 순간은 머릿속이 복잡했다. 하지만 희애의 수술 사실을 알고 나서는 머릿속을 어지럽히는 모든 생각을 정리했다. 그는 하나만 보기로 했다. 희애, 딱 하나만. 그래서 누가 어떤 의도로 자신을 이렇게 만들었는지, 자신이 왜 이용당해야만 하는지 그런 것은 생각하지 않기로 했다. 그렇게 머릿속을 간결하게 비웠다고 생각했는데. 다시 혼란스러워졌다.

"네가 아니면 누구라는 말이야."

명준은 전화기를 귀에 더욱 밀착시키면서도 고개를 돌려 로희를 보았다. 튀김을 삼키다가 사레가 들렸는지 아주머니가 로희에게 물을 건네고는 등을 문지르고 있었다. 자신을 찾는지 아주머니가 고개를 들고 주변을 둘러보기에 명준은 얼른 벽으로 몸을 붙였다.

　-당신 지금 어디야.

　혜은이 물었다.

　"시장. 그 집에 있을 수 없을 거 같아서."

　-경찰이 당신을 쫓고 있는 거야?

　"뉴스 봤다며. 사건 당시에 찍힌 차량을 추적하고 있다잖아."

　명준은 깊이 한숨을 내쉬었다. 그러고는 억울하다는 듯 말했다.

　"난 유괴범이지 살인범이 아니라고."

　자신이 생각해도 멍청하게 느껴지는 말이었다. 유괴범은 뭐가 조금이라도 낫냐 말이다. 하지만 정말로 로희의 부모를 죽이지는 않았다. 조금 전까지만 해도 사정이 있어 혜은이 벌인 일이라고 생각했었는데.

　-우리 지금 만나야 해. 얘기를 좀 해야 하는데, 나도 머리가 정리가 안 돼서…….

　혜은은 무척이나 당황한 듯했다. 명준의 머리에 희애가 스쳤다.

　"당신은 지금 어딘데?"

　-지금, 잠깐…… 어디 좀 나왔어.

　명준은 자신의 마음이 차갑게 식는 것을 느꼈다. 이제 이 여자는 더 이상 희애의 엄마가 아니구나, 그런 생각이 들었다. 아이를 두고 떠난 그날보다, 아픈 아이 옆에 있어주지 않는 지금에서야 혜은의 마음이 모두 떠난 것을 느꼈다. 슬프기도 했고, 서럽기도 했다.

"당신 그동안 희애 옆에 있지 않았던 거 알아."

혜은은 잠시 말이 없었다.

─지금 중요한 건 그게 아니잖아.

떨리던 목소리는 어디로 갔는지, 더없이 단호한 목소리로 희애가 중요하지 않다고 말했다. 정말이구나. 이제 이 여자는 희애 엄마가 아니구나. 다시 한번 확실해졌다.

하지만 혜은과 만나야 한다. 정말 혜은이 아닌 건지, 혜은이 아니라면 누구인지, 그리고 그 존재가 희애에게는 어떤 영향을 미칠지. 어째서 로희의 부모를 죽였는지 알아야만 했다.

"지금 어디야. 내가 그리로 갈게."

택시를 타고 가야 하나, 역시 지하철일까. 그런 생각을 하며 명준은 구석에서 걸어 나와 로희 쪽을 보았다. 그 순간 명준은 그 자리에서 굳고 말았다.

─이쪽보다는……. 연지동에서 만나. 우리 자주 갔던 카페 기억하지?

전화기에서 계속 혜은의 목소리기 들려왔디. 혜온온 지신의 현재 위치를 알리려 하지 않았다. 하지만 명준은 기분이 나쁘지도 관심을 두지도 못했다.

좌판의 아주머니가 로희의 몸을 떠받치고 있었다. 로희는 축 늘어져 있었다. 좌판 아주머니가 이쪽을 보면서 소리쳤다.

"애기 아빠!"

어쩌면 찰나였을, 명준에게는 아주 긴 시간이 진공상태로 흘러 갔다. 그리고 그 진공 사이를 아주머니의 날카로운 고함이 뚫었 다.

"애기 아빠! 애기가……. 야, 이 개잡놈아! 빨리!"

순간 명준의 주변을 둘러쌌던 진공의 벽이 한순간에 부서졌다. 명준의 발이 움직이기 시작했다. 속도가 점점 빨라지더니 명준은 이내 미친 듯이 로희를 향해 달려들었다.

"로희야!"

좌판 바닥이 로희의 구토로 얼룩져 있었다.

***

"아이부터 좀 봐주세요!"

119 구급차를 타고 종합병원까지 달려갔다. 응급실 앞에 차를 세우자마자 구급대원들은 로희를 이동침대에 태워 밀고 들어갔 다. 눈물이 잔뜩 범벅된 채로 명준은 이동침대 끝에 매달려 뛰었 다. 구급대원들이 알아서 해줄 테지만 마음이 급했던 명준은 응 급실에 뛰어들기 무섭게 일일 드라마에 나오는 철없는 아버지처 럼 울며불며 소리를 질러댔다.

"열이 나고, 엉엉. 토했어요. 갑자기…… 기절했는데……."

울음 반, 설명 반. 헐떡거리는 명준을 향해 간호사가 말했다.

"설명은 구급대원분들이 하실 테니 보호자분은 우선 접수부터 하고 오세요."

"네?"

간호사의 기세에 한 걸음 물러나 눈물 젖은 얼굴을 들었다. 정신을 차려보니 이미 의사의 진찰이 시작되고 있었다. 한쪽에서는 간호사가 다급히 링거 바늘을 꽂고 채혈을 했다. 자신 때문에 아픈 건 아닌지, 왜 갑자기 토하고 쓰러진 건지, 작은 몸에 바늘이 꽂히는 것을 희애에 이어 또 봐야 하는지. 많은 생각들이 아직도 명준을 힘겹게 하고 있는데 눈앞의 간호사는 계속 접수를 하고 오라며 명준을 채근했다. 명준이 접수를 하러 나가기 전에는 시선을 거두지 않을 생각 같았다. 저쪽은 TV 속 드라마고, 이쪽은 현실의 영역처럼 느껴졌다.

"네……. 아, 네."

명준은 고개를 주억거리면서 몸을 돌렸다. 센서가 달린 자동문이 열렸다. 응급실 오른쪽 옆으로 접수창구가 있었다. 아직도 온몸에 남은 두려움과 당혹을 떼어내려 애쓰며 명준이 말했다.

"아이가…… 진료를 받는데요……."

명준의 말에 접수창구에 있던 남직원은 고개를 들지도 않은 채 화면을 응시하며 키보드에 양손을 얹었다.

"아이 이름이요."

"최로……."

말을 하던 명준은 움찔했다. 지금 자신의 입장을 잠깐 잊을 뻔했다. 최로희라는 이름을 말했다가는 곧장 경찰에 신고가 들어갈 것이다. 희애의 수술도 보지 않고 수갑을 차고 싶은 거냐. 명준은 아랫입술을 질끈 깨물었다. 접수창구 직원이 의아한 듯 그를 올려다보았다.

"최?"

"아뇨. 김희애요."

그는 이어 희애의 주민등록번호를 댔다. 입이 바짝 탔다. 누군가 목을 조르고 있는 듯 숨이 막혔다. 접수창구 직원의 눈 깜박임에도 명준은 신경 줄이 바짝 곤두서는 것을 느꼈다. 실제로 몇 초도 되지 않는 짧은 시간이었음에도 아주 오랜 시간이 이어지는 것만 같았다.

접수창구 직원은 고개를 끄덕이더니 키보드를 쳤다.

휴, 하고 한숨을 내쉬었을 때 두 번째 위기가 왔다.

"부장님."

남직원이 뒤쪽을 향해 누군가를 불렀다. 그러자 안쪽의 사무실에서 50대쯤으로 보이는 남자가 나왔다. 얼굴이 긴 건지 머리가 벗어진 건지 애매한 남자는 불뚝 튀어나온 배를 자신의 손으로 쓰다듬으며 창구 앞으로 나왔다. 남직원이 그에게 화면을 보여주며 눈치를 살폈다.

흘끗, 시선만 들어 부장이 명준을 보는 것이 느껴졌다.

명준은 어색하게 웃으며 창구의 끝을 손으로 꾹 잡았다. 어쩌면 희애의 입원 내역이 뜬 것인지도 모른다. 그래서 이상하다 싶어 부장에게 보여준 것인데, 부장은 낮에 본 뉴스를 떠올리고는 명준을 알아보는 것일지도. 여차하면 도망갈 생각이었다. 로희는 이제 병원에 있으니 적절한 조치를 받을 것이다. 도망을 가면 살인범이라 인정을 하는 것일 테지만 희애가 수술을 받을 때까지만

이다.

"일단 접수해드려."

"일단? 무슨 문제라도 있나요?"

명준은 입술이 마르는 것을 느끼며 물었다.

"아뇨. 저희 전산에 문제가 있어서. 13,800원입니다."

"아, 네……."

그는 주머니를 뒤져 현금을 내밀었다. 혜은이 활동비 조로 준 돈이었다.

"접수되셨습니다. 이 종이는 안에 있는 간호사 주시고, 이건 영수증입니다."

접수처 직원은 영수증과 함께 출력된 종이를 명준에게 내밀었다. 환자 번호가 적혀 있는 종이였다. 그는 빨리 종이를 받아 응급실로 들어갔다. 긴장의 시간을 넘기고 나니 로희가 너무 걱정되었다.

명준이 안으로 들어갔을 때 로희는 침대에 혼자 누워 있었다. 머리맡에 걸려 있는 수액이 한 방울씩 빠르게 떨어지고 있었다. 수액 줄이 아이의 작은 손까지 연결되어 있었다. 아이에게 바늘이 꽂혀 있는 것을 보니 희애 생각도 나 마음이 아팠다.

로희는 잠이 든 것인지 아닌지 알 수는 없으나 눈을 감고 있었다. 치료는 어느 정도 끝난 건지 열이 달아올랐던 얼굴에 붉은 기가 많이 사그라들어 있었다. 여전히 창백하지만 많이 안정된 느낌이었다.

"아이가 뭘 먹었죠?"

로희의 침대로 다가가 물끄러미 내려다보는데 뒤에서 목소리가 들려왔다. 아직 서른도 채 되지 않은 것 같은 남자 의사였다. 푸른색 상하의 위에 의사 가운을 걸치고 있었다. 응급의학과 정재한이라는 글씨가 가슴팍에 새겨져 있었다.

"새우튀김……."

"혹시 새우 알레르기 있는 거 아니에요?"

"저 그게……."

명준은 눈을 깜박이면서 시선을 바닥으로 내렸다. 새우 알레르기가 있는지 어쩐지 알 수가 없다. 아이도 기억을 잃었으니 모르고 먹은 것일 수 있었다.

"지금 들어가는 수액이 알레르기 반응 낮춰주는 항생제인데 바로 증상이 가라앉았네요. 먹은 게 새우뿐이면 새우 알레르기일 가능성이 있어요. 잘 모르시면 외래로 오셔서 알레르기 반응 검사를 정확히 해보실 필요가 있고요."

"아, 네 알겠습니다. 그럼 지금은……."

"지금은 안정됐습니다. 수액 다 맞고 아이가 괜찮다고 하면 돌아가셔도 돼요."

후, 하고 자연스럽게 한숨이 나왔다.

"감사합니다."

"네. 그건 저 주시고요."

의사가 가리킨 것은 명준의 손에 들려 있던 접수증이었다. 명준은 아차, 하면서 접수증을 그에게 내밀었다. 접수증을 받아든 의사가 가볍게 묵례하고는 데스크로 가 간호사에게 종이를 넘겼다. 명준은 로희를 내려다보았다. 알레르기인 줄 몰랐다. 로희에 대해 전혀 모르니 당연한 일이다. 이렇게 잘 모르면서 아이를 데리고 있다가 위험하게 만들었다. 9월 2일까지일 뿐이지만 아이를 계속 데리고 있는 것이 맞을까. 명준은 한숨을 내쉬며 손으로 얼굴을 쓸어내렸다.

그때 이상한 분위기가 감지되었다. 조금 전 진료를 본 의사가 간호사와 함께 낮은 목소리로 뭔가 의논하고 있었다. 힐끗 힐끗 이쪽을 보는 것도 같았다. 아까 보았던 접수창구 직원의 태도가 떠오르면서 명준은 불안해졌다. 희애의 이름과 주민등록번호를 댄 것이 잘못된 것 같았다. 의사와 간호사는 명준의 시선을 느끼자 곧 몸을 돌렸다. 명준의 눈에 보이지 않게 뭔가를 가리려는 듯했다. 의사들 사이로 간호사가 수화기를 드는 것이 보였다. 팽팽하게 신경 줄이 곤두섰다.

"아빠."

갑자기 들려온 희미한 목소리에 명준은 정신을 퍼뜩 차렸다. 돌아보니 로희가 일어나 앉아 있었다.

"괘, 괜찮아? 어지럽지 않아?"

"나 화장실."

아이의 눈에는 힘이 있었다. 목소리도 또렷했다. 화장실에 가고 싶다는 아이의 칭얼거림보다는 날 화장실에 데리고 가라는 명령에 가까운, 평소의 어투였다. 정말 괜찮아졌구나 싶으면서도 자꾸만 의사와 간호사의 행동이 신경 쓰였다. 하지만 로희에게도 들키면 안 된다.

"그래. 화장실 가자."

명준은 침대에서 내려온 로희에게 신발을 신겨주고는 이동식 링거 대를 끌고 와 링거 병을 옮겨 꽂았다. 저벅저벅 걸어가는 로희 뒤를 명준은 이동식 링거 대를 밀며 졸래졸래 따랐다.

***

"전화했어?"

의사의 물음에 간호사는 어두운 얼굴로 고개를 끄덕였다. 그러고는 깊은 한숨을 내쉬었다.

"저런 새끼들은 다 잡아서 죽여야 돼요."

아이의 몸에 링거액을 꽂기 위해 팔을 걷은 순간, 의료진들은 동시에 움직임을 멈췄다. 이렇게 더운 날씨에 긴팔 옷을 입은 아이의 팔에는 심한 멍 자국이 있었다. 어깨부터 팔꿈치 안쪽까지 숱한 바늘 자국도 보였다. 대체 아이에게 무슨 짓을 한 것인지, 그들의 머리가 동시에 하얗게 변해버렸다. 평소의 업무 지침대로 경찰에 신고를 결정하기까지 그들 사이에 오랜 대화는 필요치 않았다.

아이의 아빠가 눈치채지 못하게 의사와 간호사는 전화기 쪽으로 조용히 이동했다. 그때 접수창구에서 간호사 데스크로 뭔가를 넘겼다. 비공개 수사 건으로 들어온 협조 공문이었다. 실종된 아이의 이름은 최로희. 병원 환자 중 아이를 보게 되면 바로 연락을 달라며 112와 영인경찰서, 담당 형사들의 개인 휴대폰 번호가 순서대로 적혀 있었다. 맨 마지막에 아이의 얼굴 사진도 첨부되어 있었다.

놀라서 쳐다본 아이의 얼굴은 상당히 흡사했다. 하지만 접수된 이름은 김희애. 물론 납치한 아이를 실명으로 병원에 접수할 리 없었다. 납치된 아이가 아니더라도 아동 학대가 의심된다. 주저 없이 그들은 형사의 휴대폰 번호로 전화를 걸었다.

"형사가 빨리 와야 할 텐데."

수액이 다 주입되면 집에 가겠다고 나설 것이었다. 그렇게 초조해하는 사이 두 남자가 응급실로 다급하게 뛰어들었다. 남자들은 날카로운 시선으로 응급실 안을 빠르게 훑어나갔다. 그러고는 데스크에 선 간호사와 의사에게로 바짝 다가섰다.

"신고하신 분이 누구십니까?"

한 남자가 지갑을 열어 신분증을 확인시켜주며 낮은 목소리로 물었다. 문주혁 형사였다.

"저희가 했습니다."

간호사가 목소리를 낮추며 말했다.

"그런데 환자 이름이 달라서."

"지희가 확인해보겠습니다. 조용히 협조 부탁드립니다."

간호사와 의사가 동시에 고개를 끄덕거렸다.

"어디 있습니까?"

그 물음에 의사와 간호사의 시선이 응급실 내부에 있는 화장실 쪽으로 향했다. 주혁은 함께 온 상윤과 동시에 화장실로 내달렸다.

눈 깜짝할 사이 두 사람은 화장실 앞에 도달했다. 남자 화장실은 텅 비어 있었다. 아이가 여자이니 여자 화장실에 갔을 수도 있다. 주저할 시간이 없다. 상윤이 여자 화장실 문을 벌컥 열었다. 마침 안에서 나오던 여자가 깜짝 놀라며 몸을 벽으로 붙였다.

"죄송합니다."

설명할 시간이 없다. 노려보는 여자를 뒤로하고 화장실 안으로 들어갔다. 그러나 곧 화장실에서 나오는 두 사람의 얼굴에는 낭패가 가득했다.

화장실은 텅 비어 있었다. 이동식 링거 대에 걸린 링거 줄이 바닥에 늘어져 있었다. 바닥이 쏟아진 링거액으로 흥건했다.

-9-

한 시간 전, 상윤은 죽은 최진태, 소진유 부부의 집 내부를 촬영해 온 사진을 뚫어져라 응시하고 있었다. 그는 사진 속에서 다른 집과는 다른 점을 발견했다.

"이 집 애가 있는 집이 맞아?"

집 안이 깨끗했다. 너무나 깨끗했다. 아이가 있는 집은 이렇지 않다. 아무리 규모가 큰 부잣집이라 하더라도 아이가 있는 집이라면 장난감 몇 개가 여기저기 나뒹굴거나 책장에는 동화책 같은 것이 어지럽게 꽂혀 있어야 한다. 동화책의 특성상 크기도 제각기고 색깔도 다양해서 아무리 잘 정리해도 지저분해 보인다고, 언젠가 결혼한 누나가 투덜거리던 것이 생각났다.

상윤은 다른 사진을 꺼냈다. 최로희의 방이다. 인형 같은 것은 없고, 책장도 화려하지 않다. 동화책은 없다고 봐도 무방할 정도로 아이의 방에 설치되어 있는 책장은 무채색이었다. 화면을 클릭해 손가락 두 개를 벌려 사진을 확대했다. 아이가 읽을 법하지 않은 심리학 책 같은 인문학 서적이 반 이상이었다.

책장이 부족해서 아이의 방에 최진태의 책을 가져다 놓은 것일까. 상윤은 고개를 갸웃했다.

"선배!"

한참 사진에 집중한 그때 정만의 목소리가 그의 귓전을 때렸다. 덕분에 상윤은 계속 사진에 빠져들던 정신을 깨울 수 있었다. 태블릿 PC를 내려놓으며 고개를 들었다. 정만이 허겁지겁 상윤의 책상 옆으로 달려왔다.

"제보 전화 왔습니다!"

정만의 말에 상윤은 잠시 눈을 크게 떴다. 합동조사실 내부에 있는 형사들의 시선이 일제히 그들에게로 향했다. 주혁이 빠른 걸음으로 그들에게 바짝 다가섰다.

"뭐? 그게 정말이야?"

상윤은 자리에서 벌떡 일어섰다. 앉아 있던 바퀴 달린 의자가 뒤로 쑥 물리나 캐비닛을 퉁, 하고 쳤다.

"어디서?"

"영인대학병원입니다."

"병원? 누가 아프다는 건가?"

주혁의 얼굴이 심각하게 변했다.

"혹시 아이가 다친 건 아니겠죠?"

"애 알레르기 때문에 왔답니다."

상윤의 얼굴이 일그러졌다.

"유괴범이 알레르기 때문에 애를 병원에 데리고 갔다고?"

상윤은 황당하다는 듯 말했다.

"범인이 혹시 어디 모자란 놈인가?"

아무튼 상윤과 주혁은 즉시 병원으로 내달렸다. 응급실 앞에 차를 세우기 무섭게 두 사람은 안으로 뛰어들었다.

모여 있던 의사와 간호사는 화장실을 바라봤다. 기다릴 것 없이 두 사람은 화장실로 향했다. 하지만 그곳에 유괴범과 최로희는 없었다.

***

같은 시각, 로희와 명준은 인적이 드문 국도변을 걷고 있었다. 로희가 두 발짝 앞에, 그 뒤를 명준이 따랐다. 보폭이 작은 로희를 얼마든지 따라잡을 수 있었지만, 명준은 차마 그러지 못했다. 얼마나 걸었을까. 명준은 떨리는 손을 뻗으며 아이를 불렀다.

"저, 저기……."

화장실에 갔을 때 명준은 안절부절못하고 있었다. 의사와 간호사가 뭔가 눈치를 챈 것 같았다. 하지만 로희의 치료도 끝나지 않은 상태에서 도망갈 수도 없었다. 잡힐 수도, 도망갈 수도 없어 애간장이 녹으려던 순간, 로희가 자신의 팔에 꽂혀 있는 링거 줄을 잡아 뺐다. 바닥에 팩 내던져진 링거 줄 끝에서 링거액이 똑똑 흐르는 것을 명준은 멍하니 바라보았다. 그리고 다시 로희의 얼굴에 시선을 두었을 때 아이는 차가운 얼굴로 말했다.

"나가자. 이 화장실 옆이 응급실 뒷문이더라고."

"몸은 괜찮아? 치료를 더 받⋯⋯."

명준이 부르는 소리에 로희의 작은 발이 우뚝 멈춰 섰다. 돌아보는 시선이 차가웠다. 명준은 얼른 아이의 옆으로 갔다.

"저기⋯⋯!"

두서없이 떨리는 목소리로 말을 붙이려는 순간, 로희가 몸을 휙 돌렸다. 로희는 아주 빠른 움직임으로 도롯가에 버려져 있던 나뭇가지를 집어 들고 명준의 목을 겨눴다. 명준의 목 바로 앞까지 나뭇가지가 밀고 들어왔다. 명준의 눈꺼풀이 파르르 떨리면서 목울대가 꿀꺽 넘어갔다.

아이에게서는 상상도 할 수 없을 만큼 서늘한 눈으로 로희가 물었다.

"당신, 누구야."

***

영인대학병원 보안실에는 당직 기사가 한 명 남아 있어 곧장 CCTV를 확인할 수 있었다. 시간대가 명확해서 당직 기사는 두 사람이 원하는 장면을 금방 보여주었다. 영인대학병원은 이 지역

거점 병원으로 지정되면서 응급실을 최근 리모델링했다. 덕분에 CCTV 화질이 상당히 좋은 편이었다. 가끔은 얼굴이 잘 구분되지도 않는 화질의 흑백 CCTV 영상이라 전혀 도움이 되지 않기도 하는데 다행히 이번에는 상황이 나쁘지 않았다.

화면 안에서는 구급대원들이 이동침대를 밀고 들어오고 있었다. 그 침대 끝을 잡은 한 남자의 모습에 두 사람은 완전히 집중했다.

"아이 좀 먼저 봐주세요!"

아무리 CCTV가 좋기로서니 음성까지 녹음되는 기계인가? 하지만 영상에서 나온 목소리가 아니었다. 연기라도 하는 듯한 목소리에 뒤를 돌아보니 응급실에 있던 남자 의사가 어느새 들어와 서 있었다. 형사들의 등장에 궁금해 죽을 것 같다는 얼굴을 하고 있더니 기어이 따라 들어온 것이다. 두 사람이 돌아보자 남자 의사가 씩 웃었다.

"그렇게 소리 지르더라구요. 그래서 당연히 아이 아빠 줄 알았죠. 워낙 다급해 보여서. 근데 정말로 그 남자가 유괴범이에요?"

의사는 자신의 생각을 형사에게 전해 탐정놀이라도 하고 싶은 모양이었다. 상윤은 다시 시선을 영상 속에 박아 넣었다.

"여기, 아이 얼굴 클로즈업 가능합니까?"

상윤의 말에 보안실 기사가 당연하지 않냐는 듯 고개를 끄덕거렸다. 이 병원의 보안 장비에 꽤나 자부심이 있어 보였다.

보안실 기사가 키보드를 두드렸다. 다른 한 손으로는 기계에 붙은 다이얼을 능숙하게 돌렸다. 이동식 침대에 누운 아이의 얼굴은 천장에 붙어 있는 카메라에서 정면으로 보였다. 화면을 클로즈업하니 얼굴이 여실히 드러났다. 상윤이 말했다.

"최로희가 맞아."

"그렇다면 이건 누구죠?"

주혁이 손에 들고 있던 서류를 내려다보았다. '김희애'라는 이름이 적힌 응급실 접수 기록이었다.

최로희의 이름을 사용할 수 없었을 것이다. 주민등록번호는 김희애라는 이름과 일치했다. 이 아이가 누구인지 확인할 생각이었다. 갑자기 벌어진 일에 당황한 범인이 사용한 명의. 절대 우연히 알게 된 남의 것이 아니리란 확신이 들었다.

***

어디를 가든 CCTV가 신경 쓰였고 지나가는 사람들이 모두 형사로 보였다. 사람들이 옆을 스쳐 지나갈 때마다 명준은 고개를 숙였고 CCTV인지, 그저 전선에 달린 기계인지 확인할 새도 없이 셔츠 깃을 세웠다. 로희는 몇 걸음 앞서 걷고 있었다. 한 마디도 하지 않아서 어디로 가는지, 무슨 생각을 하는지 알 수 없었다. 무서워서 차마 말을 먼저 걸 수 없었다. 어디로 가야 할지 스스로도 알 수 없었다. 하지만 언제까지고 이대로 걸을 수만은 없다.

"고마워."

로희의 걸음이 우뚝 멈춰 섰다. 휙 돌아보는 시선이 매서웠다. 명준은 흠칫 놀라며 자기도 모르게 뒷걸음질 쳤다.

"그게 할 소리야?"

그러고는 욕을 하듯 작은 입을 움직였다.

"유괴범 주제에."

아무런 항변도 할 수 없었다. 무엇보다 너무 부끄러웠다. 유괴범이 인질 덕에 위기를 모면하다니. 아니, 애초에 유괴범인 것이 부끄럽다. 돈 때문에 널 유괴한 거라고 말할 때에는 너무 부끄러워서 강에라도 뛰어들고 싶었다. 고소공포증이 없다면 정말로 다리 아래로 뛰어내렸을 것이다. 고소공포증이 있어서 못 한 것이다. 정말이다.

병원을 도망쳐 나온 직후 검은색 승용차가 빠르게 응급실 앞으로 진입하는 것을 볼 수 있었다. 아이가 스스로 링거를 뺀 것에 대한 놀라움도 채 사그라지지 않은 터라 걸음을 멈추고 멍하니 그곳을 보았다. 정신 차리라며 명준의 손목을 잡아끈 것은 로희였다. 병원 정문을 향해 가려다가 로희가 이끄는 대로 인근 주차장 트럭 옆에 몸을 숨겼다. 조금 지나자 응급실로 들어갔던 남자 두 명이 달려 나왔다. 그들은 빠르게 차에 올라타 병원 정문을 벗어났다. 형사들인지도 모른다.

"설명해."

로희의 말은 단순하면서도 단호했다. 그 말에는 힘이 있었다. 눈은 매서웠다. 거부할 수 없는 명령과도 같았다. 명준은 떠듬떠듬 설명하기 시작했다. 사실은 네 아버지가 아니고, 자신의 딸은 김희애라는 이름인데, 너보다 나이가 적고, 딸은 딸인데, 연예인의 이름을 흉내 낸 것은 아니라는 말들을 두서없이 늘어놓았다.

"겨우 골수 기증자를 구해서 수술 날짜가 정해졌어. 9월 2일이야. 그때까지만…… 수술 잘 끝나는 것까지만 보고 널 데려다주려고 했어."

로희는 깊은 한숨을 내쉬었다.

"그래서, 내 아빠가 아니시다?"

억양은 질문이었으나, 단 한 줄의 정리나 다름없었다. 명준은 고개를 끄덕였다.

"날 유괴하셨다? 돈 때문에?"

다시 고개를 주억거리는 명준을 로희의 가늘게 뜬 눈이 노려보았다.

"내 부모님이 신고해서 쫓기고 계시다?"

잠잠. 이번에는 고개를 끄덕거리지 못했다. 가로젓지도 못했다. 눈만 끔벅거리며 명준은 바닥을 응시했다. 로희의 작고 흰 얼굴이 불안감으로 일렁였다.

"벌써 돈을 받았어?"

"아냐! 통화도 못 했어!"

로희의 미간이 좁아졌다. 무슨 생각을 하는지 로희가 명준을 응시했다. 명준은 다시 고개를 숙였다.

"통화를 못 했는데, 경찰이 쫓아와?"

입이 바짝 마르는 것 같아서 명준은 자기도 모르게 침을 삼켰다. 울대가 일렁였다. 침 삼키는 소리가 로희에게도 들릴 것 같았다. 비행기가 빠르게 고도를 높일 때처럼 귀가 멍했다. 영인시의 밤의 도로는 아직도 혼잡했지만, 클랙슨 소리도 차가 빠르게 지나가는 소리도 들리지 않았다. 잠깐의 틈을 두었다가 로희가 다시 물었다.

"……죽였어?"

아이답지 않은 두뇌 회전이었다. 유괴를 했지만 부모와 통화하지 못했다. 통화하지 못했으면 당연히 신고가 들어가지도 않았을 것이다. 왜 통화를 못 했는지, 신고가 들어가지 않은 사건임에도 경찰에 쫓기는지 이유는 하나뿐이다. 통화를 할 사람도 신고할 사람도 없었던 것이다. 이유는 세상에의 부재뿐이라고 생각했을 것이다. 틀린 추론만은 아니었다. 하지만…….

명준의 고개가 퉁겨지듯 튀어 올랐다.

"내가 죽이지 않았어!"

파문을 일으키듯 로희의 얼굴이 일그러졌다. 로희는 털썩 주저 앉았다. 죽이지 않았다는 말은 죽긴 죽었다는 말. 명준은 로희가 기절이라도 할까 봐 안절부절못하며 옆으로 다가갔다. 로희의 고개가 바닥으로 푹 떨어졌다. 밤이지만 한눈에 띌 정도로 로희의 목이 붉었다. 아이를 부르는 듯 로희의 어깨를 짚었다. 그 작은 어깨가 가느다랗게 떨고 있었다. 명준은 아무런 말도 할 수가 없었다.

서서히 일어난 파문은 곧 해일처럼 밀려왔다. 로희는 입을 크게 벌리고 고개를 숙인 채 울었다. 비명을 지르고 싶은 것 같아 보였다. 기억은 나지 않지만 자신의 엄마 아빠가 죽었다는 사실이 충격인 것 같았다.

시간이 얼마나 지났을까. 로희의 오열이 점점 잦아들었다. 눈물이 그친 것은 아니었다. 아이는 울음에 지친 듯 보였다. 뭔가 큰 것이 빠져나간 것처럼 멍해진 눈에서 자꾸만 눈물이 흘러나왔다. 명준은 바닥에 주저앉은 로희의 손을 잡아 들었다. 아이의 팔이 힘없이 늘어졌다. 명준이 놓으면 그대로 바닥에 떨어질 것 같았다. 로희의 손끝을 잡은 채로 명준은 무릎을 굽혀 앉으며 등을 돌렸다. 로희의 작은 팔이 명준의 어깨에 걸렸다. 명준은 다른 한 손으로 로희의 나머지 한쪽 팔을 잡아 어깨에 걸쳤다. 그러고는 힘 있게 아이를 업었다. 로희는 저항하지 않은 채 명준의 등에 업혔다.

"끄윽, 끅끅."

등을 타고 들려오는 울음소리에 명준은 가슴이 조이는 것 같았다. 모든 것이 자신의 탓인 것만 같았다. 로희 부모의 사망을 알고 나서 명준은 아주 잠시나마 로희의 생존이 자신 덕분이라고 생각하기도 했다. 로희를 유괴하지 않았으면 누군지도 모를 살인마에게 이 작은 생명의 불빛이 꺼졌을 거라고 생각한 것이었다. 하지만 그저 자기 위안일 뿐이었다. 일이 어떻게 됐든지 간에 로희는 스스로 살아나왔고, 자신의 부모 옆이 아닌 이곳에서 울게 만든 것은 명준이었다.

명준은 걸었다. 밤은 깊었고, 깊은 밤을 할퀴듯 차의 행렬은 이어졌다. 등 뒤에서 계속 느껴지는 아이의 울음은 그칠 줄 몰랐고 명준은 어디로 가야 할지 알지 못했다. 그래서 그냥 걷고 또 걸었다.

"데려다줘."

한참 만에 로희의 목소리가 들려왔을 때, 명준은 자신이 뭔가

를 잘못 들은 줄 알았다. 그만큼 작은 목소리였다. 로희는 무서워
하고 있는지도 몰랐다. 어쩌면 명준이 금세 돌변할 거라고 두려
워하고 있을지도 모른다.

"신고 안 할게. 아무것도 기억 안 난다고 할게."

명준은 대답 없이 방향을 틀었다. 슬쩍 고개를 들어 도로 위의
표지판을 보았다. 로희의 집 방향이 맞는지 확인하는 것이었다.
하지만 이미 길은 알고 있었다. 너희 집을 향해 가고 있어. 그렇게
말해주는 제스처나 다름없었다. 로희는 명준의 어깨에 얼굴을 박
았다.

한동안 명준은 말이 없었다. 너무 울어서 만져보지 않아도 로
희는 자신의 눈이 퉁퉁 부었다는 것을 느끼고 있었다. 부은 눈 때
문인지, 너무 울어서인지 잠이 쏟아지는 기분이었다. 명준의 등
은 따뜻했다. 아빠의 등과 엄마의 품도 이렇게 따뜻했을까. 돌아
가셨다는 아빠 엄마는 왜 그렇게 된 것일까. 집으로 돌아가면 아
직 남아 있는 경찰이 알려줄지도 모른다.

로희의 몸은 명준의 걸음을 따라 들썩였다.

'둥개둥개 둥개야.'

어디선가 다정한 음성이 머리 사이로 파고들었다. 귀를 통하지
않은 소리였다. 불이 꺼진 방처럼 어두워진 기억 속에서 나온 것
임을 알 수 있었다. 목소리는 여자의 것이었다. '엄마'라고 생각했
다. 명준의 말에 의하면 로희는 집에서 유괴된 것이 아니었다. 집
밖으로 스스로 나왔다. '튀어' 나왔다고 했다. 내가 뭔가를 본 건
아닐까. 로희는 어둠 속을 기어 나온 여자의 목소리를 따라 기억

을 더듬어보려 했다.

"미안해."

로희가 눈을 떴다. 명준은 여전히 걷고 있었지만 그의 입에서 나온 소리라는 것을 어렵지 않게 알 수 있었다.

"근데 왜 날 응급실에서 데리고 나왔어?"

명준의 물음에 로희는 조금 전의 상황을 떠올렸다. 응급실 사람들이 그를 보고 수런거리는 것을, 경계하는 눈빛을 보았다. 안절부절못하는 명준을 보고 이상하다는 생각을 했다. 생각해보니 명준은 자신의 이름을 단 한 번도 부르지 않았다. "희애야." 하고.

"쓰러지기 직전 들었어. 날 로희라고 부르는 것."

산속 집에서 보았던 어딘가 어색한 모습, 아무래도 자신과는 어울리지 않던 옷들. 그리고 로희라는 이름.

병원에서 본 명준과 직원들의 상반되는 태도를 본 로희는 금방 사태를 파악할 수 있었다. 그 자리에서 가만히 경찰이 오기를 기다릴 수도 있었다. 하지만……. 자신도 이유를 정확히 알 수는 없지만 이 사람을 빼내주고 싶었다.

화장실을 가는 척 명준과 도망친 것은 스스로의 선택이었다. 명준이 자신을 속인 것은 맞지만 며칠간 명준과 보낸 즐거운 시간들은 로희가 갖고 있는 유일한 기억이었다. 딸이니까, 라고 생각하며 함부로 했던 행동들에 명준이 화를 낸 기억은 없었다.

'괜찮다'고는 할 수 없다. 명준은 범죄자였고, 정말로 부모의 죽음과 상관이 없는지도 알 수 없다. 로희는 대답 대신 땅바닥을 향해 시선을 내렸다. 땅을 딛고 있는 명준의 두 다리가 보였다. 낡은 운동화였다. 깊게 간 주름 켜켜이에 낀 때가 검은 줄로 보일 정도였다. 희끄무레하게 변색된 운동화 끈은 분명 처음엔 흰색이었을 것이다. 운동화 위를 명준의 누런 면바지가 덮고 있었다.

누가 요새 이런 바지를 입어.

그런 말을 하려던 순간 눈앞이 번쩍했다. 빛 속에서 로희는 검은 바지와 검은 양말을 보았다. 걸어 들어오는 남자의 다리였다. 남자의 다리 위에서 번쩍번쩍, 어떤 불빛이 요란하게 점멸했다.

로희는 머리를 뒤흔들었다. 카메라로 다음 사진을 넘기듯 다른 장면이 아이의 머리를 파고들었다.

그 장면에도 같은 다리가 있었다. 느낌상 실내인 것 같았다. 남자가 걸음을 멈췄고, 몇 초가 지난 뒤 분무기로 뿌리듯 팍, 하고 피가 남자의 양말과 바닥 위로 흩뿌려졌다.

기억이었다. 로희의 눈이 휘둥그레졌다. 무엇인가를 찾듯 등을 쭉 펴고 주변을 둘러보았다. 움직임을 느꼈는지 명준이 물었다.

"왜?"

그때 마침 도로에 순찰차가 지나갔다. 명준은 순간적으로 벽 쪽을 향해 몸을 돌렸다. 하지만 로희는 그 차에 시선을 완전히 빼앗겼다. 순찰차의 경광등 불빛이 눈꺼풀에 들러붙은 듯 눈을 감아도 빛이 시야를 괴롭혔다.

"경찰이야."

"뭐?"

"경찰이…… 죽였어."

2019년 8월 25일 일요일.

"김희애. 아홉 살이고요. 영인대학병원에 입원해 있습니다. 소아백혈병이래요."

정만이 태블릿 PC를 상윤 앞에 내밀었다.

'소망어린이집 원생 기록부'라고 크게 적힌 화면의 좌측 상단에 반명함판 사진이 있었다. 동그란 눈에 맑게 웃고 있는 어린아이였다. 머리가 짙은 흑발이어서 그런지, 아니면 백혈병이라는 이야기를 들어서 그런지 피부가 유난히 하얗게 느껴졌다. 자세히 보면 목을 지나는 핏줄이 보일 것도 같았다. 단발머리를 동그랗게 말고 일자로 자른 앞머리를 내린 모습은 인형 같았다. 형사들이 입수한 사진 속 로희와는 다른 인물임을 한눈에 알아볼 수 있었다.

"병 때문에 초등학교 입학 유예 신청이 되어 있더라고요."

사라진 로희를 병원으로 찾으러 갔을 때 이미 그들은 사라진 뒤였다. 이번에도 허탕이네요, 라고 주혁이 중얼거렸지만 상윤은 그렇게 생각하지 않았다. 그는 곧장 원무과로 갔다. 용의자는 로희의 진료를 보기 위해 '김희애'라는 이름으로 접수를 했다.

"그냥 아무거나 댄 거 아닐까요?"

상윤은 그 말에도 동의할 수 없었다. 이름만이라면 얼마든지 가짜로 댈 수 있다. 하지만 주민등록번호는 달랐다. 접수처 직원의 말에 따르면 로희를 데리고 온 남자는 단번에 이름과 주민등록번호를 적었다고 했다. 이미 평소에 알고 있는 이름과 주민번호였다는 이야기다.

상윤은 정만이 교육청으로부터 받아 온 유치원 원생 기록부를 넘겨받았다. 사진 속의 귀엽고 해맑은 아이가 소아백혈병이라는 사실에 잠깐 안타까운 마음이 들었다. 그는 검지로 태블릿 PC 화면을 긁어내려 원생 기록부 하단으로 화면을 내렸다.

"보자, 아빠는 김명준. 엄마 이름은 없네."

이혼 가정이 많은 시대다. 특별한 일은 아니다.

상윤은 경찰온라인조회시스템을 켜 원생 기록부에 적힌 김명준의 주민등록번호를 입력하고 조회 버튼을 눌렀다. 곧 김명준의 주민등록증이 화면에 떴다.

"어⋯⋯. 말도 안 돼."

순간 멍해지는 머릿속으로 정만의 중얼거림이 들려왔다. 자신이 잘못 본 것이 아니라는 말을 해주는 것이나 다름없었다. 사진 속 인물은 로희를 데리고 병원에 들어왔을 때 찍힌 CCTV 남자와 동일 인물이었다. 최로희의 납치범 김명준이 확인되는 순간이었다.

정말 김명준은 유괴아동의 이름 대신 자기 딸의 이름을 사용했다. 두 가지 이유를 생각할 수 있었다. 바보이거나, 아이가 아프자 앞뒤를 생각할 수 없을 만큼 당황했거나.

"잠깐."

돌연 상윤의 표정이 단단하게 굳었다. 상윤은 태블릿 PC의 한 지점을 뚫어져라 바라보았다. 전과 기록에 대한 부분이었다. 그는 전과가 있었다. 상윤은 정만을 보며 전과 내용을 가리켰다.

살인

***

사라진 최로희가 실려 왔었던 영인대학병원. 김희애는 같은 병원 중환자실에 입원한 아이였다. 상태가 좋지 않아져 어제 중환자실로 옮겼다고 했다. 중환자실 앞에는 면회 시간이 아닌데도 불구하고 몇몇 보호자들이 맥없이 앉아 있었다. 중환자실 대기실 앞에는 뭔가 특별히 더 무거운 공기가 흐르는 것 같았다. 대기실로 상윤과 정만이 들어오자 몇몇 보호자들이 얼굴을 들고 그들을 보았다. 자신들과는 다른 사람임을, 그런 기운을 그들은 느끼고 있는 것 같았다.

자동문인 듯 보였던 강화유리 문은 그들이 앞으로 가도 열리지 않았다. 문 옆에 붙어 있는 호출 버튼을 정만이 눌렀다.

-무슨 일이세요?

말끝을 늘리는 독특한 말투를 가진 여성의 음성이 손바닥만 한 작은 기계를 타고 흘러 들어왔다. 정만은 기계에 입을 가져다 대고 말했다.

"경찰입니다. 잠깐 확인할 사항이 있으니 문 좀 열어주시죠."

-잠시만요.

기계 너머에서 통화를 끊는 소리가 들렸다. 잠시만요, 라고 말했지만 문이 다시 열리기까지는 꽤 긴 시간이 걸렸다. 대기실에 모여 있던 보호자들이 잠깐 관심이 있는 듯 둘을 보았으나, 금세 지친 시선을 바닥으로 떨구었다.

5분쯤 흘렀을까, 문이 열리며 간호사가 나왔다.

"무슨 일이시죠?"

정만이 형사 신분증을 내보였다.

"중환자실에 입원한 환자 중에 확인해야 할 환자가 있어서요."

정만은 대기실에 모여 있는 보호자들을 의식하는 듯 살짝 고개를 돌렸다. 간호사는 안으로 들어오라며 살짝 비켜섰다. 두 사람이 들어오자 곧장 문을 닫고 홀드 버튼을 누르는 것이 보였다. 출입은 엄격히 관리되는 듯 보였다.

안으로 들어서자 의사 가운을 입은 여성이 다가왔다.

"제가 담당 의사입니다. 무슨 일이시죠?"

"김희애 환자가 누구입니까?"

물으며 주변을 둘러본 순간 김희애가 누구인지 알 수 있었다. 중환자실 한가운데에 있는 침대에 아주 작은 아이가 누워 있었다. 아이는 망가진 마리오네트처럼 몸에 여러 줄을 매단 채 눈을 감고 있었다. 아홉 살이라고 들었는데 여섯 살이라고 해도 믿을 것 같은 체구였다.

"저 아이군요. 혹시 아이의 부모, 아버지를 본 일이 있으십니까?"

"몇 번 봤습니다만, 요즘은 잘 오시지 않아요."

"혹시 그 이유를 아십니까?"

"정확한 건 잘 모르겠지만, 병원비를 전혀 못 내고 계셨어요. 일반 병실에 있을 때 가끔 몰래 찾아오셔서 아이를 보고 가셨다는 것만 알고 있어요. 제가 개인적으로 도움을 줄 수는 없지만 참 안 타깝죠. 얼마나 애가 타시겠어요. 병원비 때문에 몰래몰래 숨어서 아이만 보시는 게…… 그런데 최근에 병원비와 수술비를 예치하셔서 수술 날짜를 잡았습니다."

"병원비와 수술비를 내셨다고요?"

상윤과 정만의 눈에 의혹의 빛이 스쳤다. 납치된 아이의 부모는 죽었는데, 돈이 생겼다? 그렇다면 유괴하여 몸값을 받은 것은 아닐 텐데 어떻게 된 것일까? 두 사람은 텅 비어 있었던 금고를 떠올렸다. 뒤이어 살인 전과가 그들의 머리를 동시에 스쳤다. 정말로 그가 살인범인걸까? CCTV 사각지대를 통해 내부로 진입, 금품을 가로챈 뒤 두 사람을 죽이고, 목격자인 최로희가 도망가자 다시 사각지대로 나와 숨겨둔 차를 타고 아이를 납치한 것일 수도 있다.

"수술 날짜는 언제로 잡혔습니까?"

그렇게 부성애가 대단한 사람이라면 수술 당일에 나타나지 않을 리가 없다.

"그런데 경찰에서 무슨 일이시죠?"

"자세한 말씀은 드리기 어렵습니다만, 아이의 아버지를 찾고 있습니다. 이 사진 잠깐 봐주실 수 있겠습니까?"

상윤은 휴대폰으로 의사에게 한 화면을 보여주었다. 최로희를 데리고 응급실에 내원했을 때의 CCTV 화면이었다.

사진을 보는 의사의 눈빛은 조금 흔들렸다. 잠깐 갸웃하는 듯하더니 이내 고개를 끄덕였다.

"맞네요. 희애 아빠가 맞아요. 근데 여긴 저희 병원 응급실 같은데……. 대체 무슨 일인지."

의사는 무척이나 궁금해하는 것 같았다. 아직은 사건이 비공개라 모르겠지만, 만약 공개 전환이 되어 뉴스에 오르내린다면 이 의사는 알게 될 것이었다. 자신이 안타까워하는 이 어린아이의 아버지가 어떤 사람인지를.

"수술 날짜가 언제죠?"

"9월 2일입니다."

중환자실을 나온 상윤과 정만은 곧장 원무과로 향했다. 다시 형사임을 입증하는 지루한 과정을 거쳐 김명준이 보냈다는 납부금이 얼마인지를 확인했다.

5천만 원이었다.

***

합동수사본부에 긴급회의가 소집되었다. 수사본부장이 주재하는 회의에는 상윤과 정만은 물론 주혁도 참석했다. 주혁은 오늘 하루 영인시 주요 도로와 영인시를 빠져나가는 국도, 고속도로에서 검문을 하였지만 아무것도 발견한 것은 없었다고 보고했다. 내일은 조금 더 범위를 넓혀 검문을 이행하는 한편, 전국의 아동 복지시설 등에 아이의 전단지를 배포하는 방안을 조심스럽게 피력했다. 결국 공개수사로 전환하자는 이야기였다. 유괴범을 자극하지 않기 위해 비밀수사를 시작했으나 크리티컬 아워를 넘겼다고 판단한 것이다.

상윤도 오늘의 수사 결과를 보고했다. 유괴범을 확인한 것이 가장 큰 성과였다. 이로써 수사는 더 활력을 띨 것이었다. 모두의 얼굴이 밝아졌지만 이어 의아한 기운을 띄었다.

"자기 딸 병원비 때문에 돈이 필요해서 사람을 죽이고 도둑질을 했어. 근데 왜 애를 데려가?"

"김명준이 최진태의 집에 들어간 것도 확실치 않은 데다, 돈을 훔친 것 역시 짐작 중 하나일 뿐, 정확한 것은 아닙니다."

"돈이 필요해서 유괴를 했어. 물론 사고를 냈지만 그게 자기가 유괴할 애였으니 데려갔다 쳐. 근데 유괴는 돈을 요구할 사람, 즉 부모가 있어야 한단 말이야. 근데 그 둘을 죽이고 애만 데려갔다?"

수사본부장이 머리가 복잡하다는 듯 미간을 찌푸리며 말했다.

"그러니까 가능성을 모두 열어두어야 할 것 같습니다. 어쩌면 유괴범과 살인범은 다른 사람일 수 있습니다."

"그런 일이 우연일 수 있을까요?"

상윤의 대답에 주혁이 물었다. 비꼬거나 걸고넘어지는 것이 아니라 순수한 의문이었다. 주혁은 많은 유괴사건에 투입되어왔지만 이런 상황은 처음이었다.

"글쎄요. 그건 저도 함부로 속단할 수가 없어요."

"5천만 원의 출처를 파악해봐야 할 것 같습니다."

"5천만 원은 누가 수납했다고 하던가?"

수사 팀원 중 가장 신참인 형사가 손을 들며 의견을 내자, 수사본부장이 상윤을 응시하며 물었다. 대답을 위해 정만이 일어섰다.

"병원에 확인해본 결과 송금자 이름은 김명준, 송금 일자가 22일입니다. 실제 송금자가 김명준인지는 확인되지 않았습니다."

현금으로 가지고 와 창구에서 송금한 건이었다. 당일 수납 직원을 찾아 물어봤지만 하루에도 수백 명의 수납을 담당하는 데다 일반 정산 업무도 하고 있어서 그는 기억을 전혀 하지 못했다. 정만은 CCTV를 받아 분석해보았다. CCTV 화질이 좋지 않고, 모자와 마스크로 얼굴을 가려 확인이 되지 않았지만 남자가 분명했다. 이 사실을 보고하며 정만이 자리에 앉았다. 상윤이 말했다.

"죽은 최진태 씨와 소진유 씨의 계좌 사용 내역을 의뢰해놓은 상태입니다. 5천만 원이 빠져나간 흔적도 조사해야 하지만 두 사람이 살해당한 이유가 유괴와는 별개로 금전적인 문제일 수도 있으니까요. 결과가 나오는 즉시 수사본부 전원에게 공유하도록 하겠습니다."

음, 하며 수사본부장이 고개를 끄덕였다. 그는 잠시 생각에 잠기는 듯하더니 무거운 표정으로 고개를 들었다.

"최로희 양 유괴에 관해 공개하는 것에 대해 어떻게들 생각하지? 우선 아동전담팀 문주혁 팀장은 공개를 요청했는데, 팀 전원의 의견이라고 봐도 좋은가?"

본부장은 문주혁 팀장 이하 전원의 얼굴을 시선으로 훑었다. 긴 테이블 오른편에 일렬로 앉아 있는 팀원들이 모두 고개를 끄덕였다. 본부장은 상윤에게로 고개를 돌렸다.

"어떻게 생각하지?"

상윤은 정만을, 그리고 다른 형사들의 얼굴을 한 번씩 훑어보고는 잠시 생각에 잠겼다. 다시 고개를 든 그의 얼굴에는 굳은 결심이 서 있었다.

"공개가 맞다고 생각합니다."

"이유는?"

"저희가 비공개로 수사를 시작한 것은 최로희 양의 안전을 위해서였습니다. 하지만 유괴범 김명준은 최로희의 알레르기 반응에 급히 병원을 찾았습니다. 그것도 자신의 딸이 입원해 있는 병원으로요. 아마 거의 반사적인 행동이었을 것입니다. 자기가 익숙한 병원을 찾은 거죠. 그러고는 최로희 대신 딸의 이름을 적었습니다. 그건 자신의 신분이 드러날 수밖에 없는 결정이었습니다만 그렇게 했어요. 당장 잡히길 바란 것은 아니지만, 일정 시간이 지나면 자신이 잡혀도 상관없다는 심리라고 읽힙니다."

"일정 시간?"

"딸의 수술일이요."

순간 본부 사무실에 묵직한 침묵이 감돌았다.

"그런 이유들을 근거로 저는 유괴범 김명준이 아이를 죽일 사람 같지는 않다는 판단하에 공개수사를 요청합니다."

본부장이 고개를 끄덕였다.

"병원에서 도망친 걸 보면 이제 자기 턱밑까지 경찰들이 들이닥친 걸 알게 됐을 거야. 지금은 아마 이리저리 도망치고 다니겠지. 최진태, 소진유 부부의 죽음에 김명준이 어디까지 얽혔는지는 아직 모르지만, 어쨌거나 중요한 키를 쥐고 있는 사람이야. 더 이상 도망치지 못하도록 두 다리를 묶어놔야겠지."

본부장은 수사원 모두의 얼굴을 보며 묵직한 음성으로 말했다.

"우리 서 출입 기자들에게 금일 20시를 기점으로 보도 제한을 풀어. 공중파를 비롯한 모든 뉴스 채널을 동원해서 최로희를 찾는다."

"네!"

모두의 응답이 사무실 전체를 울렸다.

***

"선배님 계좌 조회 내역 나왔습니다."

상윤이 책상으로 돌아가 수사보고서를 정리하고 있을 때 정만이 다가와 서류 여러 장을 끼운 파일을 내밀었다. 상윤이 파일을 열어 서류를 시선으로 훑어 내리는 동안 정만이 간단한 보고를 했다.

"가정주부라 소진유 씨 내역은 별거 없어요. 장을 보거나 뭐, 그런 거밖에 없더라고요. 생활비를 최진태가 매달 입금해주고 있고요. 부잣집이니까 생활비가 제 월급 두 배쯤은 되던데요. 그래도 뭐, 특별할 건 없어요."

전업주부인 소진유는 개인적인 조사에서 별다른 사회 활동이 보이지 않아서 계좌 추적 역시 기대할 것 없을 거라고 상윤도 예상한 바였다. 소진유의 계좌 내역을 옆으로 밀어 놓고 최진태의 것을 들었다.

"최진태 씨는 조금 이상한 부분이 많아요. 거액의 돈이 들어온 곳이 몇 군데 되던데요?"

"거액?"

최진태는 혜광병원의 원장이자 소유주다. 이사장이 병원을 소유한 월급 원장들과는 달리 한 달의 수익이 어마어마하다. 그런데 병원에서 들어오는 수익 말고도 입금되는 거액의 돈의 정체는 무엇일까.

가만히 내려다보니 입금자가 모두 개인이었다. 박기순, 마석진, 김석남, 반종섭, 모은선. 다섯 명이 입금한 금액은 각각 10억원. 총 50억 원 규모였다. 상윤의 눈이 휘둥그레졌다.

"10억?"

그의 목소리가 끓는 기름에 떨어진 물방울처럼 파악, 하고 튀어 올라서 사무실에 있던 사람들의 시선이 잠깐 집중되었다. 그러나 시선 따위에 신경 쓸 새 없이 상윤은 서류에 얼굴을 묻었다. 10억. 아니, 합하면 50억. 상윤은 10억은 고사하고 지금까지 1억도 만져본 적이 없다. 대체 병원의 원장에게 10억씩 건넬 일이 무엇이 있단 말인가?

"입금자들 누군지 파악됐어?"

"네."

정만이 상윤의 손에 들려 있던 서류 중 마지막 한 장을 빼 들어 보여주었다.

박기순. 72세. 미한약품 창립자.

마석진. 37세. 신훈대학 기계공학부 전임 교수.

김석남. 54세. 음식물 쓰레기 미생물처리기 업체 운영.

반종섭. 61세. 부동산 개발 관련 사업 및 건설사 운영.

모은선. 44세. UCLA 의과대학 졸업. 현재 강남 정형외과 운영.

다섯 명의 간단한 프로필만으로도 상윤은 얼굴을 찡그렸다. 왠지 공통점이 보이지 않는 직업만 보아도 탐문 수사가 원활하지 않을 것 같은 불길한 예감이 들었다.

-11-

"말도 안 돼."

"말도 안 되지 않아!"

두 사람의 목소리가 영인강변 산책로를 따라 돌았다. 앞선 남자의 목소리는 늙은 개가 오줌 눌 곳을 찾기 위해 킁킁거리는 듯 힘이 없었고, 뒤따르는 앙칼진 목소리는 무턱대고 코를 들이미는 늙은 강아지에게 호된 펀치를 날리는 고양이의 발톱 같았다. 조금만 주의 깊게 들어보면 로희의 말투가 너무 되바라진 것도, 죄를 지은 듯 쩔쩔매는 명준의 태도도 이상하게 보일 법도 하지만 사람들은 저마다 쌩쌩 지나갔다. 그런 곳이었고, 그런 시간이었다.

늦은 시간의 산책로는 모자를 푹 눌러쓰고 마스크를 눈 밑까지 끌어 올려 착용한 사람이, 한 걸음 뗄 때마다 얼굴에 들러붙는 미세먼지 입자만큼이나 흔하디흔한 곳이다. 그러니 아무도 지금 뉴스를 화려하게 장식하고 있는 '병원장 부부 살해사건'의 용의자가 거기 있다고는 생각지도 못할 것이었다.

"어째서 말도 안 된다는 거야?"

로희의 목소리가 커지자, 명준이 주변을 둘러보며 검지를 입술 중앙에 가져다 대었다.

"네 말대로 경찰이 범인이라 쳐. 기억도 안 난다니까 대충 원한이 있다고 치자고. 그렇다고 내가 널 데리고 계속 이렇게 도망 다닌다는 게 말이 돼?"

희애 때문에 아직 자수는 할 수 없지만 로희가 모든 것을 안 이상, 동네 인근까지 데려다주려고 했다. 로희의 집 앞에는 아직도 폴리스 라인이 쳐져 있고, 지키고 있는 경찰들도 있기 때문에 로희가 아무리 기억을 잃었다 하더라도 집을 찾기는 쉬울 것이다. 그렇게 로희를 돌려보낼 생각이었는데, 로희의 기억이 발목을 잡았다.

경찰을 봤다고 했다. 경찰이 뒤돌아서는 아빠를 칼로 찌르는 장면이 떠올랐다고 했다.

"그럼 지금 이 상내에서 날 돌려보낸다고? 그놈이 자기 얼굴을 본 나를 찾고 있을지도 모르는데?"

"그래봐야 저 많은 경찰들 중에 한 놈일 텐데, 가서 그런 것까지 전부 말하고 도움을 요청하면……."

"사람이 순진한 거야, 아님 멍청한 거야? 그렇게 엄청난 부자가 일개 경찰관이나 만났을 거 같아? 그리고 누군지도 모르는 상황에서 누구 도움을 믿을 수 있냐고!"

명준은 고개를 절레절레 저으며 걸음을 멈추었다. 로희도 따라 우뚝 서서 힘껏 명준을 노려보았다. 명준이 끼잉 소리를 내며 꼬리를 감추는 늙은 개처럼 시선을 피하며 몸을 돌렸다. '사람이 순진한 거야, 아님 멍청한 거야?' 소리를 듣고도 화가 나지 않는 것은 지금의 이 황당함 때문일 것이다. 피해자가 유괴범에게 계속 납치한 채로 도망 다녀달라고 하는 이 황당한 상황 말이다.

"그렇다고 언제까지 이렇게 다닐 수는 없어……."

명준이 고개를 저으며 힘없이 말하고는 돌아섰다. 살인죄를 뒤집어쓰고 있는 유괴범 주제에 제법 고집스러웠다. 로희는 짜증이 나 인상을 구겼다. 이대로 돌아갈 수는 없었다. 아빠와 엄마가 어떻게 돌아가셨는지 알아야, 기억을 찾아야 돌아갈 수 있다.

사실은, 무서웠다. 누군지 알 수 없는 범인도, 혼자 남아야 하는 것도. 목구멍에서 뭔가 뜨거운 것이 울컥 치받쳤다. 로희는 작은 주먹을 움켜쥐었다.

"아……!"

입을 벌리던 로희도, 앞서 걷던 명준도 움직임을 멈추었다. 걸음을 멈춘 명준이 천천히 뒤돌아보았다. 로희의 눈꺼풀이 미세하게 떨렸다.

아빠라고 부를 뻔했다. 이제는 아빠가 아닌 남자를. 자신을 유괴해, 제 부모의 등골을 뽑아내려던 사람을.

뭐라고 불러야 할지 알 수 없는 로희의 흔들림을 알아챘는지, 명준이 말했다. 모든 것을 감수하겠다는 듯한 목소리였다.

"아무렇게나 불러도 좋아."

로희는 고민했다. 누가 봐도 아빠와 딸 같은 사이에 아저씨라고 부르면 오지랖 넓은 사람들이 '그럼 아빠는?' 하고 물어볼 것만 같았다.

'삼촌' 따위로도 부를 수 없다. 명준은 나쁜 사람이니까.

그렇다면 '야'? 그건 당연히 안 될 것이고.

그때 로희의 귓가를 스치는 소리가 있었다. 사고 이전의 기억이 돌아온 것은 아니었다. 시장에서 들었던 말. 새우튀김을 먹고 쓰러지는 순간, 아줌마가 명준을 부르던 소리. 역시 나는 천재야, 라는 생각을 하며 로희는 명준을 향해 검지를 뻗어 가리켰다.

"개잡놈!"

푹 눌러쓴 모자 아래에서 명준의 눈이 휘둥그렇게 떠지는 것과 동시에 마스크 안에서 입이 크게 벌어졌다. 어쨌든 나쁜 소리라는 것은 알았기 때문에 뭔가 속이 후련해져서 로희는 해쭉 웃었다. 그러나 안타깝게도 지나가던 아줌마를 멈출 소리라는 것은 알지 못했다. 이미 어둠이 도심을 점령하고 있는 시각에 선 캡을 쓰고 팔을 쭉 뻗어 몸의 앞뒤로 박수를 치고 지나가던 아줌마가 설음을 멈추더니 로희 쪽으로 휙 몸을 돌렸다.

"우, 우, 우리 예쁜이 또 할머니한테 이상한 말 배웠구나."

명준이 뒤통수를 얻어맞은 탁구공처럼 튀어 올라 로희의 양어깨 죽지 아래에 팔을 쑥 집어넣고는 그대로 들어 올렸다. 그러고는 어화둥둥 둥개야, 내 새끼 잘한다, 잘한다!라도 외칠 것처럼 로희의 몸을 들어 올린 채로 빙빙 돌았다. 가벼운 로희의 몸이 펄럭였다. 아줌마는 눈을 쌍그렇게 뜨고는 다시 제 갈 길을 갔다. 그럼에도 명준은 아줌마가 완전히 사라질 때까지 멈추지 않았다. 로희는 눈앞이 어지러웠다. 도심의 야경이 뒤섞여 토사물의 색깔과 비슷해지기 시작했다.

"……놔줘."

온 힘을 다해 말했지만, 어떻게든 이 상황을 넘기고 보겠다는 의무감에 끓고 있는 명준에게는 들리지 않는 것 같았다. 토할 것 같다. 로희는 순간적으로 온 힘을 다해 오른발을 뻗어 명준의 아래턱에 킥을 날렸다.

"컥!"

자기도 모르게 뒤로 넘어갈 듯 중심을 잃으며 명준은 그만 로희를 허공에서 놓치고 말았다. 그러나 엉덩방아를 찧은 것은 명준뿐이었다. 로희는 아주 보기 좋게 잔디밭에 착지했다. 만약 희애가 그랬다면 명준은 세기의 천재라며 딸을 끌고 온 동네 무용 학원 투어를 했을 것이었다.

로희에게 예절을 가르쳐주려고 다가서던 아줌마는 어느새 저 멀리 사라지고 없었다.

"그러게 왜 어지럽게 사람을 흔들어, 흔들길!"

엉덩이를 하늘로 치켜들고 용서를 비는 대역 죄인처럼 명준이 산책로에 얼굴을 박고 부들부들 떨고 있었다. 그 모습을 보니 로희는 괜히 미안해져서 목소리를 높였다. 명준도 지지 않았다.

"그러게 왜 이상한 소리를 하냐고!"

"그러게 왜 유……!"

당연히 길 생각이 없던 로희였지만 차마 '유괴'라고는 말할 수가 없었다. 하지만 이미 말한 것이나 다름없어서 다시 한번 명준의 얼굴이 대역 죄인처럼 바닥으로 떨어졌다. 로희는 슬쩍 옆으로 다가가 멍청히 앉아 있는 명준의 엉덩이를 툭 건드렸다.

"일어나. 눈에 띄어."

명준이 스멀스멀 일어났다. 좀비라도 된 것처럼 터덜터덜 걷는 명준의 옆을 로희의 짧은 다리가 잰걸음으로 따라붙었다. 얼굴을 올려다보니 머리가 복잡해지다 못해 정신이 나간 것 같았다.

"이렇게 심장이 콩알만 한데 어떻게 그런 일을 벌였어?"

명준은 대답하지 못했지만 가슴께가 푹 꺼져 들어가는 것이 보였다.

"왜 하필 나였어? 그냥 부잣집 딸이라서?"

타박타박 걸으며 로희가 물었다. 명준과 자신의 관계를 안 뒤부터 궁금했었다. 명준이 로희의 집을 고른 것이 우연이었다면, 살인범의 누명을 쓴 것은 천벌이라고 생각했다. 하지만 기억도 나지 않는 아빠와 엄마는 왜 죽어야 했던 걸까.

"희애 엄마가 시켜서. 너네 집으로 가는 길에 CCTV 위치 확인하려다가 앞을 못 보고 그만 널 쳐버려서⋯⋯. 근데 보니까 딱 너잖아. 어차피 너였으니까⋯⋯. 그냥 싫었지."

"뭐?"

로희가 걸음을 멈추었다. 돌아보는 명준의 눈이 의아했다. 아, 하며 명준은 고개를 끄덕였다. 자신의 말이 두서없다는 것을 깨달은 것이다.

"아니 그게 아니라, 실수로 사고를 냈는데, 내려서 보니까 유괴하려던 너더라고. 그래서……."

"그거 말고 그전에."

"위치 확인?"

"아니 더 전!"

로희의 목소리가 날카로웠다. 명준의 어깨가 움찔했다. 그래, 심약하고 소심하고 멍청하리만치 착한 사람이 어느 날 느닷없이 유괴를 생각할 리가 없다.

명준이 말했다.

"희애 엄마가 시켜서?"

"시켰어? 날 어떻게 알고? 그냥 부자라서? 혹시 우리 엄마나 아빠랑 원한 관계라도 있는 거야?"

그렇다면 이 개잡…… 아니 아저씨의 전 아내인 여자가 모든 일을 꾸몄을 수도 있지 않을까?

쏟아지는 로희의 질문에 명준은 산뜻하게 대답했다.

"몰라."

"이런!"

"컥!"

명준의 몸이 조금 전 로희처럼 펄럭이며 잔디밭에 나뒹굴었다. 로희의 짧은 다리가 명준의 정강이에 제대로 꽂힌 덕이었다. 명준은 용수철처럼 금세 일어났다. 원망과 의아함이 뒤섞인 얼굴로 로희에게 항의하듯 외쳤다.

"아, 왜!"

로희가 인상을 쓰고 그를 노려보았다. 그 여자를 만나야 했다. 혹시 그 여자가 진범이 아니더라도, 엄마 아빠와 어떤 연관이 있는지, 왜 자신을 선택했는지 알아야 했다.

"지금 그 아줌마 어디 있어?"

명준이 학처럼 한 다리로만 땅을 지탱하고 서서는 맞은 정강이를 쓱쓱 문지르며 말했다.

"오늘 만나기로 했었는데."

"이런!"

"컥!"

명준이 다시 잔디밭에 나뒹굴었다. 이번에는 반대쪽 다리였다.

"그걸 왜 이제야 말해!"

두 다리를 다 내어준 명준은 한동안 일어나지 못했다.

* * *

밥 먹고, 영화 보고, 커피 마시고.

혹은 영화 보고, 밥 먹고, 커피 마시고.

또 혹은 커피 마시고, 영화 보고, 밥 먹고.

여타의 연인들이 하는 대로 명준과 혜은은 만날 때마다 순서만 바뀔 뿐인 데이트 코스를 늘 반복했다. 가끔 쇼핑 코스가 더해질 때도 있었다. 자주는 아니지만 계절이 바뀔 때마다 혜은은 새로 옷을 장만했다. 지난겨울에는, 혹은 지난여름에는 뭘 입었는지 모르겠다는 말을 빼놓지 않았다.

늘 반복되는 데이트 코스도, 도대체 무슨 재미인지 알 수 없는 쇼핑도 명준은 지겹지 않았다. 밥은 당연히 먹어야 했고, 혜은과 마주 보고 앉는 카페에서의 시간은 무척 좋았으며, 무슨 내용인지 모를 예술영화는 오히려 지루해서 혜은에게 집중할 수 있어 좋았으니까. 쇼핑은 천국이었다. 산뜻하고 예쁜 옷을 입고 나온 혜은이 어떠냐며 방긋 웃을 때는 명준도 따라서 벙긋 웃었다.

혜은과 자주 가는 카페는 연지동에 있는 멀티플렉스 영화관과 가까운 제이카페였다. 프랜차이즈가 아니라서 커피값이 상대적으로 저렴했다. 명준은 늘 아메리카노를 마셨다. 여름과 겨울에 따라 아이스냐 아니냐만 달라질 뿐이었다. 혜은은 여름엔 블루베리 스무디를 겨울에는 제주청귤차를 마셨다. 명준이 아메리카노를 선택하는 이유는 가장 저렴한 메뉴이기 때문이지만, 혜은은 그게 바보 같은 선택이라고 했다. 집에서도 얼마든지 마실 수 있는 커피를 마시느니 이왕 온 김에 평소 못 마시는 것을 선택하는 것이 이득이라고 했다. 명준은 아메리카노를 집에서 언제든 마실 수 있는 혜은이 신기했다. 어쨌든 계산은 명준이 했다.

"세상 구질구질하네."

꿈을 꾸듯 말하는 명준의 추억 이야기에 쏴붙이는 로희의 일격은 냉정했다.

"그럼 너 같음 뭘 선택하는데?"

명준이 볼멘소리를 했다. 결말은 이혼이었지만, 자신에게는 반짝거리는 청춘의 한때를 '구질'이라고 표현하는 것은 넘어갈 수가 없었다. 로희는 명준을 빤히 올려다보았다. 명준의 질문 자체가 이해가 되지 않는다는 듯한 눈빛이었다. 당연하지 않냐는 듯 로희가 말했다.

"우리 집 엄청난 부자라며. 애초에 영화관 같은 델 안 가지. 집에 영화관을 만들겠지."

"아, 예……."

네가 회수권으로 핫도그 바꿔먹는 삶을 아니.

다행히도 제이카페는 그 자리에 그대로 있었다.

"저기 있다!"

명준이 손가락으로 가리킨 순간, 로희가 명준을 확 잡아끌었다.

"경찰이 와 있으면 어떻게 해?"

"아, 맞다."

명준은 로희를 따라 카페가 보이는 맞은편 건물의 뒤편으로 돌아 들어갔다. 몸을 숨기고 건물 끄트머리에 머리만 내밀어 제이카페를 열심히 관찰했다.

경찰로 보이는 사람은 없었고, 혜은도 없었다. 당연한 일이었다. 만나기로 한 것은 어제였다. 어제 나타나지 않았으니 오늘 또 와 있을지도 모른다는 로희의 말에 와본 것이지만 명준은 그녀가 없을 줄 알았다. 애초에 명준을 만나겠다고 이틀씩이나 무작정 기다릴 여자가 아니었다.

"없는데?"

"확실해?"

명준이 끄덕거렸다. 로희는 고개를 갸웃거렸다. 만약 혜은이

191

명준에게 살인죄를 뒤집어씌우려는 진범이라면 경찰을 불러놨을 거라고 생각했다. 하지만 없다. 경찰도 혜은도.

"집에 가보자. 어딘지 알지?"

자, 빨리 그 여자의 집으로 날 안내해, 라고 말하듯 로희가 올려 다보았지만 명준은 곤혹스러운 얼굴로 한참이나 머뭇거렸다.

"어딘지 몰라?"

"모르지만, 알아."

이건 또 뭔 소린가. 로희의 얼굴이 구겨졌다.

"퀴즈야?"

모르지만 안다는 말의 뜻은 로희가 몇 번이나 되묻고 나서야 알 수 있었다. 그러니까 이혼 후 혜은은 자신이 어디 사는지 알려주 지 않았다고 했다. 유괴를 지시하기 위해 어느 날 갑자기 나타났 을 때도 알려주지 않았다.

"하지만 걱정이 돼서……."

"변명하지 마, 이 스토커야."

희애의 병원에서 만난 날 명준은 혜은의 뒤를 밟았다. 아무리 생각해도 혜은이 자신보다 더 상황이 안 좋을 것 같았다. 아이의 병에 대한 이야기를 듣고 찾아올 정도로 애틋하지만, 유괴라는 엄청난 제안을 할 만큼 그녀도 돈이 없을 게 분명했다. 경력 단절 자라서 일자리를 구하기 힘들다고, 아이를 낳기 전부터 우는 소 리를 했었다. 그동안 괜찮은 일자리를 찾았을 리 없다.

아무리 자신은 산속 집에서 기거하는 팔자고, 제대로 된 옷 한 벌, 가구 하나 없는 삶이지만 그래도 그녀는 희애의 엄마니까. 명준은 혜은이 안전한 곳에 있는지만이라도 알고 싶었다. 혹시 돈이 필요해 이상한 곳에서 일하지는 않을지도 걱정되었다.

아무튼 명준은 그렇게 '혜은이 알려주지 않았지만 알고 있는' 그 집으로 로희를 안내했다.

서초동 주택가 한복판에 세워진 빌라촌, 한 개 동이 단 열두 세대로만 구성된 집. 최고급이라고까지는 할 수 없지만 그래도 명준의 산속 집보다는 훨씬 나은 그곳이 혜은의 집이었다.

아픈 딸을 두고 참 편하게도 살고 있었다.

"101동 302호."

한 층에 세 세대씩 4층짜리 건물이었다. 로희는 대충 눈으로 302호의 위치를 더듬어 보았다. 불이 켜져 있었다. 사람이 있는 것 같다. 설마 남자랑 나오는 건 아니겠지. 어린아이답지 않은 생각을 하며 로희는 성큼 빌라 안으로 들어갔다.

계단을 올라 3층에 도착했다. 명준이 헐떡이며 뒤따라 올라왔다. 마치 현관문이 혜은이라도 되는 것처럼 로희는 현관문을 노려보았다.

"근데 나 열쇠 없는데."

"뭔 바보 같은 소리야. 그냥 마음대로 열고 들어가려고 했어?"

로희가 인상을 쓰며 탓하듯 말하자 명준이 주춤 물러섰다. 로희는 초인종에 손가락을 가져다 대었다. 그러나 그 손가락이 힘을 써보기도 전에 기다렸다는 듯이 현관문이 열렸다.

누군가와 통화를 하고 있는지 귀에는 휴대폰을 대고, 한 손에는 가득 찬 쓰레기봉투를 든 채였다. 혜은이었다. 168센티미터

정도 되는 키에 어깨가 넓고 골격이 컸다. 하지만 운동을 해서인지 둔해 보이지 않고 몸매가 탄탄해 보였다. 하얀 피부에 잡티도 없이 관리가 잘된 얼굴이었다. 롱 티에 쇼트 팬츠를 입은 그녀는 '꾸미지 않아도 멋스러운 여자'라는 딱지를 단 것처럼 보였다. 확실히 고생이라곤 모를 것 같은 얼굴이긴 했다.

혜은은 명준을 보고는 놀란 눈을 했고, 로희를 발견한 뒤에는 거의 기절할 것 같은 얼굴이 되었다. 아주 순간적으로 로희는 혜은의 옆구리 사이로 내부를 살폈다. 다행히도 남자는 보이지 않았다. 거실의 TV에서는 로희 부모 사건이 보도되고 있었다.

로희가 도전적인 눈을 매섭게 치켜떴다.

"저 아시죠?"

혜은이 깜짝 놀라 입을 벌렸다. 로희가 상냥하게 웃었다.

"우선 전화 좀 끊고 말씀하실까요?"

3장

두 번째 유괴

-1-

　혜은의 집 내부는 평범했다. 거실에는 붙어 앉으면 세 사람이 나란히 앉을 수 있는 일자형 소파가 벽에 붙어 있었고, 맞은편 벽에는 벽걸이형 TV가 있었다. 천장에 있는 사각형 모양의 LED 전등은 거실을 충분히 밝힐 수 있었지만, 거실 구석에 보조등을 세워놓았다. 거실을 밝히는 용도보다는 인테리어를 위한 것으로 보이는 단순한 디자인이었다. 벽에는 TV 외에 그 흔한 모조화 하나 걸려 있지 않았고, 소파 옆에 보조 테이블이 있었지만 아무것도 놓여 있지 않았다. 거실과 연결된 주방에는 벽에 붙여 놓은 작은 식탁이 있었지만 의자는 단 한 개뿐이었다. 혼자 사는 집이라 그릇이 없어 그런지 싱크대는 상부 장이 없는 형태였고, 내신 선반을 달아 두었는데 밥그릇, 대접, 접시, 커피 잔이 모두 한 개씩 있었다. 놀랄 만큼 깨끗하다는 점을 제외하면 특별할 것 하나 없는 집에 명준은 씁쓸함을 느꼈다.

　이 집에는 기다림이 느껴지지 않는다.

　아무리 낳기만 하고 사라진 엄마라도, 자식 걱정 때문에 유괴

같은 엄청난 일을 감수할 정도의 모성애가 있을 거라고 생각했는데, 그녀의 집엔 아이를 맞이할 준비가 되어 있지 않았다. 아이의 사진 한 장, 아이가 앉을 여분 의자 하나, 머그잔 하나도 더 없었다.

혜은이 명준과 로희를 번갈아 보며 물었다.

"대체 어떻게 된 거야?"

명준은 이야기를 어디서부터 풀어야 할지 알 수가 없었다. 그러나 순간 툭 튀어나올 뻔한 말은 있었다.

'그건 내가 할 말이야.'

시키는 대로 아이를 데려온 것뿐인데, 어째서 내가 살인자가 되어야 하는지 너는 아느냐고 묻고 싶었다. 그러나 말을 하려는 순간, 허벅지를 툭 치는 작은 손에 명준은 입을 다물었다. 앙칼진 눈을 뜨고 로희가 말했다.

"손님을 너무 푸대접하시는 거 아닌가요? 차라도 한잔 대접해 주시죠?"

동그랗게 뜬 도전적인 눈은 '제가 신고하면 어떻게 되는지 아시죠?' 하고 묻고 있었다. 혜은은 기가 막힌 듯 로희를 보다가 주방으로 들어갔다. 곧 전기 주전자로 물을 끓이는 소리가 들렸다. 명준이 보자 로희가 입술을 씰룩하며 비웃음을 흩뿌렸다. 명준으로서는 그 웃음의 의미를 알지 못했다.

잠시 후, 혜은은 쟁반에 종이컵을 담아 내왔다. 명준에게 내민 종이컵에는 홍차 티백이 들어 있었고, 로희 몫의 종이컵에는 그냥 물이 담겨 있었다.

"우유 같은 건 우리 집에 없어."

"기대도 안 해요. 어차피 안 마실 거예요. 뭐가 든 줄 알고 마셔."

"네가 달랬…… 헙!"

대꾸하던 명준은 로희가 옆구리를 뚫어버릴 듯 팔꿈치로 쑤시자, 자의 반 타의 반으로 입을 다물었다. 혜은의 오른쪽 눈썹이 쓱 올라갔다.

"새 생수병 뜯은 거야. 먹지 못할 건 안 넣었어."

그렇게 말하며 혜은은 두 사람의 맞은편 바닥에 앉았다. 혜은이 바닥에 앉자 소파에 앉은 명준은 자신이 조금 이상하게 느껴져 엉거주춤 바닥에 앉으려다가, 다시 소파에 올라앉았다가, 아무래도 이상해서 다시 내려 앉으려다가, 다시…….

"똥 마려워?"

짜증나는 듯한 로희의 목소리에 도로 소파에 앉았다. 그는 아무 일 없다는 듯 홍차를 한 모금 들이켰다. 무슨 맛인지 알 수 없었다. 혜은과 함께 살 때는 홍차 같은 건 집에 있지도 않았다. 노란 봉투에 든 믹스 커피가 전부였다. 그나마 갈색 봉투보다 조금 더 맛있고 비싼 기라는 대 흡족함을 느끼곤 했다.

"연락도 안 되고. 대체 어떻게 된 거야?"

"추적될 거 같아서 휴대폰은 버렸어."

명준은 최대한 간략하게 그동안 있었던 일을 이야기했다. 로희를 데려다주려고 했지만 갑자기 돌아온 로희의 기억 때문에 돌아섰던 일이 가장 중요했다.

혜은은 납득은 가면서도 머리가 복잡한지 이마를 짚었다.

"그렇다고 언제까지 데리고 다닐 수는 없어. 잘못하면 이대로 죄를 뒤집어쓴다고!"

"누구 죄를 뒤집어쓰는 건데요? 설마 아줌마 죄는 아니겠죠?"

혜은이 로희를 노려보았다. 무슨 생각을 하고 여기까지 왔는지 알겠다는 듯 곧 피식 웃었다.

"천재라더니 그냥 영리한 정도가 아니구나."

명준이 눈을 동그랗게 떴다.

"천재? 누가?"

"검색도 안 해봤어?"

혜은이 탓하듯 말했다.

"휴대폰 버렸다니까."

후, 한숨을 내쉬며 혜은은 휴대폰을 켜 인터넷에 접속했다. 휴대폰을 두드리는 손놀림이 빨랐다. 그러고는 휴대폰의 화면을 명준 쪽으로 내밀었다. 검색어는 '최로희'.

'원장 부부 살해사건, 두 사람의 딸은 천재 아동 최로희로 밝혀져.'

'홀로 살아남은 최로희는 누구? 8세에 멘사 회원되어 집중받은 사연.'

뉴스의 제목들이 보였다. 아직 로희의 실종은 알려지지 않은 것 같았다. 자세히 읽기 위해 명준이 손을 내밀었으나, 혜은은 휴대폰을 자신의 주머니에 쏙 넣어버렸다. 명준의 손이 허공에서 멋쩍게 공기만 덥석 쥐었다가 아래로 내려갔다. 로희가 비웃듯

피식 웃어서, 명준은 자존심이 상하지 않았다는 표현으로 허리를
쭉 폈다. 혜은이 로희를 똑바로 보았다.

"무슨 생각하는지는 알겠는데, 난 아냐."

"그럼 그냥 우연히, 부자라서 절 지목하신 거예요?"

이번에는 혜은의 입이 꾹 다물렸다. 고집스럽게 입술을 다물고
뭔가를 생각하듯 혜은이 눈을 내리깔았다. 긴 속눈썹이 그늘을
만들었다. 잠시 후 고개를 든 혜은의 얼굴은 일그러져 있었다.

"돈이 필요했어."

"그건 이미 아는 얘기고."

로희가 단호하게 말을 잘랐다.

"네 아빠 신고할 수 없을 테니까."

확인 사살을 하듯 혜은이 다시 힘주어 말했다.

"돈을 안 줄 수 없을 테니까."

***

미한약품 창립자 박기순은 72세의 나이에도 멋진 스타일을 유
지하고 있었다. 매일 운동을 하는지 몸이 굽은 데가 하나 없고, 반
팔 아래로 드러난 팔의 근육은 보기 좋았다. 그는 은퇴 이후에도
젊게 살려고 노력한다며, 정만의 인사치레에 기분 좋게 웃어 보
였다. 갓 돌을 지난 듯 보이는 아기가 바닥을 기어 오자, 세상 그
누구보다도 행복한 얼굴로 껄껄 웃으며 아이를 하늘 높이 치켜들
었다.

"뒤늦게 손자 보는 재미에 빠졌지. 근데 무슨 일 때문에 왔다고 하셨지요?"

"최진태 씨 아시죠? 뉴스를 통해 보셨을 것 같은데……."

상윤이 최진태의 이름을 얘기하자 기순의 얼굴에서 웃음기가 사라졌다. 그는 주방을 향해 누군가를 불렀다. 안에서 급히 나온 여자는 며느리로 보였다. 며느리가 아기를 데리고 방 안으로 들어갔다. 문이 닫히는 소리를 들으며 기순은 "음" 하고 언짢은 소리를 냈다.

"봤어요. 대체 왜 그런 일이 벌어졌는지……. 그런데 그 일로 왜 날?"

그는 형사가 찾아온 이유를 도저히 짐작할 수 없다는 표정을 지었다. 하지만 그 표정에는 가식이 있었다. 상윤은 서류 한 장을 꺼내 내밀었다. 기순이 최진태에게 보낸 10억 입금 내역서였다. 그걸 본 순간 기순의 얼굴에서 일어나는 파문을 상윤은 놓치지 않았다.

"무슨 일로 그렇게 큰 거액을 최진태 씨에게 주셨는지 듣고 싶어서요."

"아, 이건 뭐……. 투자금이라고 생각하시면 됩니다."

"투자요?"

"최진태는 우리나라에서 손꼽히는 의학박사요. 그 사람이 전 세계 최초로 어떤 수술법을 개발한다고 해서 내가 투자한 거요, 최진태의 연구비로."

"수술법을 개발한다고요? 어떤 거였죠?"

상윤의 물음에 기순의 안색이 바뀌었다. 그는 느닷없이 바닥에 흩어져 있던 아이의 장난감을 주워 상자에 담으면서 대답했다.

"그건 나도 몰라요. 가치가 있다고 해서 투자했을 뿐."

"어떤 연구인지도 모르고 10억이나 되는 큰돈을 투자하셨다구요?"

기순이 화가 난 듯 고개를 휙 들었다.

"최진태는 자신 있게 말했어! 이건 전 세계를 뒤흔들 연구라고! 그래서 투자한 거야. 설명한 걸 다 이해하지는 못했지만 최진태를 믿었으니까!"

최진태의 능력과 명성만 듣고 어떤 연구인지도 모른 채 10억을 투자했다는 말은 이해를 할 수도, 믿을 수도 없었다. 더 물어보고 싶었지만 기순은 불쾌한 표정을 감추지 않으며 자리에서 일어섰다. 다른 건 알지도 못한다며 이제 피곤하니 돌아가라고 손을 내젓고는 방으로 들어가 버렸다.

다음은 신훈대학 기계공학부 교수실에서 마석진을 만났다. 그의 책상에는 각종 자료들과 리포트들이 산더미를 이루고 있었다. 그래도 아기를 안고 활짝 웃으며 아내와 함께 찍은 가족사진은 가장 눈에 잘 띄는 곳에 장식해두고 있었다. 그는 조금 피곤한 듯 눈을 비빈 후 안경을 끼면서 형사들을 맞이했다. 그 역시 10억 이야기를 듣자 안색이 변했다. 개인적인 돈거래가 있었다며 석진은 대답을 회피했다. 수업이 있다며 일어나던 그는 까칠한 말투로 조사가 필요하면 영장을 가지고 오라고 했다. 왜 그렇게까지 예민하게 반응하는지 상윤은 점점 더 진실이 궁금해졌다.

음식물 쓰레기 미생물처리기 업체를 운영하는 김석남은 중국에 있었다. 중국 상해에 새로 건설하는 3천 세대 규모의 아파트에 납품 입찰을 위한 출장이라고 했다. 전화로 물었지만 그에게서도 새로운 정보는 얻을 수 없었다. 우연히 알게 된 사람을 통해 최진태 원장을 알게 되었고, 연구에 투자를 했지만 자세한 내용은 알지 못한다고 했다. 형사들이 투자금에 대해 조사하고 있다는 것을 이미 들었을지도 모른다는 생각이 들었다. 만약 다섯 명이 서로 아는 사이라면 기순에게 전화를 받지 않았을까 하는 의심이 들었다.

반종섭은 회사에서 자재를 납품하는 업체와 미팅 중이었다. 그는 10분밖에 시간을 낼 수 없다며 못을 박고는 상윤의 맞은편에 앉았다. 이미 시선에 가시가 잔뜩 박힌 것이 그들이 무엇 때문에 자신을 찾아왔는지 아는 것 같았다. 최진태에게 입금한 10억에 대해서는 앞선 사람들과 전혀 다르지 않은 말을 했다.

상윤은 한숨을 푹 내쉬었다.

"제발 부탁드립니다. 솔직히 말씀해주세요."

"솔직히고 뭐고, 더 이상 할 말 없습니다."

"아이가 실종된 사건이에요. 더 지체할 수 없단 말입니다."

종섭의 어깨가 흠칫 떨렸다.

"아이가 실종돼요?"

"아직 비공개로 수사하고 있습니다. 만약 그 연구와 관련된 범행이라면 어떤 연구인지 저희가 반드시 알아야 합니다."

납빛이 된 얼굴로 종섭이 뭔가 생각에 잠겼다. 하지만 그는 곧

잠에서 깨어나듯 눈을 빠르게 깜박거리더니 고개를 저었다.

"저도 어린 손자가 있는 사람입니다. 아이의 일이라면 어떤 것이든 다 말하겠지만 아는 게 없습니다. 이만 일어나 보겠습니다."

마치 도망이라도 치듯 종섭이 일어나 나갔다. 이제는 모은선만 남았다.

모은선이 일하고 있는 병원에 연락해보니 현재 그녀는 수술 집도 중이라고 했다. 정확한 시간은 알 수 없지만 적어도 두 시간 이상은 걸린다기에 상윤은 정만과 함께 프랜차이즈 햄버거 가게에 들어가 늦은 점심을 해결했다. 길쭉하게 붙여 놓은 테이블 좌석에는 3, 40대 여성 일곱 명이 동화책을 펴 놓고 모임을 하고 있었다. 좀 떨어져 앉는 것이 나을 것 같아 상윤과 정만은 쇼윈도에 붙어 있는 테이블에 자리를 잡고 앉았다. 정만이 들고 온 햄버거를 크게 한 입 베어 물자 달달한 소스가 입안을 적셨다. 살 것 같다는 기분이 들었다. 생각해보니 근래 들어 햄버거를 먹은 일이 없는 것 같았다. 후배인 정만과 다니니 먹는 메뉴도 다양해진다. 점점 아저씨가 되어가는구나 싶은 생각에 한편으로 씁쓸해졌다.

그들이 앉아 있는 유리 너머로 은선의 병원이 보였다. 상윤은 은선과의 만남을 가장 중요하게 생각했다. 다섯 명의 프로필을 보면 은선은 UCLA 의과대학을 졸업했다. 최진태와 같은 대학이고 나이도 여섯 살 차이로 미국에서 만났을 가능성이 높다. 만약 누군가 사람을 모아 최진태를 소개시켰다면 은선일 것이다.

"그러니까 그냥 이거 재밌는 얘기야. 한번 들어볼래? 이렇게 해서는 안 된다는 거죠."

까랑까랑한 목소리가 들려와 상윤은 소리가 난 쪽으로 고개를 돌렸다. 이곳에 들어올 때부터 앉아 있던 여성들의 자리에서 들려온 목소리였다. 주문한 음식은 다 먹었는지 음료만 두고 이야기를 나누고 있었다. 조금 전 말을 했던 여자가 모임의 리더 격인 모양이었다.

"엄마가 책을 먼저 읽고 아, 이 얘기는 여기가 중요한 부분이구나, 여기서 아이가 생각하게 만들어야 하는구나, 라는 걸 알아야지, 아이한테 읽어주면서 동시에 따라가서는 안 된다는 거죠. 아이가 읽을 책을 공부한다는 마음으로 먼저 읽어야 아이가 깨닫는 것을 도울 수 있어요."

아이 엄마들의 모임이구나, 하고 생각하는데 가게 직원으로 보이는 여자가 조심스럽게 다가갔다.

"저, 죄송하지만 다른 손님도 계시니 조금만 조용히 대화를 부탁드릴게요."

상윤은 조금 당황했다. 가게 안의 다른 손님이라고는 상윤과 정만 단 둘뿐이었다. 아무래도 상윤이 그쪽을 응시하는 것이 시끄러워서 눈치를 주는 것이라고 생각한 모양이었다. 순간적으로 리더 격인 여자와 눈이 마주쳐서 상윤은 자기도 모르게 시선을 피했다.

"알았어요. 죄송해요."

여자는 순순히 대답하는 것 같았지만 목소리에는 가시가 박혀 있었다. 어쩌면 그 대답은 상윤을 똑바로 쳐다보며 한 것인지도 모른다. 조금 억울하다는 생각이 들었다.

그때 상윤은 뭔가 이상한 감각을 느꼈다. 머릿속에서 뭔가 잡아야 하는 것이 쓱 지나간 듯했다. 뭘까, 그것이.

상윤은 옆에 미뤄두었던 서류 파일을 다시 확인했다. 정만이 알아 왔던 입금자 명단 다섯 명의 기초 조사 자료였다.

"대충 봐도 돈 잘 버는 사람들로는 보이는데, 모은선 말고는 최진태와 엮일 만한 공통점이 없어 보여요. 대체 뭘까요? 뭔가를 숨기는 것 같긴 한데……."

상윤은 자료를 다시 꼼꼼히 훑어보았다. 큰 충격이 뒤통수를 쳤다. 이런 것을 놓칠 줄이야.

"모은선 씨 말고도 공통점이 있어."

정만이 놀란 얼굴로 상윤을 보았다. 그는 프로필 자료를 꺼내 들었다.

"다섯 명 모두 가족 중에 태아부터 3세 미만의 아이들이 있어. 손자든, 자식이든."

아이를 가진 부모들은, 아이의 지능 향상에 관심을 많이 둔다. 최진태는 뇌 과학 분야에서 이름난 박사였다.

***

"그게 무슨 뜻이죠?"

돈을 주지 않을 수도 없고, 자식이 유괴를 당해도 신고를 할 수 없는 사람. 아빠는 대체 어떤 사람이었을까. 로희는 짐작도 가지 않았다.

"학대 말하는 거지?"

명준의 말에 로희가 놀란 눈을 했다. 아이는 곧장 무슨 생각이 난 듯 자신의 팔을 만졌다. 한때 명준이 벌에 쏘인 것이라고 했던 바늘 자국들이 생각났다. 하지만…….

"아무리 그래도 고작 이 정도 멍 자국들로……."

로희는 뭔가를 깊이 생각했다. 그러고는 고개를 젓고 혜은을 똑바로 보았다.

"이 정도 상처 가지고 자식이 유괴됐는데 신고도 못 할 리가 있어요? 내 아빠가 그렇게 바보는 아닐 텐데요? 정말로 이것 때문이었다면 대충 넘어지거나 부딪힌 거라고 하면 그만일 텐데?"

"너 정말로 머리가 좋구나."

한숨을 쉬듯 혜은이 웃었다. 그러고는 정말로 기억을 못 하는 게 맞는 건지 확인하고 싶다는 듯 로희의 눈을 똑바로 보았다. 깊고 어두운 우물 안에 떨어트린 뭔가를 찾으려는 사람 같았다. 그러다 혜은은 낮은 한숨을 쉬었다.

"그냥, 내가 약점을 하나 잡은 게 있어."

"그러니까 그 약점이라는 게 뭔데요?"

로희는 물러서지 않았다. 혜은은 어깨를 으쓱했다.

"그게 중요한가? 어쨌든 우리는 돈을 하나도 못 받았고, 앞으로도 못 받게 됐어. 네 부모님 일은 안타깝지만 나한테 알아낼 게 더 없다는 말이야."

틀린 말은 아니었다. 혜은이 뭔가를 알고 있다는 생각을 떨칠 수는 없었지만, 저렇게 말하는 데야 더 따지고 들 수는 없었다. 범죄를 꾸몄지만 지금 당장 경찰서로 데리고 갈 것이 아닌 이상 혜은과 더 할 이야기는 없었다. 로희는 명준을 올려다보았다.

그런데 명준의 표정이 이상했다. 무슨 생각을 하고 있는지 바닥에 시선을 두고는 눈을 끔벅거렸다. 얼굴빛이 어두웠고, 입술 끝이 파르르 떨렸다. 왜 그러냐고 물으려는데 명준이 혜은에게로 고개를 들며 물었다.

"돈을 하나도 못 받았다고?"

혜은이 인상을 썼다.

"그렇다니까. 왜? 내가 뭐라도 꿍쳐놨을까 봐?"

"그럼 희애 병원비는 누가 낸 거야?"

"뭐?"

오히려 혜은이 되물었다. 로희도 언성이 높아졌다.

"아줌마가 낸 게 아니에요?"

"내가 그럴 돈이 어디 있어? 널 유괴해서 협박하려고 했는데 유괴만 하고 협박도 못 했잖아! 통화도 못 했고. 그럼 누가 병원비를 냈다는 거야? 무슨 돈으로? 왜?"

"이거 이야기가 이상하게 돌아가네. 정말로 아빠…… 아니, 아저씨를 빔인으로 몰고 가려는 거 아니에요?"

"애 유괴를 하기로 한 대신 선금을 받았다? 그래서 그 돈으로 백혈병에 걸린 자식 병원비를 냈다는 시나리오라는 거야?"

두 여자의 목소리가 탁구공이 튕기듯 이쪽저쪽으로 빠르게 넘어갔다. 그러나 끊어지지 않을 것 같던 릴레이가 갑자기 나타난 명준의 목소리에 네트에 걸리듯 중단되었다. 명준이 머리를 흔들며 외쳤다.

"조용해!"

로희로서는 처음 들어본 명준의 괴성이었다. 혜은도 마찬가지였다. 어린 시절 같은 보육원에 살았고, 거기서 나온 이후 연락하며 지낼 때에도, 짧은 결혼 생활 중에도 단 한 번도 들어보지 못한 고함이었다. 심지어 희애를 버리고 느닷없이 사라졌다가 다시 나타났을 때도 명준의 음성은 높아지지 않았다. 애초에 만들어지기를 한 옥타브만 연주하도록 만들어진 작은 피아노 같은 남자였다.

그래서 혜은과 로희 두 사람이 놀란 것은 무리가 아니었다. 명준이 만들어낸 차가운 침묵이 공간을 지배했다.

"희애……. 수술 날짜 잡힌 것도 몰라?"

명준의 목소리가 떨리고 있었다. 병원비가 납부됐다는 걸 모른다는 것은 혜은이 단 한 번도 병원에 찾아가지 않았다는 뜻이었다. 낄 타이밍이 아니군. 로희는 발코니 바깥으로 고개를 돌렸다. 오후의 햇살이 기웃거리며 비스듬히 들어오고 있었다.

"몰랐어."

"내가, 희애 잘 부탁한다고, 유괴 받아들일 테니까 그동안만이라도 잘 봐달라고 했잖아."

높아졌던 명준의 목소리는 이제 단조에 가까운 음이 되어 있었다. 그가 점점 내려가는 음처럼 깊이깊이 화가 났다는 것을 알 수 있었다. 로희는 명준을 물끄러미 보았다. 살인죄를 뒤집어쓰고 다니는 주제에 가장 화가 나는 것이 딸을 들여다보지 않은 것이라니. 로희는 문득 죽은 아빠를 떠올렸다. 자신에게 어떤 사람이었을까. 단 하나의 장면도 떠오르지 않았다. 억지로 생각해내려 해보았지만 가슴만 쿵쿵 뛰고, 바늘로 머리를 쿡쿡 쑤시는 것 같을 뿐 생각나는 것이 없었다.

이왕이면 이런 아빠였으면 좋겠다고 생각했다. 돈도 많고 정도 많으면 좋잖아?

"로희 데리고 있으면서 너랑 통화할 때……. 네가 어딘가 가는 소리가 들리긴 했지만 설마설마했어. 그런데 정말로 너…… 단 한 번도 안 가본 거야? 오늘내일하는 애를 혼자 두고?"

"나도 사정이 있었어!"

꾹 눌렀던 용수철을 놓친 듯 혜은의 목소리가 튀어 올랐다. 명준이 혜은을 봤다. 혜은은 입술을 달싹였지만 더 이상 아무 말도 하지 않았다. 명준은 어떤 사정이냐고 묻지 않았다. 어차피 혜은의 입에서 나올 말을 믿을 자신도 없었다.

"어쨌든 다행이잖아. 수술 날짜 잡혔다고? 그래, 잘 결정한 건지도 몰라. 이 애랑 잡히지 말고 그때까지만 있어봐. 누가 냈든 그게 무슨 대수야."

"지금 그게 할 말이야?"

명준이 소리친 후 몸을 홱 돌렸다. 명준은 어리둥절해하는 로희를 지나 현관으로 가 신발에 발을 넣고 있었다.

"이대로 가려고?"

명준은 대답하지 않은 채 로희를 보았다. 빨리 따라 나오라는 눈빛으로 보였다. 어차피 여기 있어봐야 더 나올 말이 없는 것은 맞는 판단 같았다. 하지만 문제가 있다. 도대체 어디로 갈 거란 말인가.

"뭔가 명확해질 때까지 여기 있자."

"안 돼!"

"안 돼!"

첫 번째로 소리 지른 것은 명준이었고, 두 번째는 혜은이었다. 명준은 화가 나서 그렇다 치고 혜은의 반응은 이상했다. 그냥 당황했다거나 하는 것이 아니라, '절대 안 돼!'의 느낌. 혜은은 시선을 피하며 고개를 돌렸다.

"나, 나도 내 개인 생활이 있고…… 잘못하면 나까지 공범이 된다고."

"아하, 그게 문제시다?"

로희가 비꼬듯 말했다. 그러면서 손을 내밀었다. 혜은이 그 작은 손바닥에서 로희의 얼굴로 시선을 옮겨 갔다.

"돈이라도 줘요. 뭐가 있어야 도망이라도 다니지."

"그냥 나와!"

명준이 소리쳤지만 로희는 꿈쩍도 하지 않았다.

"돈 줘요. 유괴교사범."

째깍거리는 시계 초침 소리가 들렸다. 혜은의 붉은 입술이 살짝 일그러졌다. 두 여자의 시선이 맞부딪히면서 공기가 달아올랐다. 피식, 하는 웃음으로 팽팽해진 공기를 잘라낸 것은 혜은이었다.

혜은은 방 안으로 들어가 지갑을 가지고 나왔다. 붉은색 장지

갑이었다. 안을 열어 지폐를 꺼냈다. 만 원짜리 서너 장과 5만 원짜리 두 장. 딱 봐도 도피 생활을 할 만한 돈은 아니었다. 혜은이 로희를 향해 돈을 내밀면서 명준에게로 고개를 들었다.

"이걸로 일단 오늘 어디서라도 묵어. 집으로 가지 말고. 내가 내일 돈 좀 더 찾아다 놓을 테니까."

명준은 대답하지 않았다. 혜은의 돈을 받고 싶지는 않지만, 지금 이것 말고는 딱히 다른 방편이 생각나지 않는 얼굴이었다. 돈 앞에서 자존심을 챙기려하다니. 저 아저씨는 아직 어른이 되려면 멀었다고 생각하며 로희가 팔을 뻗어 지폐를 잡았다. 로희의 엄지손가락이 혜은의 손가락을 스쳤다. 그때였다. 혜은이 손을 자신의 가슴 쪽으로 쓱 거두었다.

"어?"

돈은 대부분 로희의 손으로 넘어갔지만 만 원짜리 한 장이 팔락거리며 떨어졌다.

-2-

상윤은 은선의 책상 위 가족사진을 향해 고개를 돌렸다. 사진 안에서는 어린이집 원복을 입은 어린아이가 해맑게 웃고 있었다.

그때 진료실의 문이 열렸다. 들어오는 여성이 은선인 듯했다. 160센티미터도 되지 않는 작은 키였지만 전체적으로 상당히 다부져 보이는 인상이었다. 수술복은 이미 갈아입었는지 흰 의사 가운을 걸친 은선은 스커트 차림에 하이힐을 신고 있었다. 또각거리는 발소리가 경쾌하면서도 선명했다. 엉거주춤 일어나는 두 사람을 시선으로 슥 보고는 스치더니 곧장 자신의 자리로 가 마주 보고 섰다.

"오래 기다리시게 해서 죄송합니다."

걸음만큼이나 분명한 어조였다. 각진 얇은 안경테에 햇빛이 부딪혀 반사되었다. 상윤은 형사 신분증을 꺼내 은선에게 내밀었다.

"박상윤 형사입니다. 최진태 박사님 사망사건으로 여쭐 것이 있어서 왔습니다."

은선은 이미 예상하고 있었다는 듯 고개를 끄덕이더니 두 사람을 향해 손을 내밀었다.

"앉으시죠."

앞선 네 명의 사람들보다는 조금 더 협조적이지 않을까 기대가 되는 대우였다. 첫 번째로 방문했던 박기순이 연락을 돌려 어느 정도 마음을 굳게 먹은 걸지도 몰랐다. 다른 네 사람보다 형사의 방문을 침착하게 받아들이고 있다. 은선은 책상 위에 비치되어 있던 자신의 명함을 꺼내 상윤에게 내밀었다.

강남 정형외과 원장, 모은선.

이미 알고 있는 정보였지만 상윤은 명함을 주머니에 집어넣었다. 인사가 오가는 것을 기다렸다가 정만이 간단한 상황 설명을 했다. 정만이 설명하는 동안 은선은 표정이 굳거나 변하지도, 당황하지도 않은 채 묵묵히 이야기를 들었다. 그의 말을 자르고 들어와 변명을 늘어놓지도 않았다.

"맞아요. UCLA 의과대학에 다닐 때 최 박사를 만났죠. 나이는 어렸지만 엄청난 사람이었어요. 교수들과 환자의 상태에 대해 의논을 해도 될 만큼 더 배울 게 없을 정도였죠. 졸업하고 한국행을 결정했을 때는 놀랐어요. 교수들이 엄청나게 잡았으니까 당연히 UCLA 교수직으로 남거나 존스 홉킨스로 갈 거라고 생각했거든요. 파격적인 연봉 제안을 받았다고 소문으로 들었으니까요."

그렇게 귀국한 최진태는 부친인 최동억이 운영하는 현재의 병원을 물려받았다. 점점 세력을 키워 이만큼 되기까지 최진태의 공이 엄청난 것은 병원의 이력만 봐도 알 수 있었다. 최진태가 돌아온 이후 병원은 비약적으로 성장하고 세를 넓혔다.

"그럼 다른 네 분은……."

"네. 제가 소개했어요. 최 박사가 어느 날 자신이 개인적으로 진행하는 연구라며 저에게 서류를 들고 왔죠. 그걸 보고 투자자들을 끌어주었어요. 모두 제가 여러 모임에서 알던 분들인데 재력가여서 최 박사의 연구에 대한 가능성만 믿고 투자해주셨죠."

은선의 말은 이미 준비가 된 듯 막힘이 없었다.

"어떤 연구였습니까?"

상윤의 물음에 잠시 은선의 입이 닫혔다. 처음으로 시선을 피했다. 그러나 마치 실수를 했다는 듯 그녀는 곧바로 다시 상윤의 눈을 똑바로 응시했다.

"제가 그런 것까지 말해야 하는 법적 근거가 있나요?"

"네?"

"아직 공표할 수 없는 완성되지 않은 연구였고, 불행하게도 그 연구자가 사망했어요. 투자금을 어떻게 회수할 수 있을지 저희도 사건이 끝난 이후를 기다려봐야 할 상황이에요. 그런데 말이에요, 투자금을 10억씩이나 낸 사람들이 연구도 끝나지 않았는데 그 사람을 죽일 이유가 있나요? 그러니까 쉽게 말하면 저희는 최 박사를 죽일 어떠한 이유도 없는 사람들이에요. 그런데도 그걸 말해야 할지……. 저는 납득할 수가 없는데요. 이 연구와 관련되어 살해당했다고 생각하신다면 차라리 저희 다섯 명의 알리바이를 조사하시는 게 낫지 않으시겠어요?"

상윤은 살짝 미소를 지어 보였다. 은선의 말이 점점 빨라지고 있다. 아픈 데를 건드렸다는 증거다.

"물론 알리바이는 확인할 겁니다. 하지만 다섯 분 말고도 그 연구를 막아야 하는 사람이 있을 수도 있잖아요? 그래서 어떤 연구인지를 확인해야 한다는 겁니다."

"직접 서류를 확인해보시죠."

은선은 억지로 미소를 유지하려 했지만 긴장하고 있었다.

"안타깝게도 집 내부에서는 연구 서류 같은 것이 나오지 않았어요. 만약 그런 연구 서류가 있었다면 금고에 두었을 것으로 추정하는데, 시신 발견 당시 금고는 텅 비어 있었습니다."

"예?"

은선의 눈이 커다래지더니 눈꺼풀이 파르르 떨렸다.

"어떤 연구인지 알아야 그걸 훔쳐 간 사람의 의도를 알 수 있습니다. 훔쳐 간 사람이 살인범인지 아닌지도 확인할 수 있고요. 말씀해주십시오. 50억씩이나 투입되어 비밀리에 진행되던 연구가, 대체 어떤 연구였습니까?"

은선은 두 주먹을 꾹 움켜쥐고 있었다. 얼굴이 하얗게 질렸다. 무슨 생각을 하고 있는지 눈동자가 이리저리로 굴러다녔다. 대체 누가 비밀리에 진행한 연구를 눈치채고 그 결과를 훔쳐 간 것일까. 투자자 다섯 명 중 하나일 리는 없다. 누굴까. 누가 알고 있었을까. 그런 생각들이 그녀의 머리를 스쳐 지나가고 있을 것이었다.

진료실에 잠시 동안 가라앉았던 침묵을 걷어내며 은선이 고개를 들었다. 그녀의 얼굴은 여전히 질려 있었지만, 힘주어 꾹 쥐었던 주먹은 무릎에 내려놓은 상태였다. 그녀는 고개를 똑바로 들고 상윤을 마주 보았다.

"노코멘트 하겠습니다."

정만이 한숨을 크게 내쉬는 소리가 역력히 들렸다. 상윤도 화를 참지 못해 미간을 찌푸렸다. 참고인이 진술을 거부할 때는 강제로 진술하게 할 근거가 없다. 하지만 중요한 사안이다. 설득해야 한다. 최로희의 실종은 아직 공개가 되지 않았지만 어쩔 수 없었다.

"최진태 씨의 딸 최로희 양 아시죠?"

"네."

"최로희 양이 유괴를 당했습니다. 실종 상태입니다."

"네?"

그녀의 목소리가 크게 떨렸다. 눈이 휘둥그레졌다. 그녀가 크게 흔들리는 이 순간을 상윤은 놓치지 않아야 한다고 생각했다.

"그 연구, 아이들을 대상으로 했던 것이죠?"

소리 나지 않는 비명이 은선의 입에서 터져 나오는 것 같았다. 그녀의 살짝 벌어진 입과 초점을 잃은 눈동자를 보면서 상윤은 자신이 제대로 짚은 것이라고 생각했다.

"다섯 분 모두 3세 미만 아이들이 있으시더군요. 유일한 공통점이죠. 아이들을 대상으로 한 연구⋯⋯. 그런데 그 연구는 불법인 거죠? 그래서 말씀하지 못하시는 것 아닙니까?"

은선은 대답하지 않았다. 아니, 대답을 할 수 없었던 건지도 모른다. 그만큼 당황한 얼굴이었다.

"만약 그 연구가 불법적인 것이었다면 참고인 진술거부권을 행사하신다 해도 저희 경찰에서 영장을 청구해 직접 조사할 수도 있습니다."

상윤은 그녀의 얼굴을 힘 있게 응시했다. 옆에 앉은 정만이 꿀꺽 침 삼키는 소리가 들렸다.

"말씀해주세요. 상황에 따라 불법적인 연구더라도 세상 밖으로 드러내지 않겠습니다. 한 아이의 생명이 걸린 일입니다."

은선은 떨리는 눈으로 상윤의 얼굴을 보았다. 그러고는 천천히 시선을 내려 책상 위에 놓여 있는 가족사진을 보았다. 그녀는 지금 어머니의 눈으로 자신의 딸아이를 보고 있는 것이다. 어떤 생각을 하고 있을까. 의사로서의 결정, 혹은 자식을 가진 어머니로서 사라진 아이를 걱정하는 마음. 어떤 것이 그녀의 마음과 머리를 지배하고 있는지가 분수령이 될 터였다.

한참 만에 은선은 고개를 들었다.

"노코멘트 하겠습니다."

그것이 그녀의 결정이었다.

***

혜광병원의 1층 접수창구는 한산했다. 최진태의 사망이 알려진 이후 환자가 뚝 끊겼기 때문이었다. 이 큰 병원이 최진태의 명성만으로 운영되고 있었다. 최진태가 그만큼 대단한 인물이었다는 사실이 피부로 느껴졌다. 무료하게 앉아 있던 직원에게 물어보니 이사진에서 차기 원장의 공모 공고를 냈다고 했다. 그때까지는 출근은 하지만 딱히 일이 없을 것 같다고 했다. 현재 입원한 환자들은 담당의들이 돌보고 있고 그들이 퇴원하면 이 병원은 텅비게 될 것이었다.

상윤과 정만은 이번엔 원무과에 들르지 않고 곧장 진료실로 향했다. 지난번에 만났던 윤정도 의사가 원장의 진료실에 있다고 들었기 때문이었다.

진료실로 올라가자 대기실도 텅 비어 있었고 간호사도 보이지 않았다. 휴가를 준 것인지도 모른다. 두 사람은 진료실의 문을 두드렸다. 안에서 "네" 하는 대답이 기지개를 켜는 듯 느릿히게 들려왔다.

문을 열고 두 사람이 들어서자 정도가 눈을 휘둥그렇게 뜨면서 원장의 의자에서 벌떡 일어섰다.

"이번엔 무슨 일로?"

놀라게 한 것 같아 미안한 마음이 들어 상윤은 어색하게 웃었다. 죄를 짓지 않은 사람도 형사가 두 번씩이나 찾아오면 긴장하고 불편한 것이 사실이다. 정만이 양손을 내밀며 말했다.

"놀라지 마세요. 간단히 여쭤볼 것이 있어서요. 연락을 미리 드리지 못하고 와서 죄송합니다. 급한 사정이 있어서요."

오늘 저녁이면 로희를 찾는 공개수사가 시작된다. 아마 수사본부장의 공식적인 브리핑도 있을 것이다. 그 전에 최대한 알 수 있는 정보는 알아내야 했다.

"아, 네. 앉으시죠."

정도는 두 사람을 진료실 책상 맞은편에 있는 의자로 안내했다. 그러고는 열린 문으로 밖을 내다보았다. 무엇을 보는가 싶었는데 간호사를 찾고 있는 것 같았다.

"김 선생이 잠깐 자리를 비웠나 보네요. 혹시 차를……?"

정만이 손을 내저었다.

"아닙니다. 금방 갈 겁니다. 앉으시죠."

"네."

부쩍 긴장하는 얼굴로 정도가 자리에 앉았다. 같은 의사인데 조금 전 만나고 온 은선과는 정말 대비되는 인상이었다.

"무슨 일이신지?"

상윤은 주머니에서 메모지 한 장을 꺼내 책상 위에 내려놓았다. 박기순, 마석진, 김석남, 반종섭, 모은선. 다섯 명의 이름이 적힌 종이였다. 나이와 직업은 일부러 적지 않았다. 정도가 종이에 적힌 이름을 보더니 의아한 얼굴로 상윤을 보았다.

"혹시 아는 분 없습니까?"

"전혀요. 처음 듣는 이름인데요, 이 사람들이 누구죠?"

정도의 대답에 상윤과 정만은 서로를 보며 고개를 끄덕였다. 아는 사람이 없으면 더 물을 것이 없다는 듯 상윤이 종이를 접어 주머니에 넣었다. 자세한 설명을 할 생각은 없었다.

"혹시 최진태 씨가 어떤 연구를 하셨는지 아십니까?"

이런 질문이 나올 거라고는 예상을 못 했다는 얼굴로 정도가 눈을 깜박였다.

"병원 내에 연구실이 있긴 합니다만, 글쎄요……. 요 몇 년간은 연구실에 계신 걸 못 봐서요. 연구하시던 게 있다면 다른 선생들에게도 자료를 요청하셨을 텐데. 연구 논문이라는 게 그렇게 혼자 힘으로 뚝딱 나오는 건 아니거든요."

역시나. 병원에서 공식적으로 하는 연구는 아니었다. 상윤은 최진태가 집 지하에 만들어놓은 거대한 연구실을 떠올렸다. 거기에서 뭔가 알려져서는 안 될 연구를 하고 있었던 것이다. 게다가 대상은 3세 미만 아동들. 대체 무엇이었을까. 무엇이었기에 연구비로 각 10억씩 낼 수 있었던 것일까. 그들이 투자를 했다면 아주 조금이라도 가시적인 성과를 보였다는 것이었다. 범인은 최진태를 살해하고 그 연구 자료를 훔쳐간 것일까? 그렇게까지 비밀리에 진행해왔던 연구를 아는 사람이 누구라는 말인가.

상윤이 잠깐 생각에 빠져 있을 때였다. 정도가 상윤과 정만의 어깨 너머로 누군가를 발견한 듯 목을 길게 뺐다.

"기사님, 점검 온 거예요?"

반사적으로 상윤이 뒤를 돌아보았다. 철원이었다. 검은색 공구

가방을 한쪽 어깨에 길게 늘어뜨려 메고 있었다. 상윤과 눈이 마주치자 철원은 당황한 기색을 보이며 살짝 고개를 숙였다. 상윤과 정만도 묵례로 인사를 대신했다. 철원이 정도를 보았다.

"오늘 진료가 거의 없으니 그냥 편하게 다니셔도 돼요."

"네."

"끝나면 그냥 가지 말고 차 한 잔 마시고 가세요."

살가운 정도의 말에 철원은 무뚝뚝하게 고개를 숙이고는 복도 끝을 향해 걸어갔다. 시야에서 철원이 사라지자 상윤이 정도를 보았다.

"친하신가 봐요?"

"아니, 뭐. 친한 거는 아니고. 제가 흡연자거든요. 병원 내는 흡연 금지 구역이라 주차장에 있는 흡연 구역까지 가는데 거기도 CCTV가 있다 보니 자주 마주쳐서 인사 좀 하는 사이예요."

"저분이 일을 상당히 잘하시나 보죠?"

정도는 의아한 눈을 하며 미소 지었다.

"왜요?"

"아뇨. 그냥 여쭤보는 거예요. 최진태 씨가 자택에도 저분을 담당으로 바꿔달라고 하셨다기에. 일을 잘하시니까 담당을 바꿔달라고 요청하셨겠지 싶어서요."

상윤은 그렇게 말하며 정만을 향해 눈짓을 했다. 여기서 더 알아낼 것은 없으니 이만 돌아가자는 신호였다. 정도는 죽은 최진태의 개인적인 일에 관해서는 전혀 아는 것이 없는 인물이 맞는 것 같았다. 정만도 그 생각과 같았는지 고개를 끄덕했다.

하지만 두 사람은 일어날 수 없었다. 곧장 이어진 정도의 대답이 전혀 상상치도 못한 것이기 때문이었다.

"선생님이 직접 요청을요? 아뇨. 저분이 실적 때문에 개인적으로 부탁했다고 들었는데요."

사는 게 다 그런 게 아니겠냐는 듯 정도는 눈을 가늘게 뜨며 웃었지만 상윤과 정만은 웃지 못했다.

*＊＊

철원이 일하고 있는 곳은 S 시큐리티 강문점이었다. 강문동의 끝자락에 위치한 사무실은 대여섯 대의 차를 세울 수 있는 주차장을 두고 있었고, 본사가 아닌 지점치고는 상당히 큰 규모였다. 정문으로 보이는 유리문을 밀고 들어가자 '안녕하십니까, 고객의 안전을 최우선으로 생각하는 안전한 S 시큐리티에 오신 것을 환영합니다'라는 안내 멘트가 자동으로 나왔다.

정면에 '안내'라는 팻말이 붙은 자리에서 유니폼을 입은 여성 직원이 일어섰다.

"무엇을 도와드릴까요?"

밖에서 보던 것보다 내부는 좁았다. 고개를 돌려 오른쪽을 돌아보니 '설치팀'이라는 팻말이 붙은 방이 하나 보였다. 자재나 장비를 놓는 곳일 것 같았다. 철원은 설치팀에서 일하고 있다. 조금 전 혜광병원에서 그를 보고 왔으니, 지금 철원은 이곳에 없다. 정만이 앞으로 나서며 경찰 신분증을 보였다.

"점장님 계십니까?"

5분 정도 기다려 두 사람은 점장실로 안내받을 수 있었다. 점장은 풍채가 좋은 50대의 남자로 머리가 조금 벗어져 있었다. 땀이 많이 나는 체질인지 안내 직원이 있던 곳보다 훨씬 더 에어컨이 강하게 틀어져 있었다. 셔츠는 잠기지 않는지 풀어놓았는데 그걸 보니 상윤은 더 더워지는 기분이었다.

"박철원 씨요? 잘 알죠. 저희 지점 개국공신이라고 봐도 좋을 정도인걸요. 제가 처음 여기 지점 차렸을 때쯤 들어왔으니까요. 그런데 왜……?"

점장은 형사들이 찾아온 것에 의구심을 느끼는 것 같았다. 아니, 철원이 혹시 사건에 얽혀 있는 건 아닌가 하는 생각인 것 같았다. 탐문 조사를 할 때마다 항상 받는 질문이다. 상윤은 부드럽게 웃었다.

"다른 건 아니고요. 박철원 씨가 관리하던 자택에서 사건 생긴 건 아시죠? 박철원 씨가 관계됐다고 조사하는 건 아니고요. 아무래도 사망자와 마지막에 만난 인물이기도 하고 해서 이것저것 여쭤보는 것뿐이니까 걱정하실 건 없습니다."

그제야 점장은 안심하는 것 같았다.

"그렇죠? 그럼요. 그 친구만큼만 살라고 해요. 법 없어도 살 사람입니다, 그 친구가. 혼자 살지만 참 열심히 살아요."

철원에 대한 믿음이 상당한 것 같았다.

"10년이나 같이 일하셨네요. 원래 CCTV 쪽 경력이 있으셨나요?"

"아뇨. 그 친구 CCTV 관리팀으로 들어온 건 한 4년쯤 됐나? 원래는 영업팀이었어요."

"네?"

처음 듣는 이야기다. 지난번 경찰서로 출두해 조사를 받았을 때 철원은 그런 이야기는 없었다. 4년⋯⋯. 철원이 최진태의 병원 관리를 맡은 시기와 비슷하다.

"원래 성품은 무뚝뚝한데도 영업을 잘했어요. 다른 사람들은 한 번 대차게 거절당하면 거길 다시는 안 가는데 철원 씨는 안 그랬죠. 꽤 큰 거래처가 될 것 같다 싶으면 포기하지 않고 계속 영업을 해 왔어요. 덕분에 저희 지점이 실적 1위도 먹고 그랬습니다."

철원을 띄우는 만큼 점장의 목소리도 들떠 있었다. 하지만 상윤의 표정은 어두웠다. 상윤이 물었다.

"그럼 혹시 혜광병원도."

"네. 그 친구가 직접 영업해 왔습니다. 근데 그건 왜요?"

점장은 의아해하는 듯하다가 설마, 라는 얼굴을 하며 말했다.

"저희는 영업사원이 많지 않아요. 철원 씨가 영업을 잘했으니 계약한 곳 중에 철원 씨 계약 건이 많은 것은 사실이죠."

"영업을 잘했는데 왜 다른 팀으로 발령난 거죠?"

"본인이 원했어요. 사실 제 입장에야 철원 씨가 더 영업팀에 있어줬음 했지만, 영업 사원들은 젊은 게 유리하기도 해서요. 본인도 그렇게 말했고. 영업팀에 있다가 설치팀으로 가는 게 아주 없는 일은 아니에요."

점장은 별일 아니라는 듯 말했지만 상윤의 머릿속에는 자꾸 이상한 생각이 끼어들었다.

"혜광병원과 계약한 날짜와 박철원 씨가 설치팀으로 발령받은 정확한 날짜를 알 수 있을까요?"

점장은 찜찜한 얼굴로 인터폰을 들었다. 버튼을 누르고 잠깐 기다린 후 계약 내역과 인사이동 카드를 찾아달라고 부탁했다. 잠시 뒤 처음 두 사람을 안내해주었던 직원이 서류를 들고 들어왔다.

철원이 설치팀으로 발령받은 것은 혜광병원을 계약한 직후였다.

-3-

혜은이 준 돈을 들고 명준이 찾아간 곳은 무인텔이었다. 걷다 말고 문득, 명준은 걸음을 멈추고 로희를 보았다. 로희가 의아한 듯 동그란 눈으로 빤히 올려다본다. 저 맑은 눈을 보자니 아이를 이런 곳에 데리고 들어가는 것이 불편했다. 자신만 아니었다면, 아마 이 아이는 평생 이런 곳을 들락거릴 일이 없었을 것이다. 하지만 그렇다고 호텔이나 일반 모텔을 갈 수는 없었다. 호텔은 돈이 부족하고, 모텔은 사람이 있다. 어디까지 뉴스가 보도됐는지 알 수 없다. 어쩌면 명준의 얼굴이 뉴스에 대문짝만 하게 났을지도 모른다. 벌써 저녁 7시 50분. 곧 저녁 뉴스가 시작될 시각이었다.

"뭔 생각을 하고 있어. 방법이 하나뿐이면 선택지도 당연히 하나지."

명준의 생각이 뻔히 들여다보인다는 듯 로희가 냉정하게 말했다.

"어, 어······."

명준이 느릿하게 대답하는 사이 로희가 먼저 성큼성큼 무인텔을 향해 걸어갔다. 명준이 그 뒤를 황급히 따랐다. 로희는 주차장에 연결되어 있는 시스템 기계 앞으로 곧장 갔다. 이미 사람이 들어가 있는 호수에는 블라인드가 쳐져 있었고, 블라인드가 열려 있는 기계는 세 개뿐이었다. 로희는 잘 보이지 않는다는 듯 깨금발을 하고 서서 화면을 빤히 들여다보았다.

"대실 3만 원, 숙박 6만 원?"

작은 이마가 구겨졌다. 로희는 이런 불합리함은 태어나서 처음 봤다는 듯한 얼굴로 명준을 보았다.

"대실, 방을 빌리다. 숙박, 잠을 자고 머무르다. 우리는 방을 빌려서 잠잘 건데, 그럼 9만 원이라는 뜻이야?"

저걸 어떻게 설명해줘야 할지 난감해서 명준은 우왕좌왕했다.

"우, 우리는 숙박이야."

얼른 숙박 버튼을 누르려는 명준의 손을 로희가 턱 잡았다.

"방을 빌리는 건 뭔데?"

"그건····· 한 세, 세 시간쯤 있다가 가는 거야."

"세 시간 따위 빌려 뭘 하는 거야? 3만 원씩 내고 쪽잠을 잔다는 거야? 하루 빌리는 데 6만 원인데 왜 세 시간에 3만 원을 내고 빌리는 건데?"

"아, 그, 그냥 그런 거야! 들어가기나 해!"

명준은 숙박 버튼을 누르고 지폐 투입구에 현금을 넣었다. 곧장 옆으로 통하는 현관문에서 철컥 소리가 났다. 현관문을 열자 계단이 나왔다. 그 계단을 통해 올라가니 방문이 나왔다. 방문을 열 때까지도 로희는 연신 "당최 이해가 안 가는 계산법이네"라고 종알거렸다.

문을 열자 든 첫 소감은 '화려하다'였다. 하얀 대리석 바닥에 푸른 보조등의 불빛이 부딪혀 몽환적인 분위기를 연출하고, 정면의 베란다 창에는 핑크색 커튼이 화려하게 늘어져 있었다. 정중앙에는 커다란 침대가 놓여 있었는데, 특이하게도 원형이었다. 침대 맞은편에는 평면 벽걸이 TV가, 그 옆에는 그림 액자가 걸려 있었는데, 명화 느낌이 나긴 했지만 남성과 여성이 실오라기 하나 걸치지도 않은 채 얽혀 있어서 명준은 얼른 액자를 떼어 뒤집어 놓았다. 로희는 눈을 치뜨고 방을 이리저리 살피고 있었다.

"왜 이렇게 어두침침해. 불이 이게 다야?"

"원래 이런 데야."

"왜 원래 이래?"

"애초에 이 무인텔의 설립 목적과 우리의 방문 목적이 달라서 그래."

"여기 설립 목적은 뭔데? 대실?"

명준은 비명을 지르고 싶어졌다. 이야기를 할수록 뭔가 계속 꼬여갔다. 이 대화를 끝내야겠다는 생각에 명준은 리모컨을 들고 TV를 켰다. 요즘 제일 핫하다는 남자 아이돌이 나와 라면 광고를 하고 있었다. 후루룩거리는 소리를 들으니 로희에게 아직 아무것도 먹이지 않았다는 것이 떠올랐다. 명준은 황급히 고개를 돌렸다.

"배고프지 않…… 야!"

명준의 목소리가 푸른 무인텔 안을 흔들었다. 로희는 뭘 건드렸는지 침대 중간에 앉아 말이라도 탄 사람처럼 위아래로 덜덜덜 흔들리고 있었다.

"이게 뭐야, 마사지기야?"

로희가 물었지만 명준은 그게 뭔지, 뭐에 쓰는 건지 대답하고 싶지도 않았다. 거의 0.1초 만에 침대로 날아간 명준은 침대에 붙어 있는 바이브레이터 기능의 버튼을 눌러 껐다.

그때였다.

영인경찰서에서 오늘 실종 아동에 대한 수사를 공개수사로 전환했죠? 그런데 이 사건이 복잡하게 얽혀 있다는데 무슨 소식인가요?

네, 그렇습니다. 시청자 여러분께서는 지난 23일에 발견된 시신에 대한 보도를 기억하실 겁니다. 이른바 원장 부부 살해사건인데요, 사실 이때 딸 최로희 양이 실종되었습니다.

여성 아나운서의 질문에 남성 기자의 대답이 이어진 순간 명준과 로희는 딱딱하게 굳었다. 화면 오른쪽에는 로희의 사진이 커다랗게 떠 있었다. 명준은 무너지듯 로희의 옆자리에 주저앉아 TV를 마주했다. 설핏 본 로희의 얼굴은 생각보다 차분했다.

부부가 끔찍하게 살해당했다는 것만으로도 시청자 여러분들은 큰 충격을 받았습니다. 그런데 피해자 부부의 딸이 실종됐다……. 경찰은 왜 이 사실을 비밀에 붙였나요?

네. 경찰은 시신 발견 직후 CCTV를 통해 최로희 양을 차로 친 후 태우고 가는 차량을 확인했습니다.

남성 기자의 목소리 위로 자료 화면이 겹쳐졌다. 집 안에서 로희가 튀어나오고, 명준이 사고를 내는 장면이 이어졌다. 잠시 뒤 차에서 내린 명준이 로희를 태우고 떠나는 장면을 끝으로 화면은 다시 앵커와 기자의 모습을 비췄다.

어떻게 보면 사고를 감추기 위해 아이를 데려갔다고 볼 수도 있 겠는데요. 경찰은 어떻게 설명하나요?

대문 앞 도로 CCTV에는 분명 사각지대가 있기 때문에 이 의문 의 남성이 살인범 본인인지, 아니면 공범인지, 전혀 무관한 제3자 인지 아직 파악하지 못했다고 밝혔습니다. 모든 가능성을 열어놓고 수사하는 중이라고 발표했습니다.

그래요. 정말 걱정되는 사건인데요……. 지금 아이가 사라진 지 닷새째 아닌가요?

그렇습니다. 경찰은 그동안 범인을 자극하지 않기 위해, 그러니 까 아이의 안전을 위해 비밀수사를 진행해왔는데요, 사건이 장기화 되고 크리티컬 아워가 지나면서 공개수사로 결국 전환을 한 것입니 다.

사라진 최로희 양, 어떤 인물이었나요?

명준은 TV를 뚫어져라 바라보고 있는 로희의 얼굴을 보았다. 자신의 이야기를 보고 있는 기분이 어떨까. 명준은 걱정되었지만, 로희의 표정에는 변화가 없어 무슨 생각을 하는지 읽을 수가 없었다.

화면은 다시 로희의 사진으로 바뀌었다. 뉴스 채널과 인터뷰를 하는 사진, 해동검도를 하고 있는 영상, 시상대 위에 올라가 있는 영상 등으로 이어지며 그 위로 남기자의 목소리가 덧입혀졌다.

최로희 양은 3세 때부터 천재적인 두뇌로 집중을 받아온 인물입니다. 7세 때 이미 영어를 마스터해서 영재들을 다룬 다큐 프로그램을 통해 화제를 모은 바 있고요. 8세에는 초등학교에 진학하지 않고 홈스쿨링을 시작하였습니다. 이때 사교육은 받지 않은 채 자기 주도 학습으로 만 1년 만에 고등학교 검정고시까지 패스를 해 화제를 모았고요. 그리고 작년이죠. 취미로 시작한 해동검도에서도 천부적인 재능을 보여 단숨에 주니어부 1등을 거머쥔, 정말 다재다능한 아 농입니다.

잠깐만요.

그때 아나운서의 목소리가 조금 달라졌다.

해동검도라고 하셨습니까?

네. 그렇습니다.

저희가 일전에 원장 부부 살해사건 소식을 전할 때 남편인 최 모 씨의 사망 원인이 복부를 관통한 해동검도 진검 때문이라고 하지 않았습니까. 집에서 보관하고 있었다는.

명준의 심장이 쿵, 하고 떨어졌다. 그는 여전히 TV 쪽을 향해 목이 고정된 채로 벌벌 떨리는 눈알만 데구루루 굴려 옆에 앉은 로희를 보았다. 로희는 여전히 TV에 시선을 못 박은 채였음에도 옆에서 명준이 뭘 하고 있는지, 무슨 생각을 하고 있는지 다 읽힌다는 듯 무덤덤하게 말했다.

"나 아니야."

"그, 그럼! 내가 뭐랬나?"

명준은 다시 TV에 집중했다. 남기자의 어두운 목소리가 이어졌다.

…… 때문에 온라인도 현재 떠들썩합니다. 금일 오후 8시 수사본부의 발표가 있었는데요, 발 빠르게 뉴스를 접한 네티즌들이 댓글과 여러 게시판을 통해 각자의 생각을 올리면서 수많은 루머가 생성되고 있습니다. 경찰은 확인되지 않은 루머에 대해서는 강력 대처하겠다고 발표했습니다.

명준의 눈이 다시 또르르, 로희에게로 향했다.

"아니라고."

그 목소리는 경고였다.

"……네."

뉴스는 계속 이어지고 있었다.

그럼 수사본부장의 브리핑을 들어보도록 하겠습니다.

화면이 바뀌었다. 로희가 리모컨으로 TV를 껐다. 그러고는 피곤하다는 듯 뒤로 벌러덩 누웠다.

"이불 덮고 자."

명준이 말했지만 로희는 꼼짝도 하지 않았다. 명준은 어쩔 줄 몰라 하다가 그대로 로희를 들어 이불 안으로 넣어주었다. 로희는 버둥거리지 않고 가만히 있었다. 베개에 머리를 받혀주고 이불을 끌어 목 근처까지 덮었다. 로희는 동그란 눈으로 명준을 보았다.

"내일부터는 다니기 힘들겠어."

"응."

"그래도 한 가지 더 확인할 게 있어."

"뭔데?"

"피곤해. 내일 눈 뜨고 얘기하자."

"응."

"어서 자."

명준은 다시 한번 로희의 이불을 매만져 덮어주고는 침대를 빙 돌아 로희의 옆자리로 갔다. 이불을 걷고 한쪽 엉덩이를 들이미는 순간, 볼기짝을 후려칠 기세로 로희의 앙칼진 고함이 터졌다.

"바닥에서 자!"

"네!"

군대 시절 조교의 호령을 받은 듯 침대 밑에 벌러덩 드러누운 명준은 양팔을 몸에 붙인 일자 자세로 눈을 꼭 감았다.

* * *

2019년 8월 26일 월요일.

4층짜리 건물이 다닥다닥 붙어 있는 빌라촌의 한 벽에서 작은 머리 하나가 쑥 솟았다. 지나가는 사람이 보았다면, 아니, 어제 저녁 8시 뉴스를 장식하고 오늘 아침까지 검색어 순위 1위를 차지하는 아이라는 것을 알았다면 한바탕 난리가 날 일이었다. 하지만 지금은 10시. 빌라촌 주 주민층인 직장인들은 이미 출근을 한 뒤였다.

아이의 머리 위로, 현재 검색어 순위 2위를 장식하고 있는 유괴범 명준이 머리를 내밀었다. 명준은 눈앞에 보이는 빌라 101동의 건물 정문에 시선을 박은 채로 로희에게 말했다.

"혜은이 말을 믿었던 것 아니었어?"

그렇다. 로희가 어젯밤 말한 '한 가지만 더 확인할 것'은 혜은이었다. 정확히는 혜은이 이 모든 일을 계획한 게 정말로 아닌지를 확인하는 것이었다.

"내가 바보야?"

그렇게 말한 로희는 귀여운 얼굴을 살짝 찡그리며 어이가 없다는 듯 말했다.

"설마 믿었어?"

"아, 아니지. 그럴 리가."

허허, 하고 명준이 웃었지만 그 웃음이 너무나도 어색해서 로희는 그만 고개를 절레절레 내젓고 말았다. 지금 로희의 머리에는 핑크색 모자가, 명준의 머리에는 검은색 모자가 깊숙이 씌워져 있었다. 어떻게 보면 훨씬 의심을 살 만하다고 생각할 수 있으나 지금이 어떤 때인가. 은파동에 기상관측 이래 가장 심한 폭염이 기승을 부리고 있었다. 이 정도 모자를 쓴 사람은 10초에 세 명 꼴로 만날 수 있다.

"조용!"

로희가 짧게 말하며 작은 손가락을 입술 중간에 가져다 대었다. 혜은이 101동에서 나와 동 정문에 가만히 서 있었다. 한 5분쯤 지났을까. 빌라 단지로 들어온 택시가 혜은의 앞에 멈춰 섰다. 혜은이 올라타자 택시는 곧 부드럽게 움직여 빌라를 빠져나갔다.

"어떡하지?"

"어떡하긴 어떡해? 따라가야지!"

로희는 모자를 더 푹 눌러쓰면서 도로 쪽으로 나갔다. 명준도 로희를 따라 모자챙을 꾹 눌러썼다. 도로에 닿자 운 좋게도 빈 택시가 보였다. 손을 흔들어 택시를 잡아탔다.

"죄송하지만 저 앞에 택시 보이시죠. 그 차 좀 따라가 주세요."

이미 혜은이 탄 택시는 명준의 택시보다 훨씬 앞서 달리고 있었다. 택시 기사는 슬쩍 룸미러로 뒷좌석을 보았다. 명준이 시선을 피하자 택시 기사의 눈이 로희 쪽으로 향하는 것 같았다.

"엄마아아!"

순간 로희가 양손으로 얼굴을 가리고는 우는 시늉을 했다. 명준은 이때다 싶어 택시 기사를 채근했다.

"아, 빨리요, 아저씨!"

집안에 무슨 일이라도 생긴 건가 싶어 택시 기사는 힘주어 액셀러레이터를 밟았다. 덕분에 로희의 몸이 기우뚱하면서 손이 얼굴에서 떨어졌다. 눈물 한 방울 나지 않는 얼굴을 들킬까 싶어 로희는 얼른 얼굴을 가렸다. 택시 간의 간격이 점차 좁혀졌다.

***

"병원?"

택시에서 내린 로희가 위를 올려다보았다. 혜은이 내린 곳은 성은대학병원 정문 앞이었다. 택시에서 내린 혜은은 곧장 병원으로 들어갔다. 두 사람도 택시에서 내렸다. 로희가 완전 의외라는 듯 병원을 올려다보았다.

"아픈 데 있어?"

"치질."

"아저씨 말고."

"혜은이? 없는데……."

명준이 고개를 가로저으며 병원의 정문을 밀었다. 그 사이로 로희가 빠르게 안으로 들어갔다. 명준은 문득 생각난 듯 로희에게 물었다.

"근데 왜 치질은 나라고 바로 생각했어?"

"……."

"응?"

"그렇게 생겨서."

무슨 뜻인지 명준은 이해가 가지 않았으나 더 이상 묻지 않았다. 지금은 혜은이 왜 병원에 왔는지, 심지어 희애가 있는 곳도 아닌 이 병원에 와야 했는지 알아야 했고, 애써 물어봐야 로희에게 나올 대답이 자신에게 좋을 것이 없다는 것을 충분히 알 수 있었다.

혜은은 감염내과로 들어갔다.

"감염내과가 뭐하는 곳이지?"

일반적으로 열한 살짜리 아이와 서른여덟 살의 남자가 같이 있을 때 그런 질문이 나왔다면 물은 것은 아이 쪽이라고 생각하겠지만, 두 사람의 경우에는 달랐다. 이해 못 하겠다는 얼굴로 서 있는 것은 명준이었다. 로희가 차분히 이런저런 바이러스에 감염됐을 경우에 오는 곳이라고 말해주었다. 그런 로희의 얼굴에 조금 어두운 빛이 스쳤지만 명준은 보지 못했다.

"감사합니다."

안에서 어렴풋이 말소리가 난다 싶은 순간, 진료실의 손잡이가 돌아갔다. 로희와 명준은 거의 반사적으로 오른쪽으로 꺾이는 복도의 벽 뒤로 몸을 숨겼다. 다행히 안에서 나온 혜은과 마주치지 않았다. 후, 하고 한숨을 내쉬었다.

"이제 어떻게 하지?"

명준이 물었다.

"여긴 왜 왔는지 알아봐야지. 하지만 중요한 알리바이부터. 빨리 따라와."

혜은의 뒤를 따라가기 위해 로희가 몸을 돌렸다. 명준도 로희를 따라 복도 쪽으로 나섰다. 순간 거의 동시에 두 사람은 그 자리에 굳은 채 서버리고 말았다.

혜은이 두 사람을 보고 있었다.

"아직 의심하는구나, 날."

혜은은 두 사람을 번갈아 보았다. 명준은 시선을 피했고, 로희는 혜은을 노려보았다.

"엊저녁 뉴스에서 보니 너희 부모님이 죽은 날이 21일이라며? 그날 나는 이 병원에 입원해 있었어."

"뭐? 왜? 어디가 아파?"

명준이 외치듯 물었다. 혜은의 표정이 조금 서글퍼졌다. 그리고 그녀는 미소 지었다. 뭔가 포기한 듯한 웃음이었다.

"나 HIV야."

순간 정적이 밀려들었다. 로희는 우려했던 일이 사실로 벌어졌다는 듯 눈을 감으며 한숨을 내쉬었다. 아이답지 않은 그 한숨을 보며 혜은이 슬픈 눈으로 말했다.

"조용한 데로 가자. 다 얘기할게. ……긴 얘기가 되겠지만."

박철원은 거짓말을 했다.

최진태의 집 안전 관리를 맡은 것은 최진태의 요청이었다고 했지만, 사실은 철원이 최진태에게 부탁을 했던 것이다. 그는 왜 거짓말을 했을까?

창밖으로 내리는 어둠을 내려다보며 상윤은 깊은 생각에 잠겼다. 경찰서 앞마당은 혼란스러웠다. 차들이 주차장을 가득 메우고, 경찰차들의 진입과 출차가 계속 이어지고 있었다. 마치 그의 머릿속과 같았다. 머릿속은 온통 알 수 없는 암흑으로 가득하고, 하나의 생각이 들어오면, 그 생각이 또 다른 생각으로 부정되어 돌아나갔다.

하지만 한 가지만은 명확하다. 그는 거짓말을 했다.

그 사실을 기둥으로 세워놓고 보면 많은 것들이 새로 보였다. 우선 그는 죽은 최진태와 소진유 이외에 그 집에 CCTV가 모두 철거되었다는 것을 아는 유일한 인물이었다. 그리고 금고가 있던 방에도 CCTV가 있었으니 금고 비밀번호를 알아내는 것도 어려운 일이 아닐 것이다. 점검을 핑계로 CCTV 영상을 보면 비밀번호를 찍는 최진대의 모습을 어렵지 않게 봤을 것이있다.

"선배."

자신을 부르는 소리에 상윤은 상념에서 깨어났다. 뒤돌아보니 정만이 서 있었다. 그는 빈손이 아니었다. 상윤의 입가에 희미한 미소가 떠올랐다. 뭔가를 건져 온 것 같다.

상윤은 철원에 대한 조사를 정만에게 부탁했다. 모든 것을 최대한 자세히, 최대한 철저히.

회의실로 들어가 자리를 잡고 앉자 정만이 가지고 온 서류를 내밀었다. 고소취하서였다. 고소인은 박철원, 피고소인은 최동억이라고 되어 있었다. 어디선가 들어본 이름이었는데, 하고 생각하는데 정만이 말했다.

"처음엔 의료사고라고 고소까지 했었는데, 몇 개월 되지 않아서 고소를 취하했다고 하더라고요. 알아보니 조건도 없는 고소취하였다는데, 아이와 아내까지 잃고 몇 개월을 싸운 사람치고는 좀 이상하죠."

"그런데?"

이미 오래된 일이 지금의 이 일과 무슨 상관이 있는 것인지 상윤은 의아했다. 중요한 것은 지금부터라는 듯 정만이 몸을 앞으로 기울였다.

"그런데 그 의료사고 냈다는 병원이 마산에 있는 희망의료원이더라고요."

순간 번개가 치듯 상윤의 뇌리에 스치는 것이 있었다. 그의 기억에는 분명 그 이름이 있었다. 최진태가 운영하는 병원의 전신이 되었다는 그의 아버지, 최동억이 운영했던 병원이 아닌가. 최동억은 마산의 병원을 정리하고 영인시로 올라와 병원을 시작했고, 이후 최진태가 물려받은 것이 지금의 혜광병원이었다.

"합의는 했다고 하지만 박철원은 아직 최동억에게 원한이 있었던 것 아닐까요?"

"와이프가 사망한 게 언제지?"

"30년 전입니다."

"30년 전의 원한을 지금 푼다고? 게다가 그 아들에게? 그게 말이 되나?"

바람이 빠진 풍선 인형처럼 정만이 의자에 기대앉았다. 사실은 이미 예상한 반응이라는 생각이었다.

"저도 거기서부터 걸려요. 근데 아무래도 이상하단 말이죠. 이게 다 우연이라고 하면 말이 안 되는 거 아닙니까. 게다가 박철원이 그 집을 맡으려고 한 이유도 있을 거란 말이에요."

정만의 말대로 확실히 이상한 일이기는 했다. 하지만 30년 전의 원한을 그 아들에게 풀려는 것도 이해가 되지 않았다. 내 자식이 죽었으니, 네 자식도 죽어야 한다는 생각이었을까? 그런 생각이 아주 잠깐 스쳐 지나갔지만 상윤은 고개를 저었다. 최동억이 살아 있다면 몰라도 이미 죽은 지금, 복수가 대체 무슨 소용이라는 말인가. 너무 억지스럽다.

상윤은 문득 궁금한 게 있었다.

"30년 전에 박철원은 왜 합의를 했지?"

"잘 모르겠어요. 아무 조건 없이 합의를 했다는 걸 보면 의료사고 자체가 오해였다는 걸 인정한 거 이닐까요?"

상윤은 다시 생각의 깊은 곳으로 빠져들어 갔다. 철원이 왜 합의를 했을까. 왜 원한을 이제 와서 풀까. 왜 원한 있는 의사가 아니라 그 아들에게 원한을 풀까. 궁금한 것이 너무 많았다. 이번의 사건과 아무 상관이 없는 것일 수도 있으나, 정만의 말처럼 이 모든 것이 우연이라고는 생각할 수 없다.

30년 전의 일, 어쩌면 이번 사건의 불행한 전초가 됐을 그 일을 알아봐야 할 것 같았다.

"채 형사, 마산 좀 한번 내려갔다 와."

"네? 이미 그 병원은 없어졌는데요?"

"그때 일하던 사람들이 있을 거야. 이왕이면 그때 박철원의 아내 분만실에 들어갔거나, 그들의 사정을 알 만한 사람을 찾으면 좋겠는데……."

정만은 잠깐 생각하다가 고개를 끄덕였다. 최대한 빨리 알아보라며 상윤은 당장 자신이 해야 할 일을 생각했다.

철원의 21일 알리바이를 다시 확인해봐야 할 것 같다.

***

그 시각, 철원은 고객의 집에 CCTV를 설치하는 중이었다. 얼마 전부터 자신의 집 대문 앞에 누군가 음식물 쓰레기를 버리고 간다고 했다. 고양이가 음식물 쓰레기 봉투를 뜯는 것 아니냐고 물었더니 단독주택에서는 음식물 수거 전용 플라스틱 통에 담아 내놓기 때문에 그럴 일은 없다고 했다. 처음에는 음식물 쓰레기를 누가 잘못 쏟았거니 했는데, 매일같이 아침에 대문을 열면 누군가 음식물 쓰레기를 뿌려놨다고 했다. 그런 날이면 하루 종일 재수 없는 기분이 든다며 누군지 꼭 잡아내고 말 거라고 고객은 팔짱을 낀 채로 가슴께를 들썩였다.

조금 전까지 홈트레이닝을 하고 나왔다며 몸에 달라붙는 필라

테스복을 입은 여자는 허리에 카디건을 두르고 대문 앞까지 나왔다. 여자의 목에서 가슴골 안쪽으로 땀이 흘러내렸다. 하나로 묶은 머리가 그녀의 흥분에 따라 이리저리로 흔들렸다. 40대쯤 되었을까. 여자는 몸매만큼이나 피부 관리도 잘 되어 주름살도 보이지 않았다. 집은 여자의 남편이 어떤 일을 하는 사람인지 궁금해질 만큼, 길을 가다가도 한 번쯤 돌아볼 정도로 모든 것이 예쁘게 꾸며져 있었다.

"그러게요. 이상하네요. 고객님께서 이런 짓을 당할 만큼 주변에 원망을 살 분도 아닌 것 같은데."

여자의 불쾌함이 가득했던 얼굴이 슬쩍 누그러들었다. 여자는 어깨를 으쓱하며 말했다.

"전에 살던 사람이 아직도 사는 줄 알고 그러나……. 암튼 이번에는 CCTV까지 달았으니 꼭 잡고 말 거예요. 우리 남편이 꼭 잡아낸다고 며칠을 새벽마다 마당에서 보고 있었는데요, 그걸 어떻게 알았는지 그런 날은 꼭 안 버리고 잠깐 자리 비웠을 때마다 뿌리고 가더라고요."

"설치가 다 끝나면 CCTV 보는 방법도 알려드릴게요."

칠원은 친절하게 말했다. 시실은 아직 설치가 끝나려면 시간이 더 필요하니 여자가 안으로 들어갔으면 하고 바랐다. 일을 하는 내내 저렇게 옆에서 떠들면 대꾸를 안 할 수도 없다. 설치를 하는 일이기 때문에 계속 말을 걸면 신경이 쓰이고 그러다 보면 실수를 할 수도 있다. 기계를 놓치기라도 해서 파손이 일어나면 무조건 설치 기사가 책임을 져야 했고, 전기를 만지는 일이니 위험할 수

도 있었다. 그렇다고 고객에게 들어가라고 말할 수도 없어 철원
은 짧은 한숨을 내쉴 뿐 다른 말은 하지 않았다.

"네. 잡으면 아주 온 동네방네 망신을 줄 거예요. 그러고는 경찰
서에 끌고 가야죠. 아주 싹싹 빌 때까지 용서해주지 않으려고요.
우리나라 사람들은 눈물이 아니라 눈알이 쏙 빠지도록 해줘야 더
이상 이런 짓을 안 한다고요."

여자는 이미 범인을 잡은 듯 힘주어 말했다.

복수⋯⋯. 철원은 그 단어를 머릿속에 떠올렸다. 화가 나면 그
대로 갚아주고 싶은 것이 사람이었다. 하지만 복수가 어떤 결과
를 불러오는지 철원은 잘 알고 있었다. 여자에게 말해주려다가
입을 다물었다. 한 번 달리기 시작한 열차는 종착역까지 가야 멈
춰 선다. 도착한 곳에 있는 것이 후회뿐이라고 하더라도 반드시
종착역까지 가야 하는 욕망이 인간에게는 있다.

그때 철원의 전화가 울렸다. 철원은 조이던 나사를 급히 조여
놓고 휴대폰을 꺼냈다. 발신인의 이름을 확인한 뒤, 그는 슬쩍 여
자를 보았다.

"아, 전화 받으세요. 다 되면 불러주시고요."

그제야 여자가 안으로 들어갔다. 철원은 사다리에서 내려와 전
화를 받았다.

"네, 선생님."

-지금 전화 좀 받으실 수 있으세요?

전화를 건 것은 정도였다. 같이 담배를 피우기도 하고, 병원 인
근 포장마차에서 우연히 만나 함께 술을 마신 적도 있다. 그러면

서 자연스럽게 휴대폰 번호를 교환했는데 실제로 통화를 한 것은 이번이 처음이었다.

철원은 절연장갑을 벗어 바지 주머니에 넣으면서 말했다.

"네, 잠깐이면 괜찮아요. 말씀하세요."

—아까 경찰이 박 기사님에 대해 물었어요. 박 기사님이 최 원장님 댁을 어떻게 맡게 된 거냐고 물어서, 기사님이 부탁한 거라고 말했는데…….

철원의 얼굴이 굳었다.

"괜찮아요. 그게 사실인데요, 뭐."

심박이 빨라졌다. 휴대폰을 들고 있는 손에 힘이 들어갔다.

—그럼 다행인데…….

전화기 너머에서 정도가 뜸을 들이다가 눈치를 보는 듯한 목소리로 말했다.

—저기 혹시 경찰이 저에 대해서 물으면 말이에요…….

철원은 웃었다.

"알아요. 걱정 마세요. 잘 둘러댈 테니까."

—역시 박 기사님이야. 얘기가 빠르네. 언제 같이 밥이나 먹어요.

그는 아주 안심한 듯 말했다. 경찰에게 철원에 대해 말한 것보다 자신에 관한 입단속이 중요했던 것이다. 하지만 철원은 정도에게 실망하지 않았다. 어차피 기대도 없었다. 철원은 밝은 목소리로 말했다.

"오늘 저녁 어떠세요? 제가 살게요."

　사망한 소진유가 배달시킨 닭볶음탕을 수령한 21일 19시 이후부터 로희가 납치된 당일 23시 45분. 그 시간 동안의 철원의 행적을 확인해야 했다.

　상윤은 다시 한번 S 시큐리티로 찾아갔다. 문을 열자 안내 데스크의 직원이 벌떡 일어서다 상윤을 알아보고는 어색하게 고개를 숙였다. 상윤도 가벼운 묵례로 직원에게 인사를 한 후 곧장 물었다.

　"점장님 계신가요?"

　다시 찾아간 점장실은 여전히 에어컨의 온도가 낮았다. 점장은 지금이 가장 적당한 온도라는 듯 반팔 와이셔츠를 입고 부채질을 하고 있었다. 안락의자에 앉아 배를 불뚝 내밀고 있는 점장의 모습은 누가 봐도 편안해 보일 테지만 그의 얼굴은 긴장하고 있었다. 관리하던 곳에서 사람이 죽었으니 한 번쯤은 형사가 찾아올 수도 있다. 그러나 철원에 대해 알아보기 위한 두 번째 방문은 그의 가슴에 불안감을 피어오르게 한 모양이었다. 이런 일들은 괜한 소문을 만들어내기 마련이다. 그래서 형사들은 탐문조사 할 때 더 주의를 기울여야 하고 조심해야 한다. 그러나 이번 같은 상황에서는 어쩔 수가 없다. 철원의 행적을 반드시 조사해야 했다.

　"사무실 직원들이야 출퇴근을 기계로 체크하고 있지만 엔지니어들 같은 경우에는 그게 어렵습니다. 현장 상황에 따라서 설치 작업이 오래 걸리고 퇴근이 늦어지면 현장에서 바로 퇴근하는 경우가 있거든요. 그럼 전화로만 보고하고 저희 직원이 기계에 대신 체크해줍니다. 그냥 서로 믿는 거죠, 뭐."

확인 결과 그날 철원의 퇴근은 6시 38분에 체크되어 있었다.

"이날 작업한 곳이 어딥니까?"

점장이 곤란한 얼굴로 머뭇거렸다. 그는 입을 다문 채 잠시 이리저리로 눈을 굴리다가 어렵사리 말했다.

"찾아가시게요?"

고객에게 불편을 주면 컴플레인이 들어올 수도 있다고 생각하는 것이다. 상윤은 조금은 위협적인 말투로 말했다.

"영장 받아올까요?"

"아니, 아닙니다. 잠시만요."

점장은 문을 열고 밖으로 나갔다. 잠시 후 그가 들고 온 것은 설치 요청 리스트였다. 21일에 신규 설치한 세대들을 확인할 수 있었다.

"가만있어 보자, 잠시만요. 21일에 박철원 씨가 마지막으로 간 곳이⋯⋯. 아, 여기네요. 은파로터리길 22번길 건물번호 3. 단독주택이에요. 여기서 저녁에 바로 퇴근한 것으로 보고했었네요."

상윤은 그가 불러주는 주소를 수첩에 적었다. 점장이 그런 그를 보다가 조심스럽게 물었다.

"고객님께 저희가 전화를 드려서 사정을 말씀드려도 될까요?"

"편하신 대로 하세요. 저희도 회사에 피해 가지 않게 잘 말씀드리겠습니다."

점장은 감사하다며 꾸벅 고개를 숙였다. 그의 표정에 제발 그렇게만 해달라는 간곡한 부탁이 덕지덕지 묻어 있었다. 목에서 땀이 뚝 떨어져 찻잔 안으로 퐁당 들어갔다. 상윤의 얼굴이 잠깐 굳었지만, 그냥 못 본 걸로 하기로 했다.

***

21일에 철원이 작업을 했다는 집은 붉은 벽돌로 담장을 쌓은 낡은 2층 주택이었다. 좁은 공간 때문에 집을 2층으로 만들고, 담장을 바짝 쌓아 작은 마당 대신 옥상을 마당 대용으로 쓰고 있는 형태의 오래된 건물이었다. 벽돌에는 오래된 시간만큼이나 아이들의 낙서들이 많이 그려져 있었다.

초인종을 누르자 나온 것은 예상외로 20대 중반으로 보이는 여성이었다. 시부모님과 함께 산다고 했다. 지금은 모두 외출 중이시고, 사정은 이미 S 시큐리티의 연락을 받아 알고 있었다. 여자는 순순히 상윤을 집 안으로 들여주었다. 앳된 여자의 얼굴에서 호기심이 반짝거렸다.

"차 드릴까요?"

"아뇨. 괜찮습니다. 간단한 확인만 하면 됩니다."

여자는 상윤에게 방석을 내주었다. 소파는 없고 거실 한가운데에 긴 나무 테이블이 놓여 있었다. 상윤이 앉자 그녀가 맞은편에 앉았다. 상윤은 21일 설치를 받은 날의 이야기를 물었다.

"오신 건 5시쯤 오셨어요. 거실이랑 대문 앞, 이렇게 두 군데에 CCTV 설치를 하려고 했거든요. CCTV 설치하는 데 돈이 많이 들 줄 알았더니 매달 사용료는 별로 안 비싸던데요? 형사님이니까 잘 아시겠네요. 지난번에 뉴스도 났었는데, 이런 단독주택에서 강간 살인사건 났잖아요. 시부모님이랑 같이 살지만 나이들도 많으시고, 저 혼자 보내는 시간도 많아서 좀 무섭거든요. 남편이 신청해줬어요. 남편은 공무원이에요. 시청 건설과 직원."

그녀는 남편의 직업이 자랑스러운 듯했다. 탐문을 하다 보면 이런 일이 많다. 물어본 것에만 대답을 하지 않고 갑자기 이야기가 산으로 흐르는 경우. 그렇다고 해서 상윤은 이야기를 끊거나 조바심을 내지 않았다. 형사에게 반발심이 들면 참고인들은 기분이 상하고, 그러다 보면 중요한 이야기를 놓치기도 하기 때문이다. 상윤은 이야기의 뱃머리를 강으로 돌리기 위해 여자의 말이 끊기기를 기다렸다가 물었다.

"S 시큐리티에 물어보니 설치가 끝난 건 그날 18시 30분경이었다던데…… . 두 군데 설치하는 것 치고는 꽤 오래 걸렸네요."

"네, 맞아요. 그래도 제가 계속 옆에서 지켜봤으니까 그 사이에 어디 다녀오시지는 않았어요."

여자는 철원의 알리바이를 증명해주듯 말했다. 사건에 도움을 주고 싶은 것 같았다. 가끔 참고인들이 직접 형사가 된 듯 대답하는 일이 직지 않다. 상윤은 부드럽게 웃었다.

"네, 그렇군요. 그냥 설치하는 데 오래 걸려서 한번 여쭤본 거예요. 뭔가 문제가 있었던 건 아니고요?"

"현관 설치는 굉장히 빨리 끝났거든요. 근데 거실 설치하는 데 오래 걸렸어요. 저희 남편은 주방 저쪽에 설치하라고 했는데."

저쪽이라고 말하며 그녀는 팔을 들어 주방 쪽을 가리켰다. 주방 입구의 천장 구석을 말하는 것 같았다.

"보통 나쁜 놈들이 들어오면 거실에서 발코니 나가는 중문을 깨고 들어오잖아요. 그러니까 그쪽을 비추라고 한 거죠. 근데 뭐라더라……. 뎬죠? 뭐 암튼 저희 천장이 못을 박아도 CCTV 카메라 무게를 못 견뎌서 떨어질 거라고 하시더라고요."

상윤은 천장을 둘러보았다. 지금 CCTV 카메라는 발코니로 나가는 중문의 천장 오른쪽 구석에 달려 있었다.

"그래서 저기다 다셨군요."

"저는 잘 모르니까 남편한테 전화해서 설명해달라고 부탁드렸어요. 아주 친절하게 전화해주시더라고요. 이런저런 설명을 하니까 남편도 금방 이해해서……. 제가 말씀드렸죠? 저희 남편 시청 공무원이라고. 그런 거 잘 알아듣거든요. 생각해보세요. 어차피 저쪽 문으로 들어와도 거실을 통하는 건 다 찍히니까 저 위치에 달아도 상관없죠. 나갈 때 얼굴이 정면으로 찍힐 수도 있고."

"네. 그러시군요. 그렇게 해서 그분이 돌아간 시각이 저녁 6시 30분경이 맞나요?"

"네. 맞아요."

벌써 며칠이나 지난 일이다. 조금은 생각을 해보거나 '확실하진 않은데……'라고 말해야 자연스러운 일이었다. 그런 의혹을 알아챘는지 여자가 미소 지었다.

"그분이 설치 끝나고, 바로 퇴근하겠다고 사무실에 전화하시더라고요. 전화 끊으신 뒤에 제가 '저희 때문에 이렇게 늦게 끝나서 어떻게 해요' 하고 말하면서 시계를 봤어요. 6시 30분쯤 맞았어요. 그건 정확해요."

"아, 그렇군요. 정확한 대답 감사드립니다."

상윤의 말이 여자는 뿌듯한 모양이었다. 기분 좋은 웃음을 짓다가 뭔가 생각난 듯 얼굴을 심각하게 바꾸었다. 그녀는 뭔가 대단한 비밀이라도 이야기하는 듯 몸을 앞으로 기울이고는 목소리를 낮춘 채 물었다.

"그럼 그분 알리바이가 확인된 건가요? 그분이 살인범이 아닌 건가요?"

상윤은 곤란한 듯 웃음 지었다.

"지금 그분이 용의자라서 조사하는 것은 아닙니다. 모든 가능성을 열어두고 확인해나가는 절차일 뿐이에요."

"그렇죠?"

그녀는 안심하는 듯하면서도 내심 서운한, 묘한 표정을 지었다. 자신의 집 CCTV를 담당하는 사람이 용의자라는 것은 찜찜하지만, 이 흥미롭고 스펙터클한 사연의 한 축이 자신의 이야기가 아니라는 것은 아쉬운 모양이었다.

"오늘 말씀 감사드립니다."

상윤은 그 집에서 나오자마자 수첩을 열어 '온피로터리길 22번길 건물번호 3. 단독주택'이라고 적은 메모지 위에 동그라미를 쳤다. 나름 확인한 내용이라고 표시하는 방법이었다. 그는 그 자리에 선 채 메모지를 뒤적거렸다. 목 뒤로 뜨거운 햇볕이 내리쬐고 있었다.

상윤은 최진태의 집 위치를 떠올렸다. 여기서 차로 10분 정도

거리이다. 하지만 저녁 7시 최진태는 닭볶음탕을 배달해 먹었고, 7시 30분 철원은 친구를 만났다. 30분 정도 되는 시간에 사람을 죽이고, 피가 튄 옷을 갈아입고 친구를 만날 수는 없을 것이다.

수첩을 몇 장 넘겨 예전 철원의 친구 훈정과 면담할 때 적은 내용을 찾아냈다. 철원은 그날 퇴근 이후 약속이 있었는데, 작업이 늦는 바람에 옷도 갈아입지 못하고 친구와 만났다고 했다. 철원은 그와 만나는 내내 자리를 거의 비우지 않았다고 했다. 상윤은 곧장 두 사람이 들렀다는 식당과 찜질방을 차례로 들렀다. 다행히 식당에는 CCTV가 있었다. 영상을 확인한 결과 진술은 틀림없었다. 찜질방에도 탈의실을 제외한 휴게실 쪽에는 CCTV가 있었다. 그들의 모습을 찾기까지는 어렵지 않았다. 훈정과 철원은 함께 욕탕 쪽에서 올라와 곧장 휴게실 바닥에 자리를 깔고 누웠다. 식사 자리에서 술을 마셨으니 찜질방 안으로 들어가지는 않은 것 같았다. 훈정이 잠든 사이 철원이 나갔다 올 수도 있겠다는 생각을 상윤은 하고 있었다. 찜질방에서 최진태의 집까지는 택시로 30분도 걸리지 않는다.

하지만 철원은 누운 자리 그대로, 아침이 될 때까지 움직이지 않았다. 화장실도 가지 않고, 훈정처럼 식혜를 사 마시러 움직이지도 않았다. 마치 CCTV에 계속 찍혀야만 하는 사람처럼 그곳에 누운 채로 단 한 번도 움직이지 않았다.

그는 최진태를 죽인 사람이 될 수 없었다.

조금 맥이 빠진 채로 상윤은 찜질방을 나왔다. 찜질방 건물에서 나와 주변을 두리번거렸다. 아무런 생각도 들지 않았다. 어디로 가야 할지 앞으로 뭘 해야 할지 판단이 서지 않았다.

그때, 그의 혼란스러운 머리를 일깨워 주기라도 하듯 휴대폰이 울었다. 수사본부 전화였다. 상윤은 황급히 전화를 받았다. 본부장의 목소리가 들려왔다.

－지금 긴급회의를 하겠네.

"무슨 일 있습니까?"

－본청 과학수사과 범죄분석팀에서 공문이 날아왔는데, 내가 직접 와서 설명을 해달라고 했어. 다 같이 들어야 할 내용이야. 당장 들어와.

다 같이 들어야 할 내용이란 지금까지의 수사 방향이 뭔가 잘못됐음을, 다른 방향에서 다시 시작해야 함을 말하는 것과 같았다. 상윤은 차를 향해 달렸다.

***

상윤이 수사본부에 도착했을 때 내부는 어두웠다. 정면의 하얀 칠판 위에 그림 하나가 떠 있었다. 수사 초기에 작성한 현장 스케치였다. 수사대원들은 이미 집결해 있었고, 가장 상석에는 본부장이 앉아 있었다. 칠판 옆에 발표를 위해 기다리고 있는 사람은 아마 본청에서 내려온 프로파일러일 것이다. 본부장이 고개를 끄덕이는 것을 본 상윤은 곧장 빈자리에 가 앉았다.

"그럼 다 모인 것 같으니 말씀해주시죠."

본부장이 말하자 프로파일러가 고개를 끄덕였다. 그는 자신의 소속과 직책에 이어 이름을 소개했다. 신정림이었다. 깔끔한 정장을 입은 그는 스마트해 보였다.

"보시는 바와 같이 사건 현장의 스케치입니다."

상윤이 아는 것과 똑같은 현장의 모습이었다. 다른 것은 아무것도 없었다.

"현장에서는 시신이 총 두 구 발견되었습니다. 한 구는 고체온사. 다른 한 구는 검에 의한 복부 관통상으로 사망. 여러분과 마찬가지로 저는 범인이 왜 이렇게 번거롭게 두 사람을 죽여야 했는가를 생각하다가, 시신 한 구씩 따로 떼어놓고 생각해보기로 했습니다."

"한 구씩 따로? 그럼."

"네. 범인이 두 명일 가능성에 대한 것입니다."

그 가능성을 수사팀에서 간과한 것은 아니었다. 하지만 한 명도 찾을 수가 없는데, 두 명이라고 해서 나을 것은 없었다. 모두들 그의 설명에 집중했다.

정림은 포인터 버튼을 눌렀다. 스케치 화면이 반으로 갈라지면서 소진유의 시신이 발견된 부분이 왼쪽 창에 떴다. 그리고 오른쪽 창에는 실제 소진유의 시신 사진을 띄웠다.

"고체온사로 사망한 소진유 씨입니다. 이렇게 사망한 시신 한 구만 발견되면 형사님들은 수사방향을 어떻게 잡으십니까?"

침묵이 길어졌다. 각자 생각은 있으나 정림이 원하는 답을 정확히 짚어내지 못할까 주저하고 있는 것이었다. 본청에서 나온 프로파일러에게 무시당하고 싶지 않은 것이다. 하지만 상윤은 달렀다. 심장 근처에 쿵 하고 뭔가 떨어졌다.

"자살?"

사람들의 시선이 상윤에게로 향했다. 상윤은 정림을 보았다.

"자살에 대한 가능성을 열어두고 조사했을 겁니다."

"맞습니다. 여러분은 현장에서 장검에 찔려 발견된 시신 때문에 시신 두 구 모두 타살로 보신 겁니다."

본부장이 말했다.

"그럼 소진유 씨는 자살이라는 말입니까? 하지만 자살이라고 하기엔……."

정림이 단호하게 말했다.

"아뇨. 저는 자살이라고 말하는 게 아닙니다. 자살이라고 하기엔 조금 어려운 방식이죠. 일반적이지 않은 방법입니다. 하지만 이런 게 있죠. 자살로 꾸민 현장."

정림은 다시 포인터 버튼을 눌렀다. 화면 속의 스케치가 사라지고 소진유의 시신 사진이 더 줌인되었다. 소진유의 시신은 커튼 뒤에 가려져 있었다. 직사광선을 받아 부패가 더욱 빨라졌다고 국과수의 보고서에 나와 있었다.

"어떻게 보이십니까?"

"부패 속도를 빠르게 하기 위해 그런 거라고……."

젊은 형사 하나가 주저하듯 말했다. 하지만 상윤은 미간을 찡그린 채 고개를 갸웃했다. 아니다, 그렇다기보다 저건…….

"가려놓았다?"

상윤의 말에 정림의 표정이 밝아졌다.

"맞습니다. 저는 소진유 씨를 고체온사로 살해한 범인이 예상치 못한 인물의 등장 때문에 시신을 숨겼다고 생각합니다."

그는 이제 남은 답은 형사들이 내리길 기대한다는 듯 형사들을 둘러보았다. 모두 침묵했고, 무거운 공기에 짓눌렸다. 상윤은 화면을 뚫을 듯이 노려보았다.

최진태는 평소와 달리 잘 내지 않던 휴가를 냈다.

최진태는 평소와 달리 가사 도우미에게 휴가를 줘서 집에 가게 만들었다.

최진태는 갑작스레 집 안의 CCTV를 철거했다.

최진태는 CCTV 영상이 다른 곳에 저장되지 않는지를 몇 번이고 확인했다.

소진유를 고체온사로 죽여 자살로 위장할 필요가 있는 사람. 갑자기 찾아온 사람 때문에 할 수 없이 커튼 뒤에 소진유를 가려 놓을 사람.

"최진태."

상윤의 말에 어디선가 탄식이 터졌다.

정림이 힘주어 말했다.

"네. 저는 최진태가 소진유 씨를 죽였다고 생각합니다."

***

철원이 예약한 식사 장소는 오픈한 지 채 1년도 되지 않는 참치 횟집이었다. 주인이 사라지면 주인집 개가 주인 노릇을 한다는 옛말처럼, 정도는 당당하게 위치를 찍어 철원의 휴대폰으로 보냈다. 포털사이트에 검색하니 여러 SNS에 식당 메뉴판 사진이 올라와 있었다. 정도가 가벼운 목소리로 "간단히 식사하면서 술 한잔 하죠, 뭐"라고 말한 이곳은 평소 철원의 월급이나 씀씀이로는 가당치도 않은 곳이었다. 하지만 철원 역시 '오늘만큼은' 그만한 대접을 해주기로 마음먹었다. 퇴근한 이후 그는 집으로 돌아가 옷을 갈아입고 약속 시간에 늦지 않게 횟집으로 갔다. 입구에서 슬쩍 위쪽 천장 구석을 보았다. 둥근 모양의 CCTV 카메라가 붙어 있었다.

"박철원으로 예약했습니다."

기모노로 보이는 옷을 차려입은 데스크 직원이 기계적인 미소를 지으며 철원을 안내했다. 그가 안내받은 방은 딱 두 사람이 앉기 편한 사이즈였다. 들어가 조금 기다리고 있자니 정도가 들어왔다.

"내가 늦었나요? 수술이 하나 잡혀 있어서."

이미 진료를 받을 환자가 없어 수술이 잡혀 있을 리도 없고, 정도가 그만큼 늦은 것도 아니었다. 하지만 그의 심리에 깔려 있는 '대우 받고 싶은 욕구'를 철원은 오늘만큼은 맞춰주기 위해 애를 썼다. 그는 최대한 친절히, 그리고 예의 있게 인사했다.

"저도 금방 왔습니다. 요즘 바빠서 힘드시죠? 앉으세요."

정도가 기분 좋게 앉은 뒤, 여직원이 들어왔다. 메뉴판을 보지도 않고 정도는 직원에게 좋은 메뉴를 추천해달라고 부탁했다. 사시미 코스라고 했다. 보나마나 메뉴판 가장 상단을 차지하고 있을 비싼 메뉴일 테지만, 가격 확인을 하지 않고 그걸로 주문했다. 철원은 웃었다. 아주 친절한 웃음이었다.

그 뒤로 약 10분가량, 해도 그만 안 해도 그만인 날씨 얘기와 이런저런 일상사에 대한 대화를 했다. 갑작스런 일이 벌어져서 힘들어 죽겠다는 이야기를 하며 정도가 괜한 허세를 부렸고, 철원은 그에 맞춰 그의 기분을 돋웠다. 식사와 함께 술이 나왔다. 술잔이 몇 순배 돌았을 때, 그 이야기가 나왔다.

"난 괜히 박 기사님 곤란하게 한 건 아닌가 했죠. 왜, 그렇잖아요. 별거 아닌데 괜히 의심 살 수도 있고. 박 기사님이 그 집에 배정받게 부탁했다는 얘길 들으면 경찰이 당장 의심할 거 아니에요. 말해놓고 저도 아차 했어요."

"아닙니다. 선생님께서는 있는 그대로를 말하신 거고, 저에게 피해 올 일은 없어요."

진심이었다. 그러면 다행이라는 듯 정도가 웃었다. 그런데 그 웃음이 천천히 잦아들었다. 둘밖에 없는 방에서도 혹시 듣는 사람이 있는 건 아닌지 걱정하는 사람처럼 고개를 움츠리고 문 쪽을 흘깃거렸다. 무슨 얘길 하려나 싶어 철원은 그를 응시했다. 정도는 철원이 상상도 하지 못한 말을 꺼냈다.

"난 혹시 최 원장이 사모님을 죽인 게 아닌가 했어요."

"네?"

철원은 눈을 둥그렇게 뜨고 느리게 끔벅거렸다. 놀랐죠? 하고 묻는 듯 보던 정도는 고개를 가로저었다.

"설마 아니겠죠? 그랬으면 왜 최 원장도 죽었겠어요. 그죠?"

정도의 호칭은 어느새 '최 원장님'에서 한 글자 줄어 있었다. 철원은 굳이 거기에 대해서는 말하지 않았다.

"왜 그렇게 생각하신 거예요?"

철원이 묻자 "그냥 내 생각이에요, 내 생각"이라고 하면서도 정도는 몸을 앞으로 숙였다. 말하고 싶은 것이 있는 것 같았다.

"내가 알기로는 평소에도 사모님하고 엄청 싸웠거든요."

"그런 얘기는 처음 듣는데. 왜요?"

"최 원장이 자세히 얘기하는 사람은 아니지만 분위기가 딱 그랬어요. 허구한 날 사모님이 전화를 걸어왔는데 매번 언성이 높았어요. 최 원장이 전화를 들고 나가거나 했기 때문에 내용은 들을 수가 없었지만요. 암튼 얼마 전에 경찰이 와서 그러는데 최 원장이 집에서 몰래 연구를 했던 거 같아요. 그거 때문에 사모님과 싸운 게 아닐까요? 최 원장은 왜 몰래 집에 연구실을 차려놨던 걸까요? 기사님 들은 얘기 없으세요? 그 집에 자주 드나들었잖아요."

"저야 설비 점검이나 하러 다녔지, 개인적인 얘기 들을 기회가 있나요, 어디? 근데 왜 최 원장님이 죽었을 거라고 생각하셨다는 거예요?"

"아니, 그렇게 매일 싸우던 사람이 어느 날 갑자기 나한테 묻는 거예요. 지난번에 자기 와이프가 잘 먹던 닭볶음탕 집 이름을 물으면서 배달이나 포장되느냐고. 한번 내가 두 분 모시고 식사한 적 있는데 사모님이 닭 말고는 고기를 안 드신대서 그 집을 골랐거든요."

"그런데요?"

"이상한 걸 묻더라고요. 거기 매장 CCTV 있느냐고."

"그건 왜요?"

"그건 저도 모르죠. 그래서 배달도 포장도 되는데 CCTV는 모르겠다고."

철원은 고개를 갸웃하며 상황이 잘 파악되지 않는 듯한 얼굴을 했다. 정도가 "조금 더 들어보세요"라고 말하며 테이블을 향해 엉덩이를 들썩이며 바싹 들어앉았다.

"그러고 나서 갑자기 휴가를 낸 거예요. 내가 그 병원 다니면서 그 인간 휴가 내는 꼴을 본 적이 없어요."

어느새 호칭은 '그 인간'이 되어 있었다.

"근데 일이 이렇게 되고 보니 생각난 거죠. 닭볶음탕 집은 뭔지 잘 모르겠는데 어쨌거나 마누라 죽여놓고 자기는 알리바이 만들려고 여행 가려고 했던 게 아닐까 하고."

철원의 얼굴이 굳었다. 그는 꼼짝 않고 정도의 얼굴을 보고 있었다. 잠깐 동안 숨을 쉬지 않았다. 그는 퍼뜩 정신을 차리고 물었다.

"그럼 원장님은 누가 죽였는데요?"

"모르죠. 근데 마누라 죽여놓고 보니까 내가 왜 이렇게까지 됐나 싶어서 자살한 게 아닐까요?"

"저도 잘 모르겠지만 역시 이상하긴 하네요. 혹시 그 얘기를 경찰한테 하셨어요?"

"아뇨. 얘기해야 할까요? 이건 그냥 내 생각일 뿐인데."

철원은 잠시 생각하다가 말했다.

"그래도 뭔가 도움이 될 수 있잖아요."

"그런가? 그럼 다음에 경찰이 찾아오면 얘기해봐야겠다. 요즘 참새 방앗간 드나들 듯 와서 죽겠어요, 아주."

그는 고개를 절레절레 저으며 곤란한 듯 웃었다. 그때 두 번째 코스 요리가 깔리면서 이야기가 잠시 중단되었다. 정도가 자리에서 일어섰다. 철원이 올려다보자 그는 음식을 세팅하는 직원들이 보지 못하는 뒤에서 소변을 누는 시늉을 해 보였다. 철원이 미소 지으며 고개를 끄덕였다.

정도가 화장실에 간 뒤 음식 세팅이 끝났다. 직원이 고개를 깊이 숙이며 묵례를 하고는 등을 보이지 않고 뒤로 물러나며 문을 닫았다.

"감사합니다."

철원은 친절하게 인사했다.

그는 조금 피로감을 느꼈다. 시계를 보았다. 이제 조금만 참으면 된다. 그는 바지 주머니에 손을 집어넣었다. 작은 유리병이 그의 손에 딸려 나왔다. 그 안에 들어 있는 캡슐을 손바닥에 부었다. 다섯 개의 캡슐이 나왔다. 캡슐을 따니 푸른색과 흰색의 결성이 섞인 가루가 나왔다. 다섯 개를 전부 열어 정도의 물 잔에 넣었다. 젓가락으로 휘휘 저으니 금세 투명한 물색으로 돌아왔다.

정도는 아직 돌아오지 않았다. 그는 이것을 마신 후 30분 후면 몸을 가누지 못할 정도로 몽롱해질 것이다. 그렇게 되면 통증은 좀 덜할 것이다. 그를 위해 철원은 최대한 빨리 끝장내줄 생각이었다.

철원은 친절한 사람이었다.

-6-

혜은은 제 병에 관한 이야기를 할 만한 곳은 대한민국 어디에도 없다는 것을 알고 있는 사람처럼, 명준과 로희를 데리고 자신의 집으로 갔다. 혜은이 살고 있는 집은 여전히 과하게 깨끗했고, 이번에도 혜은이 두 사람에게 대접한 차는 종이컵에 담겨 있었다. 로희는 어제 손길을 피하던 혜은의 모습을 이제야 이해할 수 있을 것 같았다. 혜은은 두 사람의 앞에 차를 내밀고 맞은편에 앉았다. 그런 그녀의 얼굴은 담담했다. 로희는 시선을 흘긋 돌려 명준의 얼굴을 보았다. 무슨 생각을 하는지 읽을 수 없었다. 그는 입을 꾹 다물고 혜은이 내준 종이컵만 뚫어지게 쳐다보았다. 무거운 정적이 내려앉았다. 한참 만에, 이제 말을 할 결심이 섰다는 듯 명준이 고개를 들었다.

"HIV가…… 뭐야?"

순간 로희는 어이가 없어 눈앞의 종이컵을 그대로 명준의 얼굴에 부어버릴 뻔했다. 차가 뜨겁든 차갑든 간에 명준은 정신을 좀 차려야 할 것 같았다. 대체 저 머리통에 든 뇌에는 저장 공간이라는 것이 없단 말인가.

눈을 둥그렇게 떴던 혜은은 의외로 웃음을 터뜨렸다. 그녀는 하이 톤의 웃음을 내뱉으며 간신히 입을 열었다. 눈 끝에 이슬 같은 것이 맺혀 반짝거렸다. 너무 웃어 눈물이 나는 것인지 로희로서는 알 수 없었다.

"역시 내가 아는 명준 씨 어디 안 가네. 뭐든 생각하는 것 그 이상이야."

혜은은 웃음을 그치려 애썼다. 아직도 명준은 멍한 얼굴 그대로였다. 지금 이 공간에서 뭐가 뭔지 모르겠다는 얼굴을 한 것은 명준뿐이었다. 로희가 팔꿈치로 그의 옆구리를 찔렀다. 헉, 소리가 명준의 입에서 삼켜졌다. 참으라는 듯 로희가 쏘아보며 말했다.

"에이즈잖아. 멍청아."

"에이즈?"

명준의 눈이 놀란 듯 커지며 목소리가 하늘을 흔들었다. 혜은은 낮은 한숨과 함께 웃으며 말했다.

"저 봐. 여기로 오길 잘했지. 어디 카페 같은 데 가서 말했으면 대한민국 사람 다 알았을 거야. 서혜은 에이즈라고."

그렇게 말하는 그녀의 얼굴은 슬퍼 보였다. 이번에도 로희가 명준의 허리를 쑤셨다. 그러나 이번에는 명준의 흥분이 쉬이 가라앉지 않았다.

"너…… 왜…… 언제부터…… 그럼 우리 희애……."

"대체 묻고 싶은 말이 뭐야. 정리해서 좀 물어."

로희의 타박이 이어졌지만 명준은 끔벅이는 눈을 혜은에게서 떼지 않았다. 지금은 자신이 끼어들 때가 아니라는 듯 로희는 소파에 몸을 기대며 조금 물러나 앉았다. 혜은이 명준을 똑바로 보며 말했다.

"에이즈 아냐. 정확히는 HIV. 인간면역결핍바이러스. 그 바이러스가 에이즈를 일으키는 거야. 그러니까 지금 상태는 HIV에 감염된 상태고, 이제 수년이 지나면 면역이 저하되면서 여러 가지 감염증이나 질환에 걸려 결국 에이즈 환자가 되는 거지. 지금은 그걸 늦추는 치료를 받고 있어."

그동안 많이 공부한 듯 혜은의 설명에는 거침이 없었다.

"왜…… 언제부터…… 희애……."

망가진 로봇처럼 명준은 처음 한 질문을 똑같이 더듬더듬 말했다. 로희가 타박을 주려 했지만 혜은이 부드러운 미소와 함께 몸을 앞으로 기울이며 로희를 보았다.

"괜찮아. 이 사람하고 몇 년이나마 살아서 그런지 뭐를 묻고 싶어 하는지 난 알아들어."

로희는 끄덕거리며 다시 조금 물러나 앉았다.

무릎에 올려놓은 명준의 손이 파르르 떨리고 있었다. 혜은은 명준을 향해 손을 뻗었다. 하지만 혜은의 손이 멈추었다. 그녀는 다시 손을 거두며 말했다.

"왜……냐고 물었지? 일반적으로 HIV든 에이즈든 감염됐다 그러면 엉망으로 살아서 그렇다고 생각하니까. 근데 그런 거 아냐."

혜은은 가슴을 펴고 정면을 응시했다. 명준이 떨리는 눈으로 그녀를 보았고, 로희도 의외라는 듯 그녀를 보았다.

"별 증상 같은 거 없었어. 그런데 희애 세 살 때……. 몸이 이상했어. 감기가 낫질 않고. 그래서 병원을 갔는데 HIV 판정을 받았어. 혹시 몰라서 희애도 검사했는데, 다행히 정상이었고. 어디선가 의료사고나 다른 경로로 감염됐을 테지만 그게 어딘지는 이미 시간이 지나서 알 수가 없었어."

계속 침묵을 지키던 명준이 하얗게 질린 얼굴로 어렵게 입을 열었다.

"왜 말하지 않았어?"

"어떻게 말해. 말하면 당신, 나 버릴 수 있어?"

명준의 얼굴이 울상이 되었다. 그들의 사이를 잘 모르는 로희도 답을 알 것 같았다. 만약 그때 혜은이 그런 사실을 말했다면 명준은 그녀를 버릴 수 없었을 것이다. 하지만······.

"당신은 나 못 봤을 거야. 그럼 우리 희애는? 아무리 같이 수건 안 쓰고 수저를 따로 삶는다 해도, 계속 긴장하며 관리해도 장담할 수가 없잖아. 그래. 병은 옮지 않을 수 있다 쳐. 그럼 희애는 에이즈 엄마의 딸이 되는 거야. 잘못해서 알려지면 어떻게 해? 나약 타러 다니는 병원에 희애 학교 친구들 엄마가 없다고 어떻게 장담하냐고. 난 우리 희애를 에이즈 환자 딸로 만들 수는 없었어."

"그래서 이혼하겠다고 사라진 거야?"

혜은이 고개를 숙였다. 그 고개가 힘없이 끄덕여졌다.

"HIV 환자로 판명이 나면 보건소에 신고하고, 가족에게도 알려야 해. 하지만 병원에서는 배려하는 차원에서 가족에게 통보하는 건 환자 본인과 상의해서 일정 시간을 주지. 그래서 나, 그 사이에 당신을 떠나고 이혼 절차 밟은 거야. 알리고 싶지 않아서. 내 딸을 에이즈 환자 딸로 만들 수가 없어서."

차마 혜은을 보지 못하겠는지 명준이 고개를 옆으로 돌렸다가 수그렸다. 그와 동시에 눈물방울이 툭, 바닥을 적셨다. 문득 처음 로희를 유괴해 왔던 다음 날이 생각났다. 전화를 걸었을 때 혜은이 공항에 있다고 착각했다. 웅성거리는 소리, 방송이 나오는 소리, 바퀴가 굴러가는 소리. 그곳은 공항이 아니라 병원이었다.

혜은은 모든 것을 말하겠다는 의지를 다진 사람처럼 벌게진 눈으로 이를 악물고 있었다.

"집안 꼴을 그렇게 만든 건 미안해. 하도 없이 살다 보니까 돈을 막 쓰게 됐어. 당신한테 거짓말하고 이렇게 저렇게 쓰다 보니 나도 모르게 어느새……. 그러는 사이 병에 대해 알게 됐어. 그렇게 만들어놓고 가서 정말 미안해. 그래도, 멀리 있었어도 가끔 희애 보러 갔었어. 그러다 알게 된 거야. 희애 아프게 된 거. 그래서…… 이번 일 계획한 거야."

로희가 혜은의 얼굴로 고개를 돌렸다. 얼굴까지 빨갛게 달아오른 혜은이 로희를 바라보았다.

"어제 얘기하셨었죠. 날 유괴해도 신고하지 못하고 돈을 줄 거였다고. 그게 무슨 뜻이었어요?"

혜은은 한참이나 로희의 얼굴을 응시했다. 그녀의 얼굴이 누그러졌다. 자신이 어떤 이야기를 해도 로희는 알아들을 수 있을 거라고 생각한 것 같았다. 그리고 너에게는 아무런 감정이 없다고 말하고 싶은 듯했다. 그러나 로희가 지금 알고 싶은 것은 진실뿐이었다. 그런 뜻을 읽었는지 혜은은 잠깐 숨을 몰아쉬며 말했다.

"지금 한 얘기는 너와도 관련 있어. 얘기했었지? 아마 긴 얘기가 될 것 같다고."

***

프로파일러가 돌아간 후 상윤은 자리에 앉아 깊은 생각에 잠겨 있었다. 본부장이 그의 어깨에 손을 올렸다.

"무슨 생각해?"

상윤의 책상에는 사건 현장의 사진들이 있었다. 확실히 이상하긴 했다. 한 사람은 상당히 시간도 걸리고 손도 많이 가는 방법으로, 다른 사람은 과격하게 살해했다. 프로파일러는 장검으로 찌른 것은 어쩌면 범인 스스로도 예상치 못한, 그러니까 우발적인 것일 수도 있다고 했다. 상윤은 최진태의 시신 사진을 확인했다. 손에 있는 열상은 장검이 배를 뚫고 들어올 때 반사적으로 칼을 잡아 생긴 방어흔으로 보인다. 그 외에는 방어흔이 거의 없다고 해도 무방했다. 그러니까 면식범이 확실하다. 최진태는 생전 그 방에 가사 도우미도 들어가지 못하게 했다. 하지만 범인은 그 방에 들어갔다. 아무 다툼도 없이. 최진태가 들였다고 볼 수밖에 없다. 프로파일러의 말이 사실이라면 아내를 죽이고 그 시신을 숨긴 방에 맞아들였다는 얘기였다. 그리고 마주 선 자세에서, 그는 당했다.

"머리가 복잡합니다."

"나도 미치겠다. 이런 사건은 처음이야."

본부장은 고개를 절레절레 저으면서 나갔다. 한 손에 담뱃갑을 들고 있었다. 그가 담배를 끊은 지 6개월째였다. 다짐의 증거라며 뜯지 않은 담뱃갑을 책상 위에 얹어두었는데, 오늘은 그 결심이 흔들리고 만 것 같았다.

상윤은 다시 사진을 응시했다.

정말로 최진태가 소진유를 죽였다면 이유가 뭘까? 애정 문제는 아니었다. 최진태, 소진유 두 사람 모두 답답할 정도로 인간관계가 없었다. 문득 윤정도의 말이 떠올랐다. 두 사람은 자주 다투는 것 같다고 했다. 병원에서도 일만 하면서 집에서까지 연구에 몰두하니 싸움이 나지 않겠냐고 정도는 가볍게 말했었다. 하지만 그가 조사한 소진유는 바가지를 긁거나 가족을 위해 시간을 내라고 남편에게 요구하는 타입은 아닐 것 같았다. 조금 다르게 생각해보면 어떨까? 최진태가 하는 연구 자체에 소진유가 반대했다면? 가능한 일인 것 같았다. 연구 하나에 여러 방면의 사람들이 10억씩이나 투자하는 것은 일반적인 일이 아니었다.

'대체 최진태가 연구하던 것이 뭐였을까?'

상윤은 그의 연구에 대해 조사해보기로 했다. 아직 최진태와 소진유의 집은 출입을 통제하고 있다. 오늘 밤 그곳으로 가 연구 내역을 찾아보기로 마음먹었다.

***

"우리 희애가 백혈병에 걸렸다는 걸 알게 된 다음, 난 못 할 게 없었어. 언제 맞는 골수가 나올지 알 수도 없는 상황이었잖아. 그 방면에서 저명하다는 병원은 아마 다 찾아다녔을 거야. 그러다가 어느 병원 화장실에서 우연히 어떤 사람들의 대화를 엿들었어. 천재 만들기 프로젝트에 대한 투자인데, 의사의 딸이 그 증거라고 투자하지 않을 이유가 없다는 거야."

"그럼 그게……."

명준의 목소리가 미풍 앞의 촛불처럼 파르르 떨렸다. 로희는 자기도 모르게 오른손으로 자신의 왼쪽 팔뚝을 문질렀다. 아이의 손이 움직일 때마다 이제는 조금 옅어진 바늘 자국들이 드러났다.

"당신한테는 학대라고 말했지만……. 아니, 사실 학대라면 학대지. 아이를 데리고 불법적인 인체 실험을 했으니까. 여러 방면으로 알아보니 그 사람들이 이미 성공한 연구라고 엄청난 돈을 투자했더라고. 자신의 아이를 천재로 만들기 위해서. 그래서 증거가 되는 저 아이를 유괴한 뒤 그걸 빌미로 협박하면 돈도 받고 신고도 하지 못할 거라고 생각한 거야."

"그러니까 그게……."

다시 한번 명준이 말했다. 혜은은 로희를 조금은 낯선 눈으로 보았다.

"최신태. 너의 아빠지."

여전히 주사 자국을 감싸고 있는 로희의 손이 파르르 떨렸다. 로희는 아빠가 자신을 이용해 어떤 시술이나 검사를 했는지 전혀 기억하지 못했다. 아빠가 그럴 만한 사람이었는지, 아닌지조차 기억나지 않았다. 하지만 혜은의 말이 모두 사실이라면, 아빠는 날, 어떻게 생각한 걸까.

'실험의 도구.'

그 문장이 머릿속을 스치고 가슴을 날카롭게 베며 지나갔다. 로희는 아랫입술을 악물었다.

"내가 알고 있는 얘기는 여기까지야. 난 당신한테 부탁해 유괴를 한 뒤에 협박을 하려고 한 것뿐이지 살인 같은 건 전혀 몰라. TV 보니까 범행 날짜가 21일이었다며. 난 그날 병원에 입원했었어. 확인해봐도 좋아."

명준은 고개를 저었다. 갑자기 너무 많은 이야기를 들은 것 같았다. 슬쩍 옆을 보니 로희의 얼굴도 창백했다. 생각에 잠긴 듯했다. 부모님이 죽었다는 소리에 펑펑 울던 로희의 모습이 떠올랐다. 그랬는데 아버지라는 사람이 딸을 데리고 불법 인체 실험을 했다니……

명준이 손을 뻗어 로희의 손을 쥐었다. 정신을 차린 듯 로희가 눈을 깜박이며 고개를 들고 혜은과 명준을 번갈아 보더니 물었다.

"갈까?"

명준은 로희를 쉬게 해주어야 한다고 생각했다. 그는 고개를 끄덕거렸고, 로희는 아무렇지도 않다는 듯한 얼굴로 소파에서 일어섰다. 하지만 그렇지 않다는 것은 아무리 둔한 명준이라도 알 수 있었다. 평소 같았으면 잡지 말라고 팽개치던 손을 고스란히 명준에게 잡힌 채로 있었으니까.

"아무튼 나 때문에 이렇게 일이 꼬여서 미안해. 앞으로 어떻게 할 거야? 이대로 도망 다닐 수도 없잖아. 애도 있고."

명준이 고개를 끄덕였다.

"슬슬 정리해야지."

"경찰에 자수할 거면 나도 같이 갈게. 내가 처음부터 계획한 일이니까."

명준은 고개를 가로저었다. 그는 로희를 데리고 돌아서다 말고 다시 혜은을 돌아보았다.

"몸은 어때?"

혜은이 웃었다.

"아직은 괜찮아. 당신하고 포옹 정도는 해도 될 만큼."

혜은은 명준의 몸을 끌어당겨 안았다. 명준은 한 손으로는 로희의 손을 잡은 채 통나무처럼 서 있었다. 혜은이 그의 귓가에 대고 말했다.

"미안해, 정말."

-7-

꿈을 꾸는 것인지, 잠에서 깨어난 것인지 로희는 알 수 없었다. 눈을 떴다고 생각했는데 희미한 불빛만 보일 뿐 사물이 잘 분별되지 않았고, 마치 세상을 큰 붓으로 모두 뭉개놓은 것처럼 희끄무레한 색의 덩어리가 눈앞에서 휘돌았다. 온몸이 땀에 흠뻑 젖어 있었다. 로희는 손을 더듬거려 옆을 만져보았다. 침대였다. 침대 위에 누워 있는데도 몸이 계속 늪 안으로 빠져 들어가는 것만 같았다. 엄마는 어디에 계시지? 아버지는? 지금이 대체 몇 시인 거지? 로희는 정신을 차리려 눈에 힘을 주었다. 한참이나 휘돌던 시야는 점점 또렷해졌지만, 이어서 극심한 두통과 욕지기가 몰려들었다. 로희는 침대 옆을 간신히 짚으며 상체를 일으켰다. 그제야 자신의 오른팔 정맥에 링거 줄이 꽂혀 있다는 것을 알았다. 눈을 가늘게 떠 줄을 따라 시선을 옮겼다. 커다란 포도당 수액과 그 옆에 있는 작은 병. 병에는 아무런 스티커도 붙어 있지 않았다. 뭘 맞고 있는 걸까.

'몸에 좋은 거야.'

기억을 더듬자 머릿속을 스치는 것은 아버지의 목소리였다. 믿지 않았다. 하지만 그게 끝이었다. 수액 줄을 타고 저 액체가 몸으로 흡수되는 순간부터 로희의 기억이 끊겨 있었다. 뭘까. 수면제일까. 로희는 한 손으로 링거 줄을 빼버렸다. 바닥에 떨어진 링거 줄에서 뚝뚝 액체가 흘러내렸다. 평소 같으면 아버지한테 불호령을 맞을 터였지만, 지금은 당장 나가지 않으면 침대를 구토로 더럽힐 것 같았다. 간신히 벽을 짚고 일어섰다. 무릎이 꺾이며 휘청거렸다. 다시 한번 올라오는 토기를 숨을 멈추는 것으로 간신히 참았다. 로희는 비틀거리며 문을 열고 나갔다.

이상한 일이었다. 1층 복도 끝의 작은방. 누구도 절대 들어가서는 안 되는 방이 열려 있었다. 무슨 생각이었는지……. 아니, 아무런 생각이 없었다. 거의 반사적으로, 마치 운명이 그렇게 정하기라도 한 것처럼 로희는 그 작은방을 향해 자박자박 걸음을 옮겼다. 어느새 로희를 괴롭히던 울렁거림도 신경 쓰이지 않았다.

처음 보인 것은 남자의 발이었다. 그 위로 후드득 핏덩이 같은 것이 쏟아져 내렸다. 액체도, 고체도 아닌 질펀한 것이 철퍽철퍽 남자의 발 위로, 바닥의 장판 위로 쏟아져 내렸다.

"커걱……"

처음 듣는 아버지의 신음이 들림과 동시에 로희는 뒷걸음질을 쳤다. 인기척을 느낀 것인지 남자의 어깨가 움찔하는 것이 보였다. 남자가 천천히 로희 쪽으로 도는 순간, 로희는 바깥을 향해 내달렸다! 그때 로희는 보았다. 번쩍이던 경광등을. 잠깐 걸음을 멈춘 순간, 뒤에서 빠르게 달려오는 발소리가 덮칠 것처럼 들려왔다.

"헉!"

거친 숨을 삼키며 로희가 눈을 떴다. 방금까지 정말 달리기라도 한 것처럼 로희의 심장이 펄떡였다. 가슴께가 연신 오르락내리락했다. 로희는 지금 자신이 어디에 누워 있는지 확인하기 위해 눈을 크게 뜨고 천장을 노려보았다. 어둠 속에서 천장이 빨간빛으로, 다시 파란빛으로, 초록빛으로 점멸하며 색이 바뀌었다. 창밖에서 들어오는 나이트클럽의 불빛이었다. 아이를 데리고 무인텔 같은 데는 가지 말라며 혜은이 돈을 좀 집어 주었는데, 그 돈으로 들어온 모텔이었다. 무인텔보다 낫다고 할 수 없었다. 옆길에는 술집이 가득해 새벽까지 별의별 소리가 다 들어왔고, 방 안에서는 퀴퀴한 곰팡이 냄새가 났다. 하지만 호텔을 갈 수는 없었다. 이미 명준의 얼굴이 사방에 알려져 찬밥 더운밥 가릴 때가 아니었다.

어쨌거나 지금 이곳은 그렇게 찾아온 모텔이고, 옆에는 명준이 있다.

'나는 안전하다.'

그런 생각이 들자 로희는 점차 심장 박동이 가라앉는 것을 느꼈다. 몸을 일으키고 앉았다. 온몸에 땀이 축축하게 배었다.

'기억이다. 기억이 돌아오고 있어.'

자신은 살해 현장을 직접 목격한 것이었다. 그리고 도망치다 명준의 차에 치인 바람에 여기까지 오게 된 것이다. 살인범의 얼굴을 보지 못한 것이 분했다. 로희는 자신이 본 경광등을 떠올렸다. 그런데 순간 가슴에 차가운 바람 한 줄기가 지나갔다. 로희는 고개를 갸웃거렸다. 마음에 걸리는 무언지 모를 바람 한 줄기의 정체를 알아내려 아이는 깊은 생각에 잠겼다.

***

2019년 8월 27일 화요일.

모텔 바닥에 큰대자로 누워 배를 벅벅 긁으며 잠에서 깬 명준은 베란다 앞에서 커튼을 활짝 걷은 채 팔짱을 끼고 서 있는 로희를 발견했다. 방 안에 쏟아지는 햇빛에 얼굴을 구긴 명준은 거의 신음하듯 로희를 불렀다.

"거기서 뭐해. 왜 이렇게 일찍 깼어?"

"일찍 깬 게 아니라 아저씨가 늦게 일어난 거야."

로희의 목소리는 평소보다 훨씬 냉정하고 차분했다. 그러나 지금 막 깨어난 명준은 그 차이를 느끼지도 못한 채 주책없이 바지 안으로 손을 넣어 엉덩이를 북북 긁었다. 그런 그의 머리는 새가 와서 알이라도 낳을 만큼 완벽한 까치집을 짓고 있었다. 명준은 오늘은 또 뭘 하며 하루를 보내야 할지 아침은 뭘 먹어야 할지, 두서없이 그런 생각을 하며 엉덩이의 시원함을 느끼고 있었다.

그때 로희가 할 말이 있다는 듯 뒤를 돌아보다가 바로 그 꼴을 보았다.

이 한심한 인간! 로희는 발을 들어 엎드려 있는 명준의 엉덩이를 콱 밟아주었다.

"지금 그럴 때가 아니란 말이야!"

"우어어억!"

명준은 비명을 지르며 바닥을 굴렀다. 로희는 인상을 쓰고 그 꼬락서니를 내려다보았다. 아무리 운동을 했다 해도 아이의 발차기 한 방에 저렇게 구르는 것은 오버가 아닌가. 게다가 포즈가 이상하다.

"왜 뒤를 쳤는데 앞을 잡고 굴러?"

로희로서는 이해가 가지 않았다. 분명 엎드려 있어서 엉덩이를 찼는데 왜 앞이 아프다고 잡는 걸까.

잠시 뒤.

마지막까지 로희가 이해하지 못한 명준의 고통이 가라앉을 즈음, 두 사람은 침대 위에 팔짱을 끼고 마주 앉았다. 로희의 얼굴은 아주 심각했고, 명준은 로희의 입에서 이번엔 무슨 소리가 나올까 계속 눈치를 보았다. 로희가 말했다.

"기억이 났어."

"정말?"

명준의 얼굴이 확 밝아졌다. 진실이 어떻고 간에, 잃어버린 로희의 기억이 돌아온 것 자체만으로도 기뻤다. 하지만 로희는 웃음이 나오지 않았다. 무뚝뚝한 얼굴로 말했다.

"일부만."

로희는 짧게 머릿속에 떠오른 장면들을 설명했다.

"아버지가 살해당하는 걸 본 거구나……. 충격이 크겠다."

명준이 로희의 머리에 손을 얹고 쓱쓱 문질렀다. 로희가 인상을 팍 썼다. 그러고는 작은 손으로 명준의 손을 탁 하고 내쳤다. 지금 동정이나 하고 있을 때가 아니다.

"근데 달라. 왜지?"

"뭐가?"

"빛 색깔."

"지금 스무고개 하는 거야?"

"그게 뭔데?"

로희가 모르니 스무고개는 아니라는 것인데, 명준은 로희가 다르다고 말하는 것의 주체를 알 수가 없어 다시 물었다.

"그런 게임이 있어. 일단 그건 아닌 거 같으니 넘어가고……. 그럼 뭐가 다르다는 거야?"

"지난번에, 우리 경찰차 봤잖아."

"봤지. 그래서 네가 그거 보고 네 아버지 죽음에 경찰도 연관되어 있다고 해서……."

"근데 그 불빛이 다르다고!"

약간 흥분한 듯 로희가 명준의 말을 자르며 작게 소리를 질렀다. 불빛이라고 말하는 것은 경광등일 것이다.

"경찰 거랑 비슷한 게 뭐야?"

로희의 질문은 모르는 사람이 보면 마치 두 사람이 퀴즈를 맞히는 게임 중이라고 생각할 것 같은 어조였다. 명준은 진지하게 고민했다.

"구급차라든가……."

"그런 큰 차 아니었어. 승용차 같은 거……. 은색 차 같았는데."

로희는 기억을 더듬으려는지 고개를 갸웃하며 인상을 썼다. 저런 표정을 보면 마치 어른처럼 보이기도 한다.

"소방차?"

"큰 차 아니라고! 은색 차라고! 빨간 거 아니라고!"

답답하다는 듯 로희가 소리를 지르다 그대로 굳었다. 뭔가 생각이 난 듯했다.

"CCTV……."

"CCTV? 보안업체 같은 걸 말하는 거야?"

로희의 표정이 약간 멍했다. 로희가 중얼거렸다.

"어……. 우리 집에 그런 차가 드나들긴 했던 것 같은데……."

그때 명준의 머리를 스친 것이 있었다. 그는 거의 뛰어내리다시피 침대에서 내려가 화장대 옆 책상의 컴퓨터를 켰다. 모텔이긴 해도 오래된 컴퓨터가 놓여 있었다. 덕분에 부팅은 오래 걸렸지만 다행히 인터넷은 연결되었다. 명준은 검색어를 열심히 바꿔

가며 검색해 뉴스 하나를 불러냈다.

드륵드륵 마우스 휠을 굴려가며 기사를 읽는 명준의 얼굴은 심 각했다. 로희가 궁금한지 침대에서 내려와 바로 옆에 섰다. 명준 이 의자를 조금 빼내자 자연스럽게 로희가 명준의 허벅지 위에 올 라앉았다. 그 모습은 마치 친밀한 부녀 같았다.

그때 마우스 휠을 긁어내리던 명준의 손이 우뚝 멈췄다.

"이거야."

명준이 말한 기사는 사건 바로 전일인 20일에 최진태가 CCTV 해제 요청을 했다는 내용이었다.

"이게 뭐?"

로희가 말했다.

"생각해봐. 너희 아버지가 20일에 CCTV 해제를 요청했는데 넌 내 차에 부딪힌 21일에 그 CCTV 차를 본 거잖아. 그럼 그 범 인이 CCTV 기사라는 거 아냐? CCTV가 없는 것도 알 거고."

로희의 눈이 휘둥그레졌다. 로희는 명준의 어깨를 턱 짚었다.

"아저씨 드디어……."

아이의 눈이 감동으로 일렁였다.

"인간으로서 뇌를 쓰기 시작했구나! 난 정말 아저씨 뇌는 뭐 하 러 달려 있는 건가 했잖아!"

로희가 기뻐하며 명준을 끌어안았지만 명준은 이상하게 조금 도 기쁘지 않았다. 그는 로희를 떼어내고 잠시 생각에 잠겼다가 무겁게 입을 열었다.

"내가 자수할게."

로희의 눈이 둥그레졌다.

"무슨 소리야?"

"더 이상은 우리끼리 할 수 없어. CCTV 관리자가 범인일지 모른다는 얘기를 해야 진범을 잡기 쉬울 거 아냐. 내가 자수하고, 너는 네가 본 걸 말하면 돼."

"아니, 잠깐, 잠깐만."

지금 당장 수갑이라도 찬 것 같은 얼굴을 하고 앉은 명준을 향해 로희는 두 손을 내보이며 그를 앉히려는 제스처를 취했다.

"경찰서로 바로 가봐야 얘길 들어줄 것 같아? 기억을 잃은 꼬맹이와 유괴범 이야기를?"

들고 보니 로희의 말이 맞는 것 같았다. 경찰이 정말로 그가 유괴범일 뿐 살인은 하지 않았다는 것을 믿어줄까? 거기다 본인은 전과도 있다. 경찰서에 가자마자 그를 체포하고 언론에 발표하는 것으로 일을 끝내버릴 것 같았다. 하지만 언제까지 이렇게 있을 수만은 없었다.

"그럼 뭘 어쩌자고?"

"나한테 생각이 있어."

로희가 씨익 웃었다. 뭘 상상하든 그 이상의 일을 벌일 때 로희가 보이는 표정임을 명준은 알지 못했다.

***

정만은 마산의 한 카페에 앉아 있었다. 손목을 들어 초조한 듯 시계를 확인했다. 아직 약속 시간까지 5분이 남아 있었지만 혹시 오늘도 허탕을 치는 건 아닌가 싶었다. 마산에 내려온 이후 아직 제대로 건진 소식이 없어 상윤이 전화할 때마다 곤란한 목소리로 "죄송합니다"를 연발하는 것도 이제 지겨웠다.

하지만 오늘은 알려줄 소식이 있었다. 희망의료원은 이미 오래 전에 폐업한 뒤라 건강보험공단, 의사협회에서도 자료를 찾을 수 가 없었다. 그런데 다행히도 당시 근무하던 간호사와 자신의 아 들을 결혼시킨 노인을 찾을 수 있었다. 사정사정해 연락처를 물 어 통화를 했더니 그녀는 미국으로 이민을 가 살다가 남편의 직장 때문에 한국으로 돌아온 지 두 달째가 되었다고 했다. 마산에 살 지는 않지만 멀지 않은 울산에 살고 있다고 했다. 이름은 민원숙 이었다. 정만의 입장에서는 상당히 운이 좋았다. 다음 날 시어머 니도 뵐 겸 마산에 온다고 하여 카페에서 약속을 잡았다. 안타깝 게도 수술실의 간호사는 아니었고, 산부인과 외래 담당자였다고 했다.

그가 초조하게 바깥을 향해 목을 길게 빼는 순간 정면의 횡단보 도를 걸어 오던 여자와 눈이 마주쳤다. 여자는 50대 중반을 넘은 듯했는데, 꽤 마른 몸에 옷차림이 상당히 세련되었다. 눈이 마주 치자 그가 전화를 걸었던 형사인 것을 알았는지 그녀는 웃으며 살 짝 고개를 숙였다.

들어오는 여자에게 정만은 명함을 내밀며 맞은편 자리를 권했 다.

"커피 괜찮으세요?"

"네. 감사합니다."

활짝 웃는 모습이 시원시원했다. 정만은 계산대로 가 커피를 주문하고 자리로 돌아왔다. 시간을 내주셔서 감사하다느니, 마산까지 오시느라 고생이 많으시다느니, 여름 날씨가 더워도 너무 덥다느니 같은 이야기로 커피가 나올 때까지 때우다가 그녀가 커피를 한 모금 마시자마자 본론으로 들어갔다.

원숙은 다행히도 당시 사건을 기억하고 있었다.

"그런 일이 흔하게 있는 건 아니었으니까 잊어버릴 수가 없죠. 박철민 씨든가 김철민 씨든가 이름이 그랬죠, 아마?"

박철원이다. 여자는 이름은 정확히 몰랐지만 그 사람과 사건을 정확하게 기억하고 있는 듯했다.

"난산이었어요. 수술이 결정 났는데…… 뭐가 잘못됐던 건지는 정확히……."

말하던 여자가 잠시 주춤하더니 얼굴이 어두워졌다. 정만이 말했다.

"뭘 걱정하시는지는 알지만 다 말씀하셔도 됩니다. 이민 가셔서 모르실 텐데 당시 원장이었던 최동억 씨는 돌아가셨어요. 30년 전 일이니까 어떤 불법적인 일이 있었더라도 공소시효도 다 지났을 겁니다. 게다가 당사자가 죽었으니 기소할 수도 없고요. 그냥 솔직히 다 말씀해주셨으면 좋겠습니다."

그녀는 낮게 한숨을 내쉬며 말했다.

"사실……. 그때 수술을 원장님이 하신 게 아니었어요."

"네?"

의외였다. 확인된 바에 의하면 원장이 수술한 것으로 되어 있었고, 그래서 박철원의 원망이 그쪽으로 향했던 게 아닌가라고 정만은 생각했었다.

"그럼 누가?"

"요즘은 PA라고 부르는데, 진료 보조사 같은…… 쉽게 말하면 의사도 아닌 사람을 쓴 거예요."

"네? 그게 무슨."

"그러니까 바쁜 원장 대신 무면허인 진료 보조사를 데려다가 수술을 시키는 거죠. 의대 출신자나 간호사 출신, 간혹 의료기기 회사 직원을 쓰기도 해요. 명성이 높아야 병원에 환자가 많이 찾아오는데, 그 명성은 원장이 TV에도 나오고 인터뷰도 하고 그래야 높아지는 거거든요. 수술은 해야지, 명성도 높여야지. 외래 진료도 봐야지. 그래서 수술방 앞에서 가족들이랑 인사하고 들어가서는 다른 사람한테 수술 맡기고 자기는 진료를 보거나 연구도 하고 다른 외부 활동도 하는 거예요."

하필 철원의 아내를 수술한 것이 PA라고 했다. 수술 도중 문제가 생겼지만 전문 의료 인력이 아니었기 때문에 제대로 대처가 되지 않았다. 병원은 철원에게 아무 설명도 해주지 않았다고 했다. 산모가 몸이 너무 약해서 결국 사망했다고만 했다. 철원에게 수술동의서 서명을 받았기 때문에 병원에는 책임이 없다고 했다. 철원은 그때부터 피켓을 만들어 일인 시위를 했다. 아무도 눈 하나 깜짝하지 않았다. 그런데 그런 철원의 눈에 이상한 것이 띄었다. 수술을 들어간 원장이 뒷문을 통해 외출하는 것을 본 것이다.

그 일을 파고들다 철원은 PA의 존재를 알게 된 것 같았다.

그리고 철원은 어느 날 칼을 들고 원장을 덮쳤다.

"그런데 그날이 하필 원장이 자기 딸을 데리고 병원 구경시켜 준다고 온 날이었거든요."

메모를 하던 정만의 펜이 멈췄다. 고개를 갸웃하며 정만이 물었다.

"딸이요? 아들이 아니고요?"

"아들이요?"

"네. 최동억 원장님은 최진태라는 아드님 딱 한 분만 있어요. 그분도 얼마 전에 돌아가셨지만."

원숙은 잠깐 눈을 깜박거리더니 손을 볼에 가져다 대었다.

"어머, 너무 오래된 일이라 헷갈리나 봐요."

"괜찮습니다. 그래서요?"

"아, 그날 그 사람이 원장 죽인다고 난리를 치는데 칼을 잘못 휘둘러서 애가 목덜미를 다쳤거든요. 간호사들끼리는 큰일났다 했는데 이상하게도 그러고 나서 다 조용해졌어요. 더 이상 그 남자도 나타나지 않았고요. 비밀리에 합의했다는 소문이 돌기는 했는데 애를 다치게 했으니 그냥 넘어가기로 한 것 아닐까요?"

-8-

최진태의 집 지하에 만들어놓은 연구실을 조사하는 데는 한국대 법의학 교수 유성훈이 함께했다. 부검은 보통 국과수를 통하지만 국과수의 법의관은 한정되어 있고 부검해야 할 시체는 매일

같이 들어온다. 그렇기에 급한 사건은 인근 경찰서에서 한국대 법의학교실에 부검을 의뢰한다. 그런 과정에서 상윤은 유성훈과 안면을 트고 지냈다. 성훈은 나이도 형님뻘인 데다 인자하고 부드러운 성품이라 상윤은 금세 호감을 느꼈다. 여러 가지 사건과 얽히면서 각자 시간이 나지 않는 삶 속에서도 서로의 안부를 자주 챙겨왔다. 매일 현장 속에서 증거를 찾는 상윤과 시체에 남겨진 증거를 찾는 성훈에게는 통하는 애로 사항도 많았다.

"오랜만에 연락해서 술 한잔하자는 건 줄 알았더니, 사람 이렇게 김빠지게 하기야?"

성훈이 라텍스 장갑을 끼며 웃었다. 상윤은 오늘 개인적으로 성훈에게 전화를 걸어 부탁을 했다.

상윤은 프로파일러의 말대로 최진태가 소진유를 죽였을 가능성이 상당히 크다고 판단했다. 그리고 그 이유가 최진태가 투자를 받고 지속해오던 연구에 있다고 생각했다. 그 연구가 무언지 밝혀야 하는데 상윤이나 다른 경찰들은 연구실에 남은 자료를 아무리 봐도 내용을 파악할 수 없었다.

"저는 이쪽으로는 까막눈 아닙니까? 잘 부탁드립니다."

어울리지 않게 애교 섞인 목소리를 내며 상윤이 허리를 숙여 보였다.

"곱창."

"곱창에 소주까지 얹어 드리겠습니다."

"사이다면 돼."

자연광에서 부검을 해야 하는 탓에 하루를 이른 아침에 시작하는 성훈은 바쁜 기간에는 절대 술을 마시지 않았다. 상윤은 성훈의 어깨를 주무르며 다 사드리겠으니 고생 좀 하시라고 너스레를 떨었다.

성훈이 최진태의 연구실 안을 둘러보며 혀를 내둘렀다.

"완전 워커홀릭이시구만. 웬만한 대학 연구실은 찜 쪄 먹겠어."

각종 자료며, 실험 도구들이 높은 수준으로 갖춰져 있었다. 성훈은 일단 책상 위에 놓인 프린트물부터 차분히 읽어나갔다. 가끔은 제목만 보고 옆으로 치워버리는 것도 있었고, 꼼꼼히 읽는 것도 있었다. 서랍장 안에 들어 있는 서류들도 그의 손을 스쳐 지나갔다. 상윤은 책장 쪽을 훑어보았지만, 뭘 해야 할지는 잘 몰랐다.

그러기를 세 시간째, 잠복 덕분에 기다리는 것은 이골이 난 상윤도 슬슬 하품이 나기 시작할 때쯤 성훈이 고개를 갸웃했다.

"뭐 대단한 건 없는데? 이런저런 논문 준비한 건 있지만 돈을 수십억씩 투자받을 건 못 돼. 그냥 학술지에 실릴 만한 걸 준비한 정도야."

"확실해요?"

"이 자식이! 못 믿으면 네가 읽어, 인마!"

장난스럽게 주먹을 올리면서도 유성훈 역시 조금은 아쉬운 얼굴을 했다. 처음 상윤이 찾아와 부탁했을 때 법의학 박사로서 순수한 호기심을 자극받았던 것이다. 얼마나 대단한 연구인지 궁금했는데 이곳에는 이렇다 할 것이 전혀 없었다.

"혹시 사기 친 건 아니야?"

"그런 것 같지는 않았어요."

투자자 중에는 의사도 있었다. 만약 단순한 사기였다면 들통나지 않았을 리 없다. 그렇게 큰돈을 제대로 확인도 안 한 채 넘겼을 리도 없잖은가.

"어쩔까? 여기서는 더 나올 게 없을 것 같은데."

성훈의 말에 박상윤은 고개를 들었다.

"아, 먼저 가시죠. 전 좀 더 확인해보고 가겠습니다."

"그럴래? 뭐 나오면 연락 주라고."

"네. 오늘 감사했습니다. 제가 정말로 곧 맛있는 저녁 대접하겠습니다."

"기대하지."

"맛있는 사이다요."

성훈이 크게 웃으며 1층으로 올라갔다. 최진태의 집 대문까지 성훈을 배웅하고 돌아선 상윤은 깊은 생각에 잠긴 채 다시 거실로 올라섰다.

'뭘까. 뭔가 마음에 걸려.'

무심결에 고개를 들던 상윤의 눈에 시신이 발견된 방의 문이 들어왔다. 순간 금고가 떠올랐다. 은선을 만났을 때 연구 서류가 없어졌다고 말했었다. 하지만 소진유를 죽인 것이 최진태라면, 최진태가 직접 금고 안의 연구 자료를 옮겼을 가능성이 있다. 왜냐하면 소진유가 죽은 것을 신고하고 경찰 조사가 시작되면 연구가 들통날 수도 있다. 경찰이 무슨 자료인지 알아보지 못할 수도 있지만, 최진태는 조금의 위험도 감수하고 싶지 않았을 것이다.

상윤은 전화를 걸었다.

"본부장님! 여기 최진태의 자택입니다. 지원 좀 보내주십시오."

자신의 생각을 상윤은 자세히 설명했다. 그 연구가 어떤 것인지 알아야 적어도 소진유에 대한 최진태의 범행 동기를 파악할 수 있을 것 같았다. 본부장 역시 고민을 짧게 끝내고 곧 지원 인력을 보내주기로 했다.

전화를 끊자마자 다시 전화가 울렸다. 본부장인가 했는데 최동억의 고향으로 보냈던 정만이었다. 상윤은 급히 전화를 받았다.

–선배, 당시 근무하던 간호사를 찾았습니다!

정만의 목소리에 상윤의 심장이 다시 두근거렸다. 드디어 뭔가 슬슬 나온다는 생각이 들었던 것이다. 정만은 30년 전 있었던 박철원 아내의 죽음에 대한 이야기와 박철원이 최동억을 덮치려 했던 사건에 대해 이야기했다. 그런데 거기에 덧붙여 정만이 한 말은 상윤으로서는 전혀 상상치도 못한 것이었다.

–그런데 이상합니다. 그 이후로 조용해졌대요. 박철원이 다시 병원에 나타나지도 않았다던데요.

"둘이 합의를 했다는 거야?"

–그것도 잘 모른다고 합니다. 그때 일을 아는 사람도 더 찾지 못했어요. 워낙 오래된 일이니까요. 이 간호사는 그때 원장의 자식이 딸인지 아들인지조차 헷갈리던데요, 뭐.

박철원과 최동억이 합의를 했다면 30년이나 지난 시점에 복수를 한다는 건 더 이상한 일이었다. 상윤은 당시 상황을 기억하고 있는 사람을 조금 더 찾아보라고 하고는 전화를 끊었다.

'대체 어떻게 된 사람들이야.'

상윤은 집 안을 둘러보았다. 이 집 구석구석에 알 수 없는 어둠이 거미줄처럼 얽혀 있는 것만 같았다.

본부장이 보내준 지원 인력은 총 다섯 명이었다. 압수수색에 자주 차출되는 인력으로 화장실이든 주방이든 털어낼 수 있는 인물들로 구성해주었다. 그만큼 본부장 역시 이 사건 해결에 사활을 걸고 있는 것이다.

"벽을 뜯어서라도 숨긴 게 있는지 찾아내야 합니다. 잘 부탁드립니다."

성훈과 함께 뒤졌던 지하 연구실을 포함해 모든 방과 화장실, 다용도실까지 꼼꼼한 수색이 진행되었다. 그들은 단 하나도 놓칠 생각이 없다는 듯 모든 액자를 떼어내고, 심지어 가구까지 들어내며 조사를 이어나갔다. 그러기를 한 시간 30여 분, 최진태가 쓰던 서재에서 한 명의 외침이 들려왔다.

"여깁니다!"

상윤은 당장 서재로 뛰어 들어갔다. 바닥은 최진태의 책장에서 꺼낸 책들로 가득했다. 책장이 텅텅 비어 있었고, 벽에 설치되어 있던 슬라이딩 책장까지 분리된 채 바닥을 뒹굴고 있었다. 슬라이딩 책장이 떼어진 뒤 드러난 벽을 상윤은 제일 먼저 보았다. 벽에 뭔가 다른 문이나, 금고가 설치되어 있을 거라고 생각했기 때문이었다. 그런데 특별한 것은 보이지 않았다. 상윤이 수색대원의 얼굴을 보았다. 그는 만면에 의기양양한 미소를 띠고는 책상 위에 올려둔 예닐곱 권의 두꺼운 서적 위에 손을 턱 짚었다.

"뭐죠?"

상윤이 고개를 갸웃하며 물었다. 말보다는 보여주는 것이 낫다는 듯 그가 책 한 권의 표지를 열어 보였다.

"헉."

상윤은 놀라서 그만 거친 숨소리를 내고 말았다. 책은 표지와 붙어 있지 않았다. 내용물은 전부 프린트된 연구 자료 같은 것들이었다. 두꺼운 책의 내용물을 떼어내고 그 안에 연구 자료를 끼워 넣은 뒤 많은 책들 사이에 숨겨놓은 것이다. 나무는 숲에 숨겨라. 그런 이치와 같은 것이었다. 참, 좋은 머리다. 그리고 그걸 찾아내는 이 사람들도 참 대단하다.

상윤은 서류를 찾아낸 수색대원을 향해 경의를 담아 엄지를 치켜들어 보였다.

"이 서류 전부, 한국대 법의학교실 유성훈 교수님께 보내주십시오."

수색대원에게 지시한 후 상윤은 즉시 성훈에게 전화를 걸어 사정을 알렸다. "너도 참 대단하다"고 성훈이 말했다. 상윤은 이 자료가 어떤 내용인지는 반드시 비밀에 부치고 가급적 빨리 내용을 알려달라고 부탁한 뒤 전화를 끊었다.

최진태의 집을 나온 상윤은 운전석에 올라타 시동을 걸고 차를 출발시켰다. 수사본부에 들어가 현재 상황을 보고한 뒤 성훈의 연락을 기다릴 예정이었다. 최진태의 당일 행적 조사도 이어가야 할 것이다. 최진태가 소진유를 죽였다면 최진태는 왜 죽은 걸까. 아직 아동전담팀 쪽에서도 이렇다 할 성과를 내지는 못한 것 같았다. 최로희는 대체 어디에 있는 걸까.

그런 생각을 하느라 상윤은 자신의 뒤를 따르는 차량에 전혀 관심을 두지 못하고 있었다.

**

은파로터리로 접어들자 차량이 눈에 띄게 줄었다. 시간을 확인해보니 벌써 11시가 넘었다. 수사본부까지 차릴 정도의 사건이 터지면 형사들은 시간을 잊는다. 밥 먹는 시간, 잠자는 시간, 퇴근 시간, 출근 시간 모두. 기억하고 계속 되뇌는 시간은 크리티컬 아워뿐이었다. 하지만 그것을 놓치자 절벽 앞에 선 기분으로 모든 것을 잊은 채 사건에 매달렸다.

우회전을 한 뒤 일방통행인 골목 안쪽으로 접어들었다. 영인경찰서로 가는 지름길이었다. 그때 맞은편에서 차량 한 대가 진입했다. 저쪽 방향에는 진입금지 표지가 분명히 눈에 띄게 서 있는데도 그대로 들어오고 있었다. 일방통행인 길이라 좁아서 옆으로 피할 수도 없었다. 아무리 지름길이라도 도로교통법은 준수하셔야지. 얌체 같은 마음이 들어 클랙슨을 두 번 크게 울렸다. 그런데 황당하게도 상대방은 상향등을 켰다. 조명이 쏟아져 눈을 뜰 수가 없었다. 화가 울컥 치밀어 올라 클랙슨을 쾅 내려치며 다시 한 번 경적을 울렸지만 상대방은 꿈쩍도 하지 않았다.

'아, 박상윤 성질 많이 죽였는데, 또 이렇게 자극하네.'

그는 고개를 양쪽으로 우득우득 꺾으면서 차를 세우고 운전석에서 내렸다. 그제야 상대방 차량이 상향등을 껐다. 선팅이 짙어 안이 잘 보이지 않았다. 운전석에서 내리는 남자는 모자를 깊이 눌러쓰고 있었다.

"아, 뭐 하시는 겁니까? 여기 일방통행 길인 거 몰라요? 저기 딱 쓰여 있구만! 그쪽은 진입금지! 나는 일방통행! 내가 들어가는 거라고! 후진해요, 후진!"

상윤이 소리를 지르는 동안에도 남자는 아무런 말도 없이 저벅 저벅 앞으로 다가왔다. 몇 발짝 앞에서 멈출 줄 알았는데 남자는 속도도 줄이지 않은 채 코앞까지 바짝 다가섰다.

"어어, 뭐야."

남자는 상윤의 양 손목을 덥석 움켜잡았다. 무슨 일이 벌어진 것인지 파악하기도 전에 잡혀버린 상윤은 황당한 얼굴로 남자의 손아귀에서 벗어나기 위해 팔을 당기고 몸을 버둥거렸다. 정만이 봤으면 수산 시장에 있는 고등어처럼 펄떡대더라고 꽤나 놀렸을 포즈였다. 이상한 일이었다. 상윤도 경찰대에서 알아주던 장사였 다. 게다가 형사 생활 동안 쉬지 않고 근력 운동을 해왔다. 그런데 남자의 손아귀에 잡히자 꼼짝도 할 수가 없었다. 누가 꽁꽁 묶어 둔 채로 시멘트를 발라 굳힌 것 같았다. 아무리 버둥거려도 남자 는 머리카락 한 올 흔들리지 않을 기세였다.

"뭡니까?"

상윤은 자신을 덮칠 범죄자들을 하나하나 머릿속에 그려보았 다. 내가 잡아넣은 놈들 중에 근래에 나올 놈이 누가 있었더라, 하 고. 그러나 머릿속에 특정한 얼굴이 떠오르기도 전에 남자가 얼굴을 들었다. 그래도 워낙 모자를 깊이 눌러써 코 아래까지만 보였다. 상윤은 머리를 살짝 기울이며 더 잘 보기 위해 눈을 가늘게 떴다. 남자가 한 손으로 상윤의 양 손목을 움켜쥐고, 나머지 한 손으로 모자를 들어 올렸다. 한 손으로도 제압되는 것에 모멸감을 느끼기도 전에 남자의 얼굴을 본 상윤은 눈을 커다랗게 떴다.

"김명……!"

"죄송합니다. 형사님."

그가 이름을 채 부르기도 전에 명준은 사과하며 오른손 날로 상윤의 목덜미를 날카롭게 내려쳤다. 상윤의 몸이 축 늘어졌다. 명준이 얼른 그의 어깨에 손을 넣고 부축했다. 명준이 끌고 온 차의 뒷문이 열리며 로희가 내렸다.

"태워."

***

기억을 잃은 어린아이의 말도, 유괴범인 명준의 말도 제대로 들어줄 형사는 없을 거라는 로희의 말에 명준은 아무런 대답도 할 수가 없었다. 로희는 뭔가 생각이 있는 듯 똘망한 눈을 빛냈다. 그리고 한 시간 뒤, 두 사람은 로희의 집 근처에 렌트한 차를 대고는 바깥에서 보이지 않게 거의 누워서 동태를 살피고 있었다.

"유괴하는 거야. 사건 맡은 형사 중 누구라도 좋아. 일단 이야기를 들을 환경을 만들어야 한다고. 한 번 해봤으니 잘할 수 있지?"

"형사를 유괴했다가는 난리가 날 텐데."

"암튼 하라고."

처음엔 말도 안 된다며 명준이 저항을 했지만, 어쨌거나 그는 로희의 말발을 이길 수 없어 여기까지 오고야 말았다. 가만히 생각해보니 맞는 말인 것도 같았다. 자수를 한답시고 이대로 경찰서에 들어가면 명준은 곧장 철창행일 것이고, 아무도 그의 말을 믿어주지 않을 것이다. 로희의 말은 아이의 말이니 신빙성을 의심받을 것이다. 형사 한 명을 포섭해 차분히 두 사람의 얘기를 듣도록 해야 했다.

이미 조사가 끝난 집이라 경찰이 오지 않으면 어떻게 하나 싶었는데 운 좋게도 한 남자가 안으로 들어갔다. 분명 형사일 것이다. 나오는 대로 잡자 했는데, 다른 한 명이 또 안으로 들어갔다. 둘은 필요 없다, 하나여야 한다, 가 로희의 지시였다. 세 시간쯤이 걸렸나. 인내심이 한계치에 다다를 때 한 사람이 나왔다. 두 번째로 들어간 남자였다. 처음의 형사는 혼자 남은 것 같았다. 기회는 이때다. 안으로 들어가서 잡자고 생각한 순간 경찰들이 떼거지로 몰려왔다. 결국 다시 기다림을 거쳐 남자가 혼자가 될 때까지 뒤따르다 잡을 수 있었던 것이었다.

명준은 침대 위에 눕혀 놓은 형사를 물끄러미 내려다보았다. 빨리 깼으면 좋겠다. 그리고 우리를 믿어주면 좋겠다. 그런 생각을 할 때 형사가 몸을 뒤척이기 시작했다. 명준은 긴장했다.

"아우, 머리야……."

상윤은 둔한 두통을 느끼며 인상을 구겼다. 목 근처가 뻐근해 손을 얹은 순간, 멈칫했다. 자신의 손을 잡은 남자. 그리고 그에게 맞아 기절당한 순간이 떠올랐다. 그는 자신의 옆쪽에서 인기척을 느꼈다. 침대에서 벌떡 일어서며 주먹을 움켜쥐었다. 침대 바로 옆에 의자를 두고 앉은 남자가 아까와는 다르게 항복이라도 하듯 두 손을 위로 들었다. 싸울 생각은 없다고 보여주고 싶은지 두 걸음 정도 뒤로 물러났다. 남자의 얼굴을 확인한 상윤의 눈이 커다래졌다. 상윤은 빠르게 시선만 돌려 방 안을 확인했다. 불그스름한 조명과 가구의 분위기로 볼 때 모텔인 것 같았다. 그는 싸울 태세를 갖추었다.

"싸우면 나쁜 어린이라고 학교에서 안 배웠어요?"

갑자기 야무진 목소리가 들려왔다. 상윤은 놀라 소리가 나는 쪽으로 고개를 돌렸다. 상윤이 누워 있던 침대 발치 쪽 벽에 한 여자아이가 다리를 꼬고 앉아 있었다. 여자아이는 눈을 아래로 살짝 내리깔고는 그를 응시하고 있었다.

상윤은 명준을 보았을 때보다 더 눈을 휘둥그렇게 떴다. 마치 눈이 튀어나오기라도 할 것 같았다. 자신의 머리가 지금 정상이라면, 자신의 시력이 그대로라면, 꿈을 꾸는 게 아니라면 저 아이는 분명.

"최로희?"

"날 알아보네. 그럼 저 아저씨도 아는 건가?"

로희는 손으로 아직 벽에 붙어 서 있는 명준을 가리켰다.

"그래도 소개할게. 저쪽은 김명준 씨. 내 유괴범."

상윤은 망치로 머리를 한 대 맞은 것 같은 충격을 받았다.

4장

살인의 날

-1-

그동안 있었던 일을 최대한 자세히, 그러면서도 알아듣기 쉽게 이야기하는 것은 대부분 로희가 맡았다. 명준은 로희를 유괴하기까지의 과정을 얘기하기는 했으나, 상윤이 중간에 말을 끊고 몇 번씩 되물어야 했다. 논리 정연하게 말하는 것은 서른여덟 살의 명준보다 열한 살짜리 로희가 훨씬 더 나았다. 로희는 자신에게 벌어진 일들을 최대한 객관적인 입장에서 말하고 있었다. 이것이 정말 열한 살짜리의 화법일까.

로희의 설명이 어느 정도 끝나자 상윤은 깊은 숨을 내쉬었다. 어떻게 이런 일이 벌어질 수 있는 걸까 생각이 드는 한편으로, 딸을 위해서 무엇이든 할 수 있는 명준의 입장도 이해될 수 있있고, 아무도 믿지 못하는 상황에서 명준을 믿은 로희의 행동도 일견 납득이 갔다.

"그래서 내가 본 사람은 아무래도 CCTV 관리하는 사람인 거 같아."

로희는 상윤의 얼굴을 응시했다.

"어느 정도 의심하고 있었구나."

전혀 놀라지 않는 상윤의 표정을 파악한 로희가 말했다. 상윤은 로희의 그런 빠른 두뇌 회전이 놀라울 따름이었다. 철원의 과거사를 들추기 시작하면서, 대체 왜 대를 이어서까지 복수를 이행하는지는 알 수 없어도, 그에게 혐의점이 가장 짙다는 것을 지금까지의 조사 결과에서 어느 정도 알아냈다. 하지만 살해당한 피해자의 딸이 직접 목격했다면 더 이상 시간을 끌 필요가 없었다.

"일단 경찰서로 갑시다. 두 사람이 이렇게 돌아다니는 건 더 이상 무의미해."

말을 하며 상윤은 로희를 보았다.

"지금 한 얘기, 경찰서에 가서 잘 진술할 수 있지?"

로희가 고개를 끄덕였다. 하지만 상윤이 일어나려고 하자, 그의 손을 붙잡듯 로희가 말했다.

"그런데 조건이 있어."

반쯤 일어나다 말고 상윤이 다시 주저앉았다. 로희가 턱짓을 했다.

"저 아저씨, 내버려 둬."

체포하지 말라는 뜻 같았다. 상윤은 명준을 보았다. 명준은 당황했는지 두 사람을 번갈아 보더니 로희에게 손을 내저었다.

"난 괜찮아. 저 신경 쓰지 말고 애 부모님 죽인 놈 잡는 데 신경 써주세요."

유괴범과 피해아동의 대화치고는 참 이상했다. 하지만 여기서 본 것만으로도 상윤은 왠지 알 것 같았다. 그는 좋은 사람이라는 걸.

"그건 둘째 문제야."

"이게 첫째 문제야. 유괴가 아니라 보호였던 걸로 해."

이미 계획을 짜고 있었다는 듯 로희가 단호하게 말했다. 아이는 또렷하고 말간 눈으로 상윤의 눈을 똑바로 응시했다. 상윤이 아이를 뚫어지게 쳐다보았지만 시선을 돌리거나 피하지 않았다. 이 아이가 정말로 열한 살인가. 대체 죽은 두 사람은 아이를 어떻게 키워온 걸까 신기할 따름이었다. 부드러운 웃음을 지으며 상윤이 말했다.

"나 혼자 결정할 수 있는 일이 아니야."

"쳇. 너무 잔챙이를 잡았나."

속이 부글부글 끓는 것을 참으며 상윤이 눈을 감았다가 떴다.

"최대한 도와보지. 결과는 장담 못 해. 잔챙이라서."

"좋아."

그럼 이야기가 끝났다는 듯 로희가 일어섰다. 상윤이 말했다.

"나도 조건이 있어."

로희가 그를 돌아보았다.

"반말하지 마."

"아."

그제야 자신이 여태껏 반말을 하고 있었다는 걸 인식한 듯 로희가 입을 벌렸다. 로희가 명준을 턱짓으로 가리키며 변명했다.

"워낙 이쪽에 반말하다 보니 습관이……."

"우씨."

명준이 입술을 비쭉 내밀면서도 로희를 향해 고개를 끄덕였다. 그걸 본 로희가 상윤을 향해 고개를 숙였다. 아이를 처음 만난 순간부터 지금까지 보지 못했던 표정이 나왔다. 부모에게 지적당했을 때의 민망해하고, 미안해하는 열한 살짜리의 순수한 얼굴. 지금 표정이 딱 그랬다. 그런 얼굴로 로희가 말했다.

"미안. 아니, 죄송합니다."

침대에서 깨어났을 때 짐작대로 명준과 로희가 그를 끌고 온 곳은 무인텔이었다. 어쩐지 조명이 벌겋더라, 라는 생각을 하며 상윤은 엘리베이터에서 명준에게 날카로운 시선을 보냈다. 그가 무슨 생각을 하는지, 왜 자신을 노려보는지 알겠다는 듯 명준이 시선을 피하며 목을 움츠렸다.

"차 키 줘요."

상윤이 손을 내밀며 말했다. 운전석에 오르려던 명준이 그를 보았다.

"지금부터 경찰서 들어갈 건데, 입구에서부터 잡힐 일 있어요?"

명준이 로희를 보았다. 로희가 고개를 끄덕였다. 그제야 명준이 상윤에게 열쇠를 넘겼다. 둘의 관계가 그걸로 한눈에 보였다. 열한 살짜리 아이가 지시하면 서른여덟 살의 남자가 이행했다. 뭔가 한심하다는 생각을 하면서 상윤은 운전석에 올라 시동을 걸었다. 명준이 로희를 뒷자리에 태우고 안전벨트를 꼼꼼히 채웠다. 그러고는 자동차의 뒷면을 빙 돌아 로희의 옆자리에 타더니 다시 한번 로희의 안전벨트를 확인했다. 명준이 그러는 동안 로희는 가만히 있었는데 왠지 표정이 부드러웠다. 다시 둘의 관계가 전도되었다. 이상한 관계다. 상윤은 시동을 걸고 차를 출발시켰다.

경찰서로 향하면서 상윤은 곧장 수사본부장에게 전화를 걸었다. 모든 수사 인력을 본부로 집합시켜달라는 부탁을 했다. 부장은 무슨 일인가를 물었지만, 상윤은 전화로는 자세한 이야기를 하기 힘들었다. 말끝을 흐리면서 룸미러를 통해 뒷자리에 앉은 두 사람의 얼굴을 보았다. 잘못 이야기가 전달되었다가는 경찰서에 들어가기 무섭게 명준이 체포될 것이다. 물론 그는 아이를 유괴했지만, 상윤은 왠지 그런 그가 처벌 대상으로 느껴지지가 않았다.

"들어가서 말씀드리겠습니다."

잠시 후 경찰서에 도착하자 정문을 지키고 있던 의경이 손짓을 하며 저지했다. 차량은 명준이 렌트한 것이지만 운전석 창문을 열고 상윤이 얼굴을 내밀자 그대로 통과되었다. 본관 쪽에서 가장 가까운 주차장에 차를 세우고 안으로 들어갔다. 들어가면서 뒤돌아보니 명준도 로희도 한 손으로 옷깃을 올려 똑같은 포즈로 얼굴을 가린 채 주변을 살피고 있었다. 서로 손을 꼭 잡고서.

본부실로 들어갔다. 상윤이 들어가자 본부장이 빠른 걸음으로 다가왔다.

"무슨 일이야. 지금 언론에서도 아주 난리 난리가……. 누구시죠?"

상윤에게 다그쳐 묻던 본부장이 뒤따라 들어오는 허름한 남자를 발견하고는 미간을 살짝 찌푸렸다. 상윤의 뒤를 따라 들어왔으니 잡상인은 아닐 테고. 누구일까 궁금해하는 다른 형사들의 시선도 일제히 남자에게 몰렸다. 한 손으로는 아이의 손을 잡고 한 손으로는 얼굴을 반쯤 가렸던 남자가 서서히 손을 내렸다. 같은 속도로 아이도 자신의 얼굴을 드러내었다.

"!"

어디선가는 신음이 흘렀고, 저 멀리 어떤 형사는 얼굴을 보기 위해 일어났다가 의자에 털썩 주저앉고 말았다. 본부장의 눈은 당장이라도 튀어나올 것처럼 휘둥그레졌다. 상윤이 명준을 가리키며 말했다.

"이쪽은 김명준 씨. 최로희 양 유괴범입니다."

***

모든 설명이 끝나자 경찰서 수사본부 내에는 깊은 침묵이 감돌았다. 가장 빨리 뇌를 회전시킨 것은 역시나 본부장이었다. 그는 형사들의 웅성임 속에서 혼란스러운 표정을 가장 빨리 지우고 상황을 정리했다. 어쨌거나 아이는 무사하고, 목격자가 있다. 범인은 이제 명확해졌다. 본부장은 자리에서 벌떡 일어섰다. 서로 이 상황에 대해 기막혀하며 이야기를 나누던 형사들이 모두 입을 다물고 본부장을 보았다.

"지금부터 모든 것은 비밀에 부친다. 그리고 A팀, 박철원 씨를 긴급체포해 온다."

"네!"

A팀의 형사 세 명이 일제히 대답하며 자리에서 일어섰다. 그때였다. 수사본부에 전화벨이 울렸다. 모두 긴장하며 전화기를 보았다. 무언가 불길한 기운이 감돌았다. 출장을 간 정만을 제외하면 수사본부의 형사들은 모두 이곳에 있다. 정만이 뭔가를 알아냈다면 바로 자신의 파트너인 상윤의 휴대폰에 전화를 걸었을 것이다. 그렇다는 것은……. 수사본부의 인원이 아닌 또 다른 누군가의 전화, 뭔가 터졌다는 것을 의미하는 것이었다.

한 형사가 자리에서 일어나 전화를 받았다. 무슨 소리를 들었는지 그의 표정이 급속하게 굳었다. 알겠다는 듯 그는 고개를 끄덕이고는 재빨리 메모를 하기 시작했다.

"갈 때까지 현장 보존 잘 부탁드립니다."

그 말 한마디로 수사본부 사무실이 찬물을 끼얹은 것처럼 조용해졌다. 모든 사람의 시선을 한 몸에 받으며 그는 전화를 끊었다. 이렇게 하루 동안 놀랄 일이 몇 번이나 생기는 일이 흔했던가를 생각하며 그는 자신을 지켜보는 대원들과 수사본부장을 보았다.

"태현 1지구대에서 연락이 왔습니다. 윤정도가…… 살해됐답니다."

***

상윤이 도착했을 때는 행인들과 인근 상인들이 주변에 가득했고, 전화를 걸어준 태현 1지구대원들은 현장 보존을 위해 사람들을 막고 사진을 찍지 못하게 하느라 정신이 없었다. 그래도 다행히 폴리스 라인을 치고, 시신을 움직이지 않은 상태에서 천막을 쳐서 구경거리가 되지는 않았다. 마치 버려진 것처럼 윤정도는 쓰레기 더미 위에 널브러져 있었다.

시신을 처음 발견한 사람은 56세의 식당 종업원이었다. 쓰레기를 버리러 나왔다가 발견한 것이었다. 처음엔 술에 취한 사람이 잠들었나 했다. 목에 칼이 찔려 있지 않았다면, 그녀는 경찰에 신고하지 않았을지도 모른다.

상윤은 고개를 꺾어 위를 올려다보았다. 방범용 CCTV가 설치되어 있었다.

"이건 완전히 내가 범인이니까 잡아라, 하는 거잖아."

상윤은 천막에서 나갔다. 과학수사대원들의 업무에 방해가 되어서는 안 되기도 했지만 머리가 너무 복잡해서였다. 현장은 항상 진실을 말한다. 시신을 숨기는 데 공을 들인 현장은 범행 발견 시각을 최대한 늦추려 했다는 뜻이고, 시신의 얼굴을 뭔가로 가리는 것은 안면이 있는 범인이라는 것을 형사에게 말해준다. 그러면 이 현장이 말해주는 것은 대체 무엇일까. 하나밖에 생각할 수 없었다.

내가 범인이니까 빨리 잡아라.

대체 왜? 무슨 이유로?

현장 출동 당시 CCTV를 확인하라는 지시를 받았던 형사 하나가 다가왔다. 그의 손에는 태블릿 PC가 한 대 들려 있었다.

"CCTV 영상 찾았습니다."

그는 태블릿을 내밀었다. 화면에 사건 현장이 그대로 담겨 있었다. 그는 빠르게 감기로 몇 구간을 넘기더니 영상의 10분 20초 구간에서 재생 버튼을 눌렀다. 두 남자가 함께 걸어왔다. 앞서 걸어온 것은 정도였다. 취한 듯 비틀거리는 걸음이었다. 뒤에 따라오는 사람이 범인일까. 그런데 그는 화면의 절반쯤까지만 걸어온 뒤 걸음을 멈추었다. 상윤은 그의 모습이 제대로 찍혀 있지 않을까 봐 조바심이 났다.

그 와중에도 화면은 계속 이어졌다. 뒤에 따라온 사람이 뭔가 말을 한 것인지, 아니면 부른 것인지 알 수 없지만 윤정도가 뒤를 돌아보았다. 그리고 그 순간이었다. 아주 짧은 찰나였다. 남자는 조금의 주저도 없이 팔을 뻗어 정도의 목에 칼을 쑤셔 박았다. 정도는 자신에게 일어난 일이 무엇인지 알지 못한 듯 목에 박힌 것을 슬쩍 내려다보았다. 그러나 잠시뿐이었다. 고통으로 무섭게 일그러진 얼굴로 그는 무릎을 꺾었다. 남자는 칼을 쑥 뺐다. 그리고 다시 쑤셔 박았다. 정도가 쓰레기 위로 널브러졌다.

'누구냐.'

아직 그는 얼굴을 보이지 않고 있었다. 이대로 뒤돌아가 버릴까 봐 상윤은 목이 탔다. 그런데 다행히 화면 속 남자가 한 걸음 앞으로 나왔다. 후드점퍼의 모자를 쓰고 있었는데, 그는 정도를 내려다보더니 천천히 모자를 내렸다. 그러고는 고개를 꺾어 화면을 정면으로 보았다.

박철원이었다.

***

철원에 대한 긴급 수배 명령이 떨어졌다. 정도의 목에 꽂힌 칼에서는 철원의 지문이 선명히 찍혀 나왔다. 모든 정황이 철원을 범인이라 가리켰다. 그러나 철원이 대체 왜 그랬는지는 알 수가 없었다.

철원은 시신 발견 신고가 들어간 지 한 시간 30여 분 만에 자택에서 체포되었다. 그는 모든 것을 예감한 듯 방바닥에 가만히 앉아 있었다. 체포에는 상윤도 동행했다. 도무지 철원을 이해할 수가 없어서였다. 철원은 경찰들이 들어서자 조용히 일어나 팔을 내밀었고, 아무런 저항 없이 수갑을 찼다. 집에서 끌려나와 차에 올라탈 때까지 그는 아무런 말도 하지 않았다.

주인을 잃은 집을 상윤은 가만히 돌아보았다. 정말 허름한 집이었다. 세를 놓기 위해 본채에 집을 이어 붙인 오래된 주택의 전형적인 형태였다. 본채의 대문 반대쪽에 철원의 방으로 들어가는 철문이 별도로 있었고, 문을 열면 싱크대 하나뿐인 주방에 방 하나가 딸려 있었다. 화장실이 없는 것을 보니 안채로 연결되는 문으로 들어가 뒤란의 통로를 지나면 있는 화장실을 주인집과 같이 쓰는 것 같았다.

"이게 무슨 일이여 그래."

인상을 찌푸린 할머니가 안채에서 나왔다. 철원이 집 안의 물건을 처리하는 비용은 보증금에서 써달라고 했다고 한다. 모두 버려달라고. 상윤은 방 안으로 들어가 보았다. 플라스틱으로 만든 수납장 안에 몇 벌 되지 않는 옷이 개켜 있었고, 그 위에 낡고 누렇게 변색된 이불 두 채가 있었다. 커피를 마실 때 쓰는 주전자와 믹스 커피는 쟁반에 담겨 바닥에 놓여 있었다.

누가 쓰다 버린 것을 주워다 놓은 것처럼 방과는 전혀 어울리지 않는 세 칸짜리 노란색 컬러박스에 파일들이 꽂혀 있는 것이 눈길을 끌었다. 상윤은 파일을 꺼내 보았다. 최진태와 관련된 자료들이었다. 아주 오래된 것은 아니었고, 3, 4개월 정도 모은 것으로 보였다.

상윤은 우선 그 파일들을 챙겼다. 최진태는 그렇다 치고 정도까지 죽일 이유는 무엇이었을까. 그의 모든 삶을 대변해주는 이방은 허름하고 보잘 것 없지만 잘 정리되어 있었다. 쓰레기들이 뒹굴지도 않았다.

컬러박스 위에 갈색 액자가 놓여 있었다. 지금의 철원이라고 상상하기 힘든 그의 젊은 시절 사진이었다. 그는 아내로 보이는 여자와 나란히 사진을 찍었다. 아내의 배가 살짝 불러 있었다. 깡마른 지금과는 다르게 사진 속의 철원은 행복으로 살이 올라 있었다. 두 사람의 손이 떨어지지 않을 것처럼 서로를 꽉 쥐고 있었다.

낡은 액자를 내려놓으며, 상유우 문득 지금쯤 경찰서로 한창 연행되고 있을 철원에게 달려가 묻고 싶었다.

'당신의 삶은 30년 전에 머물러 있는 겁니까?'

그때 휴대폰이 진동했다. 휴대폰을 꺼내 보니 정만이었다. 그는 지금 이곳에서 벌어지는 일들을 상상도 하지 못할 것이었다.

"정만아, 그만 올라와도 될 것 같다."

상윤은 철원의 체포 소식을 간단히 전했다. 게다가 로희도 찾았고, 그 아이가 최진태 사망사건의 유일한 목격자인 것도 이야기해주었다. 전혀 상상치 못했는지 정만은 전화기 너머에서 '히엑', '히엑' 하는 괴상한 소리만 냈다.

"뭐, 올라가는 건 올라가는 건데 말입니다."

전화를 끊을 때쯤 정만이 말했다.

"여기 동네 주민들한테 최동억 씨에 대해서 좀 묻고 다녔는데요. 그냥 이사한 게 아니라 박철원 씨 사건 이후에 문을 닫은 거라고 하더라고요."

자신의 하나뿐인 아들이 다쳤는데도, 신고조차 하지 않은 원장은 잘되던 병원을 닫았다. 의사가 아닌 사람이 집도한 수술로 아내와 아이가 억울한 죽음을 맞이했다고 생각한 남자는 원장을 고발하지도 않은 채 30년을 보냈다. 상윤은 아직도 자신이 알아내지 못한 무언가가 있음을 예감했다.

-2-

"머리 말려야지, 이리 와, 빨리!"

"저리 가, 이 유괴범아! 귀찮아 죽겠다고!"

드라이어를 든 명준이 로희의 뒤를 종종 따라다녔다. 로희는 명준이 똥이라도 묻히러 오는 것처럼 질색인 얼굴로 도망치다 가끔 다리 한쪽을 들어 붕붕 걷어차는 시늉을 했다. 샤워를 마친 로희가 머리를 말리지 않고 대충 자겠다고 한 것이 문제의 발단이었다. 머리가 짧으니 툭툭 털면 된다고 한 것은, 명준에게는 '여자아이인데 털털하네' 정도로 넘어갈 수 없는 일이었다. 물기가 묻은 채로 잠을 자면 눅눅한 냄새도 날 수 있고, 길게는 탈모도 유발한다. 게다가 아무리 여름이라지만 감기에 걸릴 수도 있다. 희애는 긴 머리인데도 항상 선풍기 앞에서 머리를 바짝 말린 뒤 몇 번이고 머리를 빗어 내리고는 잠자리에 들었다. 같은 여자아이인데도 이렇게 다를 수가!

그런 둘의 모습을 상윤은 테이블 의자에 앉아 멍하니 바라보았다. '뭐 하는 거야. 정말 사이좋은 부녀처럼 보이잖아.' 그런 생각이 들어 자기도 모르게 미소를 짓다가 흠칫 놀랐다.

수사본부 내에서는 아직 명준에 대한 처분을 정하지 못했다. 일단 피해자인 로희가 명준의 처벌을 원치 않는데다, 살인사건으로부터 보호해주기 위해 동행한 것으로 처리해달라고 강하게 요구하고 있기 때문이었다.

'최로희의 말대로 처리해줘도 되지 않을까?'

문득 그런 생각이 들어 상윤은 고개를 절레절레 흔들었다.

우선 수사본부에서 입장을 명확히 할 때까지 두 사람은 경찰이 정한 호텔에서 묵기로 했다. 그 첫날 밤, 상윤이 안내해준 곳에서 머리를 말리느냐 마느냐로 설왕설래를 하고 있는 것이다. 그런 두 사람을 보니 윤정도 살인사건이나 최진태 부부의 살인사건은 아주 먼 이야기처럼 느껴지기도 했다.

결국 명준이 로희를 붙잡아 거울 앞에 앉혔다. 위잉, 소리를 내며 드라이어가 뜨끈한 바람을 불어내자 로희의 부드러운 머리가 춤을 추듯 일렁거렸다.

"어떻게 남자애보다 더 무심할까! 남자애들도 요즘은 얼마나 가꾸는데."

"걔네들은 그러라고 해. 나는 귀찮다고!"

소리를 지른 로희가 문득 생각난 듯이 말했다.

"그 핑크색 잠옷 봤을 때 어쩐지 이상했어. 이런 게 아저씨 취향 이지? 그때 알았어야 했는데."

"그래도 잘 어울렸어. 얼굴이 귀엽잖아."

"뭐래!"

로희는 말도 안 된다는 듯이 명준을 밀쳤지만 기분이 나쁜 것 같지는 않았다. 조금 떨어진 곳에 앉은 상윤은 두 사람의 모습을 물끄러미 보았다.

상윤은 자리에서 일어섰다. 장난을 치던 두 사람이 상윤을 보았다.

"어디 가시게요?"

물은 것은 명준이었다.

"뭐, 제가 두 분 사이에 끼어서 할 것도 없고. 이제 일 보러 가야 죠. 함부로 돌아다니시면 절대 안 되는 것 알죠?"

명준은 어두운 얼굴로 눈을 내리깔고 고개를 끄덕였다. 죄를 지은 사람이라는 자신의 입장을 잊지는 않은 것 같다. 로희가 눈을 동그랗게 뜨고 말했다.

"밥은?"

상윤이 아이를 보았다. 로희가 입술을 비쭉거리더니 다시 말했다.

"밥은요?"

"사다 줄게."

다행히 호텔 옆에 도시락 전문점이 있었다. 돈가스가 든 어린 이용 도시락 하나와 불고기가 든 성인용 도시락 하나를 두 사람의 호텔 방으로 배달시켜주었다.

경찰서로 돌아가기 위해 차에 올라탄 상윤은 휴대폰을 꺼내 들었다. 신호음이 가고 전화기 너머에서 정만의 목소리가 들려왔다.

"정만아, 희망의료원에서 일했다던 간호사 있지? 그 전화번호 좀 나한테 찍어."

전화를 끊은 상윤은 시동을 걸고 차를 출발시켰다. 그의 차가 호텔의 주차장을 벗어나 도로에 합류할 때쯤 문자 수신음이 들려왔다.

***

철원의 표정은 읽을 수가 없었다. 무(無)의 상태. 그저 담담히 모든 것을 받아들이겠다는 듯 조사실에 앉아 책상의 어느 한 지점을 물끄러미 내려다보고 있었다. 조사실에서 이루어지는 모든 조사는 녹화되었다. 조사는 상윤이 진행했다.

"최진태 씨를 죽였습니까?"

"네."

그의 대답에는 주저함이 없었다.

"소진유 씨도 박철원 씨가 죽인 겁니까?"

이번에는 잠깐 뜸을 들이더니 고개를 가로저었다. 그는 소진유는 자신이 죽인 것이 아니라고 대답했다.

"집 안의 모든 CCTV를 해제해달라고 요청이 와서 20일에 해제하러 갔습니다."

들어가는 대문 입구와 거실에 설치된 CCTV를 해체했다. 지하 연구실의 것도 제거를 했다. 마지막으로 1층 제일 안쪽 방에 설치된 CCTV까지 제거해주고 나왔다. 일전에 진술한 대로 철거 도중 어려움이 있어 시간이 지체됐다. 그날은 그렇게 그 집을 나왔다.

"제일 안쪽 방에서는 소진유 씨의 시체가 발견되었습니다. 그럼 그때는 소진유의 시체가 없었단 말인가요?"

"그렇습니다."

고개를 끄덕거리고 조서에 그의 대답을 입력하면서도 상윤의 머릿속에는 끊임없이 물음표가 생겼다. 소진유의 시신은 이동의 흔적이 보이지 않았었다. 그렇다면 소진유는 철원이 돌아간 뒤 살해당한 것일까?

"그런데 자꾸 생각이 났습니다. 그 제일 안쪽 방 금고가 말이죠. 이젠 CCTV도 없고……. 그래서 21일에 찾아갔습니다. 도로 쪽 CCTV 사각지대는 제가 알고 있었습니다. 원장님이 집에서 일하시는 아주머니한테 휴가를 줬다는 것도 이미 들어서 알고 있었죠. 담을 넘어 들어갔고 내부로 들어가는 것도 어렵지 않았습니다. 이미 보안 설비를 해제했으니까요."

"그게 몇 시였습니까?"

"저녁 7시가 좀 안 되어서였습니다."

철원은 6시 30분쯤 고객의 집에서 나왔다. 그 집에서 최진태의 집까지는 차로 10분 거리. 하지만 7시에 닭볶음탕이 배달되어 왔다. 분명 소진유의 배 속에서는 닭고기와 당근 등 닭볶음탕의 내용물들이 발견되었다. 어떻게 된 일인지, 상윤의 머릿속이 복잡했다.

"들어갔을 때 거실에는 아무도 없고, 인기척도 들리지 않았습니다. 더군다나 금고가 있던 안쪽 방의 문이 열려 있더군요. 횡재다 싶어 안으로 들어가 금고를 열려고 시도했습니다. 그때 지하에서 최진태 교수가 올라왔습니다."

뭐 하는 짓이냐고 고함을 치며 달려드는 최진태와 몸싸움을 했다. 매일같이 책상에 앉아 연구만 하는 최진태와 천장이며 벽을 뚫어 무거운 장비를 설치하는 직업을 가진 철원의 힘 차이는 당연했다. 철원은 벽에 걸린 해동검도 진검을 손에 넣었다. 철원은 최진태의 목에 칼을 들이대고 금고를 열라고 했다. 그때까지는 죽일 마음이 없었다. 여기서 돈을 들고 나가면 어떻게 할지, 최진태가 신고를 할 텐데 이렇게 도망 다녀야 할지도 생각하지 못했다. 그때는 마치 배역을 맡은 듯 뭔가에 홀린 것처럼 움직였다. 최진태가 금고 속에는 중요한 서류밖에 없다고 말했다. 칼을 쥔 손에 힘을 더 주며 열라고 했다. 최진태가 금고를 열었고, 정말로 종이 뭉치밖에 나오지 않았다.

철원이 그렇게 말했을 때, 상윤은 텅 비어 있던 금고를 떠올렸다.

"돈이 될 만한 게 들어 있을 거라고 생각했는데 정말로 서류 뭉치밖에 안 나와서 조금 당황했습니다. 그때 틈을 보여서 최진태가 어깨로 저를 들이박았어요. 부지불식간에 당한 일이라 제가 커튼 쪽으로 넘어졌습니다. 그런데……."

그는 잠깐 숨을 들이쉬었다.

"거기에 사모님의 시신이 있었습니다."

철원은 정말로 기겁하며 놀랐다. 당황해서 최진태를 보자, 이번에는 최진태가 기를 쓰고 달려들었다. 아까의 힘과는 비교할 수도 없었다. 그는 바닥에 널브러진 철원의 몸에 올라타 목을 졸랐다. 철원이 들고 있던 칼은 바닥에 떨어져 있었다. 최진태의 눈에 띄지 않게 철원은 팔을 뻗었다. 최진태는 뭔가에 홀린 사람처럼 눈이 뒤집혀 있었다. 그는 확신했다.

"사모님은 최진태가 죽인 겁니다."

철원은 간신히 칼을 손에 넣을 수 있었다. 이미 정신이 혼미해지고 목덜미의 핏줄이 터질 것처럼 부풀어 오르는 것이 느껴졌다. 온 힘을 끌어모아 그를 발로 걷어찼다. 방문 앞까지 나가떨어진 최진태가 다시 달려드는 사이 일어난 박철원은 칼을 든 손을 뻗었다. 정신을 차려보니 최진태의 배에 칼이 박혀 있었다.

그때 초인종이 울렸다.

"닭볶음탕을 배달시켰더군요."

"그래서 어떻게 했죠?"

"아무도 없는 척하면 이상하다고 생각할 것 같아서 제가 나가 받았습니다."

"집에서는 닭볶음탕이 발견되지 않았는데."

"닭볶음탕이 그 집에 그대로 남아 있으면 알리바이가 없다는 게 들통날 것 같아서 제가 가지고 나왔습니다. 곧장 친구를 만나러 가서 늦은 시간까지 같이 있었습니다."

장갑을 끼고 있었기 때문에 다른 흔적이 남을 거라는 생각은 하지 않았다고 했다. 친구와 약속했던 것은 우연이었지만, 그때 그에게는 하늘이 도왔다고 느껴졌다고 했다.

말을 마친 철원은 잠시 한숨을 내쉬었다. 상윤은 그의 대답을 하나도 빼놓지 않기 위해 열심히 조서에 입력을 하고는 그의 얼굴을 물끄러미 보았다. 그의 대답은 하나같이 생생했다. 직접 겪은 일이 아니라고 할 수 없을 정도였다. 하지만 하나의 거짓과 하나의 의문점이 있었다.

하나의 의문점은 닭볶음탕이다. 어째서 소진유의 몸에서 먹지도 않은 닭볶음탕 재료가 나온 것일까. 그에 관해서는 철원도 모르는 눈치였다. 그렇다면 그가 말하는 거짓을 주목해야 한다. 바로 서류다.

철원은 상윤이 최진태의 연구 사료를 찾아낸 것을 알지 못했다. 연구 자료는 최진태의 서재에 있는 책 속에 있었다. 최진태가 직접 숨긴 것이 아니라면 있을 수 없는 곳이다. 철원이 최진태를 죽이고 집을 나올 때까지 자료가 금고에 있었다면, 자료가 직접 걸어 숨은 것이 아닌 이상 최진태의 서재에 있을 수 없었다.

하지만 상윤은 그 점을 아직 철원에게 이야기하지 않았다. 이

착오가 무엇을 의미하는지 알아낼 때까지 말해서는 안 된다는 판단이 들었다.

"조금 다른 얘긴데, 30년 전에 아내분이 돌아가셨을 때 이야기를 하겠습니다."

철원의 어깨가 움찔했다.

"저희가 조사한 바에 따르면 최진태 씨를 담당하게 될 때 스스로 요청하셨다고 들었는데, 혹시 30년 전의 악연에 대해 알고 계셨습니까?"

철원은 한동안 입을 다물고 있었다. 표정은 흔들리지 않았지만 허벅지에 내려놓은 두 손은 주먹을 움켜쥐고 있었다. 잠시 침묵이 흘렀다. 상윤은 그가 입을 열 때까지 충분히 기다려줄 생각이었다. 그는 얕은 한숨을 내쉬며 입을 열었다.

"알고 있었습니다. 하지만 처음엔 그냥 우연이라고 생각했습니다. 제가 원한이 있어서 사람을 죽였다면 아마 30년 전에 그 의사를 죽였을 겁니다. 이름도 잊지 않고 있어요. 최동억."

"윤정도 씨는 왜 죽였습니까?"

철원은 아랫입술을 꾹 깨물었다. 그의 눈에 노기가 스쳤다. 그 이름을 듣는 것만으로 분노가 이는 듯했다. 자신의 딸과 아내를 죽게 한 의사보다 더 깊은 원한이 있는걸까. 상윤은 이해가 가지 않았다.

"물 좀 한 모금 마실 수 있겠습니까?"

상윤은 뒤를 돌아보았다. 철원의 눈에는 보이지 않겠지만 상윤의 뒤쪽 거울은 매직미러였다. 거울 너머에서는 정만과 본부장이 조사실 안쪽 상황을 보고 있었다. 상윤의 눈짓을 알아들었는지 얼마 지나지 않아 정만이 종이컵을 들고 들어왔다. 그는 말없이 찬물이 든 종이컵을 철원의 앞에 내밀고는 조사실을 빠져나갔다. 목이 많이 말랐던 듯 철원은 단숨에 종이컵을 비웠다.

"30년 전 그때 이야기를 할 때마다 가슴이 조여요. 그렇지만 이 야기를 안 할 수가 없네요. 그때 내 아내와 아이의 죽음은 단순한 의료 과실이 아니었습니다."

난산이었다. 스무 시간의 진통 끝에 원장 최동억은 제왕절개 수술을 결정했다. 아내는 자연분만을 한 아이가 더 머리가 좋다는 말을 들은 적이 있었다. 그래서인지 조금 더 버텨보겠다고 했으나 철원은 더 이상 아내의 산통을 보기 힘들어 수술에 동의했다. 동의서에 사인을 했고 아내는 곧장 수술실로 옮겨졌다. 분명 최동억이 수술실로 들어가는 것을 보았다. 그리고 아내는 수술실에 들어간 지 네 시간 삼십 분 만에 아이와 함께 나왔다. 시체로.

아내와 아이가 사망한 원인을 뭔가 전문적인 용어로 설명했는데 철원은 아무 소리도 들리지 않았다. 슬픔이 목줄을 죄어왔다. 아내와 갓 태어난 아이의 시신을 장례식장으로 옮길 절차를 밟을 때 그는 간호사들끼리 하는 말을 들었다.

원장님이 수술을 하신 게 아니었다고.

"PA라고 아십니까?"

상윤은 그 사건에 대해 알고 있다고 대답했다.

"원장은 수술까지 PA에게 맡겼습니다."

철원은 믿을 수가 없었다. 분명 눈앞에서 최동억 원장은 수술실에 들어갔다.

그 얘기를 듣고 간호사들을 찾았다. 모두 이야기해주기를 피했으나 단 한 명의 간호사만이 정말 자신에게 들은 얘기라고 알려서는 안 된다며 사실을 얘기해주었다. 단전에서부터 깊은 분노가 일었다. 의사 면허도 없는 자에게 내 아이와 아내가 생명을 잃었고, 나는 미래를 잃었다는 생각을 떨칠 수가 없었다.

몇 번이고 원장을 찾아갔지만 원장은 법대로 하라는 말뿐, PA를 고용해 수술을 집도한 사실에 대해서는 인정하지 않았다.

소송도 하고 일인 시위도 했지만, 그의 앞에 남은 것은 절망뿐이었다. 그 와중에도 최동억은 자주 수술방을 드나들었고, TV에도 나왔다. 그래서 칼을 들고 병원을 찾아갔다. 그자를 죽이고 자신도 아내의 곁으로 갈 생각이었다. 그러나 정작 최동억에게는 상처 하나 입히지 못하고 실패하고 말았다. 이 구차한 삶도 계속 이어갈 수밖에 없었다고, 철원은 아랫입술을 덜덜 떨며 말했다. 왜 정도를 죽였냐는 질문에 대한 답에 30년 전 일이 나오는 것이 의아했지만 상윤은 조용히 기다렸다.

"윤정도가 의사인 줄 아십니까?"

철원의 날카로운 눈이 상윤에게로 향했다. 마치 죽이고 싶은 누군가를 향해 칼을 들이미는 느낌이었다. 심장이 쿵, 하고 내려앉았다. 그 질문 하나로 30년 전의 일과 윤정도 살해사건에 링크가 생겼다.

"설마……."

"그자도 PA였습니다. 우연히 알게 됐어요. 용서할 수 없었습니다."

　최진태 사건 수사가 자신의 목을 죄어오자 그는 이제 끝이라는 것을 예감했다고 했다. 그러다 정도를 떠올렸다. 그놈도 그냥 두어서는 안 될 놈이라고 생각했다는 것이었다.

　"모든 죄를 인정하겠습니다. 최진태 박사와 윤정도를 제가 죽였습니다."

　상윤은 고개를 끄덕였다. 조서 입력을 마무리 짓고 저장 버튼을 눌렀다. 하지만 그는 컴퓨터를 끄지 않고 양손을 깍지 낀 채로 잠시 철원을 보았다. 철원은 다시 무덤덤한 얼굴로 돌아와 있었다.

　상윤은 꼭 묻고 싶은 게 있었다.

　"사실 30년 전 박철원 씨가 최동억 선생의 병원에 찾아가 칼로 난동을 부린 사실에 대해서 저희도 파악하고 있었습니다."

　무슨 말을 하려는지 모르겠다는 듯 철원이 그를 보았다.

　"그리고 그때 박철원 씨가 휘두른 흉기에 맞은 사람이 있다는 얘기도 듣게 되었지요. 최동억 원장이 자신의 아이를 데리고 왔다가 사고를 당했다더군요."

　철원의 눈빛이 떨렸다. 상윤이 말했다.

　"최진태 씨를 정말 돈 때문에 우발적으로 살해한 게 맞나면 한 가지만 여쭤보겠습니다. 30년 전 사고 때 고소를 취하하신 걸로 알고 있습니다. 합의를 하신 겁니까?"

　무서울 정도로 깊은 침묵이 조사실을 짓눌렀다. 상윤은 그 무게에 눌리지 않으려는 듯 올곧은 시선으로 철원을 보았다. 철원은 시선을 피하지는 않았지만 그 눈빛은 분명 떨리고 있었다. 그가 꿀꺽 침을 삼키는 게 보였다.

철원이 대답했다.

"……네. 합의했습니다."

***

2019년 8월 29일 목요일.

평일 오후였지만 카페에는 사람이 많았다. 노트북으로 뭔가를 작업하는 사람들도 있었지만, 그냥 한가롭게 커피를 마시며 책을 읽거나, 수다를 떠는 사람들도 있었다. 뭐하는 사람들일지, 어떤 일을 해 어떻게 먹고 사는지 상윤은 문득 궁금했다.

다행히 빈자리가 하나 있어 들고 온 수첩을 놓고 자리를 맡은 뒤 커피를 주문했다. 아직 약속 시각까지 10여 분 정도 남아 있었다.

잠시 기다리고 있자니 들고 온 진동 벨이 울렸다. 쟁반을 받아들고 자리를 향할 때, 카페의 문이 열렸다.

50대의 중년 여성, 들어오자마자 주변을 두리번거리는 모습.

순간 시선이 마주쳤다. 상윤은 엉거주춤 몸을 돌린 채 반사적으로 입을 열었다.

"혹시……."

여자가 생긋 웃으며 상윤의 앞까지 다가왔다.

"제가 민원숙입니다."

30년 전, 최동억의 병원에서 근무했다던 간호사였다.

원숙을 자리로 안내하고 다시 주문대로 가 카페라테를 주문했다. 원숙이 자기가 내겠다고 말렸지만 조사 때문에 영인시까지 와준 사람에게 커피 한 잔은 개인적으로도 사줄 수 있었다. 주문을 마친 상윤은 진동 벨을 받아 들고 자리로 돌아가지 않고 주문대 근처에서 어슬렁거리며 비치되어 있는 머그잔과 커피 종류들을 훑어보았다. 커피가 나오기 전에 본격적인 이야기를 하기도 그렇고 둘이 마주 앉아 있는 것도 어색할 것 같았기 때문이다. 다행히 커피가 빨리 나와 쟁반을 들고 자리로 돌아갔다. 원숙은 잔을 들어 가볍게 한 모금 마시고는 상윤을 바라보았다.

"지난번에 오신 형사님께도 말씀드렸는데……. 원장님 댁 아이 때문에 오신 거죠."

"네, 자꾸 귀찮게 해드려 죄송합니다."

상윤이 고개를 숙이자 원숙이 황급히 손을 내저으며 말했다.

"아니에요. 사실은 저도 마음에 걸리는 일도 있고 해서."

상윤은 30년 전 당시 박철원과 최동억의 합의에 관해 알고 있는 사람이 있는지 물으려고 했다. 하지만 원숙의 말에 상윤은 눈을 크게 떴다.

"마음에 걸리는 일이요?"

"지난번에 만났던 형사님과 얘기할 때는 긴가민가했는데……. 원장님 자제분은 아들이 아니라 딸이 맞거든요."

상윤은 부드럽게 미소 지었다.

"혹시 착각하신 게 아닐까요. 그 댁은 외아들 한 명밖에 없거든요."

"아니에요. 그때 다친 애는 여자아이가 맞아요. 워낙 병원에 자주 데려오셔서 착각할 수도 없어요. 올 때마다 공주 같은 옷을 입혀서 사모님이 꽤 유난스럽다고 생각했는걸요."

원숙이 말을 하며 눈을 내리깔았다. 그녀는 분명 '그때 다친 애는'이라고 말했다. 그녀의 단어 선택에서 상윤은 위화감을 느꼈다. 이 여자는 뭔가 알고 있다. 상윤의 머릿속에서 위화감이 확신으로 바뀌었다.

"뭔가 짚이는 게 있으신 거죠? 혹시라도 마음에 걸리는 것이 있으면 가감 없이 얘기해주시기를 부탁드리겠습니다. 저희에게는 중요한 일이라 그렇습니다."

상윤의 태도에 어두웠던 원숙의 표정이 조금 누그러졌다. 그녀는 잠시 뜸을 들였다가 어렵사리 입을 열었다.

"그때 그 아이는 여자아이가 맞아요. 근데 지금 최동억 씨에게 딸이 없다면······."

원숙은 잠시 멈칫하며 상윤의 얼굴을 보았다. 그러고는 확신을 가진 듯 입을 열었다.

"혹시 파양을 당한 게 아닌가 생각해요."

"파양이요? 그때 다쳤던 아이가 입양이 된 거였습니까?"

"네. 비밀 입양이어서 아는 사람이 많지 않았어요. 저도 우연히 사모님하고 얘기하시는 걸 들어서 알게 됐거든요."

최동억의 아내는 아이를 갖지 못하는 몸이었다고 한다. 산부인과 원장 아내가 불임이라는 소문이 좋을 리가 없어 비밀에 부쳐

아이를 입양했다. 최동억은 원숙을 불러 무서운 얼굴로 절대 알려져서는 안 된다는 당부를 했다고 했다.

"그래도 아이를 예뻐하시고 해서 잘 지내는구나 했는데…… 그 일이 벌어진 거예요. 어떤 남자가 원한 갖고 칼부림을 해서."

철원의 일을 말하는 것이었다. 하지만 상윤은 이해가 되지 않았다. 그 사건에서 그 여자아이는 그저 우연히 그 자리에 있다가 피해를 당한 것뿐이다. 왜 그 사건 이후로 파양이 된 것인지 알 수가 없었다.

"사실은 그때…… 병원에 에이즈 환자가 있었어요."

"네?"

갑자기 이야기가 전혀 생각지 못한 쪽으로 흘렀다. 상윤은 눈을 깜박거렸다. 원숙이 말했다.

"아이를 임신한 에이즈 환자였어요. 에이즈 환자가 임신한다고 해도 아이에게 백퍼센트 수직감염되는 건 아니지만 출산하면서 감염될 우려도 컸고, 무엇보다 다운증후군 검사에서 양성반응이 나왔어요. 그 산모는 낙태를 요구했는데, 병원 입장에선 에이즈 환자를 수술하기엔 난감했죠. 에이즈 환자가 입원해 있는 병원에 누가 오겠어요. 근데 법적으로 에이즈 환자의 진료를 거부 못 하게 되어 있거든요. 그렇다고 잘못 소문나면 병원 문 닫게 생겼으니까……."

별도의 수술실을 마련해 에이즈 환자의 수술을 진행했던 것이었다. 그 수술실에서 나온 메스 등 모든 의료 도구는 폐기하기로 방침을 정했다. 수술 담당 간호사는 수술이 끝난 후 메스와 주사기, 드레싱 세트를 챙겨 의료 폐기물 처리장으로 이동했다.

그때 흥분한 철원이 그녀가 들고 있던 드레싱 세트를 덮쳤다. 철원은 주사기를 꺼내 휘둘렀고 거기에 최동억의 입양한 딸이 다쳤던 것이다.

"바이러스 항체가 검출되려면 최소 6주는 있어야 결과가 나와요. 원장님은 아이를 집으로 데려가지 않았어요."

"그럼 어디로?"

"그건 저도 몰라요. 다만……. 그때 원장님이 원무과장님께 외곽의 산장 같은 곳을 알아보라고 지시한 걸로 알아요. 거기에 두었을 거예요. 자기 친딸이면 그렇게까지 하지는 못했겠죠."

상윤은 머리에 잔뜩 끼어 있던 안개가 조금씩 사라져 가는 기분이었지만, 가슴 언저리가 답답했다. 그런 어린아이를 에이즈에 감염됐을까 봐 아무도 없는 곳으로 옮기다니. 원숙의 말대로 친딸이었다면 하지 않았을 행동이었다.

"그럼 에이즈 양성반응이 나온 건가요?"

"사실 저도 그건 잘 모르겠어요. 제가 병원을 그만뒀거든요. 결혼을 앞두고 있어서 예정된 퇴사였어요. 퇴사하면서 원장님이 다시 한번 입단속을 했죠. 저도 아이가 에이즈에 걸린 건지 아닌지 걱정됐지만 금방 잊었어요. 제 일에 바빴으니까요."

그랬던 그녀는 지난번 정만의 방문으로 그때 일을 떠올렸다고 했다. 처음에는 단순히 형사가 착각하는 건 아닐까 하고 생각했지만 곧 다른 쪽으로 생각이 미쳤다. 혹시 아이를 파양한 것은 아닐까.

"그 지역에서는 유지였기 때문에, 아이를 파양하면 당장 소문이 나겠죠. 그래서 병원 문을 닫고 영인으로 올라가신 게 아닐까요?"

상윤도 그 말이 맞을 거라는 생각이 들었다. 그렇다면 정말 그 아이는 에이즈에 걸렸던 걸까.

"그럼 그때 상해를 끼친 그 남자와는."

그 질문에 원숙이 입술을 안으로 오므라트리며 곤혹스러운 얼굴을 했다. 그 부분이야말로 비밀로 하기로 약속을 한 모양이었다. 하지만 이렇게 된 이상 다 말하겠다는 듯 그녀는 잠시 후 입을 열었다.

"제가 알기로는 아이를 다치게 한 데다 에이즈 감염 위험까지 생겼잖아요. 그걸로 해서 더 이상 그분 와이프의 죽음을 문제 삼지 않기로 협상하셨어요."

그래서 철원은 더 이상 그 병원에 나타나지 않게 된 것이다. 하지만 역시 30년 전의 일이 이번 사건과 관련 있어 보이지는 않는다. 최진태는 최동억의 피를 물려받은 것도 아니니까. 그럼 그의 말대로 그저 우연히 돈을 훔치려다 죽인 걸까. 이왕 손에 피를 묻힌 김에 PA 일을 하는 정도까지 죽어버리고는 모든 걸 포기한 사람처럼 잡혀버린 것일까.

"제가 아는 건 이게 전부예요."

원숙은 다시 한번 자신이 이런 말을 했다는 것을 비밀로 해달라고 말했다. 최동억도, 최진태도 이젠 세상에 없어 큰 상관은 없겠지만 혹시 모를 귀찮은 일에 휘말리고 싶지 않다는 뜻으로 보였다. 상윤이 말했다.

"한 가지만 더 묻겠습니다. 그때 다친 그 여자아이, 혹시 이름을 기억하십니까?"

원숙은 고개를 갸웃거렸다.

"뭐였더라, 흔한 이름이었는데."

30년 전의 일이다. 그리고 아이와 친분이 있는 사람도 아니다. 기억하지 못하는 게 당연할 수도 있다. 아무리 비밀 입양을 했어도 알아보려면 충분히 알아볼 수도 있다. 상윤이 그만 대화를 종료하려고 할 때 원숙이 아, 하는 소리를 냈다.

"혜은……. 맞아요. 혜은이었어요. 최혜은."

***

상윤은 경찰서를 향해 차를 몰았다. 최혜은이라는 이름이 가슴에 걸렸다. 어디선가 본 듯한 이름이었다. 하지만 그게 어디인지 도무지 생각이 나지 않았다.

사무실로 돌아가자 정만 외에는 아무도 없었다. 로희를 찾았으니 더 이상 아동전담팀에서 할 일은 없었다. 다만 어떻게 처리할지 결정이 나지 않았다. 상윤이 들어서자 정만이 다가섰다.

"어디 다녀오세요? 본부장님이 여태껏 찾으셨어요. 전화는 왜 안 받으세요?"

"아."

상윤은 여보라는 듯 휴대폰을 꺼내 정만의 눈앞에서 진동을 벨 소리로 전환했다. 원숙과 대화 도중 벨 소리가 울릴까 봐 진동으로 바꾸어놓았던 것이다. 정만은 상윤이 전화를 받지 않는 동안 꽤 시달렸는지 원망스러운 눈빛을 보냈다.

"박철원은 어떻게 해요? 소진유는 자기가 안 죽였다고 하는데 정말일까요?"

"아니. 내가 아직 이해 안 가는 부분이 너무 많아. 이대로 수사를 종료할 수는 없어."

"본부장님이 그걸 이해해주겠어요?"

고개를 젓는 정만을 향해 상윤은 쓴웃음을 지었다. 하지만 이대로 검찰로 넘길 수 없다는 판단은 달라지지 않았다.

"이번 수사 자료 모두 가져와."

상윤은 마음에 걸리는 것을 처음부터 하나하나 확인할 생각이었다. 우선은 철원이 최진태를 죽일 당시의 금고 속 상태에 관한 것이다. 만약 그의 생각대로 최진태가 연구 자료를 숨긴 것이었다면 철원이 보았을 때 금고는 비어 있어야 했다. 하지만 그는 서류 뭉치를 보았다고 말했다. 앞뒤가 맞지 않는다. 그 차이가 무엇을 말하고 있는지를 찾아야 한다고 상윤은 생각했다.

수사본부가 꾸려지고 나서 만들어진 사료들을 모두 책상 위에 올리자 거의 앞이 보이지 않을 정도의 높이가 되었다. 매일 보고하는 서류와 입수해 오는 서류들, 그리고 국과수에서 넘어오는 보고서들과 현장의 사진들, 아동전담팀과 살인사건을 맡고 있는 강력반의 수사 자료들은 거의 산을 이루었다. 상윤은 자리에 앉아 처음부터 모든 것들을 꼼꼼히 확인했다.

책상에 앉은 지 세 시간이 지나 고개를 들었을 때 벌써 10시가 되어 있었다. 형사 하나가 소파에 드러누워 잠들어 있는 것이 보였지만 정만이나 본부장은 보이지 않았다. 그는 피곤한 눈두덩을 꾹꾹 주무르며 거의 반사적으로 서류 한 장을 넘겼다. 그때 그의 눈길을 사로잡는 것이 있었다. 바로 소진유의 카드 사용 내역이었다.

그녀는 21일 저녁 7시 닭볶음탕을 배달시켰다. 그것이 고의로 올려놓은 보일러 온도 때문에 부패가 심한 소진유의 사망 추정 시각을 밝혀준 근거가 되었다. 하지만 그녀는 그 닭볶음탕을 먹지 못했다. 철원이 시신을 발견한 뒤, 닭볶음탕이 배달되었다고 증언했지 않은가. 하지만 분명 소진유의 위에서는 닭볶음탕의 재료가 나왔다.

상윤은 그녀의 카드 내역서를 하나하나 읽어나가기 시작했다. 그녀는 씀씀이가 큰 편이 아니었다. 약속도 별로 없어서 카드는 보통 마트에서 장을 보거나 인터넷으로 뭔가를 주문할 때 사용되었다. 상윤은 19일의 카드 결제 내역에 집중했다. 19일 그녀는 카드로 58,520원을 결제했다. 무엇을 샀을까.

상윤은 휴대폰을 꺼내 저장된 번호로 전화를 걸었다.

"설마 의리 없이 먼저 퇴근한 건 아니지?"

-의리 있게 먼저 퇴근한다고 말씀드렸는데 고개도 들지 않으신 건 선배님이십니다.

정만이 능글맞게 말했다. 서류에 너무 정신이 팔려 있느라 인사도 못 한 것 같았다. 생각해보니 정만도 집에 못 들어간 지 사흘

이 넘었다. 철원의 체포로 어느 정도 사건이 정리되어 집에 갈 수 있게 된 것이다.

"잘했어."

"뭔가 찜찜한 게 있으세요? 퇴근도 안 하시고."

정만은 먼저 퇴근한 것을 미안해하는 것 같았다. 하지만 절대 미안해할 일이 아니다. 이제부터 심부름을 시킬 거니까.

"그보다 퇴근했음 다행이네. 자, 그 길로 빨리 새론마트 영인점으로 가서 19일 영수증 하나 받아 와. 카드 번호는 불러줄 테니까. 혹시 영장이나 공문서라도 요구하면 바로 연락하고."

전화기 너머에서 정만이 비명 같은 고함을 내질렀지만 상윤은 허허 웃으며 전화를 끊었다. 그러고 나니 눈앞에 남아 있는 서류들을 살펴볼 마음이 들지 않았다. 하나하나 확인해야 속이 시원한 그의 성격 탓이었다. 사건에 중요한 점이 아닐지라도 마음에 걸리는 것이 있다면 수사 종료 전에 반드시 확인해야 직성이 풀렸다.

그때 노크 소리가 들렸다.

고개를 들어보니 성훈이 서 있었다. 최진태의 연구 자료를 살펴봐 달라고 부탁한 뒤로 처음 만나는 것이었다. 그는 열린 문에 기댄 채 다른 손으로 노크를 하고 있었다. 상윤이 활짝 웃으며 자리에서 일어서자, 성훈이 피식 웃으며 안으로 들어왔다. 두 사람은 반갑게 악수했다.

"애정이 식었어? 이번에는 왜 안 좌?"

상윤은 평소 성훈에게 별도로 부탁한 일이 늦을 때마다 전화하여 독촉을 했다. 그런데 이번 사건에는 워낙 예상치 못한 일이 자주 벌어져 연락할 정신이 없었다. 형사 주제에 납치를, 그것도 유괴범과 그 피해아동에게 당한 것을 알면 성훈은 얼마나 놀랄까. 아니, 얼마나 놀릴까.

"일이 많았어요. 선물 들고 오신 겁니까?"

상윤은 그의 손에 들린 서류봉투를 눈짓으로 가리켰다. 두께가 딱 그가 넘긴 최진태의 서류와 같았다. 유성훈은 맞다는 듯 고개를 끄덕였다.

"선물이 될지 뭐가 될지는 모르지만, 그것 때문에 온 거 맞아. 잠깐 이야기할 수 있어?"

"당연하죠. 안 돼도 됩니다."

그는 성훈을 직원 휴게실로 데리고 갔다. 따뜻한 커피를 자판기에서 빼 그에게 내밀었다. 그러면서도 내내 시선은 서류에 가 있었다. 빨리 그 내용을 알고 싶었다.

"이거, 절대 유출되어서도 남아서도 안 될 자료야."

상윤이 자신이 마실 커피도 한 잔 뽑아 맞은편에 앉자마자, 지금까지의 장난기가 완전히 사라진 얼굴로 성훈이 말했다. 그 말에 상윤은 왠지 심장이 덜컹하는 것을 느꼈다.

"뭔가요, 이게. 너무 어렵지 않게…… 쉽게 말씀해주세요."

성훈은 잠시 시선을 서류봉투에 두었다. 그러고는 가볍게 아랫입술을 깨물었다. 깊은 한숨이 그의 입에서 새어 나왔다.

"쉽게 말하면, 유전자 조작으로 천재를 만드는 프로젝트야."

잠깐 동안 정신이 멍했다. 배터리가 빠진 로봇처럼 사고가 정지되고 눈만 뜬 채로 아무것도 할 수 없는 상태가 된 것 같았다. 그 상태로 몇 초간 성훈의 얼굴을 보았다. 성훈은 그가 놀라는 것도 무리는 아니라는 표정이었다. 서서히 정신이 돌아오자 상윤의 머릿속에 그가 만난 사람들의 얼굴이 스쳐지나갔다.

미한약품 창립자 박기순.

신훈대학 기계공학부 전임교수 마석진.

사업가 김석남.

부동산 개발 관련 사업과 건설사를 운영하는 반종섭.

강남 정형외과를 운영하는 모은선.

그들에게는 모두 3세 미만의 자식이나 손주가 있었다.

"불법이잖아요."

"당연하지. 유전자 조작 시술도, 인체 실험도."

성훈은 서류를 빼 들어 최대한 이해하기 쉽도록 애를 쓰면서 설명했다. 설명을 하는 중간중간 상윤이 제대로 이해를 하고 있는 건지 확인하려는 듯 그의 얼굴을 쳐다보았다. 그의 설명은 이러했다.

사람의 뇌는 시간이 지날수록 점점 주름이 생겨나고 고등한 지능을 전단하는 전두엽이 발달한다. 이 시기가 0세부터 3세이다.

"뇌는 뇌세포인 신경세포 뉴런, 그리고 뉴런과 뉴런의 연결 부분인 시냅스로 이루어져. 시냅스는 세포와 세포 사이를 이어주는 연결로라고 생각하면 되는데 이 시냅스의 신호체계에 따라 뇌가 정보를 받는다고 보면 돼."

대강 이해가 간다는 듯 고개를 끄덕이자, 성훈이 장을 넘겼다.

아주 오래된 학술지의 복사본으로 보였다. 모두 영자로 되어 있어 상윤은 무슨 내용인지 알 수 없었다.

"오래전 과학자들이 아인슈타인의 천재적 업적이 뇌와 어떤 연관이 있는지 연구한 적이 있어. 그래서 아인슈타인의 사후에 그 뇌를 열었지. 그랬더니 그의 뇌에는 보통 사람들보다 더 빽빽하게 뉴런이 들어 있었던 거야."

"태어날 때부터 천재는 다르다는 건가요."

"그 차이가 아인슈타인의 천재적인 업적을 만들었는지는 확실치 않지만, 일단 그 점이 달랐다는 것을 밝혀냈지."

다시 다음 장을 넘겼다. 그림이 하나 나왔다. 상윤도 알아볼 수 있었다.

"해마네요."

"해마의 역할이 뭔지도 알아?"

상윤은 고개를 저었다. 괜히 아는 척했다는 생각이 들었다.

"해마는 우리의 머릿속에 들어오는 정보가 필요한지 불필요한지 판단해. 근데 그 판단은 우리 마음대로 되는 게 아니라서 우리가 시험공부를 할 때 '이건 필요한 거야'라고 생각한다고 외워지지 않아. 몇 번이고 달달달 외워야 외워져."

"쓸모없네요."

"쓸모없진 않지. 해마가 망가지면 머릿속에 아무것도 들어오지 않는다고."

"그래서요?"

"그런데 이 해마에 전극을 꽂고 반복적으로 자극하면 뉴런 사이의 결합이 강해지고, 약물을 주입하면 기억력이 증가된다는 실험 결과도 나왔어. 물론 동물실험 결과지."

그 대목에서 상윤은 불길한 기분을 느꼈다.

"그럼 설마……."

"응. 그 실험을 한 거야. 해마를 자극하고 뉴런을 더 만들어내는. 근데 한발 더 나아가서 약물 주입에서 끝나지 않고 유전자 조작까지 했어."

처음 그는 최진태가 인체 실험을 했다고 했다. 그걸 성공했으니 그 결과를 토대로 아이가 있는 다섯 명의 사람들에게 돈을 받았을 것이다. 그들은 투자라고 말했지만 자신의 아이들을 천재로 만들어주는 대가였을 것이다.

"그럼 그 연구 대상은……."

"아마도 연구 상태를 가장 가까이에서 관찰할 수 있는 인물이겠지."

상윤은 똘망한 눈으로 따박따박 말하는 로희를 떠올렸다.

-4-

2019년 8월 30일 금요일

평일 오후 2시의 영인대학병원 중환자실 앞은 한산했다. 중환자실은 낮 12시부터 30분간과 오후 5시 30분부터 30분간 총 두 차례의 면회만이 허락되어 있었다. 낮 시간의 면회가 끝나면 중환자실 앞에는 더 이상 대기하는 보호자가 없었다. 오후 면회를 위해 식사를 하고 볼일을 보러 가기도 했다. 그 한산한 대기실에 세 명이 들어섰다. 한 명은 정만, 다른 두 명은 모자를 깊이 눌러 쓰고 마스크를 낀 로희와 명준이었다.

명준은 희애의 상태를 알고 싶다고 상윤에게 부탁했다. 상윤의 지시로 정만이 병원에 연락했는데, 그동안 한 번의 발작이 더 있었다고 했다. 그런데 그 발작이 가라앉고 희애의 의식이 돌아왔다. 다행히 수술은 예정대로 진행할 수 있다고 했다. 명준의 간곡한 부탁과 로희의 협박에 가까운 지시에 결국 정만이 대동하는 조건으로 희애를 만날 수 있었다.

굳게 닫힌 중환자실 앞에서 로희의 손을 잡은 명준이 멈춰 섰다. 정만은 입구 앞까지 걸어가 자동문 옆에 달린 인터폰 버튼을 눌렀다.

–무슨 일이세요?

"영인서에서 나왔습니다."

잠시 뒤, 자동문이 열렸다. 정만이 명준을 보았다. 명준은 굳은 채 마른 입술을 혀로 핥았다. 로희가 그의 손을 잡아당겼다. 명준은 로희를 보았다. 로희가 고개를 끄덕여주자, 응원을 받은 듯 그제야 움직였다.

안으로 들어간 명준은 주변을 둘러보았다. 희애를 찾는 것은 어렵지 않았다. 중환자실 제일 안쪽에 그 작은 몸이 여러 개의 펌프 줄을 차고 누워 있었다. 순간 무릎이 꺾일 것 같았으나 대신 로희의 손을 꼭 잡았다.

정만이 간호사와 대화를 하는 동안 명준과 로희는 천천히 희애에게로 다가갔다. 발소리를 들었는지 희애가 산소마스크를 낀 얼굴을 옆으로 돌렸다. 그러더니 눈을 크게 떴다. 얼굴이 깡말라 버려서 살짝만 건드려도 데구루루 굴러 나올 것 같은 큰 눈에 금세 눈물이 차올랐다.

"아빠."

산소마스크에 가려 약간은 둔탁한 음성이 명준을 불렀다. 명준은 얼른 로희의 손을 놓고 희애의 손을 마주 잡았다. 로희가 버림이라도 받은 것처럼 자신의 손을 빤히 내려다보고 있는 것을 명준은 보지 못했다. 명준의 눈은 오로지 희애에게로 향해 있었다.

"아빠, 왜 이제 와?"

"미안해. 아빠가 미안해. 정말 미안해."

희애가 아픈 이후로 절대로 아이의 앞에서 눈물을 보이지 않겠다고 스스로 해왔던 다짐은 한순간에 무너졌다. 희애가 그동안 혼자 얼마나 두려워했을지를 생각하면 마음이 아팠다. 희애가 말했다.

"엄마도 안 왔어."

명준은 희애의 얼굴을 더없이 소중하다는 듯 감쌌다. 땀이 촉촉하게 밴 이마 위에 머리카락들이 들러붙어 있었다. 자주 와봤다면 얼굴두 닦아줄 수 있었을 텐데. 그동안 하루 두 번씩 서 문이 열릴 때마다 사람들 속에서 아이 혼자 느꼈을 외로움이 뼛속 깊숙이 파고 들어오는 것만 같았다.

"엄마는 우리를 너무 사랑해서, 그래서 오지 못한 거야."

혜은을 생각하니 마음이 아팠다.

"왜?"

"나중에. 우리 희애가 이해할 수 있을 때 되면 자세히 말해줄게. 엄마는 우리 희애를 너무 사랑해서 엄마 때문에 희애가 더 아프게 될까 봐 오지 못하는 거였어."

"으응."

당장 이해하는 얼굴은 아니었지만 희애는 힘없이 대답하고는 천장을 올려다보았다. 부쩍 더 마른 얼굴 때문에 심장이 조이는 것 같았다. 그때 인기척을 느꼈는지 희애가 고개를 돌려 로희를 보았다. 로희가 주저하며 명준을 보았다.

"아, 로희 언니야. 인사할래?"

희애가 로희를 물끄러미 보았다. 로희는 특유의 시니컬한 얼굴로 다가와 희애를 내려다보았다. 희애의 마른 얼굴을, 바짝 말라 뼈가 툭 불거진 손을 보았다.

"너 살 좀 쪄야겠다."

희애는 눈을 동그랗게 뜨고 깜박거렸다. 그런 인사가 어딨어, 하고 이르는 듯이 명준을 보았다. 하지만 명준은 로희가 어색해서 더 그러는 것을 알고 있었다. 웃으며 로희의 손을 잡아 희애의 손 위에 올려주었다. 로희의 손가락이 움찔거리는 것이 느껴졌다.

"아파?"

로희가 물었다.

"응."

희애가 대답했다.

"죽어?"

희애가 명준의 얼굴을 보았다. 명준이 고개를 저었다.

"수술하면 괜찮아질 거야."

"수술하면 괜찮아질 거야."

명준이 대답해주는 대로 희애는 똑같이 로희를 향해 대답해주었다. 그렇구나, 라고 대답하듯 로희는 눈을 내리깔고 고개를 끄덕였다.

"나 퇴원하면 같이 놀아줘, 언니."

활짝 웃는 희애의 말에도 로희는 아무런 대답도 하지 않았다. 여전히 눈을 내리깔고 있었는데 목 근처에 벌겋게 열이 올라와 있었다. 언니라는 말이 영 어색하고 쑥스러운 모양이었다. 그래도 싫지는 않은지 여전히 희애의 새끼손가락을 꼭 잡고 있었다. 로희가 툭 내뱉듯 말했다.

"그러든가."

"오셨습니까?"

뒤에서 들려오는 목소리에 돌아보니 의사가 서 있었다. 희애의 담당 의사였다. 그 옆에는 정만이 있었다. 아마 어느 정도 그간의 일들을 설명한 것 같았다.

"우리 희애 어떤가요?"

"잘 버티고 있습니다. 수술만 잘되면 나을 겁니다. 예전에도 말씀드렸는데 급성인 경우 수술 예후가 훨씬 좋습니다. 걱정하지 않으셔도 될 겁니다. 최선을 다하겠습니다."

"정말 감사합니다. 정말 잘 부탁드립니다."

명준은 두 손으로 담당 의사의 손을 잡고 몇 번이고 허리를 숙였다. 이 순간 그 손은 명준의 동아줄이었고, 신이었고, 목숨도 내놓을 수 있는 것이었다. 명준의 그런 모습을 로희가 물끄러미 보았다.

"이제 슬슬 나가셔야 하는데. 특별히 시간을 허락받은 거라서요."

잘못하면 병원이 다른 환자의 보호자들에게 항의를 받을 수도 있다. 명준은 얼른 의사의 손을 놓고 눈물을 훔치며 고개를 끄덕였다. 황급히 희애에게 몸을 돌렸다.

"아빠 갈게."

"수술하는 날 올 거지?"

명준은 정만을 돌아보았다. 정만이 약간은 어두운 얼굴로 고개를 가로저었다. 명준은 바짝 타버린 입술을 핥았다.

"올게. 조금 늦을 수는 있는데, 그래도 올 거야. 그 정도는 좀 이해해줄 수 있지?"

"응. 괜찮아."

희애가 명준의 손을 살짝 잡았다가 놓았다. 명준은 촉촉하게 젖은 희애의 이마를 문지르고는 입을 가볍게 맞추었다.

"언니도 잘 가."

희애가 인사를 했다. 로희는 표정 변화 없이 가만히 희애를 보았다. 희애가 의아하다는 듯 보자 아무 말 없이 손만 슬쩍 들어 보였다. 희애가 밝게 웃었다.

***

정만의 차를 타고 호텔로 돌아가는 동안 로희는 단 한마디도 하지 않았다. 명준이 피곤한지, 배고프진 않은지 물었으나 고개만 저을 뿐 대답을 하지 않았다. 저 멀리 호텔이 보일 때쯤 로희가 처음으로 입을 열었다.

"난 집에 언제 가?"

명준은 심장이 쿵 하고 내려앉는 것만 같았다. 로희를 너무 배려해주지 못했다. 지금 로희는 부모를 잃은 데다 집으로 가지도 못하고 있었다. 심지어 기억을 온전히 되찾은 것도 아니다. 그런 로희의 앞에서 애틋한 부녀의 모습을 보이는 것이 얼마나 잔인한 행동인지 생각지 못했다. 운전을 하던 정만도 당황했는지 룸미러를 통해 흔들리는 눈빛으로 뒷자리를 보는 것이 보였다.

"일이 거의 정리되어가고 있어. 금방 갈 거야."

"'거의', '금방'. 결정된 건 없네."

로희의 말투는 자조적이었다. 정만은 할 말이 없다는 듯 양손으로 운전대를 꽉 잡고 정면을 응시했다. 명준이 로희의 손을 잡았다.

"집에 가고 싶구나. 미안해. 아저씨가 너무 생각이 짧았어."

"됐어. 어차피 집에 가봐야 혼자인걸, 뭐."

로희가 오른쪽 입술 끝만 올려 쓰게 웃었다. 명준은 나중에 희애를 데리고 놀러가겠다고 말하려다 입을 다물었다. 자신에게 그런 시간이 허락될 리 없다.

차가 호텔 쪽으로 좌회전을 했다.

"그나저나 점심 못 먹었으니 뭐라도 먹고 들어가야 할 텐데. 저기 샌드위치 집 있는데 어떠세요?"

"좋아요. 로희는 어때?"

"나도 상관없지만 차를 오래 타니까 속이 안 좋네. 나 먼저 호텔에 내려다 주고 아저씨 혼자 다녀와."

"그럴게."

"아, 저도 같이 가고 싶은데 전 경찰서에 보고할 일이 있어서."

"괜찮아요. 제가 다녀올게요. 뭐 드실래요?"

말하는 사이 호텔 앞에 차가 멈춰 섰다. 정만은 얼른 주머니에서 만 원짜리 두 장을 꺼내 명준에게 내밀었다. 돈이 없는 명준이 머쓱해하면서 받았다.

"전 아무거나 기본으로 사다 주세요."

"로희는?"

로희가 잠깐 생각하다 말했다.

"터키 베이컨 샌드위친데 터키는 두 장만. 빵은 파마산 오레가노로. 할라페뇨 빼고 소스는 허니 머스터드, 음료는 오렌지 주스."

명준은 고개를 갸웃하면서도 어떻게든 외워 보이리라는 듯 눈을 희멀겋게 뜨며 복기했다.

"두 장만 붙인 베이컨 터키 샌드위친데 빵은 오래가는 파마산에서 나온 거라고?"

"으이구!"

"억!"

로희가 명준의 정강이를 세게 걷어찼다. 명준이 미간을 구기고 정강이를 문질렀다. 정만이 웃으며 명준의 어깨에 손을 올렸다.

"아무거나 먹어, 인마! 아무거나 사 오세요. 직원한테 추천해달라고 하면 될 거예요."

왠지 정만의 말에는 눈썹만 씰룩 올릴 뿐 로희는 아무 말을 하지 않았다. 명준은 로희의 눈치를 보다가 얼른 다녀오겠다며 길을 건넜다. 정만이 로희를 향해 웃으며 말했다.

"너 일부러 그런 거지?"

"상관 말고 아저씨는 전화나 끝내고 올라오세요. '거의' 다 해서 '금방' 끝날 일 빨리 끝내시고요."

흥, 하고 로희가 호텔로 들어갔다. 그 뒷모습을 보며 정만은 고개를 절레절레 저었다. 그러고는 시야에서 로희의 모습이 사라지자 주머니에서 휴대폰을 꺼냈다. 저장된 이름을 찾아 버튼을 길게 누르자 신호음이 들려왔다. 전화기 너머에서 상윤의 목소리가 들렸다.

─어떻게 됐어?

"다시 데려다줬습니다. 별문제 없었습니다. 아, 그리고 박철원의 계좌 확인 요청한 거, 은행에서 연락 왔는데요. 김희애의 병원비가 송금된 시각 박철원의 계좌에서도 같은 금액이 빠져나간 게 맞다고 합니다."

***

최혜은의 이름을 본 것이 어디였을까? 생각이 날 듯 말 듯하여 상윤이 점점 더 괴로워질 때였다. 아무리 머리를 쥐어짠들 생각나지 않을 것 같아서 보던 서류를 정리해 책상 한편에 밀어놓았다. 처음부터 다 살펴보기로 해놓고는 그도 슬슬 지쳐가고 있었다. 일단 오늘은 퇴근하고 내일 다시 한번 살펴봐야겠다고 생각했다. 본부장은 이미 박철원을 체포하였으니 이제 살인사건은 슬슬 마무리 짓고 기자회견을 하고 싶어 하는 것 같았다. 아직 마음에 걸리는 부분이 있는 상윤은 그렇게 하고 싶지 않았다. 본부장은 내일 또 은근슬쩍 사건 종결 얘기를 비출 것이다.

　일어서려던 그때, 아직 덜 본 서류 더미에서 비쭉 튀어나온 종이 한 장이 그의 눈길을 사로잡았다. 평소 모든 것을 각 맞춰 놓아야 하는 사람도 아니었고, 튀어나온 것을 바로 잡아야 직성이 풀리는 성미도 아니었지만 웬일인지 그 종이에 마음이 갔다. 상윤은 종이를 쭉 빼 보았다. 뭔가 하고 봤더니 명준의 가족관계증명서였다. 그걸 본 순간 머리부터 등줄기까지 짜릿한 전류가 흘렀다. 살갗에 소름이 돋았다.

　명준의 이혼한 처의 이름이 '서혜은'이었다.

　'혹시 이 서혜은이……'

　나이를 계산하니 얼추 맞는 것 같았다. 두 사람이 있었다는 보육원도 마산시 소재였다. 만약 서혜은이 최동억에게 입양되었다면 사람들은 최혜은이라고 알 수밖에 없을 것이다. 파양 이후 원래의 성을 되찾았거나, 다시 입양되어 다른 성을 갖게 된 것이라면 말이 된다.

그래서 상윤은 명준으로부터 아이의 병원에 가고 싶다는 연락을 받았을 때, 정만을 함께 보냈다. 병원비를 치른 것이 누구인지 확인해야 했다. 명준의 말에 의하면 서혜은도 병원비를 치른 사실에 대해서는 모른다고 했다. 그렇다면 철원이 남는다. 그 이유는 뻔했다. 30년 전 자신 때문에 인생을 망친 한 아이, 서혜은을 위해서일 것이었다.

"박철원의 계좌 확인 요청한 거, 은행에서 연락 왔는데요. 김희애의 병원비가 송금된 시각 박철원의 계좌에서도 같은 금액이 빠져나간 게 맞다고 합니다."

기다리던 연락을 받은 순간 상윤은 지체 없이 자동차에 뛰어올랐다. 그의 차가 굉음을 내며 영인경찰서를 빠져나갔다.

***

혜은의 주소를 찾는 것은 어렵지 않았다. 문제는 집에 있는가였다. 초인종을 누르니 다행히 안에서 대답이 들려왔다. 목소리는 상당히 앳되었다. 혼자 살고 있다고 들었다.

"누구세요?"

"영인서에서 나왔습니다. 잠깐 문 열어주시죠."

상윤은 최대한 목소리를 낮추고 말했다. 안에서 잠시 잠잠하더니 이내 문 잠금장치를 푸는 소리들이 들려왔다. 문을 열어준 혜은은 뒤로 머리를 깔끔하게 묶고 얼굴엔 화장기가 없었다. 이 시각에 집에 있다니 일을 하지 않는 걸까. 그렇다면 무슨 돈으로 생활을 하는 걸까. 그런 물음이 머릿속을 지나가는 것과 동시에 그는 문 안으로 들어섰다.

잠시 후 그는 혜은의 맞은편에 앉아 그녀의 얼굴을 물끄러미 보고 있었다. 에이즈라고 했지만 병색이 있어 보이지는 않았다. 혜은은 종이컵에 티백 녹차를 끓여 내왔다.

"무슨 일 때문에 온지 아시죠?"

"……네. 최로희 유괴사건 때문에……."

"박철원 씨 아시죠?"

찬물이라도 뒤집어쓴 것처럼 혜은이 고개를 쳐들었다. 그녀의 눈이 흔들렸다.

"박철원 씨께 최진태 씨가 CCTV 해제한다는 얘기를 들으신 거죠?"

한참 만에 그녀는 나직한 한숨을 내쉬었다. 더 이상 숨길 것이 없는 듯했다. 그녀는 고개를 끄덕였다.

"어떤 벌이라도 받겠습니다."

"박철원 씨는 지금 살인죄로 체포되어 있습니다."

"네? 그게 무슨……."

"사망한 최진태 씨는 물론 최진태 씨의 병원 직원까지 살해한 혐의입니다."

"그런……."

혜은은 완전히 당황한 것 같았다. 그녀도 최진태의 사망 소식에 설마설마했을 것이다. 하지만 다른 사람까지 죽였다는 얘기에 더욱 혼란스러운 것 같았다.

"박철원 씨에 대해서 아시는 대로 듣고 싶습니다."

그녀는 잠시 생각하다가, 목이 타는 듯 물을 한 잔 마시고 왔다. 그러고는 창밖을 내다보았다. 떠올리고 싶지 않은 세월을 다시 더듬기 위한 의식인 것 같았다.

그녀가 하는 얘기는 대부분 상윤이 이미 짐작한 대로였다. 입양이 됐고, 철원 때문에 에이즈에 감염이 되었다.

"그래서 파양되신 건가요?"

"아뇨. 그때 최동억 원장은 유전자가위 시술을 통해 에이즈를 치료했어요. 하지만 그 과정에서 자신이 평생을 걸었던 연구가 여자아이에게는 통하지 않는다는 것을 알자 파양했죠. 박철원 씨한테는 에이즈에 걸리게 한 걸 빌미로 합의를 받아냈고요. 곧장 아들을 입양했는데……. 조그만 동네잖아요. 그래서 소문이 날까 얼른 병원을 닫은 걸로 알아요."

유전자 시술. 그 말을 듣자 상윤은 등허리에 서늘한 기운이 드는 것 같았다. 그럼 그 이후에 입양된 최진태는 대를 이어 유전자를 조작하는 불법 인체 실험으로 후천적 천재를 만드는 실험을 했다는 것인가? 입양을 한 최동억은 그렇다 치고 최진태에게 로희는 친자다. 자신의 피가 흐르는 딸을 데리고 인체 실험을 했던 말인가.

그렇다면 아내와의 불화가 무리도 아니다. 정도가 말하지 않았는가. 집에서 하는 실험 때문에 둘의 다툼이 잦았다고.

"그러고 나서 중학교 때쯤, 그분이, 아저씨가 찾아왔어요. 자기 때문에 내 인생을 망가트려서 미안하다고. 전 보고 싶지도 않았지만……. 그때 너무 힘들어서 그분의 지원을 받았어요. 그러던 중에 남편과 결혼하고 아이까지 낳았죠. 이제 불행은 없을 줄 알았는데, 에이즈가 재발했어요. 분명 유전자가위 시술로 에이즈를 치료했다고 했거든요. 에이즈 발병은 보통 10년이에요. 10년이 지났을 때 확실히 치료됐다고 생각했는데, 20년도 더 지나서 재발하다니. 어릴 때 받은 유전자 시술에 분명 뭔가 문제가 생긴 거라고 생각했지만 최동억이 사망한 뒤라 물어볼 곳도 없었어요. 그러다 얼마 전에는 희애의 병까지……. 우연히 아저씨가 일하는 회사에서 혜광병원 보안을 맡고 있다고 들었어요. 알아보니 아직도 유전자조작 실험을 하는 것 같다고 하더라구요. 화가 났지만 이게 기회가 아닐까 생각했어요. 전 여자아이로는 실험이 불가능하다는 것을 알고 있잖아요. 그렇다면 당연히 거짓 성과겠죠. 후원자들이 알면 난리가 날 테구요. 그걸 빌미로 돈을 뜯어내려고 한 건 사실이에요. 그래서 아저씨가 최진태의 집까지 보안을 맡으셨죠. 하지만 사람을 죽일 줄은 몰랐어요. 정말입니다."

말을 마친 그녀는 깊은 한숨을 내쉬었다. 상윤이 물었다.

"굳이 아이를 유괴할 이유가 있었습니까?"

"그냥 협박했다면 모든 증거를 감춰두고 신고했을 거예요. 아이가 그 증거니까 꼼짝 못 할 거라고 생각했어요. 저, 그런데 아저씨는……. 어디에 계시나요?"

"지금 구치소에 있습니다."

그녀는 아랫입술을 꾹 깨물었다. 지금은 철원이 몹시 걱정되는 것 같아 보였다. 문득 집 안을 둘러보았다. 상당히 깨끗했다. 이 집도 철원이 마련해준 것일까. 집 안을 둘러보다가 문득 혜은과 시선이 마주치는 바람에 상윤은 시선을 피하며 물었다.

"21일에 어디서 무엇을 하셨습니까?"

혜은이 상윤을 똑바로 보았다. 알리바이를 확인하려는 것을 그녀는 알 터였다. 상윤은 굳이 모든 사람에게 확인하는 거라는 상투적인 말을 하지 않은 채 그녀의 대답을 기다렸다. 그녀는 눈을 낮게 내리깔고 대답했다.

"에이즈 치료 때문에 병원에 입원했었습니다."

-5-

2019년 8월 31일 토요일.

"부탁하신 거요."

다음 날 출근한 상윤에게 정만이 영수증을 내밀었다. 아주 잠깐, 그 영수증은 뭐냐는 듯 박상윤은 영수증을 들여다보았다. 곧 자신이 부탁했던 소진유의 마트 구입 품목 영수증이라는 것을 알아차렸다. 출근하는 내내 서혜은과 그녀의 처절할 정도로 불행했던 유년기에 대해 생각하던 터였다. 그녀는 담담하게 유괴에 관련된 죗값은 모두 받겠다고 말했다.

"고마워."

상윤은 영수증을 조목조목 살폈다. 순간 그의 눈이 번뜩였다.

흙당근, 닭, 감자, 양파…….

닭볶음탕 재료가 아닌가. 19일에 닭볶음탕 재료를 사놓고 21일에 닭볶음탕을 따로 시킬 이유가 없다. 19일에 닭볶음탕을 먹고 21일에 또 먹으려 했다는 것도 자연스럽지가 않다. 상윤은 서류를 뒤적이기 시작했다. 잠시 뒤 그가 찾아낸 것은 21일에 배달을 한 닭볶음탕 상점의 이름과 주소였다. 그는 점퍼를 들고 곧장 사무실을 벗어났다.

배달을 한 닭볶음탕 전문점은 최진태의 집에서 차로 20여 분 거리에 있는 상점 중 하나였다. 오전이라 아직 장사를 하지는 않는 듯 그가 들어서자 "아직 문 안 열었는데요" 하는 무성의한 목소리가 들려왔다. 목소리가 들린 곳은 주방인지 홀에는 사람이 없었다.

"잠깐 여쭤볼 것이 있어서요."

상윤이 약간 목소리를 높여 말했다. 안에서 몇 번 더 탁탁거리는 소리가 나더니 덩치가 큰 남자가 앞치마를 찬 채로 나왔다. 그는 고무장갑을 한쪽씩 벗어 들면서 상윤을 위아래로 쳐다보았다.

"무슨 일이신데요?"

상윤은 경찰 신분증을 내밀어 보였다. 그제야 얼굴에서 귀찮은 듯한 인상이 사라졌다. 그는 말없이 무슨 일이냐는 듯 상윤을 보았다. 상윤은 가게 내부를 둘러보았다. 배달 전문점이라 4인용 식탁이 네 개밖에 없는 크지 않은 규모였다.

"배달은 직접 하시나요?"

"아뇨. 배달 직원이 따로 있어요. 제가 요리도 하고 배달도 하고 그럴 수야 없죠."

"그럼 배달 직원분은?"

"근데……. 무슨 일로."

그는 혹시라도 가게의 배달 직원이 사고를 낸 건 아닌가 싶은 듯한 눈치였다. 상윤은 미소를 지으며 말했다.

　"자세한 이야기를 드릴 수는 없지만 직원분이 문제를 일으킨 건 아닙니다. 21일에 배달하신 곳에 관해 여쭤볼 게 있어서요."

　"아직 출근 전이라서요. 21일이면……."

　주인 남자는 빈 테이블에 장갑을 걸쳐두고는 손을 문지르며 포스기 앞으로 갔다. 상윤이 옆에 붙어 화면을 보니 주문 내역을 확인할 수 있는 시스템이었다. 그는 21일자 주문 내역을 쭉 조회했다. 장사가 잘되는 집인지 내역이 상당히 많았다.

　"전화번호 없어요?"

　상윤은 소진유의 휴대폰 번호 뒷자리 네 개를 불러주었다. 그가 그 번호를 넣고 조회하자 바로 소진유의 주문 내역이 떴다.

　"앱으로 결제하신 거네요."

　근래 많이 사용하는 음식 배달앱을 통해 주문한 것이다. 통화로 한 것이 아니니 주문한 사람이 소진유인지 최진태인지 확정 지을 수 없다. 그때 오토바이 엔진 소리가 들리더니 가게 앞에서 소리가 끊겼다.

　"왔나 보네요."

　남자가 헬멧을 벗으며 가게 안으로 들어왔다. 상윤은 빠르게 다가가 신분증을 내밀었다. 처음엔 놀란 눈을 하던 배달원도 상윤의 설명을 듣고는 21일 배달처를 떠올리는 듯 한참이나 주문 내역을 들여다보았다.

　"아, 그 부잣집!"

그는 드디어 생각이 난 듯 주먹으로 다른 쪽 손을 탁 쳤다.

"누가 음식을 받았는지 기억이 나세요?"

"키가 크구, 남자분이었는데⋯⋯."

그런 정도로는 부족하다.

"혹시 얼굴을 보면 알아보실 수 있으세요?"

상윤은 주머니 안에서 반으로 접힌 서류봉투를 꺼냈다. 그 안에는 다섯 장의 사진이 들어 있었다. 한 장은 박철원, 한 장은 최진태 나머지 세 장은 이 사건과 상관없는 다른 범죄자의 사진이다.

배달원은 고개를 갸웃거리며 사진을 한 장 한 장 주의 깊게 들여다보았다.

"앱으로 주문한 사람들은 결제도 다 미리 해서 음식만 주고 오면 되거든요. 그러니까 그렇게 얼굴 볼 일도 없고⋯⋯."

그런 그의 손이 최진태의 사진을 잡았다. 상윤은 긴장하며 그의 표정 변화를 살폈다. 하지만 배달원은 아무런 표정 변화 없이 그의 사진을 내려놓고는 다시 다른 사진들을 훑었다. 그가 마지막으로 잡은 것은 철원의 사진이었다.

"이 사람 같은데요?"

상윤의 허리가 꼿꼿이 펴졌다.

"확실한가요?"

"거의⋯⋯ 맞는 거 같아요. 모자를 써서 얼굴은 잘 모르겠는데⋯⋯. 이 목에 난 상처요. 이걸 봤어요."

배달원이 사진 속 철원의 상처를 가리켰다. 마치 문신처럼 보이는 상처였다. 게다가 자신의 집에서 물건을 받으며 모자를 쓰고 나올 사람은 많지 않다. 음식을 받은 것은 철원이 틀림없었다. 이유는 하나뿐이다. 음식을 받을 사람이 없기 때문에. 철원의 증언은 거짓이 아니었다. 그는 퇴근 후, 친구를 만나기 전까지 한 시간 동안, 최진태의 집에서 일을 꾸몄다.

"제가 도움이 된 건가요?"

갑자기 환해지는 상윤의 얼굴을 보면서 배달원이 어리둥절한 눈을 했다. 상윤은 환하게 웃으며 말했다.

"덕분에 저도 곧 집에 갈 수 있겠네요."

***

2019년 9월 1일 일요일.

합동수사본부의 모든 인원이 집결했다. 본부장은 상윤의 확신에 찬 얼굴을 보며 이제 저 꼼꼼이도 납득할 만한 결과가 나온 것임을 짐작했다. 회의실의 어둠 사이를 가르고 프로젝터의 불빛이 정면의 화면을 밝혔다. 화면에는 최초 출동 시 찍었던 최진태의 방 전경 사진이 떠 있었다. 끔찍한 상대로 엎드려 있는 최진태의 모습과 커튼으로 가렸지만 비쭉 튀어나온 소진유의 발이 보였다. 이제 이 사진들을 검찰로 송치할 일만 남았음을 상윤만은 확신했다.

"우선 소진유 씨의 죽음에 관해 말씀드리겠습니다. 소진유 씨를 죽인 범인은……."

그는 잠깐 숨을 멈췄다. 그리고 이내 힘주어 말했다.

"최진태 씨입니다."

본부원들 사이에서도 얕은 술렁임이 있었다. 그는 포인터를 눌러 다음 사진으로 넘겼다. 국과수에서 넘어온 소진유의 부검 결과서였다.

"부검 결과 소진유 씨의 위에 남은 음식물로 저희 수사원들은 사망 시기를 21일로 추정하였습니다. 그것은 21일 소진유 씨 댁으로 배달된 닭볶음탕 때문이었습니다. 하지만."

그는 다시 한번 포인터를 눌렀다. 마트 영수증이 나왔다.

"그전에 소진유 씨는 19일 마트에서 산 재료로 닭볶음탕을 만들어 먹은 것으로 확인됩니다."

"그래서 19일에 먹은 후, 최진태에게 살해당했다? 왜?"

본부장이 질문했다. 물론 모든 사정을 다 말한 후에 질문을 받고 싶었지만 그 부분도 설명이 필요했기 때문에 상윤은 발표를 멈추고 대답했다.

"최진태와 소진유는 당시 불화가 있었습니다. 이는 병원 직원들에게 진술을 받아 확인한 바입니다. 그리고 불화의 원인은 당시 최진태 씨가 비밀리에 추진하던 프로젝트였습니다."

딸을 대상으로 인체 실험을 해 천재를 만든다고 하여 다섯 명에게 투자금을 받은 일에 대해 상윤은 보고했다. 몇몇은 신음을 흘렸고 본부장은 골치가 아프다는 듯 고개를 흔들며 말했다.

"머리 좋은 인간들이란……. 그래서?"

"네. 그래서 최진태 씨는 19일 저녁 식사 이후에 소진유 씨에게 수면제를 먹이고 방의 온도를 높여 살해하는 방법을 취했습니다. 부검 결과를 보면 실제 소진유 씨가 사망한 것은 20일일 가능성이 큽니다."

"굳이 최진태가 왜 그랬지?"

"사망 날짜에 혼선을 주기 위함이었습니다. 최진태 씨가 21일 떠날 예정이었던 여행에 대해 기억하고 계실 겁니다. 그는 소진유 씨가 사망한 것을 확인한 후 21일에 여행을 떠나 자신의 알리바이를 만들려고 했습니다."

"그게 어떻게 알리바이가 되지?"

"최진태 씨는 21일에 소진유 씨의 휴대폰과 카드를 이용해 음식 배달앱으로 19일에 먹었던 것과 같은 닭볶음탕을 주문합니다. 그리고 여행을 다녀온 뒤 부패가 심해 부검으로 사망 일자를 가리기 힘든 소진유 씨를 발견하면 21일에 닭볶음탕을 함께 먹었으니 그 이후에 사망했을 거라는 결과를 받으려고 한 거겠죠. 자살로 위장하려고 했는지, 사고로 위장하려고 했는지는 알 수 없습니다."

신음 같은 탄성이, 어둠 속 어딘가에서 들려왔다. 누군가를 죽이려고 하는 자는 평범한 사람들이 상상도 못 할 것까지 생각한다. 게다가 다섯 명에게 총 50억을 받았다. 방해자가 사라져야만 하는 상황이었다. 그는 그저 아내가 미워 죽이려고 하는 사람이 아니었다. 목숨을 걸어서라도 죽이려고 했던 자였다. 그런 사람의 의도를 미리 알아채고 막을 수 있는 기회는 아마 단 한 번도 없었으리라.

"그런데 그 이후 CCTV 해제 사실을 알고 그 집의 돈을 탐냈던 박철원이 침입하는 바람에 소진유 씨의 시신이 발견됩니다. 박철원은 사력을 다해 몸싸움을 하다가 최진태 씨의 집에 있던 장검으로 그를 살해하고 맙니다. 당황한 박철원이 곧장 나오지 못하고 이 일을 어떻게 처리할까를 고민하는 중에 음식이 배달된 겁니다."

그는 테이블에서 서류 한 장을 꺼내 들어 보였다.

"음식을 받은 사람은 모자를 쓰고 있었지만 배달원은 목에 있는 문신 같은 상처를 정확히 봤습니다. 배달원의 진술서입니다. 박철원 씨의 목에 난 상처와 같습니다. 그리고 박철원 씨의 진술도 받았습니다."

회의실이 삽시간에 조용해졌다. 며칠을 밤새운 상윤과 정만을 비롯한 형사들의 시선이 수사본부장에게로 향했다. 그는 잠시 상윤의 발표를 곱씹어보는 듯했다. 그러고는 웃으며 고개를 들었다.

"수고했다."

기쁨의 탄성이 여기저기서 터져 나왔다. 이제 집에 갈 수 있다는 기쁨도 크지만 중요사건이 해결된 순간의 희열이 더 컸다.

"박상윤 형사는 수사 자료 완벽히 작성해서 박철원 기소의견으로 검찰에 송치해."

소진유를 죽인 최진태는 사망했으므로 공소권 없음으로 사건은 종결될 것이다. 상윤은 발표 자료를 종료시키면서 낮은 한숨을 내쉬었다.

그때 누군가 손을 들었다.

"그럼 유괴범은 어떻게 되는 겁니까?"

문주혁 형사였다. 올 것이 왔다는 듯 상윤의 얼굴이 어두워졌다.

***

경찰서장실에 수사본부장과 문주혁, 그리고 박상윤이 앉아 있었다. 보고를 들은 경찰서장은 한쪽 손으로 이마를 짚고 있었다. 상석에 앉은 서장을 향해 노트북이 열려 있었다. 로희의 알레르기 사고 때 명준이 아이를 데리고 응급실에 왔었던 날의 CCTV 영상이 재생되고 있었다. 치료를 받는 도중 연락을 받은 형사들이 찾아갔을 때 그들이 없었던 것은 명준이 이를 눈치채고 로희를 데리고 사라진 것이 아니라 로희가 명준을 데리고 사라졌던 것임을 명확히 보여주고 있었다.

"물론 김명준 씨는 아이를 유괴하긴 했지만 이후에는 로희 양을 보호했고, 로희 양 역시 스스로 김명준 씨와 함께하기를 택해 같이 다닌 것입니다. 아이도 아픈 와중이고, 또한 말씀드렸던 것처럼 전처 역시 에이즈로 투병 중입니다. 선처하여주시면 좋겠습니다."

상윤의 말에 서장이 "음" 하며 신음 같은 소리를 냈다.

"자네는 어떻게 생각하나?"

주혁에게 질문이 돌아갔다. 그는 이 일로 영인시 일대를 이 잡듯 뒤져야 했다. 거기에 들어간 인력과 시간과 노력이 모두 명준 때문이었다.

"결과와 과정이 어떻게 됐든 간에 김명준은 처음부터 유괴를 하려 했고 최로희 양을 빌미로 금품을 갈취할 목적이 있었습니다. 또한 교통사고를 내고 병원으로 이송하지 않고 곧장 자신의 거처로 데리고 갔습니다. 그때까지의 모든 결정은 절대 우발적이었다고 볼 수 없습니다. 처벌받아야 한다고 생각합니다."

틀린 말은 아니었다. 그래서 상윤은 그 말에 맞설 수가 없었다. 하지만 안타까움이 가슴에서 일었다. 형사 생활 중 이런 일은 처음이었다. 어딘가에 나설 때마다 자연스럽게 명준의 손을 잡던 로희, 둘이 장난을 치듯 투덕거리며 하던 대화들을 생각하면 어쩐지 명준에게 내리는 처벌이 부당하게 느껴지기까지 했다.

그때 노크 소리가 들리며 문이 빠끔히 열렸다.

"저, 박상윤 형사님이 여기 계시다고 해서……."

열린 문으로 들어온 것은 명준이었다. 다른 한 손으로는 여느 때처럼 로희의 손을 잡고 있었다. 명준은 자신이 들어올 데가 아닌 곳에 오는 것이 너무나 황송하다는 듯 허리를 숙이고 연신 눈치를 살피고 있었지만, 로희는 꼿꼿이 서서 똘망한 눈으로 사람들을 쓱 둘러보았다. 상윤이 황급히 일어나며 명준을 막았다.

"여기 들어오시면 안 됩니다."

"채 형사님이 저 때문에 박 형사님이 곤란하시다고 해서……."

정만이 얘기를 한 모양이었다.

"잠깐 나가서 얘기를……."

"들어오시라고 하게."

뒤에서 들려온 음성은 서장의 것이었다. 상윤은 곤란한 듯 주저하다 어쩔 수 없이 두 사람을 소파로 안내했다. 명준은 허리와 고개를 숙인 채 그야말로 죄지은 사람처럼 소파로 다가와 앉았다. 로희가 그 옆에 앉으며 다리를 꼬았다. 그 다리를 명준이 똑바로 내려놓았다.

명준이 상윤을 보았다. 조금은 지쳐 보였지만 이제 마음은 편한 듯했다.

"형사님께 감사드리고 있어요. 저 때문에 고생하지 마세요. 서장님, 제가 받을 벌은 제가 달게 받겠습니다."

명준은 서장을 향해 깊숙이 고개를 숙여 보였다. 그러고는 잊은 것이 있다는 듯 다시 입을 열었다.

"그리고 제 전처⋯⋯. 아시겠지만 병이 있어서 폐가 될까 봐 여기 같이 못 왔지만 그 사람도 모든 벌을 달게 받겠다고 했습니다."

서장은 가만히 명준의 얼굴을 응시했다. 그런 서장의 표정이 부드러웠다. 처벌을 해야 한다고 말했던 주혁도 표정이 흔들리고 있었다. 서장실 내부가 조용해졌다.

서장은 눈을 내리깔고 뭔가를 생각하다가 고개를 끄덕였다. 그러고는 어린 나이에 배짱 좋게도 서장실에 와서 다리를 꼬고 앉으려는 거만한 아가씨를 향해 싱긋이 웃었다.

"넌 어떻게 생각하니, 이름이⋯⋯ 최로희 양?"

상윤이 로희의 얼굴을 보았다. 명준은 그저 고개를 숙였다.

아이는 잠시 숨을 돌리는 듯 입을 다물었다가, 그 똘망한 얼굴을 들어 서장을 똑바로 보았다.

"만약 제가 그 집에 그대로 있었다면, 아저씨 차에 실려 가지 않았다면 어떻게 됐을까요? 전 죽었겠죠?"

이전과는 다른 침묵이 서장실을 내리눌렀다. 그 침묵은 놀랄 만큼 당찬 이 아이가 만들어낸 것이었다. 서장은 고개를 들어 지금껏 처벌을 해야 한다고 주장했던 주혁을 보았다. 주혁이 고개를 숙였다. 이번에는 그 시선이 상윤을 향했다. 상윤은 그 시선을 똑바로 맞받았다. 그의 눈에는 힘이 들어가 있었다.

서장이 총명한 눈빛의 로희와 그 옆에 선 명준을 보며 말했다.

"두 사람은 잠깐 나가 계시죠."

-6-

"정말 괜찮은 건가요?"

수사본부를 나서면서 갑자기 명준이 걸음을 멈추었다. 그는 무언가를 두고 온 것처럼 수사본부의 문을 돌아보았다. 상윤의 조금 부르튼 입술 사이로 뜨거운 한숨이 나왔다.

"지금 누가 누굴 걱정하는 겁니까?"

명준은 대답 없이 그저 뒷머리를 긁으며 헤헤, 웃을 뿐이었다.

그는 구속되는 것으로 결정되었다. 어쩌면 당연한 일이었다. 범죄 과정에서 참작할 만한 사정이 있는지 감안해주는 것은 재판 때나 가능한 일이다. 경찰의 일이 아니다. 유괴라는 엄청난 범죄를 봐줄 수는 없는 일이었다. 그 사실을 통보했을 때 명준은 아주 당연한 일이라는 듯 고개를 끄덕였다. 그러던 그가 수갑을 차기 직전 돌연 입을 열었다.

"부탁이 있습니다."

무릎이라도 꿇을 듯 말하던 그를 떠올리며 상윤은 명준을 물끄러미 응시했다. 그는 여전히 로희의 손을 꼭 붙잡고 있었다. 이렇게 만난 인연만 아니었다면 김명준이라는 인간은 참 괜찮은 사람이라고 생각했을 터였다.

상윤은 두 사람을 자신의 차에 태우고 시동을 걸었다. 간만에 햇살이 참 좋았다.

차는 로희의 집 앞에서 멈춰 섰다. 먼저 내린 명준이 뒤따라 내리는 로희의 손을 잡아주었다. 두 사람은 손을 잡은 채로 상윤을 돌아보았다. 운전석에서 내린 상윤은 차 트렁크를 열어 직사각형의 상자 하나를 꺼냈다. 그러고는 로희의 앞으로 가 무릎을 굽혀 시선을 마주했다.

"정말 집으로 가도 괜찮겠니?"

"집에 돌아간다고 해서 기억이 돌아올지 어떨지는 모르지만, 일단은 돌아가고 싶어요. 말씀하신 대로 제 보호자가 되어줄 사람이 친족 중에 있는지는 형사님께서 알아봐 주세요. 지금은 누구도 기억나지 않는 데다…… 아니, 뭐 굳이 알아보지 않으셔도 슬슬 나올 거예요. 저를 찾았다는 소식에 제 대리인이 되고 싶어 할 사람들이 많을 테니까요."

아이의 말은 차가우면서도 쓸쓸하게 상윤의 가슴을 파고들었다. 이 아이는 이제부터 진실을 똑바로 마주해야 할 자격이 있는 아이다. 상윤은 로희의 양손을 부드럽게 잡았다. 손으로 폭 감싸질 만큼 작은 손이었다. 새삼 그 손을 내려다보며 상윤은 어렵사리 말을 이었다.

"어차피 알게 될 거라서, 아저씨가 미리 말해주는 게 나을 거라고 생각해."

상윤의 눈을 로희도 똑바로 응시했다.

"제가 알아야 하는 거라면 뭐든지 말씀해주세요."

"지금 잡힌 범인은 네 아버지를……."

"그 사람은 아빠만 죽였고, 엄마는 다른 사람인 거죠?"

말해야 한다는 것은 알았지만, 정작 입을 열고 보니 상처를 받지 않게 말하기란 너무 어려웠다. 가슴에서 한 번, 머리에서 한 번, 그리고 입에서 한 번 걸러낸 말이 어렵사리 상윤의 입을 통해 나왔지만, 로희는 그럴 필요 없다는 듯 조금은 냉기가 느껴지는 말투로 말했다. 상윤은 놀랐다. 말투도 그렇지만 아이가 그걸 알고 있다는 사실이 놀라웠다.

"사실은 오늘 형사 아저씨 만나러 사무실에 갔을 때 책상에서 봤어요. 현장 사진이랑 사건 현장 스케치요."

상윤은 눈을 껌벅였다. 이 아이가 그걸 보고 두 사람을 죽인 것이 각기 다른 사람이라는 것을 이해했다는 말인가?

"딱 봐도 다른 사람이 죽인 거던데요. 아빠는……."

아무리 기억이 사라졌어도 부모의 죽음이다. 로희는 잠시 입을 다물고 침을 삼켰다. 아이의 눈썹 끝이 살짝 떨렸다.

"아빠는 칼에 꽂힌 채 엎어져 방치되어 있었던 걸 보면 살인을 예상하고 들어간 범인이 아니었어요. 시신을 그냥 두고 간 걸 봐도 그렇죠. 그런데 엄마는 아니었어요. 거기에 부패한 시신이라고 쓰여 있던데요. 커튼으로 가려놓은 것을 보면 일부러 숨긴 거죠. 범인이 들어가기 전에 집에는 아빠와 엄마 그리고 저, 이렇게 셋만 있었을 테니 엄마를 가려놓은 것은 아빠겠죠? 엄마를 죽인 건 아빠죠?"

상윤은 순간 숨을 쉬지 못했다. 옆에 서 있던 명준은 입을 벌린 채 넋을 놓고 있었다. 아무리 똑똑하다고 해도 열한 살이다. 아이가 사용하는 언어도 그렇고 이해하는 능력도 탁월하다는 말로는 부족하다. 문득 상윤은 성훈의 말을 떠올렸다.

이거, 절대 유출되어서도 남아서도 안 될 자료야. 쉽게 말하면, 유전자 조작으로 천재를 만드는 프로젝트야.

그럼 설마…….

응. 그 실험을 한 거야. 근데 한발 더 나아가서 약물 주입에서 끝나지 않고 유전자 조작까지 했어.

그럼 그 연구 대상은…….

아마도 연구 상태를 가장 가까이에서 관찰할 수 있는 인물이겠지.

이 아이의 명석함은 정말 그 실험의 결과물인 걸까. 상윤은 고개를 저었다. 이제 잊혀야 할 진실인지도 모른다.

상윤은 여전히 로희의 앞에 무릎을 굽히고 앉은 채로 들고 있던 상자를 내밀었다. 이게 뭐냐고 물어보는 듯 로희는 상윤을 보았다.

"아빠 서재에서 나온 연구 자료야. 절대 유출되면 안 되는 자료라 검찰로 이관할 수도 없고, 경찰 규정상 내가 처분할 수도 없어서 돌려주는 거야. 너는 이게 어떤 자료인지 알 수 있을 것도 같구나."

로희는 무덤덤한 얼굴로 박스를 받아 들었다. 무게가 꽤 나갔다.

최진태가 소진유를 죽인 것은 부부 불화 때문인 것으로 정리될 터였다. 이 연구에 관해서는 일절 보고서에 쓰지 않기로 했다. 이것은 사라져야 할 자료였다. 하지만 동시에 최진태의 유품이기도 했다.

"저는 그럼."

"네."

상윤과 명준은 서로를 향해 묵례를 했다. 명준은 잠시 상윤을 응시했다가, 로희의 손을 잡고 집으로 들어갔다. 안으로 들어서는 두 사람의 뒷모습을, 마치 아버지와 딸처럼 보이는 그 모습을 물끄러미 보며 상윤은 경찰서에서 그가 말한 부탁을 떠올렸다.

***

명준과 로희는 정원을 지나 현관 앞에 섰다. 이렇게 밝은 낮에 이 집을 올려다보는 이 순간이 명준은 감개무량했다. 참으로 많은 일이 있었다. 평생 생각해보지도 않았던 유괴를 하겠다고 이집 앞에 와서 사고를 내고 로희를 납치했다. 시체가 발견되어 생각지도 못하게 도망을 다녔고, 그 과정에서 혜은이 숨겨왔던 진실도 알 수 있었다. 그녀가 왜 우리를 떠났는지 아이에게 어떤 설명도 해줄 수가 없어 가슴이 아팠는데, 엄마가 우릴 너무 사랑해서 떠난 거라고 말해줄 수 있었다. 앞으로도 혜은을 그냥 둘 생각은 없다. 죗값을 다 치르면 이전같이 가족으로는 지낼 수 없어도 어떤 식으로든 그녀를 도울 생각이었다.

손바닥에서 꼬물거리는 느낌이 나 로희를 내려다보았다. 시선을 느낀 로희가 물었다.

"왜?"

"너도 내가 그냥 두진 않을 거야."

"그냥 안 두면 뭐, 이제 나 진짜로 부자된다고 어떻게 해보겠다는 거야?"

장난스럽게 툭 내뱉는 로희의 말투가 이제는 사랑스러웠다. 명준은 주머니를 뒤졌다. 그 안에서 꺼낸 것은 하얀색 손수건이었다. 명준은 그걸 여러 겹으로 접어 로희의 눈을 가렸다.

"뭐, 뭐 하는 거야? 정말 날 어떻게 하려는 거야?"

"그럴지도 모르지. 얌전히 있으면 살려는 줄게."

명준은 로희를 안아 들었다. 눈이 완전히 가려진 채로 로희는 명준의 품에 안겨 집 안으로 들어갔다. 다행히 집에는 폴리스 라인이 다 걷혀 있었다. 상윤의 배려로 문이 열려 있었기 때문에 안으로 들어가는 것은 어렵지 않았다.

거실로 들어서며 어렴풋이 나는 냄새에 명준은 긴장했다. 로희가 그의 어깨를 꾹 잡는 것이 느껴졌다. 괜찮아, 라고 말해주듯 명준은 아이의 등을 가볍게 보듬어주었다.

로희를 거실 소파에 앉히고, 온 집 안의 창문과 문을 있는 대로 열었다.

"잠깐 기다려."

명준의 발소리가 여기저기로 부산스럽게 움직였다. 뭔가를 찾는 것도 같은데 집의 구조를 잘 모르니 그럴 수밖에 없다. 찾는 곳은 화장실인 모양이었다. 곧 물소리가 들리고 걸레를 빠는 소리가 들려왔다. 다시 부산스럽게 움직이는 소리. 방문이 열리고 닫히는 소리. 바닥을 몇 번이고 닦는 소리. 헉헉거리는 명준의 거친 숨소리.

살인 피해자의 집을 경찰이 정리해주지는 않는다. 그것은 유족의 몫이다.

경찰서에서 명준은 그것을 부탁했다. 아이가 볼 만한 현장이 아니라고. 자신이 청소를 하게 해달라고 말이다.

명준이 열어놓은 창으로 시원한 바람이 들어왔다. 내부에는 인간이 가진 욕망이 부패한 냄새가 짙게 배어 있었다.

'눈만 가려놓으면 뭐해, 멍청이.'

아이를 정원에 내려놓을 생각을 못 했던 명준의 멍청함을 비웃으면서도 로희는 그 배려가 고마웠다. 점점 아이의 코를 자극하던 냄새들이 바깥에서 들어오는 바람 덕분인지 약해졌다. 구석방에서 명준이 청소기를 돌리는 소리가 들렸다. 뭔가 마음이 편안해졌다. 로희는 먼지가 잔뜩 쌓였을 소파에 몸을 뉘었다.

"잤어?"

시간이 얼마나 지났을까. 눈을 떴을 때 명준이 들여다보고 있었다. 눈을 가린 손수건은 어느새 치워져 있었다. 처음 집에 들어온 아이처럼 로희는 새삼 집 안을 둘러보았다. 혼자서 언제 이렇게 했을까 싶을 정도로 집 안은 깨끗했다.

"아픈 건 아니지?"

로희는 고개를 끄덕거렸다.

"배고프지는 않고?"

뭔가를 체크하듯 자꾸 묻는 명준의 질문들에는 초조함이 담겨 있었다. 명준의 손을 로희가 잡았다. 그제야 명준의 입이 멈추었다.

"이제 가."

"응."

그렇게 말하면서도 명준은 선뜻 걸음을 떼지 못하고 있었다. 청소하느라 끼고 있었던 장갑도 없다. 혼자 남을 로희를 걱정하는 것이 역력했다. 로희가 픽 웃었다.

"유괴범 주제에 지금 누굴 걱정해."

농담처럼 말했지만 그 말을 끝으로 다시 침묵이 흘렀다.

"미안해."

용기를 낸 듯 명준이 힘주어 말했다. 로희는 뜨거워지는 눈을 들킬세라 소파에 돌아누웠다. 로희의 등을 보다가 명준은 아랫입술을 깨물었다.

"문 잠글 줄 알지?"

"아저씨처럼 바본 줄 알아?"

로희는 소리를 빽 지르고는 이제 말 시키지 말라며 등을 더 동그랗게 말았다. 뒤에서 잠깐의 침묵이 이어졌다. 그리고 잠시 후, 바스락 소리가 들려왔다. 천천히 명준의 발이 현관을 향했다. 그 걸음이 점점 빨라진다. 문을 열고 나간다. 열린 창 밖으로 정원을 가로지르며 뛰기 시작했다. 대문을 넘어선다. 대문이 닫히고, 걸음은 두 사람의 것이 된다.

이내 소리가 사라졌다.

로희는 완전한 적막 속에 가라앉을 때까지 등을 구부린 채 소파에 누워 있었다. 한참이 지나서야 벽에 걸린 시계의 초침 소리가 귓속으로 파고들었다. 한숨을 내쉬며 일어나 앉았다. 당연한 이야기지만 아무도 없었다. 완전한 혼자였다.

앞으로 무엇을 해야 할지를 생각해보았다. 아버지 방에 가서 서류들을 뒤져봐야 할 것이다. 어쩌면 연결되어 있는 변호사 전화번호 같은 것이 있을지도 모른다. 찾아서 앞으로의 일을 상담해야지. 이왕이면 사건 이후 단 한 번도 찾아온 적 없는 일가친척보다는 변호사가 후견인이 되는 것이 좋을 것이다.

그런 생각들이 머릿속에서 정리되어갔지만 로희의 발걸음은 제일 구석진 방으로 향했다. 아까 명준이 집중적으로 청소하던 곳. 그곳이 아마 사건 현장일 것이었다.

문은 닫혀 있었다. 문손잡이를 잡고 크게 숨을 들이쉬었다. 용기를 내듯 눈에 힘을 주고 문을 천천히 열었다. 내부는 깨끗해졌지만, 지독한 냄새는 여전했다. 로희는 순간적으로 자신의 코를 쥐었다가, 이것이 마지막까지 고통받은 엄마의 냄새라는 사실을 깨닫고 죄책감을 느끼며 손을 놓았다. 창문은 열려 있었고, 경찰서에서 봤던 스케치 속의 커튼은 없었다. 아마 거기에 뭔가 묻은 모양이었다. 그래서 아저씨가 치운 것 같았다.

눈을 깜박일 때마다 스케치 속의 현장이, 현장 속의 엄마의 시신이, 엄마를 그렇게 만든 아빠의 시신이 번개가 치는 것처럼 머릿속을 파고들었다. 가슴이 울컥하지도 않았는데 눈물이 쏟아졌다. 로희는 자신의 눈에서 왜 이런 것이 나오는지 모르는 사람처럼 손을 들어 젖은 뺨을 만졌다. 그러고는 손을 가만히 들여다보았다. 젖은 손이 부들부들 떨렸다. 그제야 정말 혼자라는 것이 피부 속으로 파고 들어왔다.

"흑흑……."

시작은 작은 흐느낌이었다. 그것은 점차 제 모습을 드러내는 먼 곳의 허리케인처럼 아이의 온몸을 휘감기 시작했다. 울음은 점점 오열로 바뀌었고, 마지막에는 작은 짐승의 울부짖음이 그 방 안을 맴돌았다.

아이는 혼자였다. 아이에게 남은 것은 작은 손으로 안고 있는 상자 하나뿐이었다.

* * *

몇 시간 뒤, 상윤이 준 상자를 든 로희는 지하로 내려가는 계단으로 향했다. 가장 먼저 그리로 가야 했으나 왠지 마음 깊은 곳에서 그곳에 들어가는 것을 거부했다. 그러나 뭔가 두고 온 것처럼, 싫어도 반드시 가야 하는 곳처럼 지하 연구실은 계속 로희를 잡아당겼다. 궁금하기도 했다. 아버지는 그곳에서 무엇을 했을까. 엄마가 목숨을 걸고 반대한 연구는 무엇이었을까.

작은 발이 계단을 하나하나 내려섰다. 잠시 뒤 로희의 눈앞에 방대한 연구실이 모습을 드러내었다. 웬일인지 로희의 심장이 쿵쿵거리며 뛰었다. 상자를 꼭 끌어안아야 할 정도로 손이 바르르 떨렸다. 식은땀이 작은 이마에 송글송글 맺혔다. 숨이 차기 시작했다. 로희는 안을 둘러보았다. 그러던 로희의 눈에 구석에 설치된 환자용 침상이 보였다.

그때 로희는 순간적으로 스치는 뭔가를 보았다. 마치 사진 같은 한 장면이었다. 자신이 그 침대에 누워 링거를 맞고 있었다. 다시 기억의 편린이 로희의 뇌에 내리박혔다. 엄마가 아버지를 밀치며 거세게 저항했다. 뒤에는 여전히 누워 있는 자신이 보였다. 그리고 또 하나의 편린, 그리고 또 하나, 하나 더, 이내 많은 조각들이 로희를 집어삼킬 듯이 밀려들었다.

기억이었다.

-7-

2019년 9월 2일 월요일.
"전부, 인정합니다."

노트북을 앞에 두고 마지막 저장 버튼을 누르면서 상윤은 낮은 한숨을 내쉬었다. 이로써 모든 것이 끝나는구나. 지금까지 맡아 왔던 사건이 끝날 때와는 뭔가 다른 기분이 들었다. 철원은 상윤의 질문에 주저 없이 모든 것을 인정했다. 사건은 곧 검찰로 송치될 것이고 철원은 교도소로 이감될 예정이었다.

상윤은 손을 들어 매직미러 너머에 있는 정만에게 영상 녹화 종료를 지시했다. 그는 낮은 한숨을 내쉬며 철원을 보았다.

"한 가지 질문해도 될까요?"

철원이 눈을 치켜뜨며 상윤을 보았다. 눈 밑에 지친 기색이 역력히 남아 있었다. 그의 굴곡 많은 삶에 한 번 더 큰 전환을 가지고 온 이 사건이 깊은 상흔을 남겼을 것이었다. 철원은 대답 없이 눈을 깜박였다.

"지난번 진술하실 때 금고 속에 서류밖에 없었다고 하셨죠?"

"……네."

그는 그게 무엇이 잘못되었는지 모른다는 듯 잠깐 생각을 한 뒤 조금 늦게 대답했다.

"그런데 사실 경찰이 갔을 때는 금고 속에 아무것도 없었습니다. 최진태 씨가 중요한 서류를 이미 다른 곳에 숨겨놓았고 저희가 그것을 찾아냈죠. 아마 소진유 씨 사망사건으로 경찰이 조사할 때 드러나면 안 되는 서류라서 감춰놓은 것 같았습니다."

"그렇군요."

"왜 거짓말을 하신 거죠?"

상윤은 이미 모든 의문들을 풀어냈다. 금고 안에 서류가 있었느냐 없었느냐 하는 것은 중요한 문제는 아니었다. 서류는 이미 찾았고, 금고 안에 재물이 들어 있었다면 철원이 거짓말을 할 리도 없었다. 철원은 이미 모든 것을 인정했으니까. 무엇보다 철원의 집에서는 아무것도 나오지 않았다.

철원은 기운 없이 대답했다.

"당황했나 봐요. 돈은 하나도 건드리지 않았다고 말하고 싶었던 건데 믿어주지 않을 거라고 생각했어요. 그래서 서류밖에 없었다고 말한 거 같아요. 금고가 텅 비어 있었다고 하면 오히려 거짓말이라고 생각할 것 같아서……. 저 때문에 수사에 혼란을 드렸다면 정말 죄송합니다."

철원은 고개를 숙였다. 듬성듬성 난 흰머리가 쌓인 눈을 보는 것처럼 가슴을 시리게 만들었다. 그는 순간의 욕심을 이기지 못해 사람을 죽인 범죄자이지만, 그의 삶은 너무나 가혹했다. 서혜은만큼이나 그는 최동억, 최진태 부자와 악연이었다.

"박철원 씨를 만나고 싶어 하는 분이 계십니다. 괜찮으시겠어요?"

철원이 고개를 들었다. 그의 눈빛이 떨렸다. 누구인지를 예감하는 것 같았다. 사실 조사실에서 조사 이외의 일로 타인을 불러들여서는 안 되지만 이 조사가 종료되는 대로 그는 연행될 것이었다. 조용히 이야기할 기회가 이 불쌍한 남자에게는 필요하다는 생각이 들었다. 그래서 그녀의 부탁을 들어주었다.

철원의 눈빛이 떨렸다. 상윤이 일어나 조사실의 문을 열었다. 마스크를 쓴 혜은이 고개를 숙이고 서 있었다. 검은색 블라우스에 블랙 진을 입은 그녀는 단정하면서도 침착한 느낌을 주었다. 상윤이 안쪽을 향해 손을 내밀자 혜은이 조심스럽게 발을 옮겼다. 철원은 고개를 들지 못하고 있었다.

"감사합니다."

철원을 떨리는 눈으로 보던 혜은이 상윤을 향해 고개를 숙였다.

"원래는 안 되는 일이라서……. 10분 정도만 시간을 드릴 수 있을 것 같습니다. 녹화도 다 꺼져 있으니 편하게 얘기하세요. 저는 나가 있겠습니다."

"감사합니다."

다시 허리를 깊이 숙이며 혜은이 말했다. 상윤은 노트북과 수사 자료들을 챙겨 들고 조사실을 나갔다. 문이 닫히고 나서 조사실에는 침묵이 무겁게 내려앉았다. 잠시 그대로 서 있던 혜은은 마른 입술을 깨물며 철원의 맞은편에 앉았다.

"아저씨……."

굳어 있던 철원의 어깨가 흠칫 떨렸다. 멈춰놓은 영상을 재생시킨 것처럼 철원의 눈이 빠르게 몇 번 깜박였다. 그는 무슨 말부터 해야 할까를 고민하는 듯 깊이 숨을 들이쉬었다가 어렵게 입을 뗐다.

"내 앞에서는 마스크를 벗어도 된다."

에이즈에 감염된 사람과 한 공간에 있는다고 하여 전염될 일은 없다. 그러나 워낙 많은 사람들이 두려워하기에 혜은은 항상 마스크를 써왔다. 모르는 사람도 자신이 에이즈인 것을 금방 알아챌 것만 같았다. 무엇이 문제인지 모를 에이즈의 재발 이후로 혜은은 항상 공포에 시달려왔다.

혜은은 천천히 마스크를 벗었다.

"죄송해요."

더 할 말이 없다는 듯 혜은은 고개를 숙였다.

"제가 최진태에게 돈을 요구하고 싶다는 말만 안 했어도……."

철원이 고개를 저었다. 그는 눈을 깊이 감았다. 지난 세월들을 돌이켜 보면, 한순간도 행복했던 적이 없었다.

"애초에 널 이렇게 만든 게 나다."

에이즈에 걸리게 만든 것도, 파양을 당하게 만든 것도. 철원이 혜은의 생활이 궁금해 찾아갔을 때 혜은은 두 번째 입양된 집에서 폭행을 당하고 있었다. 그리고 두 번째 파양. 모든 것이 자신 때문이었다. 그때부터 혜은을 살리는 것이 자신의 마지막 숙제라고 생각해왔다.

"아저씨, 전……."

"그런 얘기는 그만하자."

처음으로 철원이 고개를 들었다.

"집이 후져서 들어간 보증금이 얼마 안 된다. 공과금이랑 안에 짐 처리하는 비용 빼고 네가 환불받을 수 있도록 아주머니에게 다 이야기해놓았다."

"아저씨!"

고개를 든 혜은의 얼굴은 젖은 채로 일그러져 있었다. 그는 마치 다시 돌아오지 않을 사람처럼 말하고 있었다.

"그리고 예금이 조금 있다. 책상을 뒤져보면 통장이 있는데 비밀번호는 그 안에 적혀 있고, 통장 밑에 위임장을 써두었으니 나머지 서류는 네가 만들어다가 찾아 써라. 미안하다. 내가 너에게 해줄 게 이것뿐이라서."

"그런 말씀 마세요, 아저씨. 저 아저씨 덕분에 여태까지 살 수 있었어요. 취직도 제대로 못 하는 절 돌봐주신 게 아저씨잖아요."

혜은은 얼굴을 가렸다. 조금 마른 손가락 사이로 눈물이 흘러내렸다. 철원은 벽에 걸린 시계를 올려다보았다. 박상윤 형사가 말한 10분이 거의 다 되어가고 있었다. 그는 갑작스러운 갈증을 느꼈지만 마실 물은 없었다. 마른 침을 삼키며 그녀를 불렀다.

"혜은아."

혜은이 얼굴에서 손을 떼었다.

"아까 그 형사가…… 금고가 텅 비어 있었다고 하더구나."

간신히 매달려 있던 그녀의 속눈썹에서 눈물방울이 툭 떨어졌다. 그러나 눈물은 더 흐르지 않았다. 눈을 내리깔고 잠시 뭔가 생각하던 혜은이 철원에게로 얼굴을 똑바로 쳐들었을 때는 조금 전 흐느끼던 그 모습이 아니었다. 얼굴은 젖어 있었지만, 철원을 향한 미안함과 애정 따위는 조금도 없었다. 그녀의 눈매가 둥글게 휘어졌다. 붉은 입술의 한쪽 끝이 위로 비죽 올라갔다. 그녀는 후, 하고 웃으며 말했다.

"아, 그래요?"

매직미러 너머에 있던 상윤의 눈이 커다래졌다. 그의 손에 있던 볼펜이 바닥으로 떨어졌다.

*　*　*

뒷일을 전부 정만에게 맡기고 상윤은 차를 몰고 철원의 집으로 향했다. 평일 낮이었지만 도로에는 차가 많아 정체가 이어지고 있었다. 조바심이 났다. 이리저리로 끼어들기를 시도하면서 상윤은 계속 액셀러레이터를 밟아댔다.

'아, 그래요?'

마치 철원을 비웃는 듯한 그 웃음. 지금껏 혜은이 보여왔던 모습이 아니었다. 내내 느껴지던 위화감의 존재를 상윤은 이제야 깨달았다. 혜은은 일자리를 구하지 못해 계속 철원이 그녀의 뒤를 봐줬다고 했다. 아무리 그녀에게 죄를 지었기로서니 철원의 집은 판자촌이나 다름없는 허름한 집이었고, 혜은은 혼자 살기에 넘쳐 보이는 집에서 여유롭게 살고 있었다. 철원은 항상 지쳐 보이는 얼굴이었고, 혜은에게는 병에 걸린 사람답지 않은 활기가 있었다.

명준을 처음 만났을 때 상윤은 혜은이 어떤 여자인지 들었었다.

아이를 버려두고 온 집안의 돈을 다 들고 사라진 여자.

단순히 에이즈 때문이라고 생각했었는데……. 아니었다. 제대로 된 어미라면 아무리 급하더라도 자식이 먹고 살 방도 정도는 남겨놓았어야 했다.

혜은의 웃음이 자꾸만 눈앞을 맴돌았다. 이 사건은 아직 끝나지 않았다는 형사의 직감이 상윤의 뇌를 뒤흔들었다.

빠앙!

그는 거칠게 클랙슨을 눌렀다. 핸들을 마구 내려치고 싶은 충동을 대신하는 클랙슨 소리였다.

'박철원은 금고 속에 서류밖에 없었다고 진술한 게 거짓말이라고 했어. 하지만 내가 매직미러 너머에서 보고 있는 걸 모르는 채로 서혜은에게 물은 거야. 왜 금고 속이 텅 비어 있었던 거냐고. 그건 서혜은이 금고 안에 서류밖에 없었다고 말했다는 뜻이잖아. 그렇다면 서혜은이 최진태의 집에 갔었다는 건데……. 하지만 최진태가 죽은 21일에 서혜은은 병원에 입원해 있었어. 어떻게 된 거지?'

정체가 풀리기 시작하면서 상윤은 더욱 더 액셀러레이터를 세게 밟았다.

＊＊＊

철원의 집에는 여전이 폴리스 라인이 쳐져 있었다. 현장 개방은 모든 담당자가 조사를 정확하고 완벽하게 했다고 판단한 경우에 지시하게 되는데, 이번 사건은 철원으로 용의자가 좁혀지기까지의 시간이 꽤 길었기에 다행히 아직 개방 지시를 하지 않고 있었다. 개방이 지시되면 재입장은 별도의 허가가 필요한 데다 혹시 있을지도 모를 추가 증거가 사라질 염려도 있었다. 업무 처리가 늦어져 오히려 다행인 경우였다.

지난번과 마찬가지로 철원의 집은 허름하고 모든 물건은 조악했다. 그런 물건들을 다시 확인하러 온 것이 아니었다. 어쩌면 그가 진범이 아닐지도 모른다는 생각이 들었던 것이다. 21일 최진태를 죽이던 날 금고를 열었던 것이 박철원이 아니라 서혜은이라면? 하지만 그 생각에는 큰 허점이 있다. 서혜은은 그날 입원 중이었다.

집 안을 둘러보던 상윤은 싱크대 옆에서 봉지에 든 플라스틱 그릇을 발견했다. 그는 라텍스 장갑을 끼고 봉지를 열었다. 열자마자 풀썩이면서 쉰내가 올라왔다. 묶어놓은 끈을 조심해서 풀고 플라스틱 그릇을 열어보았다. 썩은 닭볶음탕이었다.

그는 무너지듯 자리에 주저앉았다.

'그래, 21일에 닭볶음탕 배달 직원은 물건을 받은 것이 박철원이 맞다고 했어. 상처도 확인했고. 닭볶음탕을 들고 집에 왔다면 박철원이 범인이 맞는 거야.'

그렇다면 혜은이 잠깐 보인 그 표정은 무엇이었을까. 자신의 오해였을까? 명준이 했던 말 때문에 혜은에 대한 선입견이 생긴지도 모른다. 큰 실수를 할 뻔했다.

그때 전화가 울렸다. 정만이었다.

"어디세요?"

"아, 나 잠깐…… 왜?"

"본부장님이 오늘 박철원 씨 체포 사실 기자회견하신다는데요."

상윤은 썩은 내가 풀풀 나는 닭볶음탕을 물끄러미 보았다.

"그래. 서류는 다 갖춰놨어. 그렇게 하시라고 해."

전화를 끊은 상윤은 다시 한번 큰 한숨을 내쉬었다. 오늘 기자 회견이 끝나고 나면 수사본부는 해체되고 자신도 평소 업무로 복귀할 것이었다. 잠깐 흔들렸던 형사의 감과 촉을 더 날카롭게 벼려야겠다고 생각하며 상윤은 자리를 털고 일어섰다.

다 낡은 철원의 집을 나서는 상윤의 눈에 노란 출입금지 선이 거슬렸다. 마치 화풀이를 하듯 테이프를 잡아 퍽퍽 떼어냈다.

그때 지나가던 오토바이가 급브레이크를 밟으며 상윤의 근처에 섰다. 오토바이의 운전자는 헬멧의 바람막이를 젖히며 상윤을 보았다.

"형사요?"

"네."

구멍 난 풍선처럼 상윤이 바람 빠진 목소리를 냈다.

"철원이가 사람을 죽였다는데, 맞아요?"

남자는 60대 초반으로 보였다. 오토바이를 보니 음식점에서 배달을 하는 모양이었다. 상윤은 일어서며 그에게 물었다.

"박철원 씨를 아십니까?"

"한 동네 사람이니까. 사람 참 몰라. 절대 그런 일을 할 사람으로 안 보였는데."

상윤은 쓰게 웃었다. 인간의 보이는 면이 모두 진실이라면 이 세상에 형사는 필요 없을지도 모른다. 상윤이 아무 말을 하지 않자 그는 다시 시동을 걸며 중얼거렸다.

"하긴. 좀 불안해 보이긴 했었지."

"네? 그게 무슨 말씀이죠?"

혹시 출발이라도 할까 싶어 상윤이 얼른 그의 팔을 잡았다. 남자는 왜 이러냐는 듯 붙들린 팔을 보더니 말했다.

"혼자 사니까 가끔 우리 마누라가 음식하면 좀 갖다주고 오라고 그래. 맨날 퇴근해야 만나니까 상할 만한 거 아니면 문고리에 걸어두고 오는데, 그날은 집 안에서 인기척이 있더라구. 근데 문을 두드려도 안 나와. 불도 끄고 없는 척하는 거 같더라구. 창문을 빼꼼 열었더니 철원이 그 친구가 기겁하며 닫더라구. 문 앞에 뭐 갖다 놨다고 소리치고 왔는데 나중에 생각해보니 사람 죽일 생각에 제정신이 아니었을 테지."

"그게 며칠이죠?"

"홀에 단체 손님 와서 서비스로 수육 해주던 날이었으니까 20일인가, 21일인가 그랬지, 아마?"

그게 문제였다. 20일인지 21일인지가 정확해야 했다. 그는 동아줄이라도 되는 것처럼 남자의 팔을 꽉 붙잡았다.

"아저씨 가게에 주문 들어올 때마다 장부 쓰세요?"

"쓰지, 그럼. 내가 다 외우나?"

그 말에 상윤이 배달원의 뒷자리에 풀썩 뛰어올라 앉았다.

"출발하시죠!"

그가 운영하는 백반집은 오토바이로 철원의 집에서 5분 거리에 있었다. 두 사람이 들어서자 설거지를 하던 여자가 뒤돌아보았다. 자신의 남편이 데리고 오는 남자가 누군지 궁금한 눈치였다.

"여보, 형사 양반이래."

"아."

그녀도 철원의 사건을 아는 것 같았다. 형사가 왜 자신들의 식당에 왔는지 몹시 궁금한 얼굴로 젖은 손을 앞치마에 닦으면서 나왔다.

"우리가 철원이네 집에 수육 갖다 놓은 게 며칠이었지?"

"단체 들어온 날인데. 그게 20일인가…… 21일인가……."

하나 마나 한 소리였다.

"장부를 좀 봐주세요!"

상윤은 조바심이 났다. 남자는 그럽시다, 시원하게 말하며 계산대로 갔다. 포스기 같은 것은 없었다. 철제 유리문, 오래된 테이블들, 가게는 리모델링을 한 지도 오래된 것 같았다. 포스기가 있으면 그게 더 신기해 보일 것이다. 이 가게는 주문이 들어오는 대로 공책에 적어놓는 것 같았다. 노트 아래쪽에는 이 가게에서 납품받는 소주 회사의 이름과 로고가 찍혀 있었다. 팔락팔락 종이가 넘어갈 때마다 상윤의 가슴이 바짝바짝 타들어갔다.

"아, 20일이네."

"네? 정확합니까?"

"이거 봐. 맞잖아."

거기에는 그날 주문된 메뉴들이 적혀 있었다. 분명 날짜는 20일이었다. 빨간색으로 동그라미를 크게 쳐놓고 '단체 8명'이라고 휘갈겨 쓰여 있었다.

"이날 몇 시였는지 혹시 아세요?"

"등산하고 내려온 사람들이었어. 아침 10시쯤 됐지, 아마?"

20일 10시면 철원이 한창 최진태의 집에서 CCTV를 해체하고 있었어야 할 시간이었다. 상윤은 고맙다는 인사도 하지 못한 채 가게에서 뛰쳐나왔다. 그러고는 정만에게 전화를 걸었다.

"본부장님께 전화해서 기자회견 취소하시라고 해!"

"네? 그게 무슨 소리세요?"

20일. 철원이 최진태의 집에 찾아가 CCTV를 해체한 날이었다. 최진태의 집 앞 CCTV에 그의 모습이, 아니, 모자를 쓰고 회사 점퍼를 걸친 그와 비슷한 사람이 찍혀 있었다. 하지만 그날 철원이 집에 있었다면 CCTV에 찍힌 사람은 그가 될 수 없었다.

"그리고 20일 최진태의 집으로 들어가는 박철원 CCTV 영상과 다른 날짜 박철원이 찍힌 CCTV를 구할 수 있는 대로 구해서 법보행 분석 전문가 협의체에 분석 의뢰해. 긴급으로 부탁해. 지금 당장!"

-8-

2019년 9월 3일 화요일.

로희의 집이 오랜만에 북적거렸다. 신발장 앞은 마구 벗어 던진 고가의 신발들로 넘쳐 났고, 더 이상 부패한 냄새가 나지 않는 거실은 사람들의 훈기로 가득했다. 그러나 소파의 가장 상석에 앉아 있는 로희는 조금도 따뜻함을 느낄 수가 없었다. 로희는 잔뜩 지친 얼굴이었으나 거기에 모인 그 누구도 로희의 피로한 기색에 관심을 두지 않았다.

"오빠가 그동안 애 한번 들여다보기나 했어요? 게다가 여자애니까 고모할머니인 내가 봐야지!"

"그게 무슨 소리야? 네 새언니는 여자 아니냐? 어떻게 혼자 사는 네가 애를 본다는 말이야?"

"그래요, 고모. 그건 말도 안 되죠. 아이를 양육할 수 있는 저희가 큰아버지 손주인 로희를 맡아야 합니다."

"죄송한데요, 사돈. 왜 친가 쪽에서만 아이 양육권 문제를 말씀하시는 거죠? 저희랑 의논 먼저 하셔야 하는 거 아닌가요?"

"아니, 아직 안 가셨어요? 당연히 애는 최 씨 집안 자손이니까 저희 집에서 미성년 후견인을 맡아야죠."

"무슨 소리세요. 애가 최 씨 집안 자손만 됩니까? 내 딸, 진유 피도 절반이 흐른다고요! 게다가 살인자 집안에 어떻게 애를 맡깁니까?"

"뭐요?"

로희의 작은할아버지가 벌떡 일어섰다. 외할머니도 지지 않았다.

"우리 진유, 누구 때문에 죽었습니까? 경찰 말 못 들었어요? 최진태 그 새끼는 살인자예요, 살인자!"

뒤늦게 치를 장례에 대한 논의는 잊은 듯 얼굴도 잘 기억나지 않는 작은할아버지와 고모할머니, 그리고 외할머니가 로희의 집으로 동시에 쳐들어왔다. 로희는 그들을 보며 정말로 자신의 장래를 걱정하는 사람들이 맞나 싶었다. 기억이 돌아왔지만 모두 얼굴도 익숙하지 않은 사람들이었다. 외할머니 역시 엄마가 돈을 부쳐줄 때 통화하는 것을 옆에서 듣기만 했을 뿐, 왕래하는 것을 본 적은 없었다. 로희가 초등학생이 되었는지, 해동검도 천재라는데 앞으로도 운동을 시킬 건지, 여자아이인데 좋아하는 연예인은 없는지 궁금해하는 사람은 단 한 명도 없었다. 로희는 자신에게도 이렇게 많은 핏줄이 있다는 것을 오늘 처음 알았다.

그들은 이 집에 도착한 내내 싸워댔고, 누구 하나 자리를 비우면 큰일이 난다 싶은지 절대 집 밖을 나서지 않았으며, 서로 로희의 눈에 들기 위해 애를 썼다. 그러다 싸움이 나서 지금은 악다구니를 쓰는 중이었다.

로희는 알 수 없었다. 아버지와 엄마를 잃은 슬픔에 관심 있는 사람은 왜 없을까.

로희는 계속 싸워대는 사람들을 무덤덤한 시선으로 보았다. 외할머니라는 사람도 로희의 앞에서 '살인자'라는 단어를 조금도 주저 없이 내뱉고 있었고, 작은할아버지라는 사람 역시 삿대질을 넘어 몸싸움을 하는 것도 감수한 사람처럼 보였다.

문득 명준 아저씨가 생각났다. 자신을 유괴해서 돈을 뜯어내려던 사람. 그런데 왜인지 그 사람보다 지금 눈앞에 있는 이들이 더 나쁜 사람들로 보였다.

"시끄럽고, 로희는 우리 친가 쪽에서 알아서 할 거니까 그리 아시고 그만들 돌아가세요."

"살인자 집안에는 못 넘긴다고요!"

"사돈 어르신! 자꾸 살인자, 살인자 하시는데요, 오죽하면 그랬 겠냐고요!"

"이게 지금 무슨 말을 하는 거야. 우리 애가 죽어도 싸다는 거 야, 뭐야! 뚫린 입이라고 말이면 단 줄 알아!"

"그러니까 법대로 하자고!"

물러설 사람은 한 명도 없어 보였다. 로희는 조금 자고 싶었다. 누구라도 하나 자신의 의견을 물어준다면 말하려고 했는데, 이쯤 에서 자신이 끝내야 할 것 같았다. 로희는 덤덤히, 다만 피로한 눈 을 크게 한 번 깜박이고는 그들을 똑바로 보며 분명하게 말했다.

"민법 제936조 제4항. 성년 후견인을 선임할 때는 피성년 후 견인의 의사를 존중하여야 하며, 그 밖에 피성년 후견인과의 이 해관계의 유무 등의 사정도 고려하여야 한다."

싸우던 사람들의 말이 뚝 끊겼다. 어느새 외가와 친가로 나뉘 어 일어나 삿대질을 하던 사람들이 움직임을 멈추고 앉아 있는 로 희를 응시했다. 로희가 눈을 치켜떴다.

"작은할아버지, 저랑 몇 번이나 보셨죠? 할아버지 재산 가지고 아버지랑 소송하실 때 한 번 보신 거 말고는 없지 않나요?"

"너 기억을 잃었다더니 기억이……!"

"네. 기억 다 돌아왔어요. 기억 돌아온 게 별로 기쁘지 않으신 표정이시네요."

로희의 작은할아버지와 그 아들 내외가 민망한 듯 시선을 피했 다. 외할머니가 의기양양 턱을 치켜들었지만, 그녀에게도 로희의 시선이 날아들었다.

"외할머니도 마찬가지시고요. 어머니가 깜빡하고 돈 보내지 않으셨을 때만 연락하셨죠. 제 생일은 아시나요?"

"그, 그건……."

로희가 자리에서 벌떡 일어섰다. 아이는 이제 겨우 열한 살로 키가 작았지만, 거기에 있는 누구보다 커 보였다.

"후견인 지정은 제 의사를 존중해야 한다는 민법에 따라 저는 아버지와 그동안 왕래하시던 JP 로펌의 최택균 변호사님을 지정할 테니 모두 돌아가 주시고, 이 시간 이후부터는 모두 변호사님을 통해 이야기하셨으면 좋겠습니다."

"자, 잠깐 어린 네가 어떻게 혼자 살겠다는 거야? 내가 너랑 같이 살면서……."

외할머니가 말도 안 된다는 듯 엉거주춤 일어나며 말했다. 로희의 싸늘한 시선이 그녀에게 닿았다.

"제가 그 정도도 못 해낼 것 같으세요?"

국내 0.01퍼센트에 드는 천재 최로희. 누구도 그 아이의 말에 토를 달지 못했다. 하지만 섣불리 자리를 뜨지도 않았다. 돈 때문에라도 쉽사리 떨어질 것 같지 않던 사람들은 결국 최택균 변호사의 등장과 함께 법정 다툼을 예고하며 돌아갔다. 최택균 변호사는 로희의 의향을 두 번 더 확인한 후, 로희의 집안일을 봐줄 사람을 알아보겠다는 말과 함께 돌아갔다.

로희는 지쳤다.

***

상윤은 법보행 분석 전문가 협의체의 신병덕 박사의 옆에 앉아 있었다. 신병덕 박사의 책상에는 모니터 두 개가 놓여 있었다. 화면에는 비슷해 보이는 두 개의 영상이 멈춘 채 떠 있었다. 두 개 모두 최진태의 집 앞 CCTV이지만 한쪽은 20일, 한쪽은 21일자의 영상이다. 두 개의 영상 모두에 'S 시큐리티' 마크가 그려진 점퍼를 입은 사람이 안으로 들어가고 있었다. 이렇게 놓고 보니 키도 비슷하다. 무엇보다 같은 점퍼에 같은 모자를 쓰고 들어가니 당연히 동일 인물이라고 생각했다.

하지만 20일의 이 사람은 철원이 될 수 없다. 신병덕 박사가 말했다.

"걸음걸이 분석을 해본 결과……."

신병덕이 상윤을 보았다. 상윤은 목이 타들어가는 것을 느꼈다.

"동일 인물이 아닙니다. 그리고 이쪽, 20일의 인물은 여성일 가능성이 높습니다."

신병덕은 그 이유를 자세히 설명했다

"20일 영상에 찍힌 사람의 다리 모양을 자세히 보세요. 무릎이 외측으로 휘어지죠? 이런 걸 외반슬형이라고 하는데, 다른 쪽 영상에서는 그렇지 않죠. 두 인물은 다른 사람이에요. 그리고 발을 드는 것에 이어서 다음 발뒤축이 닿는 것까지의 모양을 잘 보면 여성에게서 흔히 보이는 보행법이에요."

상윤은 탄식을 터뜨렸다. 자신의 생각이 맞았다는 데서 오는 쾌감 같은 것이 아니었다. 이 사실을 왜 진작 알지 못했나 하는 안타까움이었다.

"박사님 감사합니다."

상윤은 벌떡 일어서며 허리를 꾸벅 숙이고는 곧장 바깥으로 뛰어 나갔다. 차에 올라타 시동을 걸고 빠르게 출발했다. 타이어의 마찰음이 날카롭게 귀를 찔렀다. 그의 머릿속에 하나의 광경이 떠올랐다. 혼자 살기에 부족함이 없어 보이는 혜은의 집과, 남루하기 그지없는 철원의 집. 병 때문에라도 일하지 못하는 혜은의 삶을 누가 지탱하고 있었을지는 뻔했다. 철원은 혜은에게 CCTV가 없어지는 날을 알려줬을 뿐, 혜은은 살인에 가담하지 않았다고 했지만 실상은 그렇지 않았던 것이다.

그때 휴대폰이 울렸다. 그는 버튼을 눌러 전화를 받았다. 스피커를 통해 곧장 정만의 목소리가 튀어나왔다.

─선배! 지금 뭐가 어떻게 되어가는 거예요! 기자회견 취소하는 바람에 본부장님 난리 났어요. 서장실에서 계속 연락 온다고 뭘 설명 좀 하라는데, 빨리 들어오세요!

"들어갈 거야. 근데 뭐 하나만 확인하고."

─아, 선배! 저 미치는 꼴 보고 싶어요?

"미치기 전에 하나만 확인해라."

─뭘요?

"20일 서혜은 알리바이."

─그게 왜 필요한데요?

"빨리!"

교도소 접견실은 살풍경했다. 오래된 나무 테이블과 의자뿐 불필요한 장식물은 하나도 없었다. 창에는 간격이 좁은 쇠창살이 박혀 있고, 창문은 반 이상 열리지 않게 만들어놓았다. 중천에 뜬 태양이 접견실 안을 사선으로 비추고 있었다. 구석에 서 있는 교도관은 상윤과 시선이 마주치자 어색하게 웃었다.

그때, 발소리와 함께 문을 열고 철원이 들어왔다. 며칠 만에 그는 훨씬 더 수척해졌다. 수갑을 찬 채로 교도관에게 이끌려 상윤의 앞까지 온 그는 모든 것을 포기한 사람처럼 교도관이 미는 대로 걷고, 미는 대로 자리에 앉았다. 상윤이 잠시 일어났다가 철원이 앉은 뒤 다시 앉았다. 철원과 함께 온 교도관을 응시하자, 그가 몇 걸음 뒤로 물러났다.

"박철원 씨."

철원은 고개를 들지 않았다.

"궁금한 게 있어서 왔습니다."

이번에도 역시 그는 조금도 움직이지 않았다. 모든 것을 인정하고, 어떤 처분을 해도 달게 받겠으니, 제발 그냥 내버려 두라는 비명이 그의 움직이지 않는 목에서 울려 나오는 것만 같았다.

"왜 금고에 서류밖에 없다고 했습니까?"

순간 철원의 어깨가 흠칫 떨렸다. 그러고는 천천히 그가 얼굴을 들었다. 마치 오래된 기계가 작동하듯 녹슨 소리가 날 것만 같은 움직임이었다. 그는 황황히 눈을 커다랗게 떠올렸다.

"지난번에 말했듯이……."

"박철원 씨는 모든 죄를 인정했어요. 그러니 그걸 거짓말할 리가 없죠. 왜 그랬습니까?"

"자, 잘못 말했다고……."

"아뇨. 서혜은 씨에게 그렇게 들은 거죠?"

혜은의 이름을 들은 철원의 얼굴이 하얗게 질렸다. 기절이라도 할 것만 같았다. 하지만 상윤은 이 자리에서 반드시 끊어내야 한다고 생각했다. 한때의 실수로 망가뜨린 인생에 붙들린 마리오네트의 끈을.

"우리는 20일 박철원 씨가 최진태 씨의 집 CCTV를 해제했고, 21일 최진태 씨의 집에 가서 살인을 저지른 것으로 생각했어요. 하지만 아니죠? 20일에 최진태 씨의 집에 간 사람은 서혜은 씨고, 살인도 서혜은 씨가 했죠? 사실 최진태 씨는 20일에 죽은 거죠!"

철원의 눈동자가 회번덕거리며 굴렀다. 그의 눈꺼풀이 파르르 떨렸다. 살짝 아랫입술을 깨물었다. 그는 아무런 말도 할 생각이 없어 보였다.

"이미 법보행 분석을 마쳤습니다. 박철원 씨가 아니라는 결과를 받았구요. 남은 것은 서혜은 씨와의 분석입니다. 그리고 서혜은 씨의 20일 알리바이를 확인 중이구요."

분명 혜은의 20일 알리바이는 없을 것이다. 혜은은 21일을 디데이로 정한 것이다. 그래서 20일 철원의 모습으로 변장한 혜은이 직접 최진태의 집으로 가 CCTV를 해제한 뒤 최진태를 공격했을 것이다. 키는 신발 안에 깔창을 넣는 방법으로 얼마든지 속일 수 있다. CCTV 해제 방법은 철원에게 직접 배웠을 것이다. 그런데 우연찮게 최진태가 소진유를 죽인 것을 발견했고, 혜은은 21일에 두 사람이 죽은 것으로 위장하기 위한 계획을 세웠다. 자신은 21일의 알리바이를 위해 병원에 입원하고 철원이 21일 시신이 있는 이 집에 들어와 닭볶음탕을 주문하여 받는다. 그 이후 친구와 만나 다음 날까지 같이 지낸다. 그렇게 하면 두 사람 모두 범행 날짜로 지목되는 21일에 알리바이가 생긴다.

"자신이 망가트린 인생을 평생 책임진다. 결국엔 그녀가 저지른 죄를 뒤집어쓰는 것으로 마무리한다. 납득되지는 않지만 이해 못 할 일은 아니죠. 근데 이상한 것이 있었습니다. 왜 윤정도 씨를 갑자기 죽인 걸까."

"그건 말씀드렸잖습니까. 그리고 최진태 씨를 죽인 건 분명 저……."

"저 때문이죠?"

상윤이 철원의 말허리를 잘랐다. 철원이 이해가 되지 않는다는 얼굴로 눈을 동그랗게 떴다.

"아니, 정확히 말하면 저희가 박철원 씨를 의심하기 시작했기 때문이죠?"

혜은에 대한 모든 것을 부정할 것 같던 철원의 입이 돌연 꾹 닫혔다. 그의 눈빛은 몹시 떨렸으며, 애잔한 마음이 들 정도로 입술은 파랬다. 그는 수갑 찬 두 손을 꾹 붙잡고 있는 것이 최선인 사람 같았다.

"저희는 조사 도중 사망한 윤정도 씨로부터 박철원 씨가 최진태 씨 집의 CCTV 관리 담당을 맡게 된 것이 진술과는 다르게 박철원 씨의 직접 요청 때문이었다는 것을 알게 되었습니다. 뭐, 친한 사이이니 윤정도 씨에게 그 사실을 전해 들으셨겠죠. 그렇다면 형사들은 당연히 박철원 씨가 최진태 씨에게 앙심을 가질 일이 있는지를 조사합니다. 잘못하면 파양당한 서혜은 씨의 존재가 드러날 거라고 생각했겠죠. 그러기 전에 윤정도 씨를 죽여서 자신에게로 관심을 끌려고 했던 거죠? 과거 당신의 아내를 죽이게 했던 것이 PA였으니, 현재 PA 역시 죽어도 싸다. 그런 식으로 진술했지만 시점이 너무 안 맞아요. 당신은 이미 오래전부터 윤정도 씨와 알고 지낸 사이이니까요."

그의 말은 틀리지 않았다. 정도에게 전화를 받고 경찰이 자신을 의심하기 시작한 것을 알게 된 순간 철원은 자신에게로 모든 관심이 쏠리도록 하기 위해 다급하게 정도를 죽였다. PA 일을 하는 그 역시 죽어도 싸다고 자위하면서 일을 벌였다. 그는 자신이 범인임을 조금도 숨기지 않았다. 시신도 그대로 버려두었고, CCTV의 위치를 누구보다 잘 아는 그가 CCTV 카메라 바로 아래서 일을 벌였다. 그렇게 해서 수면 위로 부상하려던 서혜은의 존재를 심연의 밑바닥으로 가라앉히려 했다.

"저는 박철원 씨의 진술을 들으려고 온 게 아니에요. 어차피 앞으로 드러날 서혜은 씨 범죄의 증거들은 차고 넘쳐날 겁니다. 전 말씀드리고 싶은 게 있어요."

떨리는 눈으로 철원이 고개를 들었다.

"이번 일, 아이의 수술비가 필요하다고 해서 저지른 거죠?"

철원은 대답하지 않았다. 그러나 그의 눈빛이, 떨리는 눈썹 끝이, 색을 잃어가는 피부가 모두 그렇다고 대답하고 있었다.

"근데 그거 아세요? 그 여자, 집을 떠날 때 집에 돈 한 푼 안 남겨놓고 떠났답니다. 애가 먹고 살 돈 한 푼 두지 않고 떠났대요. 애초에 아이를 그렇게 사랑한 여자가 아닙니다."

철원의 입이 벌어졌다. 눈이 빠르게 껌벅였다. 하지만 그 입은 그럴 리가 없다고 말하지 못했다. 상윤이 말한 일은 모르고 있었어도 그는 어쩌면 어렴풋이 뭔가를 느꼈을지 모른다.

"서혜은 씨 딸, 희애의 수술비. 박철원 씨가 낸 걸로 파악됐어요. 왜 그랬죠?"

철원은 꼼짝도 하지 않았다. 그의 얼굴 위에서 짙은 배신감이 물결쳤다. 이제는 지쳐버린 마리오네트를 묶고 있던 낡은 줄이 투둑투둑 끊겨나가고 있었다. 이내 그의 어깨가 풀썩 주저앉았다.

"……말싸움을 하다가 죽여버렸다고, 돈은 전혀 받지 못했다고 해서……."

그래서 자신이 병원비를 수납하러 간다고 했을 때 혜은이 말했다. 사인은 명준의 이름으로 하라고.

"그건 김명준 씨를 범인으로 몰려는 계략이었죠?"

내내 가만히 있던 철원은 천천히 고개를 끄덕였다.

"주방에 가 보니 전날 그 집에서 해 먹은 닭볶음탕이 남아 있었습니다. 그걸 이용하면 죽은 날을 21일로 만들 수 있다고 했습니

다. 제가 21일에 소진유의 신용카드로 닭볶음탕을 주문하고 최진
태인 것처럼 물건을 받았습니다. 비밀번호는 그간 백업해둔 실내
CCTV 영상을 보고 알아뒀구요. 백업 디스크는 모두 삭제하고
버렸습니다. 그러고 난 뒤 저는 닭볶음탕을 모두 챙겨 나와 친구
를 만나 알리바이를 만들었습니다. 김명준 씨가 집 안으로 들어
가 유괴를 하게 하면 그 사람의 족적이나 지문 같은 것이 남을 거
라고 했습니다. 그런데 일이 틀어져서……."

상윤은 낮은 한숨을 내쉬었다.

"제가 알아본 바로는 병원비가 5천만 원이었습니다. 계속 이해
안 가던 게 있어요. 박철원 씨는 5천만 원이 있으면서 왜 서혜은
씨가 돈 때문에 한다는 범죄를 도왔습니까?"

철원은 그간 혜은을 돌보아왔고, 자신에게 돈이 있었으니 얼마
든지 도와줄 수도 있었다. 하지만 범죄를 저지르고 일이 뜻대로
되지 않자, 그제야 돈을 내놓았다.

철원이 마른 입술을 한 번 핥으면서 말했다.

"죽을 때까지 쓰지 않으려던……. 그런 돈이었습니다."

"그게 무슨 말이죠?"

"죽은 아내의 보험금이었습니다."

상윤은 가슴이 묵직해지는 것을 느꼈다. 30년이 지나도록 그
돈을 쓰지 않은 이유를 알 것 같았다.

"물론 희애 때문에 돈이 필요하다고 하면 내줘야 했지만…….
혜은이가 계획을 말한 순간 욕심이 났습니다. 죽은 최동억에게
복수할 욕심……. 네 아들도 편히 살아서는 안 되지, 하고. 하지

만 정말 죽일 줄은 몰랐습니다."

"마지막으로 확인하겠습니다. 박철원 씨는 금고에 서류밖에 남아 있지 않다고 했습니다. 누구에게 들었죠?"

"……서혜은에게."

"왜 서혜은 씨는 그렇게 말했을까요?"

철원은 목이 탄 것 같았다. 물을 가져다주려고 생각할 때 철원은 마른 입술을 혀로 핥으며 말했다.

"그 안에, 돈이…… 있었겠죠."

그렇게 말한 철원은 바람 빠진 풍선처럼 어깨를 늘어뜨렸다.

"한 가지만 더 말씀드릴게요. 서혜은은 우연히 최진태 씨를 죽인 게 아닙니다. 서혜은은 처음부터 모든 걸 계획하고 있었어요. 김명준 씨 진술에 의하면 유괴를 처음 제안한 것이 7월 19일이었습니다. 벌써 한 달 전부터 계획하고 있었다는 뜻입니다."

아마 지금 철원은 혜은의 미소를 떠올리고 있을 것이다. 금고에 대해 물은 순간, '아, 그래요?'라고 말하며 마치 철원을 비웃는 듯했던 그녀의 미소를 말이다. 그 순간 아마 철원 역시 깨달았을 것이었다. 애초부터 이 일은 모든 것이 돈, 희애의 수술비가 될 돈이 아니라 혜은이 가질 돈이 목적이었다는 것을.

상윤은 30년간 죄책감이라는 이름의 족쇄에 묶여 살았던 철원을 하염없이 바라보았다.

***

같은 시각, 또 다른 접견실에는 혜은이 앉아 있었다. 그녀는 머리를 높이 묶어 올리고, 편한 티셔츠를 입고 있었다. 접견실의 문이 열리자 유리벽 너머로 명준이 들어섰다. 명준은 혜은을 보고는 자신도 모르게 시선을 떨구었다. 미워야 하는데, 그런 병 때문에 자신들을 버렸다는 사실을 알고 나니 미움이 전혀 고개를 쳐들지 않는다. 오히려 희애와 자신을 걱정해 떠났던 그녀의 아픔을, 그런 아픔을 혼자 삭였을 그녀를 생각하니 가슴이 조이도록 아팠다.

"희애 수술 잘 끝났어. 깨어났고."

명준은 벅차오르는 듯 입술을 꾹 깨물었다. 두 눈에 순식간에 눈물이 차올랐다. 주르륵 흘러내리는 눈물이 너무 무겁기라도 한 듯 그는 고개를 숙였다.

"고마워. 이렇게 알려줘서 정말 고마워."

가슴이 울렸다. 그의 어깨가 조금씩 떨렸다. 단 한순간도 희애의 엄마가 아닌 적이 없었던 여자를, 그동안 왜 그렇게 미워했는지, 왜 사정이 있을 거라고 생각하지 못했는지 명준은 자신을 원망했다.

"고개 들어."

"미안. 너무 기뻐서."

"거기서 지내기 힘들지 않아?"

명준은 젖은 얼굴을 손등으로 쓱쓱 닦으며 고개를 들었다.

"난 괜찮아. 그보다 희애 상태, 알려줘서 고마워."

"당연히 알려야지."

"난 생각지도 못했어. 당신이 와줄 거라고는."

명준은 무슨 말을 해야 할지 몰랐다. 그의 가슴에는 이제 남은 것이 아무것도 없었다. 혜은에 대한 미움도 남아 있지 않다. 희애도 앞으로는 건강해질 것이었다. 우리는 이제 돌아가면, 예전으로 돌아가면 되는 것이다.

명준은 주저하다 어렵사리 말했다.

"희애한테는?"

"아빠가 일하러 해외에 나갔다고 했어. 희애 수술 못 보고 가서 너무 미안해했다고 했어. 생각보다 떼도 안 쓰고, 어른스럽게 컸더라. 다 당신 덕분이야."

아니다, 자신은 한 것이 없다. 명준은 그렇게 생각했다. 희애 혼자서 그렇게 의젓하게 커버렸다. 아무것도 가진 것 없는 못난 아빠 때문에 아이가 어려서부터 눈치가 늘고 어른스러워졌다. 항상 마음 아픈 일이었다.

명준의 얼굴이 어두워졌다.

"지금은 당신이라도 있지만, 당신도 곧 구속될지 모르는데 우리 희애 어떻게 하지."

"어쩌면 잘됐는지도 모르잖아."

생각지도 못한 혜은의 말에 명준이 놀란 듯 고개를 들었다.

"희애를 에이즈 환자 자식으로 키우기 싫어. 항상 감염될까 봐 조심시키고 두려워하는 것도 싫고. 그럴 거였다면 3년 전에 그렇게 떠나지도 않았어."

"그럼 어떻게……."

"당신 나올 때까지만 보육원에 맡기자."

"혜은아!"

명준의 목소리가 높아졌다. 동시에 혜은의 눈에서 눈물이 떨어졌다.

"나도 그러고 싶지 않아. 하지만……."

명준 역시 무슨 말을 해야 할지 알 수 없었다. 혜은의 마음도 충분히 알지만 희애를 보육원에 맡기는 상상만으로도 명준은 미칠 것 같았다. 괴로움에 그가 머리를 움켜쥐었을 때 혜은의 휴대폰 벨 소리가 울렸다.

"잠깐만."

혜은은 눈물을 닦으며 휴대폰을 꺼내 들었다. 발신 번호를 확인한 혜은은 고개를 갸웃하며 전화를 받았다.

"여보세요?"

전화기 너머에서 누구의 목소리를 들었던 것일까. 혜은의 얼굴이 살짝 굳었다. 그러더니 그녀는 입가에 돌연 미소를 지었다. 그녀는 몇 마디, 잘 들리지 않는 대답을 했다. 그조차도 "알았어"라든가 "그래"나 "응" 정도뿐이었다. 전화를 끊은 그녀는 깊이 숨을 들이쉬었다가 내쉬고는 명준을 돌아보았다. 그녀는 어딘지 과장되게 밝은 얼굴로 웃으며 말했다.

"나 이제 그만 갈게. 급하게 일이 생겨서."

"그래."

어디서 온 전화인지 궁금했지만 명준은 묻지 않은 채 고개를 끄덕였다. 다만 홀로 남은 딸의 거취를 논의하는 것보다 더 급한 일이 무엇인지 알고 싶었다.

***

모든 기억이 돌아왔다. 로희는 아버지가 매일 앉던 소파의 제일 상석에 앉아 정면에 보이는 정원을 물끄러미 바라보았다. 아버지는 정원을 지나쳐 본채까지 오는 디딤돌을 직접 골랐다. 신경 써서 지은 집과 잔디 위에 아무 디딤돌이나 놓을 수 없다고 했다. 평생 의학에 몸을 담아왔고 과학적이지 않은 미신들은 터부시했지만, 의아하게도 디딤돌을 설치할 때는 저 돌을 따라 집안에 좋은 것이 들어올 거라고 했었다.

그때의 기억을 떠올리며 로희는 씁쓸한 미소를 지었다.

그 디딤돌을 밟고 그녀가 오고 있었다. 서혜은이었다.

전화를 한 것은 로희였다.

"이제 모든 기억이 돌아왔고, 진범이 당신인 걸 알고 있어요. 물론 신고만 하면 되지만 할 얘기가 있는데, 이쪽으로 오실래요? 아니면 나중에 교도소로 면회를 갈까요?"

혜은은 역시 만만한 여사가 아니었다. 낭황하지도 않고, 말 같잖은 소리하지 말라며 흥분하지도 않고, 증거를 내놓으라며 잡아떼지도 않은 채 '알았다'고만 대답했던 것이다. 로희는 혜은을 위해 미리 대문을 열고 기다렸다. 혜은이 아버지가 놓은 길 위로 또각또각 걸어오는 모습은 참으로 기괴했다. 앞으로 자신의 인생에서 어떤 사고가 나 모든 걸 잊어버린다 하더라도 저 장면만은 잊지 못할 것 같은 기분이었다.

현관문이 열리는 소리와 함께 혜은의 구둣발 소리가 들렸다. 로희는 돌아보지 않았다.

"대단하구나. 내가 널 어떻게 할지도 모른다는 생각은 안 했니?"

소파까지 다가온 혜은이 진심으로 감탄하듯 말했다. 로희는 앉으라는 듯 옆의 소파를 가리키며 말했다.

"제가 아무 조치도 안 해놨을 거라고 생각하는 건 아니시잖아요. 당신이 진범인 증거를 내가 갖고 있고, 당신을 부르면서 경찰에 연락도 안 했으리라고는 생각 안 하시죠?"

"정말 영리하구나, 너."

혜은은 신기한 것을 보는 듯 말했다.

"저한테 듣고 싶은 얘기가 있어서 오신 거잖아요."

"네가 하고 싶은 말이 뭔지 듣고 싶었지."

후, 웃으며 로희는 바닥에 내려놓았던 상자를 테이블 위에 올려놓고는 뚜껑을 열었다. 상윤에게 받은 연구 자료였다. 그걸 보는 혜은의 얼굴이 딱딱하게 굳었다.

"뭔지 알아보시는 거예요?"

"할 말 해."

"이것 덕분에 알게 됐어요. 아버지가 저한테 한 짓."

연구 자료에는 실험체의 변화가 자세히 기록되어 있었다. 그리고 쏟아진 기억이 말해주었다. 실험체는 바로 최로희, 자신이었다. 아버지는 세 살 때부터 자신을 마취시키고 실험과 수술을 반복해왔다. 어머니는 목숨을 걸고 막으려 했고, 걸었던 목숨을 잃고 말았다.

로희는 침착하게 맨 마지막 장을 열었다.

"그날도 아버지는 절 마춰시키고 실험 준비를 했어요."

말을 하던 로희는 한쪽 팔로 다른 쪽 팔의 중간쯤을 잡았다. 처음 로희가 학대당하고 있다고 생각하게 했던 멍과 바늘 자국들. 그것은 수없이 찔러댄 주삿바늘 때문에 생긴 것들이었다.

"연구자들은 모두 그럴 테지만 연구 중에 기록은 필수죠. 그래서 알게 됐어요. 아버지가 죽은 건 제가 유괴당한 21일이 아니에요. 20일이죠."

로희는 연구 일시의 날짜 부분을 가리켰다. 만약 경찰이 조사한 대로 21일 저녁에 최진태가 살해당했다면 21일 낮까지의 연구 기록이 있어야 했다. 하지만 연구 기록은 20일에서 멈춰 있었다.

"20일 오전, 아버지는 절 또다시 연구실로 데리고 갔어요. 엄마는 아버지가 절 연구실로 데리고 갈 때마다 아버지와 다퉜죠. 그런데 이상했어요. 그날은 엄마가 보이지 않았어요. 그때 엄마가 이미 죽었다는 걸 알았다면……. 글쎄요. 제가 어떻게 했을지는 모르겠네요."

로희는 어린아이답지 않은 태도로 후, 숨을 내쉬며 머리를 쓸어 넘겼다.

"아버지가 마춰 주사를 놨을 때 초인종이 울렸어요. 아버지는 제가 곧 마춰될 거라고 생각하고 현관으로 올라갔죠. 그때 온 게 당신이었을 테죠? 그런데 그날은 뭐가 잘못되었는지 잠이 들던 제가 깨어났어요. 상태에 따라 마취약의 주입 속도를 조절했어야 하는데 하지 않아서일 거예요. 위에서 기계 소리 같은 게 났는데 신경도 쓰지 못할 만큼 온 세상이 뒤집어졌죠. 구역질도 났고…… 거의 쓰러질 듯 겨우겨우 1층으로 올라갔어요."

그때의 기억을 돌이키는 듯 로희의 작은 미간이 좁혀졌다.

"누군가 아빠를 찌르는 걸 봤어요. 남자라고 생각했는데 뒤로 물러서는 순간 돌아본 그 사람은……."

로희는 정면을 똑바로 응시했다.

"아줌마였죠."

혜은의 얼굴이 잠깐 경직되었다가 이내 풀렸다.

"기억이 정말로 다 돌아왔구나."

로희의 말이 계속 이어졌다.

"도망가려고 했는데 아줌마가 절 막았죠. 그리고 주머니에서 수건 같은 걸 꺼냈어요."

"최진태를 제압할 때 쓰려고 준비해 왔던 거였지."

"약품 때문에 기절한 저한테 지하에 있던 주사를 놓았죠? 아버지가 쓰던…… 마취제."

"나도 어릴 때 맞아봤어. 혹시나 해서 지하에 내려가 보니 세팅이 딱 되어 있더라고."

"까딱 잘못했으면 나, 죽었을지도 몰라요. 스물네 시간 유지되는 약이니까 중간에 무슨 일이 생길지 몰라서 아버지도 항상 상태를 체크했단 말이야. 죽든지 말든지 당신이야 관심조차 없었겠지만……."

로희는 숨을 한 번 들이켰다.

"21일에 깨어난 나는 하루가 지난지도 모르고 일어나자마자 살인마를 피해 도망쳤어. 살인마 따위는 이미 집에서 나가 없는 것도 모르고. 그런데 명준 아저씨가 날 유괴하러 오다가 사고를 냈고, 그래서 21일에 살인도 유괴도 이뤄졌다고 나까지 생각하게 만든 거야. 내가 봤던 경광등도 20일에 본 거였는데."

"그런 걸 신이 도왔다고 하지."

"그래서 명준 아저씨더러 집 안에 들어가게 하려던 거였지? 살인도 명준 아저씨가 저지른 걸로 하려고."

혜은의 눈빛이 빛났다. 날이 서린 푸른빛이었다. 로희는 그 눈을 쏘아보았다.

"명준 아저씨는 멍청이야."

혜은이 풋 웃었다. 로희의 말에 동감한다는 듯 고개를 끄덕거리기까지 했다. 그런 그녀의 얼굴에는 조소가 담겨 있었다. 로희의 얼굴이 점점 싸늘해지는 것을 그녀는 알지 못했다. 로희는 테이블에 둔 잔을 들며 물 한 모금을 마셨다.

"아저씨는 딱 지금밖에 볼 줄 몰라. 지금 희애가 안 아프니까 다행, 아줌마가 돌아왔으니까 다행, 범인을 잡았으니까 다행. 그렇게밖에 생각을 못 하지."

혜은은 말없이 로희의 말을 듣다가 문득 생각이 어딘가로 미치자 얼굴이 굳었다.

"아줌만 명준 아저씨한테 집 안으로 들어가 날 유괴하라고 했어. 하지만 내가 뛰쳐나가 사고를 당하는 바람에 일이 복잡해졌지. 하지만 그런 일이 없었다면 아저씨가 범인이 되게 하려고 했던 거지?"

계속 말해보라는 듯 혜은은 대답하지 않았다.

"아버지의 금고에는 돈이 들어 있었어. 아마 은행에 넣을 수 없는 돈이었겠지. 근데 형사 아저씨들이 그러더라. 금고가 텅 비어 있었다고. 아줌마가 가져갔다는 건 뻔한 진실일 테고……."

로희는 혜은을 힘껏 노려보았다.

"처음부터 희애의 병원비 따위에는 관심이 없었지?"

혜은의 얼굴은 거의 납빛이 되었다. 이마에는 푸른 힘줄이 툭불거져 있었다. 여유를 가장하기 위해 팔짱을 꼈지만 손은 힘껏 주먹을 쥐고 있었다. 아랫입술을 꾹 깨물다가 그녀는 돌연 하, 하고 숨을 터뜨렸다. 그것을 시작으로 그녀는 크게 소리 내어 웃었다. 단 한 번도 여유를 놓지 않았던 로희마저 당황할 정도로 혜은은 허리를 젖혀 가며 크게 웃었다. 너무 웃어 배가 아프다는 듯 배를 움켜쥐며 한 손으로는 눈가를 훔쳤다.

"정말 대단해. 어떻게 열한 살짜리보다 머리를 못 쓸 수 있을까, 김명준은? 나 에이즈인 거 말했을 때 명준 씨 얼굴 생각하면 웃음밖에 안 나오거든."

"왜 그랬어?"

"그 자리는 원래 김명준이 갔어야 할 자리였으니까."

혜은은 자리에서 벌떡 일어섰다. 그러고는 정원을 향해 돌아서며 팔짱을 꼈다. 그녀의 몸이 밖에서 들어오는 빛을 정면으로 맞받자 오히려 암흑 속에 있는 것처럼 보였다.

오래전 그날이 자신의 인생을 뒤바꾸어놓은 것일까, 아니면 자신의 운명은 처음부터 이 모양이었던 걸까 하고 생각한 것이 한두 번이 아니었다. 하지만 매번 생각은 그날로 되돌아가고 아무리 명준의 잘못이 아니라고 하더라도 혜은은 항상 그를 마음속으로 증오하게 되었다.

"최동억이 입양하겠다고 지목한 건 김명준이었어."

하지만 욕심이 났다. 최동억이 끌고 온 차, 입고 있는 옷, 함께 온 우아한 여성. 이 보육원에서 나가 저 차를 탄다면, 그동안 자신이 꿈꿔왔던 삶을 살 수 있다고 어린 시절의 혜은은 확신했다. 어린 혜은은 최동억 내외가 명준을 기다리는 동안 일부러 그 앞에서 넘어졌다. 놀라 일으켜주는 내외에게 공손한 자세로 인사하고, 그들이 들을 수 있는 피아노 방으로 들어가 그동안 연습해온 피아노를 쳤다. 선생님이 다가와 지금 수업이 시작될 시간이라고 했을 때 혜은은 최동억이 자신을 지켜보고 있다는 것을 알았다. 혜은은 단단하고 강인한 음성으로 말했다.

"저한테는 그 수업이 너무 쉬워서 시시해요. 차라리 저 혼자 책을 읽거나 피아노 치게 해주시면 안 될까요?"

똑똑하고 몸가짐이 올바른 아이를 원할 거라고 생각했던 혜은의 예상은 맞았다. 하지만 단 하나 틀린 것이 있었다. 자식으로 키우는 데 있어 똑똑하고 몸가짐이 올바른 아이를 원한 것이 아니라 후천적 천재를 만드는 실험체로서 적당한 아이를 원하고 있었다는 것을.

어쨌거나 최동억의 니즈에 혜은은 적합하다는 판정을 받았다.

혜은은 원하는 대로 그 차를 타고 보육원을 떠났고, 몇 년이 되지도 않아 파양당했다.

두 번째 입양은 지독했다. 이 불쌍한 아이에게 따뜻한 가정을 만들어주고 싶다는 그들의 다짐은 1년을 넘기지 못했다. 임신이 어렵다는 판단에 입양을 결정했던 양어머니는 입양한 지 8개월 만에 임신을 하자 느닷없이 혜은의 눈빛을 불쾌하다고 했고, 양아버지는 노골적으로 그녀를 때렸다. 결국 두 번째 파양.

보육원을 전전하다, 고등학교를 졸업하는 것과 동시에 독립 지원 자금 5백만 원이 든 통장을 들고 사회에 버려졌다.

"하지만 그건 명준 아저씨 잘못이 아니잖아요."

혜은이 뒤를 돌아보았다. 혜은의 뒤에서 쏟아지는 햇빛 때문에 그녀의 표정이 잘 보이지 않았다. 다만 그녀는 지금 웃고 있는 것 같았다.

"세상이 잘못한 사람한테만 불행을 주는 것 같니?"

명준을 다시 만났을 때, 그는 전과자였다. 후원자의 도움으로 유도를 하고 있었는데, 연습 중 같은 대표팀 선수를 사망하게 했다. 운동 중에 일어난 분명한 과실이었음에도, 살인죄로 기소되고 유죄를 선고받았다. 피해자의 아버지는 유도협회 이사였다. 명준은 항소하지 않았다. 다만 같이 훈련하던 동료를 자신이 그렇게 만들었다는 죄책감으로 괴로워했다.

"공사장을 전전하던 명준이랑 함께 살던 건 기생이라고 보면 돼. 너한테 주어졌던 고통을 내가 대신 겪었으니 이제 네가 날 먹여 살리는 거야, 라고 생각했지."

"정말 자기 편한 대로 생각하시네요."

"네가 뭘 알아!"

소리를 버럭 지르며 혜은이 홱 돌아섰다. 그녀는 팔로 장식 테이블 위의 도자기를 밀어 떨어뜨렸다. 도자기가 날카로운 소리를 내며 바닥에 부딪혀 산산조각이 났다. 로희는 꼼짝도 하지 않고 앉아 시선을 내리깔고 그쪽을 보았다. 도자기 조각이 혜은의 정강이에 상처를 냈다.

"내가 당한 실험이 얼마나 지독했는지 알아? 병원도 아닌 서늘하고 차가운 지하에서 빨리 위로 올라갈 생각만 하면서 몇 번이나 마취를 당했는지 아느냐고. 학교도 갈 수 없고 머리도 몇 번이나 열었어. 이 고통만 넘기면 진짜 이 집안에서 사랑받을 수 있다, 이것만 참으면 된다고 생각했는데……."

"알아요, 나도."

로희가 무덤덤하게 말했다. 네가 뭘 아냐고 쏘아붙이듯 노려보는 혜은의 시선 앞에서 로희는 팔을 걷었다. 바늘 자국이 셀 수도 없이 보였고, 사라져가는 멍들 때문에 아이의 팔은 마치 죽은 나무뿌리 같았다. 혜은이 아무 말도 하지 못하자 로희는 자리에서 일어섰다. 그러고는 오른손으로 귀 위쪽의 머리카락을 들어 올렸다.

"헉."

혜은이 비명이 새어나올 새라 양손으로 입을 가로막았다. 자신이 본 것을 믿을 수가 없었다. 로희의 머리칼 안쪽에는 엄청난 수술 자국이 있었다. 그 부근에는 머리카락도 자라지 않았고, 꿰맨

자리는 징그러울 정도였다.

로희는 침착하게 다시 소파에 앉아 팔걸이에 양팔을 얹었다.

"나도 안다고요. 어떤 고통인지."

"실험을 한다는 건 알고 있었지만…… 넌 자기 친딸인데 머리까지 열었을 줄이야."

로희는 나직히 말했다.

"아버지는 할아버지를 닮고 싶어 했어요. 어떻게든 할아버지의 연구를 완성시키려고 했죠. 피가 다르니까, 더 집착했던 것 같아요. 아줌마를 보나, 우리 아버지를 보나, 인간의 집착이란 참 무서워요. 그죠?"

그때였다. 창밖으로 차가 서는 것이 보였다. 그 뒤로 계속 정차하는 소리가 들렸다. 혜은과 로희는 거의 동시에 바깥을 보았다. 제일 먼저 선 차에서 상윤이 내렸다.

"제가 문자를 넣었죠. 여기 계시다고."

로희가 침착하게 말했다. 혜은의 어깨가 순간 움찔거렸으나 그녀는 아무런 움직임도 보이지 않았다.

"도망 안 가요?"

혜은이 웃었다.

"이젠 지쳤어. 에이즈라고 소문 날 때마다 여기저기 도망 다녔거든. 이번에야말로 내 인생을 새로 시작할 수 있을까 했는데."

현관에서 덜컥거리는 소리가 났다. 비밀번호로 잠긴 현관문을 열 수가 없어서였다. 문을 쾅쾅 두드리는 소리에 이어 상윤의 목소리가 들려왔다.

"로희야, 문 열어! 괜찮니? 서혜은! 당신은 끝났어! 문 열어!"

로희는 혜은을 보았다. 혜은은 미동도 하지 않은 채 로희를 물끄러미 내려다보았다. 어쩌면 지금 그녀는 로희에게서 어린 시절의 자신을 보고 있는지도 몰랐다. 로희는 그녀가 자신을 해하지 않으리라는 것을 확신하고 있었다. 로희는 문을 열기 위해 자리에서 일어섰다.

"한 가지."

혜은의 말이 로희의 발목을 잡았다. 돌아보자 혜은이 고개를 들었다. 그녀의 표정은 왠지 편안해 보였다.

"너도 내 질문에 하나만 대답해줘."

로희는 말을 허라는 듯 고개를 끄덕했다.

"최진태의 연구 자료를 봤다고 했지? 그 연구는…… 성공했니?"

최동억의 연구는 실패했다. 여자아이의 유전자로는 되지 않는다는 이유였다. 하지만 최진태는 최동억의 그 연구를 반드시 성공해 보이려 했다. 자신의 딸로 그 실험을 이어갔다. 그리고 로희는 방송에서도 떠들썩할 만큼 암기와 운동 분야에서 천재적인 재능을 보여왔다. 누구라도 로희와 5분만 이야기를 해보면 지금 열한 살짜리 아이와 대화를 하고 있는 것이 맞는지 알 수 없을 정도였다.

묻는 혜은으로서도 그게 왜 궁금한지 알 수는 없었다. 하지만 꼭 알고 싶었다.

"너라면 알았겠지. 그 연구가 성공한 건지. 그 결과가 너인지."

그사이에도 현관문은 쾅쾅 울렸다. 장비를 가지고 오라고 상윤이 소리치는 것도 들렸다. 발소리들이 어지럽게 들려왔다. 신경이 쓰이는 듯 로희는 잠깐 그곳으로 시선을 보냈다가 다시 혜은을 보았다. 그녀의 눈빛은 왠지 간절했다.

혜은의 인생은 불쌍했다. 그러나 그녀는 하지 말아야 할 일을 했다. 혜은은 말했었다. 세상은 꼭 잘못한 사람에게만 불행을 주지는 않는다고. 하지만 잘못한 사람이 벌을 받아야 하는 것은 세상의 이치다.

로희는 여유 있게 웃었다.

"가르쳐주지 않을 거예요."

동시에 문이 부서지고, 상윤과 형사들이 집 안으로 뛰어 들어왔다.

에필로그 1

사건 3개월 후.

"지시한 대로 혜광병원은 전문 경영인이 경영을 맡고 원장은 전국의사협회에서 추천한 김인택 교수를 선임하기로 했어."

로희의 후견인이 된 최택균 변호사가 마지막 보고를 했다. 로희는 고개를 끄덕이며 일어섰다.

"수고하셨어요."

"뭘, 돈 받고 하는 일인데. 생활 불편한 거 없지? 도우미 아주머니가 알아서 해주시겠지만 따로 불편하거나 한 거 있음 말하고. 학교는?"

로희가 최택균을 향해 고개를 갸웃하며 웃었다.

"제가 갈 이유가 있을까요?"

"그렇지?"

최택균도 멋쩍게 웃었다. 그때 바깥에서 로희를 부르는 소리가 들렸다. 최택균과 로희가 동시에 그쪽을 보았다. 정원에서 가사 도우미가 고기를 굽고 있었다. 캠핑을 나온 것처럼 정원에는 텐트까지 쳤다. 그 안에서 희애가 로희를 향해 손을 흔들고 있었다.

"언니 빨리 와, 고기 다 타!"

밝고 건강한 희애의 모습에 로희는 자기도 모르게 손을 엉거주춤 들어 흔들었다. 언니라는 호칭이 아직도 어색한 것 같았다. 그 모습을 본 최택균이 웃었다.

"잘 지내고 있구나."

로희도 자신의 모습이 이상한지 풋, 웃었다.

"잘 지내고 있죠."

창 너머에서 웃고 있는 희애를 로희는 물끄러미 보았다. 최택균과 함께 교도소로 찾아가 혜은의 일을 모두 알렸을 때가 떠올랐다. 명준은 고개를 숙이고 있었다. 자신을 범인으로 몰고, 희애의 병원비 따위는 신경조차 쓰고 있지 않았다는 말에도 그는 돌처럼 굳은 채 앉아 있었다.

희애는 퇴원 즉시 로희가 집으로 데려가기로 했다. 건강이 좋아지는 대로 학교도 보낼 것이라고 설명해주었다. 최택균의 모든 설명이 끝나자 그는 고개를 끄덕였다. 그러고는 로희에게 한다는 말이 "넌 잘 지내고 있니?"였다.

지금 누굴 걱정한다는 말인가. 로희가 명준을 타박했지만 명준은 아무 말도 하지 않았다. 웃으며 정말 고맙다고 말했다. 그의 웃음을 보며 로희는 알아차렸다.

저것이 명준이 지금껏 인생을 살아온 방식이라는 것을. 그는 이제 희애와 다시 만날 날만을 기다리며 살아갈 것이라는 것을.

아무도 원망하지 않는다는 것을.

"언니, 언니! 나 배불러. 너무 배불러서 터질 거 같아!"

애교가 잔뜩 어린 목소리를 하며 희애가 밖으로 나온 로희의 허리에 매달렸다. 희애는 아직 머리가 자라지 않아 모자를 쓰고 있었다. 이제 겨울이다. 희애가 좋아하는 '밖에서 고기 구워 먹기'는 말리지 못해도 백화점에 데려가 좋은 털모자를 사서 씌워줄 생각이다. 그렇게 하면 다른 사람들이 머리가 왜 그러냐고 묻지는 않겠지. 가발을 해주려고 해도 답답하다고 싫어하는 희애 때문에 로희의 신경 쓸 거리가 하나 더 늘었다.

"그러게 적당히 먹지, 얼마나 먹었음 배가 터질 것 같냐! 약이라도 먹어야 하는 거 아냐?"

허리에 대롱대롱 매달린 희애를 그대로 달고 로희는 파라솔 의자까지 걸어가 희애를 앉혔다. 희애는 서릿발 날리는 로희의 잔소리를 들어야 했다.

"넌 나이가 아홉 살이나 먹어서 식사량 조절도 스스로 못 해? 안 그래도 약 많이 먹는 게, 체하면 또 약 먹어야 하는데, 약에 질려 살겠냐고 진짜!"

하지만 희애는 욕을 먹어도 실실 웃났다. 희애는 로희가 좋았다. 항상 병원에 갔고, 걸핏하면 입원을 했다. 희애는 결국 올해도 학교에 가지 못했다. 친구가 없어 외로웠지만 언니가 생겨 좋았다. 아빠가 없는 것은 슬프지만, 매일 오다시피하는 편지를 읽으며 기다릴 수 있었다. 거기다 로희도 희애와 함께 있는 시간을 귀찮아하지 않았다.

"언니는 화내도 짱 좋아!"

희애는 또 로희의 허리에 매달렸다. 로희는 희애를 떼어놓으려 몸을 이리저리로 뒤흔들었다. 그러면서도 전혀 싫은 내색이 아니었다.

"근데 언닌 고기도 많이 안 먹었는데 괜찮아?"

"고기 같은 거 이젠 질려."

"와, 언니 짱 멋지다."

"너는 야채도 많이 먹어야 돼."

"언니는 정말 잔소리만 해."

희애가 그제야 로희의 허리에서 떨어지며 볼멘소리를 했다.

"너 때문에 내가 늙는다, 늙어."

열한 살의 나이와는 전혀 어울리지 않는 로희의 말에 희애가 까르르 웃었다. 최택균도 그 말을 듣고는 풋, 웃고 말았다. 로희는 하늘을 올려다보았다. 밤은 깊어가고 있지만 그들이 있는 곳만은 밝았다.

최택균이 말했다.

"불도 꺼져가는데 장작을 더 넣을까?"

"아, 잠깐."

로희가 얼른 안으로 뛰어 들어갔다. 희애는 로희가 뭘 찾으러 가는지 궁금한 듯 눈을 동그랗게 뜨고 목을 길게 뺐다. 잠시 후, 달려 나온 로희의 손에는 상자가 들려 있었다. 로희는 상자를 열었다. 안에 들어 있는 것은 서류 뭉치였는데, 희애는 아무리 보아도 이해할 수 없는 말로만 가득한 것이었다. 상윤에게 받은 아버지의 연구 자료였다. 절대 이 세상에 나와서는 안 되는 것.

"이게 뭔데?"

최택균이 물었다. 로희가 대답했다.

"불쏘시개."

로희는 조금의 주저함도 없이 불 위에 서류를 던져 넣었다. 서류가 모서리부터 까맣게 타들어갔다.

에필로그 2

　한국대학교 법의학 교수실. 성훈이 마지막 짐을 박스에 넣고 닫았을 때, 노크 소리가 들려왔다. 조교와는 이미 어제 인사를 마무리 지었지만 다시 인사를 하기 위해 온 것일지도 모른다.

　"네."

　그의 대답에 문이 열렸다. 고개를 빠끔히 내민 것은 상윤이었다. 성훈은 함박웃음을 지으며 그를 맞이했다.

　"교수님."

　"어서 오게. 어떻게 연락도 없이. 까딱했으면 길이 어긋날 뻔했어."

　상윤이 내미는 손을 반갑게 맞잡으며 성훈이 말했다. 그의 말에 상윤이 새삼 교수실 안을 둘러보았다. 많은 책과 연구 자료, 그리고 문서들로 가득했던 그의 교수실이 이제는 텅 비어 있었다.

　법의학에 몸담은 25년의 세월을 뒤로하고, 그는 이제 가정으로 돌아가려 한다.

　"너무 아쉽습니다. 이제 교수님 안 계시면 저희 부탁은 누가 들어줍니까."

"그게 아쉬운 거지? 나랑 헤어지는 게 아쉬운 게 아니라."

성훈이 농을 쳤다. 그럼 뭐가 아쉽겠냐고 맞받으며 상윤도 농담했지만, 정말로 아쉬움이 컸다. 부검 결과가 나오기까지 조바심을 내는 형사들의 입장을 가장 먼저 헤아려주고 부탁을 거절하지 않던 그였다. 다른 사람이 오면 지금까지와는 많이 달라질 것이었다. 이번 사건에서 역시 성훈은 상윤의 개인적인 부탁까지 들어주며 그를 도왔다. 아마 성훈의 도움이 없었다면 힘들었을지도 모른다.

"그래도 오랫동안 계셨는데 아쉽지 않으세요? 제자들을 더 많이 길러내셔야 할 분이."

"나도 그게 내 사명이라 여겼는데……. 아니었어. 내가 모르는 사이에 내 가정은 균열이 가고 있더라고. 휴가철이나 명절에도 아버지는 당연히 집에서 없는 사람, 어색한 사람이 되어 있더라고. 그나마 아내가 날 참아주지 않았다면 진작 깨질 가정이었어. 이제 내가 같이 지키는 가정으로 만들어보려고."

상윤이 고개를 끄덕였다.

"그래도 이거 아쉬워서 어쩝니까. 술이라도 한잔하고 보내드리면 좋은데……. 이 동네가 걸핏하면 사고가 터져서 저는 오늘도 잠복입니다."

"그게 자네 일이니 어쩌겠나. 다음에 기회가 있겠지."

"청송까지 가시는데 기회가 언제……."

"사과 사러 와."

"사과 사러 청송까지요?"

둘은 동시에 웃음을 터트렸다. 그러고는 다시 아쉬움을 삭히려 악수를 했다.

"잘 지내게."

"건강하십시오, 교수님. 연락드리겠습니다."

인사를 마친 상윤이 다시 한번 허리를 숙이고 사무실에서 나갔다. 혼자가 된 성훈은 다시 한번 사무실을 둘러보았다. 25년, 길다면 긴 세월이었다. 그동안 참 열심히 잘 살았다. 이제 그 결실을 받을 차례라고 성훈은 생각했다.

상윤이 들어오기 전 덮은 박스의 뚜껑을 성훈은 다시 열었다.

그 안에는 최진태의 연구 자료 복사본이 들어 있었다. 성훈은 그것을 힘 있게 쥐었다.

〈끝〉

작가 후기

이 원고를 한참 쓰던 것은 2018년 여름이었습니다. 뉴스에서는 서울이 100년 만에 최고 온도를 경신했다고 보도하고 있었습니다. 밖에만 나가도 숨이 막힐 정도로 더웠던 여름날, 저도 인생의 역대급이라고 할 수 있을 만한 벽에 부딪혀 있었습니다.

벽 앞에서 저는 맥없이 주저앉아 있었습니다. 스스로 '분명 난 이 벽을 넘지 못할 거야'라고 생각하고 있었습니다. 그래도 지나가는 사람들이 보기에 부끄러운 줄은 알아서 '이 벽 어떻게 넘어?' 하고 물으며 노력하고 있다는 시늉은 했던 것 같습니다. 그때 그 벽을 깨부술 수 있게 도와주신 정명섭 작가님이 아니었다면 이 글을 마지막까지 쓰지 못했을 것입니다. 정명섭 자가님 덕분에 이 글을 작업하는 내내 재미있게 할 수 있었습니다. 벽을 정복하지는 못했지만 벽을 부술 만큼의 힘이 생긴 것은 느낄 수 있습니다. 정명섭 작가님께 진심으로 감사하다는 말을 전하고 싶습니다.

나이가 들면 아카시아 꽃이 많은 곳에 살고 싶은 사람에게도 감사드립니다. 나중엔 꼭 거기에 묻어드리겠습니다. 하하.

딸이 글 쓰는 걸 자랑스럽게 생각하시는 OK여사를 위해 글을 더 열심히 쓰겠습니다.

이 책을 읽으신 여러분의 시간이 지루하지 않았길 빕니다.

2019년 정해연

유괴의 날

초판 1쇄 발행일 2019년 7월 17일
초판 8쇄 발행일 2023년 10월 23일

지은이 정해연

발행인 윤호권
사업총괄 정유한

편집 김혜정 **디자인** 박지은 **마케팅** 정재영, 윤아림
발행처 ㈜시공사 **주소** 서울시 성동구 상원1길 22, 6-8층(우편번호 04779)
대표전화 02-3486-6877 **팩스(주문)** 02-585-1755
홈페이지 www.sigongsa.com / www.sigongjunior.com

글 ⓒ 정해연, 2019

ISBN 978-89-527-3625-3 03810
ISBN 979-11-7125-135-3 (세트)

*시공사는 시공간을 넘는 무한한 콘텐츠 세상을 만듭니다.
*시공사는 더 나은 내일을 함께 만들 여러분의 소중한 의견을 기다립니다.
*잘못 만들어진 책은 구입하신 곳에서 바꾸어 드립니다.

WEPUB 원스톱 출판 투고 플랫폼 '위펍' _wepub.kr
위펍은 다양한 콘텐츠 발굴과 확장의 기회를 높여주는
시공사의 출판IP 투고·매칭 플랫폼입니다.